O Grande Zoológico

Do autor:

A Questão Finkler

Howard Jacobson

O Grande Zoológico

Tradução
Regina Lyra

Rio de Janeiro | 2016

Copyright © Howard Jacobson, 2012

Título original: *Zoo Time*

Editoração: FA Studio

Texto revisado segundo o novo
Acordo Ortográfico da Língua Portuguesa

2016
Impresso no Brasil
Printed in Brazil

Cip-Brasil. Catalogação na publicação.
Sindicato Nacional dos Editores de Livros, RJ.

J18g   Jacobson, Howard, 1942-
        O grande zoológico / Howard Jacobson ; tradução Regina
Lyra. — 1. ed. — Rio de Janeiro: Bertrand Brasil, 2016.
350 p. ; 23 cm.

Tradução de: Zoo time
ISBN 978-85-286-1849-5

1. Ficção inglesa. I. Lyra, Regina. II. Título.

CDD: 823
16-30751   CDU: 821.111-3

Todos os direitos reservados pela:
EDITORA BERTRAND BRASIL LTDA.
Rua Argentina, 171 — 2º andar — São Cristóvão
20921-380 — Rio de Janeiro — RJ
Tel.: (0xx21) 2585-2076 — Fax: (0xx21) 2585-2084

Não é permitida a reprodução total ou parcial desta obra, por
quaisquer meios, sem a prévia autorização por escrito da Editora.

Atendimento e venda direta ao leitor:
mdireto@record.com.br ou (0xx21) 2585-2002

Para
Jenny e Dena
e
Marly e Nita

"Algum homem pode amar a filha se não tiver amado a mãe?"
James Joyce, *Ulisses*

I

Macaco

CAPÍTULO 1

Ele, barra, Ela

Quando a polícia me deteve, eu ainda estava com o livro que tinha roubado da livraria Oxfam em Chipping Norton, uma cidadezinha bonita de Costwold onde fiz uma palestra para um grupo de leitura. Eu tivera uma recepção hostil das cerca de dez ou doze componentes do grupo, que, percebi tarde demais, haviam me convidado apenas para serem grosseiras.

— Por que você odeia tanto as mulheres? — quis saber uma delas.

— Será que pode me dar um exemplo do meu ódio por mulheres? — indaguei educadamente.

Decerto que sim. Ela marcara centenas de trechos com pequenas setas autocolantes, fosforescentes, todas apontando acusadoramente para o pronome "ele".

— O que tem de errado com "ele, barra, ela"? — provocou ela, fazendo o sinal de oblíquo com o dedo a milímetros do meu rosto, ferindo-me com a pontuação.

— "Ele" é neutro — respondi, recuando. — Não significa preferência por um ou outro gênero.

— Assim como "eles".

— Certo, mas "eles" é plural.

— Então, você é contra a pluralidade?

— E contra as crianças — acrescentou outra participante. — Por que você detesta crianças?

Expliquei que não escrevia sobre crianças.

— Justamente! — foi sua resposta eufórica.

— O único personagem com quem me identifiquei no seu livro — interveio uma terceira leitora — foi o que morreu.

Só que ela não disse "livro". Quase ninguém mais falava "livro", rimando com crivo, chilro ou mesmo bilro, como em "Foda-se, seu bilro!", como costumam dizer em Lancashire, distante apenas uns poucos quilômetros dos pântanos tranquilos, sonolentos, de Cheshire, onde cresci. "Leivro" foi o que ela disse: "O único personagem com quem me identifiquei no seu *leivro...*", como se o "i" lhe soasse curto demais.

— Fico satisfeito por você ter achado a morte dela tocante — comentei.

A mulher tremia de raiva, raiva que só encontramos entre leitores. Seria porque a leitura como atividade civilizada acabara que as últimas pessoas a exercê-la eram tomadas por tamanha fúria a cada página que viravam? Seria esse o paroxismo derradeiro antes do último suspiro?

— Tocante? — temi que ela me acertasse com meu *leivro*. — Quem disse que achei tocante? Fiquei com inveja. Eu me identifiquei com ela talvez porque queria morrer desde que li a primeira palavra.

— *Quisesse* morrer — corrigi, vestindo meu paletó. — Talvez porque *quisesse* morrer.

Agradeci a todas pelo convite, voltei ao hotel, esvaziei umas duas garrafas de vinho que o bom senso me mandara comprar mais cedo e adormeci vestido. Eu aceitara ir a Chipping Norton por ser uma oportunidade de visitar minha sogra com quem havia muito eu vinha pensando em ter um caso, mas o estratagema falhara, já que minha mulher, sabe-se lá por que, escolhera justo esse período para chamar a mãe para nos visitar em Londres. Eu podia ter tomado o trem de volta e me encontrado com as duas para jantar, mas resolvi tirar um dia só para mim no campo. As mulheres do grupo de leitura não eram as únicas pessoas que talvez *queriam* morrer.

Como acordei tarde demais para o café, fui dar uma volta pela cidade. Legal. As pedras típicas de Costwold, cheiro de vacas ("Por que não há descrições da natureza nos seus romances?", haviam-me questionado injustamente na véspera). Necessitado de algo consistente, comprei um pãozinho com linguiça de ervas em uma padaria orgânica e entrei na livraria Oxfam comendo o dito cujo. Um funcionário branco como giz, que usava discos nos lóbulos das orelhas ao estilo de um indígena zambeziano apontou para uma placa que dizia "Não é permitido entrar no recinto com comida". Uma boa medida, supostamente: é falta de tato encher a pança enquanto o resto do mundo passa fome. Pela postura do rapaz, presumi que ele soubesse que odeio indígenas zambezianos tanto quanto odeio mulheres e crianças. Coloquei o que restara do pãozinho no bolso. O sujeito não se satisfez com isso. Um pãozinho no meu bolso continuava a ser, estritamente falando, comida no recinto. Enfiei-o todo, devagar, na boca. Ficamos nos encarando — o indígena zambeziano branco e o escritor de "lievros" "liovros" "leivros", tudo menos livros, pedofóbico, misógino, nativo de Cheshire e baseado em Londres — à espera de que o pãozinho me descesse goela abaixo. Qualquer um que observasse a cena teria concluído que ela estava carregada de implicações pós-coloniais. Depois de engolir o último pedaço, perguntei se poderia dar uma espiada na seção de ficção literária. *Literária.* Pesei a mão no tom irônico. Ele me virou as costas e se encaminhou para o outro extremo da loja.

O que fiz então, conforme expliquei aos guardas que me detiveram na New Street, a um passo apenas da livraria Oxfam, precisei fazer. Quanto a chamar o ato de roubo, não acho essa a palavra correta, já que sou o autor do livro que supostamente roubei.

— Que palavra o senhor usaria? — o mais moço dos guardas me perguntou.

Tive vontade de dizer que estávamos muito mais próximos de uma discussão crítica do que qualquer coisa que ocorrera no grupo de leitura, mas optei por uma resposta direta. Não me faltavam inimigos em Chipping Norton.

— Libertação — falei. — Eu diria que *libertei* meu livro.

— Do que, exatamente, meu senhor?

Dessa vez foi o guarda mais velho que se dirigiu a mim. Ostentava um daqueles barrigões de granito que a gente vê na polícia que reprime tumultos ou nos xerifes da Louisiana. Fiquei imaginando por que haveria necessidade de polícia repressora ou de xerifes da Louisiana em Chipping Norton.

Basicamente, o que respondi foi o seguinte:

Olha só: não tenho ressentimento algum em relação à Oxfam. Eu faria o mesmo diante da improbabilíssima hipótese de encontrar um livro meu à venda no sebo da Morrisons. É uma questão de princípio. Não chega a representar uma diferença significativa para os meus rendimentos o local onde eu surja velho e usado, mas é preciso haver uma solidariedade entre os decaídos. O livro como objeto de prestígio e fonte de sabedoria — "Homem comum, eu te acompanharei e serei teu guia" e tudo mais — está morrendo.

11

A tentativa de ressuscitá-lo provavelmente será em vão, mas o ritual derradeiro pode, ao menos, ser executado com dignidade. Onde e com quem vivenciamos nossos últimos dias faz diferença, seu guarda.

Antes de concluírem se era seguro, ou, no mínimo, menos tedioso me devolverem à sociedade, os dois folhearam — na minha opinião, de um jeito sardônico, mas mendigos não podem ser exigentes — o meu livro. É uma experiência estranha ver a própria obra ser objeto de leitura dinâmica por parte da polícia no meio da movimentada cidadezinha de Costwold, com turistas, fazendo compras e lambendo sorvetes de casquinha parando para conferir que crime foi cometido. Eu me enchi de esperança de que alguma coisa chamasse a atenção do guarda e o fizesse rir ou, melhor ainda, chorar. Mas foi o título que despertou maior interesse nos dois: *Vai Pentear Macaco!*

O mais jovem jamais ouvira essa expressão.

— É a abreviação de "vai pentear macaco, porrrra" — expliquei. Eu perdera um bocado e continuava perdendo a cada hora, mas ao menos não havia perdido a pronúncia nortista, inflamada, dos palavrões, ainda que Cheshire não fosse exatamente Lancashire.

— Muito bem, então — disse o guarda.

Mas ele tinha uma pergunta para mim, já que eu declarara ser um escritor — *já que eu declarara ser um escritor*, frase que em sua boca soou como uma declaração que ele ponderaria mais tarde quando voltasse para a delegacia — e, obviamente, tinha algum conhecimento sobre macacos. Qual a chance, na minha opinião, teria um macaco com tempo suficiente e um bom computador de um dia escrever *Hamlet*?

— Acho que não se pode produzir uma obra de arte a não ser intencionalmente — respondi. — Por mais tempo que se tenha.

Ele coçou o rosto:

— Isso é um sim ou um não?

— Bom, no final das contas — falei —, acho que depende do macaco. Encontre um deles com coragem, inteligência, imaginação e sensibilidade, e quem sabe? Mas, por outro lado, se existisse um macaco assim, por que ele haveria de querer escrever algo que já foi escrito?

Não acrescentei que para mim a pergunta mais interessante era se haveria macacos suficientes com tempo suficiente para um dia "ler" *Hamlet*. Eu era, porém, um escritor amargurado que acabara de levar uma esfrega.

O xerife da Louisiana, nesse ínterim, trocava de uma para a outra mão a prova do crime, como se fosse um comerciante de livros raros ponderando uma oferta. Abriu *Vai Pentear Macaco!* na página da dedicatória.

Para as mais belas das belas:
minha amada esposa e minha sogra

— Isso é forçar um pouco a barra, não? — indagou.

— O quê?

— Dizer que você ama sua sogra.

Dei uma espiada por cima do ombro do sujeito para ler a dedicatória. Fazia alguns anos que eu a escrevera. A gente esquece as dedicatórias. Com o tempo, chega até a esquecer os destinatários.

— Não — expliquei. — A minha mulher é a amada. Para a minha amada esposa, *e* minha sogra. O adjetivo se aplica apenas à primeira.

— Nesse caso, não deveria haver uma vírgula antes do *e*?

Ele cutucou a página com o dedo, mostrando-me onde achava que deveria haver uma vírgula.

Oxford, lembrei-me, tinha suas próprias regras para a colocação de vírgulas. "A vírgula de Oxford" havia muito era uma questão altamente controversa dentro da universidade, mas eu jamais imaginaria que o policial também fosse especialista no assunto. Sem dúvida, Oxford também tinha suas próprias regras com relação à repetição de epítetos. Não existia um nome para o artifício retórico que eu, inadvertidamente — supondo-se que tivesse sido inadvertidamente —, empregara? Algo parecido com zeugma, mas que não era zeugma. Talvez o guarda soubesse.

— Olhe aqui — falei —, como você parece ser um leitor incomumente atento, posso presenteá-lo com o meu livro?

— Decerto que não — respondeu o policial. — Não só eu seria culpado por concordar com um suborno se o aceitasse, como também cometeria o crime de receptação de mercadoria roubada.

Nessas circunstâncias, eu me considerei um sortudo por me safar com uma advertência. Não estamos falando de transgressões insignificantes: roubar um livro, deixar de fora uma vírgula e planejar uma apropriação indébita da mãe da minha mulher.

CAPÍTULO 2

V&P

Elas não surgiram com uma vírgula entre as duas, foi esse o problema desde o início.

Vanessa entrou na loja que eu gerenciava na tarde escura de uma terça-feira de fevereiro, quando as minhas assistentes já haviam ido embora — tlac-tlac nos frios degraus de pedra da casa em estilo georgiano reformada que abrigava a Wilhelmina's —, e perguntou se eu vira sua mãe. Pedi que ela descrevesse a mãe.

— Alta — disse ela, fazendo com os braços uma espécie de pérgula. — Magra — prosseguiu, como se descrevesse duas calhas de um prédio —, mas com um busto empinado — completou, olhando para o próprio peito, aparentemente surpresa com o que viu. — Alegre — prosseguiu, desenhando com os braços, um pomar imaginário — e ruiva como eu.

Cocei a cabeça.

— Acho que não — respondi. — Você pode ser mais específica quanto à aparência dela?

Nesse momento então, falando no diabo, a própria surgiu, tlac-tlac nos degraus de pedra, alta como uma pérgula, magra como uma calha, porém com um busto empinado, radiosa como um pomar de maçãs sob um tornado.

E ruiva, o que por acaso era o meu fraco. O cabelo vermelho quase psicodelicamente frisado, meio cômico até, como se ela soubesse — como se ambas soubessem — que com uma beleza tal se pode tomar qualquer liberdade com a própria aparência.

Duas sarças ardentes, duas rainhas de *music-hall*, os lábios vermelhos combinando com os cabelos.

Uma palavrinha sobre a loja que eu gerenciava: Wilhelmina's era a butique feminina mais sofisticada em Wilmslow, uma pacata cidadezinha afluente com sangues-azuis comatosos e novos ricos de mau gosto, a poucos quilômetros de distância de Chester. Wilhelmina's não só era a mais sofisticada, mais *fashion* e mais cara butique de Wilmslow, como também a mais sofisticada, mais *fashion* e mais cara butique em toda Cheshire. Mulheres bonitas vindas de todo o norte da Inglaterra, incapazes de encontrar alguma coisa que lhes fizesse justiça em Manchester ou Leeds, sem contar Chester, vestiam-se da cabeça aos pés com uma piscadela e um assentimento de cabeça da nossa parte. Digo "nossa" porque a Wilhelmina's era uma empresa familiar. Minha mãe a fundara e a entregara a mim, quando se entregou ao que chamava imponentemente de aposentadoria, enquanto meu irmão mais jovem e mais adequado à empreitada vinha sendo treinado em uma faculdade de administração local com a finalidade de assumir permanentemente o negócio. Eu era o sonhador da família. Lidava com palavras. Lia livros. O que significava que não era digno de confiança. Os livros me deixavam disperso, o que era uma doença, um entrave a uma vida saudável. Eu podia ter reivindicado os benefícios concedidos aos incapazes, uma permissão para estacionar o carro em qualquer lugar de Cheshire, tamanha a incapacidade que os livros e as palavras haviam gerado em mim. Com efeito, eu lidava com palavras, ignorando as clientes e lendo Henry Miller, que, à época, era meu escritor favorito, quando Vanessa, seguida pela mãe, sem vírgula, subiu os degraus de pedra da loja. Era como se os personagens durões de *Sexus* e *Nexus*, de repente, ganhassem vida, como os brinquedos na *Suíte Quebra-Nozes*, no andar térreo da Wilhelmina's.

Poder-se-ia dizer que vi mais a mãe, de cara, do que a filha, já que ela apareceu duas vezes, primeiro em palavras, depois em pessoa. E palavras me afetam mais do que pessoas. Mas Vanessa também mexeu comigo. Alta, magra, radiosa, sim, até mesmo esfuziante, mas furiosa com alguma coisa ao mesmo tempo — possivelmente com o fato de ter uma mãe tão atraente —, e não apenas incidentalmente furiosa, mas como se sua estrutura estivesse extratensa, hirta, vibrando, de um jeito que me fez lembrar a descrição do encordoamento de uma escuna feita por Joseph Conrad que eu lera, sendo a escuna seu primeiro comando, uma dessas descrições que despertam na gente o desejo de ser escritor (embora não explique o que nos levaria a ser um escritor como Henry Miller). O estremecimento do barco, entendi, era, na verdade, o estremecimento do seu comandante. Assim, talvez isso também se aplicasse a Vanessa e a mim. A visão que tive dela me fez estremecer. Meu primeiro comando. Correção: o primeiro comando *dela*. Mas não lhe impus a minha raiva. Essa era toda dela, uma característica da sua natureza, como se lhe fosse preciso tê-la, assim como um girassol precisa girar a própria corola. Além disso, não havia nada, naquele momento específico, para me deixar com raiva. Eu era o único proprietário de uma loja iluminada — como se alguém tivesse acendido sinalizadores — pela ardente presença ruiva de Vanessa e sua mãe.

Até hoje posso me lembrar direitinho como Vanessa estava vestida — o sapato de couro preto e salto alto, decotadíssimo, de modo a deixar visíveis os arcos e a sola dos pés; o casaco de couro fino como papel, tão apertado por um cinto que fazia o que eu achava que apenas uma saia lápis conseguiria: tornar seu traseiro um ponto imóvel de tensão, como se alguma lei da gravidade ou da protuberância estivesse sendo desafiada; o V da gola de pele lembrava a vagina de uma giganta; e ligeiramente para trás no cabelo ruivo, um chapéu Jivago — ali foi Anna Karenina que eu vi (quem mais poderia ser?) — o vento do nosso aquecedor a ar desalinhando aqueles pelinhos finos, como se um urso russo acabasse de entrar para escapar do vento.

Sua roupa não era cara, ao menos segundo os padrões da Wilhelmina's. O figurino todo parecia o *crème de la crème* de uma boa butique, mas boas butiques não passam de boas butiques, motivo pelo qual devo ser perdoado por imaginar como ela estaria se *nós* a tivéssemos vestido.

Eu a vestiria com um Zandra Rhodes, já que ela tinha estrutura e envergadura para tanto. E condições de usar as cores mais chamativas. E os estilos mais ousados. Mas Vanessa sequer pensaria nisso, ainda que se tornasse minha esposa e pudesse contar com a vantagem gratuita da minha expertise de moda, assim como sequer cogitaria seguir qualquer das minhas sugestões.

Quanto a Poppy, a mãe... Bem, estava vestida como a filha. As duas se apresentavam ao mundo como irmãs. Salvo que no lugar em que o comprimento do casaco de Vanessa era um tantinho longo demais, o de Poppy, sem dúvida, era *mais* que um tantinho curto demais. Por outro lado, ela morara algum tempo nos Estados Unidos, e as mulheres americanas de então, assim como as de agora, não têm salvação quando se trata de comprimento. Quantos anos teria quando pisou pela primeira vez na Wilhelmina's? Quarenta e cinco ou seis. Isso a deixava, quando a polícia me deteve em Chipping Norton, ciente de que a minha intenção não ficava atrás da de um ladrão, com uns sessenta e cinco, idade maravilhosa para uma mulher que sempre se cuidou.

Voltemos a Wilmslow: ela fechou a porta da loja depois de entrar e olhou à volta.

— Ah, aí está ela, *ma mère* — exclamou Vanessa, como se, após a descrição que me dera eu ainda precisasse dessa informação.

As duas se beijaram. Como garças num parque. Uma delas soltou uma risadinha. Não consegui saber qual. Talvez partilhassem um mesmo riso. E aqui está o argumento a considerar quando se pesam os prós e os contras do meu comportamento: como eu poderia não me apaixonar pela filha e pela mãe quando ambas vieram a mim tão indissoluvelmente ligadas?

— Com certeza não dá para ignorar quem você é — me disse Poppy, assim que conseguiu se diferenciar da filha.

Ergui uma sobrancelha.

— Como assim?

— Você até ergueu a sobrancelha como ela.

— Como quem?

Vanessa bufou com impaciência. Essa era, sem dúvida, a máxima duração que conseguia aguentar de uma conversa confusa.

— Minha mãe conhece a sua mãe — disse ela. Ou seja, será que agora podemos ir em frente com as nossas vidas?

— Ah! — exclamei. — E?

— E o quê? — Não me perguntem qual delas fez essa pergunta.

— Não, o que eu quis dizer foi: sua mãe, me desculpe — emendou Poppy, desviando o olhar da filha —, *você* a conhece bem?

Nesse momento, uma cliente saiu da cabine querendo que lhe ajustassem a roupa. Quanto tempo teria passado lá dentro? O dia todo? A semana toda? Isso foi demais para Vanessa, que, havia três minutos inteiros estava na loja, mas sentia ter passado lá a vida toda.

— Se a gente for tomar um chá, será que sua mãe vai ter chegado quando voltarmos? — quis saber.

17

— Não, minha mãe está de férias — falei, consultando o relógio. — Provavelmente, navegando no Nilo, neste momento.

Poppy pareceu decepcionada.

— Eu bem que avisei — disse à filha. — Deveríamos ter telefonado antes.

— Não, fui *eu* quem falou.

— Não, amor, quem falou fui *eu*.

Vanessa deu de ombros. Mães!

— Lamento — intervim, olhando para uma e depois para a outra. — Vocês vieram de longe para vê-la?

— De Knutsford.

Demonstrei surpresa. Knutsford ficava a uma pequena distância de carro. Diante da agitação de ambas, supus que tivessem vindo de Nova Deli. Vanessa interpretou a minha surpresa como irritação. Mulheres zangadas fazem isso. Elas acham que todos têm a mesma temperatura que elas.

— Somos novas aqui — explicou Vanessa. — Não estamos habituadas às distâncias.

Knutsford, claro, é a cidade onde a sra. Gaskell, uma antiga moradora dos arredores, situou seu romance *Cranford*. E aquilo ali lembrava uma cena de *Cranford*. "Somos novas aqui". *Imagine, leitor, a perturbação de qualquer coração quando as novas moradoras fossem apresentadas no primeiro domingo após a Páscoa aos paroquianos...*

O que em nada se comparava à perturbação que agitava o meu. Novas na área, certo? Bom, nesse caso, precisariam de alguém antigo na área para deixá-las à vontade.

Como Poppy conhecia minha mãe, consideravelmente mais velha que ela, foi algo que descobri depois. Não que eu estivesse curioso. Uma mera questão de trama, a forma como as pessoas se conhecem, em nada diferente de por que o culpado é o mordomo. Algo a ver com uma irmã mais velha (de Poppy) que morrera em circunstâncias trágicas — acidente de carro, câncer, paralisia cerebral... Uma dessas coisas. Algo a ver com a minha mãe ter sido da sua turma na escola — a turma da irmã mais velha. Que diferença fazia? Poppy, de volta a Cheshire, queria retomar a ligação em nome da irmã, só isso.

Biblioteca das Moças.

— Que loja de bom gosto — comentou ela, olhando à volta pela primeira vez. — Uma garota pode arrumar problemas num lugar como este.

Garota?

Literatura infantojuvenil.

— Obrigado — agradeci. — O bom gosto é da minha mãe, que raramente vem aqui hoje em dia. Tomo conta da loja para ela.

Eu estava tentando parecer indiferente. Para quem se considera escritor, é impossível crer que qualquer outra vocação seja interessante. Apenas quando se apercebessem do fato de que eu ia para casa à noite e escrevia frases em um caderno pautado, Vanessa e Poppy haveriam de querer me conhecer melhor. Quanto à gerência da loja — meu Deus, eu fazia isso a distância, de olhos fechados, sem me dar conta. Mas não podia me declarar, de cara, um romancista, porque uma ou outra — mais provavelmente, ambas ao mesmo tempo — diria: "Será que já lemos algo que você escreveu?", e eu não queria me ouvir respondendo que não era um romancista no sentido concreto de ter, realmente, produzido um romance.

Mesmo descontando a minha ingenuidade, existe um limite para as mudanças que ocorrem em vinte anos. Na época, independentemente da veracidade dos argumentos, era viável crer que ser escritor constituía uma ocupação glamourosa, que duas mulheres bonitas talvez viessem outra vez de Knutsford, em um futuro próximo, para estreitar sua ligação com um homem cuja cabeça piruetava como os *Ballets Russes*. Agora qualquer um precisa se desculpar por ter lido um livro, quanto mais por tê-lo escrito. Comida e moda passaram a perna na ficção. "Vendo terninhos Marc Jacobs em Wilmslow", eu diria hoje se quisesse impressionar uma mulher, "e, quando não estou fazendo isso, sou um *chef de cuisine* em Baslow Hall. Esse negócio de ficção é apenas um passatempo."

Se eu soubesse então o que sei agora, teria queimado meus livros, estudado a fundo Balenciaga e me agarrado à loja como a um salva-vidas, em lugar de passá-la para o meu irmão caçula que levou uma vida de Casanova desde o dia em que a recebeu.

CAPÍTULO 3

Mim Beagle

A Vanessa e a Poppy, de todo jeito, dediquei meu primeiro romance. Era delas. Da minha amada Vanessa, vírgula, e de Poppy.

Ou esqueçam a vírgula.

Um romance elegantemente profano, contado do ponto de vista de uma jovem e idealista funcionária de zoológico — daí seu interesse para os grupos de leitura femininos, que nele encontraram menos com que não se identificar do que no meu último trabalho —, *Vai Pentear Macaco!* deu muito o que falar quando foi lançado, treze anos antes de ir parar nas prateleiras da Oxfam. O título, como eu deveria ter percebido e como o meu editor deveria ter me avisado — mas talvez já estivesse pensando em cometer suicídio —, era um tiro no pé. Vai pentear macaco, porra! — "Para que ler isso?", algum crítico azedo estava fadado a interrogar. E um deles fez isso. Eugene Bawstone, o editor literário de um daqueles jornais londrinos grátis que ninguém gosta de ganhar. Mas como aconteceu quando fez a mesma piada sem graça na resenha de um revival de *Quem Tem Medo de Virginia Woolf?*, de Albee, e sem dúvida ao dizer o mesmo ao Rei Lear ao ouvir a pergunta "Quem será que pode dizer quem sou?" — e mais provavelmente ainda por ninguém lê-lo mesmo —, seu *jeu d'ennui* não conseguiu deter o modesto progresso do romance.

Eu conhecia um pouco do funcionamento de zoológicos por conta de ter saído durante algum tempo — antes de V&P (eu deveria datar tudo a partir do surgimento das duas: AEVP querendo dizer Antes da Era Vanessa e Poppy) — com uma mulher que trabalhava no centro de criação de chimpanzés no Zoológico de Chester, lar da maior colônia desses símios na Europa. Como filho de Wilmslow e da Wilhelmina's, criado para achar que as mulheres são o exemplo da civilização em sua melhor expressão de refinamento e delicadeza, fui levado à loucura pela ideia da selva indomada bem na nossa porta. Lá estava eu, amarrando lindos laços para fechar caixas das criações mais rendadas e diáfanas, enquanto logo adiante gorilas e macacos transavam com uma tranquilidade que escarnecia da noção de roupas e, mais ainda, de *haute couture*. Babados e vestidos-sutiã da Prada! Saias metálicas verde-*chartreuse* de Versace com uma fenda até a cintura! Cintas-ligas da La Perla! A quem pretendíamos enganar?

Mishnah Grunewald era filha de um rabino ortodoxo, muito chegado a choro e misticismo, cuja família escapara da Polônia na undécima hora. Resolvera se dedicar aos chimpanzés como uma forma de rebelião contra as histórias de perseguição com as quais seus parentes a importunavam.

— Não abandonei o ninho, só preciso de espaço para questionar — disse-me ela. — E nada melhor que os macacos para questionar o judaísmo.

— Nem mesmo os porcos?

Ela me lançou um olhar enviesado.

— Porcos, porcos, porcos! A única coisa que todo mundo acha que sabe a respeito dos judeus: a aversão que eles têm a porcos. Você, no entanto, Guy *Ableman*, deveria ser mais informado.

— Eu?

A autonegação do meu judaísmo não era maior do que a dela. Simplesmente isso jamais entrara no esquema das coisas para mim. Como acontecera com meus pais. Judeus? Tudo bem, mas, por favor, me recorde onde eles viviam quando estavam na terra natal.

Eis a prova de que eu não era a mercadoria genuína: um genuíno judeu apocalíptico interessado, que pensasse em sua condição de judeu todo o tempo que passava acordado e a maior parte do tempo em que dormia, jamais teria resistido a concluir a frase com uma piada amarga, desterrada.

— "Então, o que eram os judeus quando estavam em sua terra natal — *onde quer que fosse isso?* — Mas eu sabia qual era a terra natal. Wilmslow. Estávamos lá havia séculos. Procure os Ableman de Wilmslow no livro do Juízo Final se duvidar da minha palavra. Eles estão lá — meus tatara-tatara-tatara-avós, Leofrick e Cristiana Ableman. Varejistas agricultores.

Mishnah me deu um sorriso do tipo "deixa rolar", embora "deixa rolar" ainda não estivesse tão em voga. Eu já havia sido alvo de sorrisos desse tipo

21

— vindos dos gêmeos Felsenstein e de Michael Ezra, ex-colegas de escola. O sorriso do vínculo, o sorriso *estamos todos nessa velha merda juntos*, independentemente das minhas negações. Tinham até me chamado de mariquinhas, algo que, como o menino carente de afeto — apenas as palavras me amavam — que eu era, não me incomodara. Com Michael Ezra me incomodei, mas foi mais tarde e por outros motivos.

Mishnah Grunewald, com seus olhos cor de violeta e cabelos que lembravam um rebanho de cabras — parecia diretamente saída da Terra Santa, sem qualquer resquício da longa permanência da família na Europa, enquanto eu era descorado como estanho, do mesmo tom desbotado dos polacos que haviam atormentado sua família durante séculos, o que não quer dizer, por Cristo Nosso Senhor, que eu fosse sequer de longe um polaco torturador de judeus. Mishnah Grunewald cheirava aos animais cuja confidente se tornara, um odor de cópula incessante que me transformava numa fera selvagem toda vez que eu me via próximo o suficiente para farejá-la.

— Você é pior que o Beagle — costumava me dizer ela, sendo que Beagle era o macho dominador no centro de criação de macacos. Eu o imaginava com um pênis vermelho ardente ao qual se dedicava com afinco, mais ou menos como eu.

Embora fosse objetiva quanto a seu trabalho, Mishnah precisava apenas deixar escapar algum detalhe circunstancial da sua vida no zoológico — como quando precisou, certa vez, dar uma mãozinha na jaula dos tigres, masturbando os felinos selvagens — para que eu perdesse por completo o juízo. Que diabos ela estava fazendo, masturbando os felinos selvagens? Era só uma coisa que tinha de ser feita para manter a calma no zoológico. Sério? Sério. Tigres? É, tigres. Como foi que você se sentiu? Útil. Como se sentiram os tigres? Vai ter de perguntar a eles. E o Beagle? Alguma vez ela havia masturbado o Beagle? Isso eu quis saber enquanto arrancava suas roupas. Imaginei o animal olhando diretamente em seus olhos reminiscentes do Cântico dos Cânticos com a mandíbula escancarada, um símio enlouquecido por uma das filhas de Caná, exatamente como eu. A resposta foi não. Não se faz isso com macacos. Eles são perigosos demais. Enquanto os tigres ficam melosos.

— Então sou o quê? — perguntei. — Um macaco ou um tigre?

No final, insisti para que ela me chamasse de Beagle durante nossas trepadas, para que não houvesse equívocos.

Vai Pentear Macaco! era a história de Mishnah apenas à primeira vista. Abordava, na verdade — não, não a tênue linha divisória entre animais e humanos, nada tão banal —, a desumanidade e autodeslealdade maiores dos humanos. Os macacos conheciam muito bem a raiva e a maldade e o tédio, mas não eram tão cínicos quanto os seres humanos. Podiam perder o juízo com uma luxúria semelhante, mas eram sérios em sua macaquice, entendiam o que significava pertencer à sua espécie, não passavam o tempo todo abandonando o barco e virando casaca como os humanos e se importavam uns com os outros. Chegavam mesmo a demonstrar um amor protetor por Mishnah, amor este que ela me garantiu jamais ter encontrado o equivalente na nossa própria espécie.

— E quanto a mim? — indaguei.

Ela riu.

— Você tem mais jeito de fera do que qualquer animal do Zoológico de Chester — respondeu ela.

Foi a palavra mais bacana que ouvi a meu respeito da boca de uma mulher. Não "zoológico", embora eu adorasse a vogal extra acrescentada por Mishnah — zooOlógico —, mas "fera". Fera! Termo em latim para uma besta indomesticável. Guy Feroz. Feroz Guy. Mas virei isso contra mim em nome da arte. *Vai Pentear Macaco!* falava do egoísmo desenfreado e das escorregadelas morais no mundo dos homens. Se Mishnah era a heroína, eu era o vilão — um homem governado por uma ambição desmedida e com um ardente pênis rubro, sob cujo comando percorreu cegamente o caminho para o zoológico que os teólogos chamam de inferno.

Ou estaria eu sendo injusto com os zoológicos? Será que a luxúria indiferenciada de seus habitantes não tornava os zoológicos um paraíso? Esse era o meu argumento: os chimpanzés não eram mais gentis com seus semelhantes *apesar* da sua libidinagem, mas *por causa* dela.

Eu não era um profeta do sexo desenfreado. Eu juntava palavras, não corpos. Mas me lembrei de que o romance devia muito ao sexo, de que o sexo lhe era essencial, que a prosa se impunha sobre a poesia por celebrar nossos instintos mais básicos, não os mais nobres, embora eu advogasse *serem* os nossos instintos básicos os mais nobres.

"Gerald Durrell encontra Lawrence Durrell", louvou com entusiasmo discreto o *Manchester Evening Chronicle*. O *Cheshire Life* foi mais desinibido em seus elogios — "Finalmente Wilmslow tem seu próprio Marquês de Sade". Não se pode comprar comentários como esse. Cheguei mesmo a ser convidado para fazer a palestra anual no Zoológico Chester antes que o chefe de pessoal lesse o livro e descobrisse que ele terminava com uma cena de um massacre de macacos pelo homem na área reservada aos chimpanzés.

Mishnah Grunewald, que eu parara de namorar anos antes e de quem, para ser franco, mal conseguia me lembrar agora que tinha constantemente Vanessa e Poppy diante de mim, escreveu para dizer que se sentia traída. Se soubesse que eu planejava escrever uma comédia priápica de mau gosto sobre a sua profissão, ela não teria partilhado comigo suas confidências e muito menos sua cama.

O que a chateou acima de tudo foi a epígrafe que montei a partir de algumas frases soltas ditas por Charles Bukowski — "Eu comia carne. Não tinha deus. Gostava de foder. A natureza não me interessava. Jamais votei. Gostava de guerras. A História me entediava. Os zoológicos me entediavam."

"Como você pôde escrever aquelas coisas a meu respeito?", quis saber Mishnah.

Respondi por carta explicando que aquilo nada tinha a ver com ela. As observações não haviam sido atribuídas a qualquer pessoa viva. Na medida em que essa era a visão de qualquer um, era a visão do chimpanzé, do Beagle. E se *ele* não pudesse dizer que os zoológicos lhe davam tédio, quem poderia?

Mas Mishnah não tinha apreço por ficção. Quem hoje em dia tem? Assumiu que o "eu" do romance era ela e, por isso, supôs que todas as ideias expressas, supostamente, fossem suas. "Você mais que qualquer outro sabe que os zoológicos não me dão tédio", escreveu. "Essa é a parte que dói."

Enterrei o rosto no papel de carta. Seu odor de macaco enjaulado me deixou quase louco de desejo, embora a essa altura eu já estivesse casado com Vanessa, que sem jamais ter se aproximado de um zoológico, também me deixava meio louco de desejo. Nela eu sentia o cheiro da minha sogra.

Vai Pentear Macaco! foi selecionado como candidato a um modesto prêmio distribuído pelo dono de uma indústria do estado de Lancashire, que apreciava a literatura local e pornografia discreta. O livro também foi apontado pelo editor de artes da edição nortista do *Big Issue* como seu Livro do Ano. Até os sem-teto aparentemente identificavam algo da sua natureza essencial em meu romance. Depois o livro resvalou para o equivalente literário daquelas mesmas soleiras de porta molhadas de urina onde os sem-teto armam suas camas de papelão — o buraco negro conhecido como *backlist*, aquela lista dos títulos não reeditados.

Embora eu pudesse justificar o episódio em Chipping Norton como uma cleptomania impulsiva detonada por estresse profissional — culpa minha por me deixar sucumbir diante da arrogante suposição de que iria seduzir as associadas de um clube de leitura, mas estresse é estresse, caiba a quem couber a culpa —, não dava para fingir que eu não estava de outras formas me comportando de forma estranha. Roía as unhas, arrancava pelos do bigode, tirava pele dos meus dedos. Quando um papagaio engaiolado faz o equivalente psitacídeo a essas coisas, me dissera Mishnah, o diagnóstico é depressão ou demência. A gente abre a gaiola e deixa o pássaro sair voando, embora a essa altura ele já tenha esquecido como era a liberdade da qual sentia falta.

Eu também. Se alguém abrisse a minha gaiola, eu não saberia para onde voar. Bem, saberia, sim: eu voaria para a casa da mãe da minha mulher. Por outro lado, ela não era o meu propósito e, sim, o meu consolo por ter perdido o meu propósito.

Por propósito aqui quero dizer leitores.

Eu não era o único. Ninguém tinha leitores. Mas todo escritor toma como ofensa pessoal a perda de leitores. São os *nossos* leitores que foram perdidos.

Quando não temos a quem nos dirigir, nos dirigimos a nós mesmos. Essa era mais uma das minhas condutas estranhas. Eu estava me comunicando comigo mesmo, dizendo palavras para ninguém em especial e nem sempre me dando conta disso. Mexendo os lábios sem falar, e certamente não na esperança de dar início a uma conversa, em geral durante longas caminhadas sem rumo em Notting Hill e no Hyde Park — sim, pois eu havia me mudado, na esteira do meu sucesso inicial e ilusório —, sem me aperceber do mundo, a menos que por acaso me visse diante da vitrine de uma livraria na qual não houvesse qualquer dos meus livros exposto. Um escritor flagrado mexendo os lábios do lado de fora de uma livraria que não tem em estoque um único livro seu imediatamente dá a impressão de estar vociferando ameaças e maldições, ou mesmo planejando um incêndio criminoso, e eu não queria que pensassem que a coisa tinha ficado tão feia assim para mim.

Fosse o que quer que parecesse, eu não estava falando. Estava escrevendo. Com a boca. Suponho que seja esse o termo — praticar o som das palavras quando não estava em um lugar onde pudesse anotá-las. Isso se chama ter um livro em andamento, mas a parte preocupante era que o livro que eu tinha em andamento falava de um escritor escrevendo com a boca sobre a preocupação de escrever com a boca. E é aí que a gente sabe que está ferrado como escritor — quando os heróis do nosso romance são romancistas preocupados com o fato de os heróis de seus romances serem romancistas que sabem que estão ferrados.

Não é preciso ser psiquiatra para ver que roubar os próprios livros simboliza dormir com a própria sogra.

"Alguém me ajude", eu estava dizendo.

CAPÍTULO 4

A Morte de um Editor

As coisas não iam bem no meu pedaço: não para mim, por conta de ser um escritor com cujas personagens os leitores não se identificavam, não para a minha mulher, que não se identificava com os meus personagens nem comigo, não para Poppy Eisenhower, a mãe da minha mulher, cujo problema, para ser franco, era que nos identificávamos um com o outro *demasiado* bem, não para a minha biblioteca local, que fechou uma semana apenas depois que publiquei um artigo inflamado no *London Evening Standard* elogiando sua recusa, baseada em princípios, a oferecer acesso à Internet, nem para o meu editor Merton Flak, que, em seguida a um almoço regado a muita bebida em minha companhia — fui eu que enchi a cara — voltou para o escritório e deu um tiro na boca.

— Suponho que você ache que tudo isso tem algo a ver com você — sussurrou Vanessa, misteriosa e bonita, vestida de renda preta, no enterro.

Dei de ombros entre lágrimas. Claro que eu achava que tinha algo a ver comigo. Eu achava que tudo tinha algo a ver comigo. Eu era uma pessoa primeira-pessoa por vício profissional. "Eu" era a primeira palavra de *Vai Pentear Macaco!*. E também a última. "Sim, eu digo sim, eu digo que vou" — por mais que fosse um macaco, ou pudesse ser um macaco, a dizê-la. E a verdade é que não dá para a gente se imaginar o "eu" de uma outra pessoa, ou, com efeito, de uma outra criatura, sem imaginar a si mesmo.

Mas embora eu fosse o último autor a ter falado com Merton Flak vivo, o fato de guardar uma arma no armário do escritório, no mínimo, provava que ele já vinha pensando em dar cabo da vida. Eu também não achava que fosse integralmente culpado pela atual crise do mercado editorial, a desvalorização do livro como objeto, o desaparecimento das palavras como instrumento dos livros, o fechamento das bibliotecas, o surgimento dos Oxfam, Amazon, eBooks, iPads, Oprahs, apps, Facebook, Formspring, Yelp, promoções 3 por 2, o romance gráfico, Kindle, vampirismo — tudo isso mencionado pela diretora de marketing da Scylla & Charybdis Press em seu elogio fúnebre (com certo constrangimento, em minha opinião, já que era uma usuária inveterada do Yelp e participante frequente do weRead) como tendo contribuído para o pobre Merton dar o passo drástico que dera. Eu era tão vítima como qualquer outro de todos esses fatores.

Falando ao menos metaforicamente, todos tínhamos revólveres em nossos armários. Mesmo aqueles editores que ainda conservavam seus escritores, mesmo aqueles escritores que ainda conservavam leitores, todos sabiam que o jogo acabara. Ríamos do que não era engraçado — explosões secas, cancerosas, como arrotos de vaca — e nos recolhíamos ao silêncio mal-humorado, como se antecipássemos a morte de um ente querido, em meio ao que, em tempos melhores, seriam conversas animadas, para não dizer indecentes. Nossas vesículas continham pedras, nossos fígados haviam inchado, nossas artérias estavam entupidas. Numa outra época, a guerra ou a peste teria dizimado a nossa raça. Agora, sem quem nos lesse, morríamos de gangrena vocabular. Nossas próprias palavras sem receptores vinham nos matando.

Mas não havia solidariedade na tragédia. Tínhamos pavor de ir a reuniões e festas na companhia uns dos outros, temendo encontrar alguém isento do destino comum, alguém que desertara o pelotão, que recebera uma notícia boa, um sussurro de interesse dos deuses da tevê ou do cinema, um aval de E.E. Freville, também conhecido como Eric, o Avalista, um homem que, no passado, daria qualquer coisa por um copo de vinho branco barato, mas que, depois de tirar a sorte grande com seus avais para uma sucessão de vencedores do Prêmio Nobel ("Impossível parar de ler"; "Ri até chorar, depois chorei até morrer de rir"; "Compulsivo, com uma compulsividade de proporções épicas"), se tornara uma personalidade literária de per si e, dizia-se agora, lia os livros antes de recomendá-los. Eu mesmo, por conta de várias críticas extraordinariamente favoráveis, para não dizer bizarras, que começara de repente a receber via Amazon — "Misture a sra. Gaskell e Apuleio, e o resultado será Guy Ableman", era uma das mais recentes —, me transformara em alvo da desconfiança de outros escritores. O que eu estava fazendo de diferente? Por que tinha leitores? Na verdade, eu não tinha leitores, apenas estrelas na Amazon. Para falar a verdade, embora ninguém acreditasse, toda vez que uma crítica nova e mais extravagante aparecia — "Um *spermfest* verbal! Com seu novo romance, Guy Ableman excede qualquer um que um dia tenha molhado a pena na tinta incendiária da franqueza erótica" —, meus editores informavam uma queda nas vendas.

— Estranho — admitira Merton —, mas dá a impressão de que as pessoas não querem que lhes digam do que gostar.

— Você está falando da franqueza erótica?

Ele fez um gesto dispensando a expressão.

— Estou falando de forma geral.

Fiz uma sugestão:

— Nesse caso, por que não mandamos para a Amazon nossas próprias críticas falando que meu livro é uma droga?

Ele não me deu ouvidos. As pessoas também não queriam que lhes dissessem do que *não* gostar. Além disso, falar mal de si mesmo na Amazon, na esperança de aumentar as vendas, era uma indecência que nenhum escritor sério jamais conseguiria relegar ao esquecimento.

— Pode até ser ilegal — observou Merton, olhando à volta para se assegurar de que ninguém escutara.

Aquele nosso último almoço juntos, em um restaurante do tamanho de uma caixa de fósforos, foi o primeiro em mais de dois anos. Salvo pelo figurino simplório — calça de brim do tipo que uma esposa compra para o marido em loja de departamentos, na qual ele já secara as mãos esperançosas vezes demais, e uma espécie de agasalho de jogging saído de um desses empórios especializados em roupas para safári —, eu não o teria reconhecido. O sujeito perdera metade dos dentes e todo o cabelo. Jamais um falastrão mesmo nos bons tempos quando não faltavam garrafas do caro Pauillac, ali estava ele, debruçado sobre o prato e com um copo de vinho branco quase intocado à frente, sem comer a salada de beterraba, cutucando com os cotovelos seus vizinhos de ambos os lados, balançando furiosamente a cabeça como se desejasse se livrar dos dentes restantes.

— Humm — dizia, sempre que os nossos olhares ou joelhos se encontravam. Sem saber que outra coisa fazer, comecei a arrancar a pele em torno das unhas, com as mãos escondidas sob a mesa.

Existem "humms" que denotam uma aceitação muda do estado das coisas, o lento processo de reflexão ou simplesmente constrangimento. Os "humms" de Merton não eram de nenhum desses tipos. Os "humms" de Merton indicavam a inutilidade de dizer alguma coisa.

Por isso mesmo eram contagiosos.

— Humm — retorqui.

Antigamente, quando levava um de seus escritores para almoçar fora, um editor indagava a respeito do seu trabalho. Agora, porém, como todos os editores, Merton tinha pavor das respostas. E se o trabalho estivesse indo bem? E se eu tivesse um livro para lhe mostrar? E se pretendesse lhe pedir um adiantamento?

Finalmente — tanto com o objetivo de encerrar a tarde quanto para dar início a uma conversa, porque do jeito como iam as coisas logo não me restaria sequer uma unha, e porque eu gostava de Merton e não aguentava ver sua aflição — falei alguma coisa. Não *Nossa mãe, que cadeiras incômodas, Merton*, nem *você se lembra de quando costumava me levar ao L'Étoile e comíamos miolos de vitela, não uma torta de rim banal?*, mas algo mais compatível com o seu estado de espírito. Dois ou três editores veteranos — imediatamente punidos com uma rejeição ostensiva — haviam comentado publicamente, naquele fim de semana, o declínio do nível de instrução nos textos atuais: manuscritos que vinham com erros de ortografia, má pontuação e problemas gramaticais, uma confusão equivocada de metáforas inconsistentes, particípios mal empregados, pode em lugar de deve, deve em lugar de pode, melhor onde o certo seria mais bem e mais onde o certo seria mas. Não apenas havíamos desaprendido como vender livros, tínhamos desaprendido como escrevê-los. Não me restava dúvida de que qualquer que fosse a origem da depressão de Merton, o mau uso da língua não o estava ajudando.

— Você parece — falei, levando o guardanapo de papel à boca, como se também eu corresse o risco de perder alguns dentes — um homem que há muito tempo não lê nada mediamente decente.

Eu queria que ele soubesse que o sofrimento era de todos nós.

— Não. Ao contrário — respondeu Merton, apalpando os cantos dos olhos com as pontas dos dedos, como se tentasse abrir uma ostra, embora não tivesse mais dinheiro para comer ostras. — É o extremo oposto.

O problema é que, no mínimo, vinte obras geniais aterrissaram na minha mesa só este mês.

Merton tinha fama de pensar que todo romance submetido à sua avaliação era uma obra genial. Um editor da velha guarda, como diziam. Encontrar obras geniais havia sido o motivo que o levara à atividade editorial, para começo de conversa.

— Humm — falei.

O tema da genialidade para a posteridade deixou Merton à beira da loquacidade.

— Não seria exagero — exagerou ele — dizer que oito ou dez dessas são obras-primas.

Arranquei um punhado de pelos do meu bigode.

— Tão boas *assim*?

— De tirar o fôlego.

Como nenhuma delas era minha, independentemente das críticas na Amazon, precisei me esforçar para ficar animado por ele.

— Então, qual é o problema? — perguntei, na esperança de que ele me dissesse que os autores de, no mínimo, quatro ou cinco estavam mortos.

Mas eu sabia a resposta. Nenhuma delas era adequada às promoções 3 por 2. Nenhuma delas tinha como protagonista um vampiro. Nenhuma delas era sobre os Tudors. Nenhuma delas podia ser anunciada como continuação de *A Garota que Comeu a Própria Placenta*.

Talvez fosse até possível que nenhuma delas se encontrasse isenta da acusação de um particípio mal empregado. Embora Merton pertencesse à velha guarda de editores, a nova guarda — que defendia que um romance não precisava estar bem escrito para constituir uma obra-prima, sendo, na verdade, mais provável se tratar de uma obra-prima por estar mal escrito — começara a corroer sua confiança. Merton não sabia mais o que era o quê. E fosse o que fosse, isso não estava sendo submetido à sua avaliação.

— Sabe o que esperam que eu lhe peça? — indagou, repentinamente me olhando nos olhos. — Que você twiste.

— Tuíte?

— Twiste, tuíte, sei lá.

— E por que esperam que você me peça isso?

— Para que você possa fazer o nosso trabalho por nós. Para que você se conecte com seus leitores, lhes diga o que está escrevendo, lhes diga onde vai fazer palestras, lhes diga o que está lendo, lhes diga que porra está comendo.

— Torta de rim.

Ele não achou graça na piada.

— Por que eu, especificamente? — indaguei.

— Não só você, todo mundo. Dá para imaginar pedir a Salinger para tuitar?

— Salinger morreu.

— Não é difícil imaginar por quê.

Merton se calou novamente e depois me perguntou se eu usava a Internet. *Usava a Internet* — como não amar Merton, um sujeito tão inalcançável?

— Um pouco.

— Você é blagueiro?

— Blogueiro? Não.

— Lê as blagues dos outros?

— Blogs. Às vezes.

— O blog é o fim de tudo — disse ele.

A palavra soou vulgar em seus lábios. Era como ouvir o arcebispo de Canterbury falar sobre fazer aulas de zumba. O blog já pertence ao passado, tive vontade de dizer. Se é para pôr a culpa em alguma coisa, que seja no myBlank e porraFace e o que quer que esteja convencendo o unRead a acreditar que todos têm o direito a uma opinião. Mas Merton raramente se abria, e eu não quis calá-lo quase antes que ele começasse a falar.

— Me conte mais — insisti.

Ele olhou à volta como se jamais tivesse pisado naquele restaurante.

— O que há para contar? Os romances já eram, não porque ninguém saiba escrevê-los, mas porque ninguém sabe lê-los. É uma noção diferente de linguagem. Entre na Internet e você só vai encontrar... — disse ele, lutando para achar a palavra certa.

Sugeri expostulação, uma das minhas prediletas. Lembrava o pigarro reprovador de velhos preconceituosos. Só que agora eram os jovens preconceituosos que estavam pigarreando.

Merton pareceu satisfeito com ela, na medida em que era possível dizer que parecesse satisfeito com alguma coisa.

— Os romancistas descobrem o caminho para chegar ao significado — comentou.

Assenti com veemência. E eu não estava descobrindo o meu, afinal? Mas Merton se referia a forças invisíveis, não a mim.

— A geração do blog sabe o que quer mesmo antes que você diga o que é — prosseguiu. — Eles acham que escrever equivale a uma declaração opiniática. No final, isso é tudo que esperam das palavras. Meus próprios filhos vivem me perguntando o que eu quis dizer. Querem saber aonde pretendo chegar. Perguntam qual o sentido dos livros que publico. "Eles são sobre o quê, pai? Conta pra gente, porque assim não vamos precisar ler." Não consigo encontrar uma resposta. *Crime e Castigo* é sobre o quê?

— Crime e castigo.

Merton não gostou da minha resposta jocosa.

— Então você acha justa essa pergunta? Acha que um romance não é nada além da própria sinopse?

— Você sabe que não.

— Você tem filhos? Não me lembro.

— Não.

— Então, é um sortudo. Não precisa ver como são ignorantes. Não precisa vê-los chegar em casa da escola depois de ler uma cena de *Rei Lear*, aquela na chuva, já que agora não consideram necessário ler sobre ele quando está seco, achando que conhecem a peça. "É sobre aquele velho babão, pai."

— E aí você diz o quê a eles?

— Digo que literatura não é *sobre* coisas.

— E o que eles respondem?

— Que eu sou um velho babão.

Jamais, em uma década, ouvi Merton dizer tantas palavras. Mas seriam as suas últimas.

— Humm — murmurou ele quando viu a conta.

No fim daquela tarde, sem tuitar sobre isso com pessoa alguma, ele fez o que tinha de fazer.

• • •

Afora o roubo do livro, o ato de escrever com a boca e de arrancar pelos, eu estava em melhor forma do que muita gente. Sem dúvida, em melhor forma do que o coitado do Merton. Ainda me vestia bem, já que tinha a moda nas veias, comprava sapatos e cintos caros e punha a camisa para dentro da calça (desleixado para se vestir, desleixado para escrever). Mas, nem graças a muita imaginação, conseguiria passar a impressão de alguém na crista da onda. Tinha 43 anos — velho para um romancista do século 21 e com certeza velho demais para aparecer em qualquer daquelas listas de escritores "com menos de", frequentadas por mim no passado —, mas podia me passar por alguém dez ou doze anos mais velho. Tinha parado de pagar a mensalidade da academia de ginástica, aumentado o consumo de vinho para mais de duas garrafas por noite e parado de aparar as sobrancelhas e cortar o cabelo.

Qualquer um suporia que eu não buscava uma saída (o que, na verdade, não queria mesmo).

O mais preocupante, porém, era que ninguém queria me mostrar a entrada. Eu não passava de um jardim pelo qual ninguém se interessava a mínima.

CAPÍTULO 5

Eu, Eu, Eu

Permitam-me a autopiedade intrínseca a uma profissão moribunda. Na verdade, Vanessa se importava o suficiente para dizer que me achava carente de férias. Ainda que viesse dizendo ao longo dos nossos últimos vinte anos juntos que eu precisava de férias, precisava viajar, precisava estar em outro lugar, precisava estar onde ela não estivesse.

— Férias de você?

— Do seu trabalho. De você mesmo. Ser outra pessoa durante um tempo.

— Sou sempre outra pessoa. Ser outra pessoa é o meu trabalho.

— Não é não. Você é sempre você. Apenas dá a si mesmo nomes diferentes.

Soltei um suspiro marital.

— Não faça esse barulho — disse ela.

Dei de ombros ao estilo marital.

Mas ela não parou. Era tão fascinante quanto ser carregado por um rio morno.

— Afaste-se de si mesmo. E se achar que também precisa de férias de mim, vá em frente. Não vou ficar no seu caminho. Algum dia fiquei? Olhe para mim. Seja honesto comigo — comandou, deslizando a mão por entre minhas coxas. — Seja honesto com você mesmo. Algum dia fiquei?

Excitado, esqueci a pergunta.

— Algum dia ficou o quê?

Ela recolheu a mão.

— Fiquei no seu caminho.

— Não — respondi.

— Obrigada pela honestidade.

Esperei que a mão dela retornasse ao posto anterior. Não é assim que se espera que uma esposa recompense a honestidade do marido?

— Mas isso não significa carta branca para uma de suas aventuras literárias — prosseguiu ela. — Eu vou descobrir. Sempre descubro. Você sabe disso. Fica meloso comigo e começam a chegar aquelas flores dormidas duas vezes ao dia. Se assim for, divirta-se. Só não espere me encontrar aqui quando voltar.

— *Se* eu voltar...

Isso pode dar a impressão de um homem buscando uma saída. Mas eu não estava buscando uma saída. Eu amava Vanessa. Ela era a segunda mulher mais importante na minha vida. O que eu buscava era algo sobre o que escrever que alguém além de mim tivesse vontade de ler. Se ela me abandonasse, eu ficaria de coração partido, mas ao menos um coração partido é um tema. Não é abuso, mas não deixa de ser um tema.

— Não me faça ameaças vazias — disse ela. Se me faltavam ideias, a ela faltava humor. Não que piadas algum dia tivessem sido seu forte. Vanessa era bonita demais para ser uma piadista. Aos quarenta e um anos, ainda podia andar de sapatos salto sete com solas vermelho-sangue sem que os joelhos se dobrassem. E é preciso um bocado de concentração para tanto.

— Venha comigo — falei, imaginando nós dois passeando de braços dados em alguma calçada continental, ela mais alta que eu em cima dos saltos sádicos, os homens todos me invejando por causa daquelas pernas. A gente parando aqui e acolá para ela deslizar a mão por entre as minhas coxas, enquanto os homens todos morriam de inveja de mim por isso.

— Eu me viro muito bem sozinha — lembrou-me ela.

— Sei que você se vira muito bem sozinha. Mas a vida não gira apenas em torno de você. *Eu* não me viro muito bem quando você não está comigo.

— Você, você, você.

— Eu, eu, eu.

— E para onde iríamos?

— Escolha você. Austrália?

Isso sim era puxar uma briga. Tínhamos ido à Austrália no ano anterior para o Festival de Adelaide — aonde mais? — na esperança de que eu pudesse escrever um livro sobre um escritor que vai ao Festival de Adelaide

— aonde mais? — e quase rompemos de vez. O de sempre. Fã de escritor necessitada de estímulo (a fã se chamava Philippa) diz que estremece ao ler cada palavra que o escritor escreve, e o escritor, ouvindo isso, checa para saber se o caminho está livre, leva a fã lá fora e estremece ante cada botão do seu vestido.

Será que Vanessa sabia? Vanessa sabia de tudo.

— Suma de novo — avisou ela, durante um café da manhã de confraternização geral no Barossa, enquanto Philippa, quem eu conhecia suficientemente bem a essa altura, sentava-se em frente a mim ostentando toda a sua lascívia empertigada: que garotas safadas essas que as palavras levam a estremecer —, e vai voltar para Londres sozinho.

— Qual é a ideia? Você fica aqui? Iria enlouquecer aqui.

— Não. Você, sim. *Você* enlouqueceria aqui. Já enlouqueceu, aliás.

— Está me dizendo que vai criar galinhas e cultivar uvas?

— Eu teria um pouco de paz.

Ah, paz? A única pessoa com quem não se deve casar, quando se quer paz, é um escritor. A chance seria maior com um perito em desarmar explosivos.

Assim, a minha sugestão, no aconchego do lar, de umas férias na Austrália, foi propositalmente provocadora. Romancista provoca esposa — sem dúvida, dá para escrever um livro sobre isso.

Caso ficássemos em Londres e cogitássemos um divórcio.

— Não me ameace se não vai cumprir — advertiu ela.

Na verdade, a ideia havia sido dela, recordei-lhe. Divórcio era a última coisa que eu queria. Ainda apreciava a sua companhia rascante, ainda me excitava admirando-a. Seu rosto parecia um pequeno salão de espelhos, cheio de arestas e reflexos sangrentos. Quando fitava meu rosto no dela, eu me via cortado em tiras.

O halo de cabelo ruivo em torno da sua cabeça — o sangue jorrando da minha.

O dente da frente ligeiramente torto, que parecia solto, mas não estava —, o estado da minha mente.

Então, por que sumi na noite sul australiana com Philippa, cuja aparência não me deixava louco? Porque ela estava lá. E porque eu precisava manter minha reputação de lobo selvagem. Não me perguntem diante de quem. Diante de mim mesmo.

E porque a ameaça de Vanessa de se divorciar era excitante.

— Não precisa me dizer que a ideia é minha — falou Vanessa. — Todas as suas ideias são minhas.

— Reconheço. Não tenho ideia alguma. Não sou filósofo. Sou um antifilósofo. Conto histórias.

— Histórias! Quando foi que você contou uma história a menos que eu lhe desse uma?

— Me diga uma história que você tenha me dado, Vee.

— Uma!

— Isso, uma.

— Quer saber? — disse ela de repente, me virando o rosto como se a visão de qualquer outra coisa fosse preferível. — Odeio a sua mente.

— A minha *mente*?

— O que restou dela.

— Tudo isso é porque comecei um livro novo?

Vanessa detestava que eu começasse um novo livro. Encarava o fato como se eu estivesse lhe passando a perna porque ela não começara um livro novo porque não terminara, ou sequer começara, o antigo. Mas também detestava o fato de eu não começar um novo livro, porque não começar um novo livro me deixava briguento e sexualmente não confiável. Ao menos enquanto eu escrevia um livro novo, ela sabia onde me encontrar. O lado negativo sendo que, assim que sabia onde me encontrar, ela passava a querer que eu estivesse em outro lugar.

Com efeito, a minha pergunta escondia uma mentira; eu não começara um novo livro, não no sentido de começar a *escrever* um novo livro. Eu havia escrito com a boca uma centena de livros novos, só não acreditava em nenhum deles. Nada de pessoal, não era apenas nos *meus* livros que eu não acreditava. Eu não acreditava em livros, ponto final. Se *eu* estava acabado era porque o livro acabara. Mas Vanessa não tinha consciência da plena extensão da crise. Ela via quando eu me arrastava até meu estúdio, ouvia as teclas do meu computador produzindo seu som oco e presumia que eu continuasse a despejar minha alma tal qual o rouxinol logorreico de Keats.

Eu chegava a fingir animação.

— Estou no topo do mundo — cantarolava durante um intervalo para o chá.

— Pois sim! — gritava Vanessa do quarto.

Ela era do contra até debaixo d'água.

— *I did it my way* — cantei, imitando Frank Sinatra, na manhã seguinte ao nosso casamento.

— Não, não fez! — exclamou ela, sem sequer erguer os olhos do jornal.

Se a minha cantoria a irritava, me ouvir digitando um livro a levava à beira da loucura. Mas o mesmo ocorria quando ela não me ouvia digitar um livro. Isso era uma parte do problema do nosso casamento. A outra parte era eu. Não o que eu fazia, mas quem eu era. A minha existência. O fato de ser homem.

— Você, você, você — repetiu Vanessa pela undécima vez naquela noite. Era como um mantra; se ela dissesse a palavra um número de vezes suficiente, talvez eu, eu, eu desaparecesse numa nuvem de vinho tinto.

Saímos para jantar. Sempre saíamos para jantar. Nós e todo mundo. Jantar era a única coisa que sobrara para fazer.

O restaurante era daqueles em que o porteiro vem cumprimentar os clientes que conhece. Ser ignorado pelo porteiro significa ser ninguém. Ele inclinou a cabeça numa saudação. Apertamos as mãos. Retive a dele tempo suficiente para que todos vissem quão bem nos conhecíamos. Ocorreu-me até chamá-lo de "senhor" e estender a mão para receber uma gorjeta.

Depois disso, Vanessa e eu retomamos a conversa do ponto onde havíamos parado.

— Você dizia — falei — eu, eu, eu...

— Você acha que é a única pessoa no mundo que não recebe o que merece. Por acaso acha que *eu* recebo o que mereço? Seu show de lamentações sobre a extinção da arte da leitura me dá engulhos. E quanto à extinção da arte da escrita? Lojista tarado em busca de sexo em Wilmslow escreve sobre lojista tarado em busca de sexo em Wilmslow. Deus do céu, com um tema assim, sorte a sua ter *conseguido* um leitor!

— Eu não era um lojista, Vee. Era um consultor de moda.

— Consultor de moda você? Quem lhe fazia consultas sobre moda?

Tive vontade de dizer "as mulheres de Wilmslow", o que seria a pura verdade, mas, no contexto da discussão, me pareceu inconsistente.

— A toda hora me pediam conselhos — optei por responder —, embora eu reconheça que você nunca fez isso.

— Você cuidava da loja da maluca da sua mãe, babava em cima das clientes. Eu vi, lembra? Fui uma dessas clientes. E quanto a pedir seus conselhos... Por que eu haveria de querer ficar com cara de uma piranha de Cheshire?

Ela tinha sua opinião.

Jamais acontecia o contrário. Era por isso que eu a respeitava. Eu diria que era por isso que eu a amava, mas a sensação era de que eu a amava apesar de ela sempre ter uma opinião.

Examinei o restaurante. Um psicólogo talvez supusesse que inconscientemente eu procurava a piranha de Cheshire que Vanessa se recusara a ser, mas, com efeito, eu me perguntava se haveria ali algum conhecido meu. Acalmava-me pensar que os ricos e famosos nada tinham de melhor a fazer com suas noites do que eu. Idem os menos ricos e famosos que achariam tranquilizador me ver no recinto. Talvez eu os estivesse procurando também.

Vanessa insistia na ladainha sobre leitores e como eu deveria agradecer aos céus por ter ao menos alguns.

— Ainda que tenha tido apenas um, já teve mais do que merece e, sem dúvida, mais do que eu tive.

Não mencionei que o motivo por que ela não tinha um único leitor era não ter escrito coisa alguma para ser lida. E eu *não* havia dito que era a única pessoa que não recebia o que merecia. O que eu havia dito — ora, o que eu havia dito? Nada além de que o mundo estava desabando sobre todos nós. *Ninguém* estava recebendo o que merecia, a menos que estivesse recebendo mais do que merecia. Havia, no novo esquema de coisas, uma baita falta de proporcionalidade nas recompensas. Ou se conseguia demais ou se conseguia de menos. O que era universal, não uma queixa particular. Mas Vanessa não acreditava que eu tivesse o direito de verbalizar queixa alguma. Eu era um sortudo. Publicara livros.

Pronto. Como o restante do mundo, Vanessa queria ser uma escritora com livros publicados. Era a promessa do futuro: nenhum leitor, só escritores. Ela vira a minha transformação em escritor, observara as páginas vazias se encherem, estivera presente durante a excitação inicial da publicação. E se eu podia me tornar um escritor publicado — um homem mais baixo que ela, mesmo sem os benefícios do salto sete, um homem que dizia coisas tolas, fodia garotas tolas, roubava da Oxfam os próprios livros e dela suas melhores ideias — por que lhe era negada tal possibilidade? Não escrevera, afinal, um capítulo como amostra? Um agente importante não dissera que seu potencial era grande?

— Isso foi há dez anos — recordei-lhe.

Não mencionei que o agente estava com a mão sob a sua saia enquanto afirmava que não lhe faltava talento, nem que depois disso cortara os próprios pulsos — embora não houvesse conexão comprovável entre os dois acontecimentos. Não foi o tato que me freou; o suicídio de Larry simplesmente não valia uma menção. Pode-se contar nos dedos de uma só mão o número de gente no mundo editorial que ainda respira.

— Ora, por acaso tenho tempo para terminar um romance? Sou sempre obrigada a ouvir você tagarelando sobre os seus.

Quando não me dedicava a defender meu direito a tagarelar, eu sentia pena dela. Dava para ver que Vanessa estava à beira de um ataque de nervos, que a improdutividade a deixava doente. Era como se, sem um romance em curso, sua vida não fizesse sentido. Às vezes, ela colocava os punhos entre os seios, à semelhança de mães a quem arrancaram os bebês ou de uma Medeia assassina dos filhos, e me implorava para calar a boca para lhe permitir pensar. Eu a estava matando, me dizia. E eu acreditava. Eu a estava matando.

Vanessa não parava de me pedir para sair de casa para escrever, para construir um anexo no extremo do jardim, para alugar uma sala, para viajar durante um ano. Era o barulho que eu fazia escrevendo, o despertar do computador — "Boing" — com a minha presença todas as manhãs, o batucar nas teclas mortas. Vanessa sentia mais ciúme do meu computador do que sentira de Philippa. Vez por outra, eu pensava ouvi-la se agachar do lado de fora da minha porta, para se autopunir com o barulho daquele teclado odiado. Nessas ocasiões, eu digitava qualquer besteira a toda velocidade a fim de incomodá-la mais ainda. Não era minha intenção aumentar seu tormento e levá-la aos extremos do ciúme, minha intenção era atormentá-la e levá-la de volta ao próprio livro. Nisso, minha loucura era igual à de todo mundo. Os livros já eram, mas escrevê-los continuava a ser a única coisa que eu valorizava. Enquanto não assinasse um romance, Vanessa seria uma mulher morta.

Todos, aliás. Ou a gente escrevia ou não existia.

— Porra, acabe o livro, Vee.

— Porra, acabe o livro! *Acabe o livro, porra!* Que porra você acha que estou fazendo? Dê o fora da minha vida e eu acabo a porra do livro.

Eu tinha sorte por não ser um homem morto.

A gente sabe que está nadando na merda como romancista quando não são apenas os nossos heróis que são romancistas enfrentando problemas para terminar seus romances, mas quando a nossa mulher é uma romancista enfrentando problemas para terminar o dela.

No entanto, já que o romance como forma viva já era, por que fazia diferença o que cada um de nós vinha fazendo?

Uma pergunta justa, mas idiota, como a de um extraterrestre. A vida como forma viva já era — vida com propósito, vida movida a idealismo ou crença, vida que consistia em mais do que enfiar goela abaixo gororobas caras em restaurantes onde é preciso fazer reserva com dois anos de antecedência, a menos que se conheça as pessoas certas, como eu conhecia —, mas ainda assim vivíamos, fazíamos nossas reservas, ainda nos sentávamos em nossas mesas prediletas comendo o que já não tinha sabor e mal podendo pagar a conta. Não procure a lógica. Quanto pior a coisa fica, mais nos ligamos a ela.

Chamei o garçom.

— André, mais uma garrafa de Saint-Estèphe.

O rapaz voltou com a carta de vinhos. Infelizmente o Saint-Estèphe acabara.

Acabara. Essa era a palavra-chave da época. Tudo estava acabando. Não havia mais nada de nada. Pensei no grande poema de Poe sobre a loucura arrebatada — Disse o corvo, "Nunca mais".*

— O que você disse? — indagou Vanessa.

Eu estava começando a falar comigo mesmo.

— Nunca mais — respondi.

Ela achou que eu estivesse descrevendo nosso casamento.

— Desenvolva — provocou-me ela.

Na saída do restaurante, notei que havia uma garrafa não terminada de Saint-Estèphe sobre uma mesa que vagara. Olhei à volta para garantir que

---

* Da tradução de Fernando Pessoa para "O Corvo". (N.T.)

ninguém estivesse olhando. Todos estavam olhando, não havia nada mais a fazer *senão* olhar — mas que se danem! Agarrei a garrafa pelo gargalo e bebi o restante do vinho.

O romancista é um bêbado. Tive a esperança de que leitores meus tivessem visto o que fiz. Então lembrei de que não tinha leitores.

— *They call me Mellow Yellow* — cantarolei.

— Não, não chamam! — disse Vanessa.

Na rua vazia, Vanessa parou para dar uma moeda de uma libra a um vagabundo. Não era um mendigo velho ou um indigente, nem um drogado do Soho ou um vendedor da *Big Issue*, mas um vagabundo da velha escola, o rosto curtido pelo vento, a barba branca e comprida, calça rasgada até a genitália (ou seja, mais bem-vestido do que a maioria dos meus colegas de profissão), uma indiferença vai-pentear-macaco quanto a ser ou não notado. Estava sentado num banco de madeira do lado de fora de um pub, escrevendo num bloquinho de repórter.

— Ele é a cara do Ernest Hemingway — sussurrou Vanessa com admiração, enfiando a mão na bolsa.

— Dá a impressão de que está escrevendo frases mais longas do que Ernest Hemingway — sussurrei em resposta.

Eu queria ver o que o homem escrevia, mas não me era possível, decentemente, chegar mais perto. Ele me deixou meio envergonhado, com toda aquela concentração, com a destreza daquela mão, que não carecia de um computador. Seria ele o último dos romancistas *plein-air*, adeptos da pena?

Na medida em que era capaz de fazer alguma coisa discretamente, Vanessa discretamente depositou a moeda diante dele. O sujeito não ergueu os olhos, nem pareceu, de qualquer outra forma, percebê-la. Eu conhecia essa sensação. Era preciso formular uma frase da forma exata, e nada mais existia no mundo.

Vanessa pegou meu braço. Ela tremia. Todos os atos de generosidade da sua parte a emocionavam profundamente. Imaginei que talvez derramaria uma lágrima (talvez *derramasse* uma lágrima? *Derramaria* uma lágrima?).

Quando seguimos em frente, o som de uma moeda caindo na calçada e depois rolando para a rua nos seguiu.

Vanessa deu um pulo. Qualquer um suporia que tivesse ouvido o estampido de uma arma. Pulei com ela. Estávamos tensos. O cano de descarga de um carro soltou um estampido e ficamos com medo de que outro editor tivesse dado cabo da própria vida.

— Se está pensando em voltar e pegar a moeda para ele, eu não faria isso — falei. — Não tive a impressão de ouvir a moeda cair. O som foi violento demais. Eu diria que ele a jogou.

— Em cima de mim?

Dei de ombros.

— De você. De nós. Da humanidade.

Fiquei secretamente impressionado. Não só o último novelista *plein-air*, mas o último dos idealistas para os quais só a arte importava.

Uma pergunta que às vezes era feita: o que teria visto uma mulher tão bonita e confiante quanto Vanessa, que podia ter se casado com um astro do rock ou um banqueiro ou um apresentador de programa matutino na tevê — que podia, faça-me o favor, ter *sido* uma apresentadora de programa matutino na tevê —, em *mim*?

A resposta que invariavelmente eu encontrava: "palavras".

No século em que o mundo agonizava, ainda existiam mulheres com tesão por homens para os quais as palavras brotavam com facilidade. E vice-versa, claro, embora os homens que não dispunham de palavras mostrassem menos propensão a valorizá-las e tivessem muito mais temor delas do que as mulheres. Dê a um homem uma ou duas palavras além do usual e ele há de encontrar uma mulher que o reverencie. Encha a boca de uma mulher com palavras e ela há de apavorar o sexo oposto. O sexo oposto vive com os nervos à flor da pele. Todo homem que eu conhecia virava um pudim tremelicante no instante em que uma mulher falava.

Algo mais agonizava — o sexo masculino.

Tanto como admiradora de palavras nos homens como uma mulher cujas palavras desestabilizavam os homens — estou falando de palavras que fluíam de sua boca, não dos romances que ela jamais seria capaz de construir com elas —, Vanessa se considerava sortuda por ter me encontrado. Jamais me confessou isso diretamente, mas eu sabia que esse era o motivo por que se casara comigo para começar, o motivo por que permanecera comigo e o motivo por que uma vez reduzira a pó um jovem crítico cujo nome só tinha iniciais e que falara mal do meu estilo de prosa.

Isso é lealdade. Mas quando lhe agradeci depois, ela negou que tivesse a ver comigo.

— Você *qua* você merece tudo que lhe fazem — falou. — Foi o seu dom que eu defendi.

— Eu sou o meu dom — retruquei.

Ela tossiu e citou Frieda Lawrence na minha cara:

— Jamais confie em quem conta, confie no conto.

— Isso quem falou foi D.H. Lawrence — corrigi.

— Pois sim! — gargalhou Vanessa, exageradamente.

Mas seu argumento permaneceu o mesmo, fosse qual fosse o Lawrence citado. O crítico cheio de iniciais caluniara a história, a frágil composição de palavras apenas incidentalmente costurada por mim, assim como o fazendeiro apenas incidentalmente cultiva o trigo (e roubada de Vanessa, de todo jeito). Foi por isso que ela pisou em seus óculos: a fim de que ele se sentisse como a palavra, o logo ferido, chutado quando já no chão.

Coisas moribundas podem ter uma beleza voluptuosa. Basta pensar no fim do dia ou no final do verão. Assim foi com a palavra. Quanto mais enferma, mais lívida ficava, mais gente com uma natureza ultrarrefinada e mórbida se apaixonava por sua putrefação.

Será que eu estaria vivo para vê-la finalmente falecer? Não tinha certeza, mas podia imaginar a cena, como a cremação de um herói viking no mar — o céu, sangrento como o nariz do crítico, pintado por J.M.W. Turner; o último dos homens verbalizadores contemplando o sol em autocombustão, murmurando roucamente seu adeus; as mulheres arrancando os cabelos e urrando em desespero. Destacando-se em meio a elas, abrigada num invólucro de renda como o que usara para se despedir do pobre Merton, a minha Vanessa.

Magnífica em seu luto.

CAPÍTULO 6

A Festa Acabou

Luto. Todos estávamos enlutados. O truque era não deixar que isso nos abatesse.

Depois da morte de Merton, achei uma boa ideia falar com meu agente sobre o que faríamos a seguir. Um escritor vivo precisa de um editor vivo.

No telefone, Francis se perguntou por que a pressa. Pude ouvir alarme em seu tom.

Como Merton, ele temia a ideia de um novo livro. Sabendo que seriam procurados pelos escritores, alguns agentes adotaram o hábito de se trancar em banheiros para não ter de receber em mãos um manuscrito como se fosse um mandado judicial. A situação se deteriorara a esse ponto. Um bom dia agora era aquele em que ninguém lhes dava coisa alguma para a qual precisassem encontrar um editor a quem vender.

Mas, pelo menos, eu *tinha* um agente.

— Então, quem está representando você agora? — perguntavam-me outros escritores quando nos encontrávamos em eventos literários. Nós os chamávamos de eventos, embora mais se parecessem a velórios. Salvo que em um velório haveria muito mais para beber e sanduíches maiores. Talvez até pãezinhos de linguiça. Eu fugia da pergunta. Dar a outro escritor o nome do nosso agente era arriscar-se a tê-lo roubado da gente por ele, barra, ela.

Às vezes, eu mentia.

— Estou por minha conta agora — respondia.

— E isso funciona? — quis saber Damien Clery.

Ele era um autor de comédias sociais ligeiramente antiquadas, leves, ambientadas em cidades históricas — Trollope de *tutu*, rotulara um crítico —, porém mais conhecido por ter pulado a mesa do próprio agente e lhe quebrado o nariz. Desde então, agência literária alguma o queria por perto. Nem as editoras. Ao longo dos últimos quatro anos, ele vivia às custas de uma obra de caridade administrada pela *Scriveners*. Eu o achava assustador, não por conta do temperamento violento, mas por conta do oposto. Era o romancista mais doce, mais tranquilo de Londres. Tinha cachinhos dourados, lindos olhos lilases e voz melodiosa. Mas era impossível saber quando viraria uma fera — palavra que me deixava ressentido com ele porque Mishnah Grunewald a usara para se referir a mim, embora eu jamais tivesse tocado no nariz de um agente.

— Funciona muito bem, Damien — admiti —, mas significa um bocado de trabalho burocrático. Você precisa depositar pessoalmente o manuscrito na mesa de um editor. Não adianta mandar pelo correio. Eles não leem. Você tem de entrar pessoalmente em contato.

— Eles não me deixam chegar perto. Minhas fotos estão na recepção de todas as editoras do país. A segurança me põe para fora antes mesmo que eu toque a campainha.

— Ah! — exclamei, recuando.

— Suponho que eu possa arrumar alguém para entregá-los para mim.

— Talvez funcione — falei —, embora não haja como esconder deles que se trata de você por causa do nome no material.

— A menos que eu mude o nome.

Ele tomou de um único gole uma taça cheia de vinho numa velocidade assustadora e depois teve outra ideia:

— Olha, você se incomodaria de entregar alguns manuscritos para mim?

Recuei um pouco mais.

— Seria um prazer — menti —, mas lembre-se de que eles também me conhecem.

— Sim, mas você poderia dizer que está entregando para um amigo.

— Poderia, mas eu não me sentiria à vontade fazendo isso se você mudar seu nome. Quando descobrirem que você não é quem diz, nós dois iremos para a lista negra.

— *Já* estou na lista negra — disse ele, como se a culpa fosse minha. Olhou-me de alto a baixo com seus lindos olhos lilases e balançou os cachinhos dourados, deixando claro que se lembraria de mim.

Manuscritos, dissera ele. Essa era a parte alarmante. *Alguns* manuscritos. Quantos deles haveria? A rejeição de um único manuscrito é capaz de enfurecer o mais calmo dos escritores. A ideia de Damien Clery arrastando atrás de si um barril de romances cômicos não publicados e batendo de porta em porta nas editoras antes de ser expulso logo na recepção era ainda mais assustadora do que a rapidez com que ele tomava vinho. Quando perdesse a paciência da próxima vez, não haveria como saber o tamanho do prejuízo que causaria.

Fiquei satisfeito comigo mesmo, no mínimo por não lhe fornecer o nome de Francis. Se alguém tivesse de quebrar o nariz do meu agente, que esse alguém fosse eu.

Convença-me, dizia sempre a expressão de Francis ultimamente. Dê-me um bom motivo para cuidar da sua proposta.

Há alguns anos eu vinha flertando com a ideia de escrever uma estimulante continuação de *Vai Pentear Macaco!*. *Vai Pentear Macaco com Quem Vai Pentear Macaco* era uma ideia, ou talvez apenas *A Macacada*.

Francis suspirava ruidosamente toda vez que eu sugeria isso, como se fosse uma conversa à qual seu coração talvez não lhe permitisse sobreviver.

— Vá em frente — costumava dizer, servindo-se de água gelada.

Ele já não me oferecia um copo.

Com frequência, eu me perguntava se a falta de entusiasmo de Francis por uma continuação podia ser atribuída ao fato de não ter sido ele o agente do primeiro livro. Meu primeiro agente — Quinton O'Malley — perdera-se no Hindu Kush com o manuscrito do meu segundo romance em sua mochila. Seu corpo jamais foi encontrado, embora páginas do manuscrito continuassem, durante anos, a ser vistas espalhadas por uma vasta área. Teria Quinton perdido a cabeça e saído cambaleando pelo gelo com meu manuscrito enrolado no corpo para aquecê-lo ou será que o próprio romance o deixara louco? A pergunta, para ser franco, não originou muitas discussões. Um agente literário se perder era uma ocorrência demasiado comum para despertar especulações. E nem a polícia afegã nem a paquistanesa se preocuparam muito em investigar.

Fossem quais fossem os motivos, não desprezei o conselho de Francis. A maioria dos agentes vinha dizendo o mesmo a seus clientes. Vá em frente. Ou seja, pare de fazer o que costumava fazer, de esperar o que costumava esperar ou de esperar seja o que for; esqueça a fantasia de que palavras podem fazer uma diferença, podem tornar o mundo melhor ou lhe dar uma renda decente. Em alguns casos, significava apenas "abandone a ideia de ser representado pelo seu agente". Não era só Damien Clery que tinha problemas. Metade dos autores de ficção do país havia recebido o bilhete azul de seus editores; a outra metade dava telefonemas para seus agentes, telefonemas que não eram retornados. Os escritores precisam de silêncio, mas não de um silêncio tão profundo assim.

Não era apenas a *back list* que equivalia a um buraco negro. A lista principal não lhe ficava atrás.

Tenho dito: eu era um dos sortudos. Francis Fowles acreditava em mim, se não por motivo melhor, às vezes me ocorria, ao menos por sermos ambos baixinhos. Por experiência própria, a literatura é um ofício para homens altos — não a ficção, talvez, mas todas as demais áreas da profissão —, de modo que havia entre nós o corporativismo automático, tácito, dos baixinhos. Os inimigos de Francis — editores que, no passado, ele convencera a pagar em demasia, escritores que se recusara a representar, outros agentes cujos escritores roubara, editores literários que o detestavam porque detestavam todo mundo — apelidaram-no de "o Anão", mas nem de longe Francis era nanico, apenas parecia menor por ser gorducho, assim como minha esbeltez me fazia parecer maior, embora lado a lado fôssemos do mesmo tamanho. A outra coisa que partilhávamos era prisão de ventre, cada qual chegando mesmo a recomendar ao outro remédios, ainda que depois do Grande Declínio todos os envolvidos com livros tivessem passado a sofrer de prisão de ventre (os editores literários mais que todos os demais, mas também os editores literários se encontravam na pior das posições: sedentários sem propósito criativo, invejando todos os livros que aterrissavam em suas mesas, cada um representando mais um prego no caixão da própria criatividade não realizada).

Não obstante a fé depositada por Francis em mim, percebi que nenhum dos meus títulos podia ser visto em suas estantes. No passado, quando eu o visitava, deixavam-me esperando na recepção enquanto ele ou algum de seus assistentes rearrumavam os livros de modo que o meu mais recente pudesse ser pescado da pilha, espanado e exposto ostensivamente. "Eu estava relendo alguns dos meus trechos favoritos", dizia ele, quando eu

49

entrava em sua sala. No entanto, alinhado com a mais recente prática entre os agentes, Francis abandonara tal subterfúgio. A festa acabou era a sua mensagem agora. A época de poupar um escritor do sofrimento ficara para trás. Expostos ostensivamente em sua estante figuravam um novo livro de culinária de Dahlia Blade, uma cabalista bulímica saída de uma banda feminina de veganas radicais, e *Blinder*, as memórias de Billy Funhouser, um adolescente de Atlanta que perdera a visão quando os peitos da mãe adotiva explodiram em sua cara.

Francis me recebeu com um sorriso triste no qual vi o fantasma de tempos melhores. Nada disso tinha graça para ele. Quando o conheci, Francis costumava usar gravatas-borboletas, mas gravatas-borboletas não mais se encaixavam no contexto. Agora, a fim de sugerir uma informalidade incompatível com sua natureza e volume, o figurino era uma camisa social listrada e justa usada para fora da calça jeans. Dava para perceber que ele não era casado. Nenhuma esposa deixaria o marido sair com uma camisa daquelas.

Ele se sentou com dificuldade:

— E então?

— Preciso de um editor.

— Para quê?

— Para publicar meus livros.

— Você tem um editor.

— Ele está morto, Francis.

Seu rosto se contorceu. Morto! Quem não estava?

— Que coisa horrível — optou por dizer, antes de indagar: — Para publicar algo em especial?

Eu tivera um outro lampejo com relação a *Macaco*. Meio continuação, meio ensaio, meio lamentação, falei.

Ele pôs a mão no coração:

— Não dá para ter três metades.

— Por que não? *O Macaco no Meu Ombro* — um romance discursivo em três partes.

— O que teria aí de meio continuação, meio lamento e meio discurso?

Abri os braços como se o apresentasse à sala que era sua.

— Meus móveis?

Dei uma gargalhada.

— A que ponto chegamos! Que obra-prima é a merda em que estamos.

Ele fingiu não saber do que eu estava falando.

Negação. Quem poderia culpá-lo? Era negar ou morrer.

— Há quantas semanas *Blinder* está em primeiro lugar? — perguntei, a fim de tornar o meu destempero mais específico.

— Não o subestime — respondeu Francis. — Dez por cento dos direitos autorais de Funhouser vão financiar uma ação civil pública.

— Contra quem?

— Contra o fabricante de silicone, quem mais?

— Ação civil pública! Está me dizendo que implantes que explodem estão cegando crianças no país inteiro?

— Pode crer.

Balancei a cabeça.

Mas Francis sempre sabia quando marcava ponto comigo.

— Os livros ainda podem ser uma ferramenta do bem — disse. — Não precisam apenas ter em vista o próprio umbigo.

— E quem tem em vista o próprio umbigo?

— Macacos, macacos... Você quer que eu lhe diga como a gente sabe que um escritor está em apuros como escritor?

Eu não queria que ele perdesse a fé em mim como escritor.

— Não, Francis. Eu sei quando um escritor está em apuros. Quando ele recorre a escrever sobre escrever. E você quer que eu lhe diga quando um homem sabe que está em apuros como homem? — (eu também não queria que ele perdesse a fé em mim como homem). — Quando começa a apalpar a sogra. No meu caso, uma coisa não tem relação com a outra.

Em tempos melhores, quando se esperava que autores e seus agentes fossem para a balada juntos, Francis nos deixara ambos de porre no Garrick, onde me confidenciou, entre outras indiscrições, que vinha tendo um caso com uma escritora de romances históricos com forte viés factual. Esse romance, me disse ele, era vivida à fantasia. Eu me calara ao saber disso, imaginando-o de cinta-liga e peruca. Francis interpretou meu silêncio erroneamente como inveja erótica. "Sim, estou me esbaldando com isso", admitira, olhando à volta e enrubescendo. Desde então, embora as farras tivessem se transformado em almoços demorados e festas de lançamento, havíamos mantido essa tradição de trocar confidências impróprias — a maioria vinda de mim, e a maioria falaciosa, com o intuito de mantê-lo como meu agente.

— Você anda apalpando sua sogra?

— Pode-se dizer que sim.

— Isso significa sim ou não?

— Sim e não, sim.

— Eu conheço a sua sogra?

— Se conhecesse, não perguntaria. Ela é uma mulher que não se esquece — respondi, revirando os olhos como se lhe afagasse as coxas.

— Como é o nome dela?

— O que tem o nome dela a ver com isso?

— Quero saber quem é essa pessoa de quem eu não me esqueceria se conhecesse.

— Poppy.

— Poppy! — Ele sugou o ar por entre os dentes, como se, de imediato, apenas pela força do nome dela, já estivesse tão apaixonado quanto eu. — Poppy de quê?

— Poppy Eisenhower.

Se antes era paixonite, agora era puro amor.

— *O* Eisenhower?

— Talvez sejam parentes distantes. O segundo marido era americano. Acho que o casamento não durou o suficiente para que ela descobrisse quem era a família dele. Foi chutada depois de posar com o próprio violoncelo para um cartaz anunciando um concerto de Boccherini.

— Parece meio injusto.

Não contei a Francis o que Poppy me contara, de forma chocante, pouco depois que a conheci — que posara para o cartaz nua. Achei que ele não aguentaria.

Mas mesmo sem a minha ajuda, ele foi capaz de imaginá-la nua. Poppy, pose, violoncelo, Boccherini — sejamos justos: as palavras em si a desnudaram.

Ele ergueu as sobrancelhas formando um ponto de interrogação. Ergui uma das minhas para lhe dar a resposta desejada.

— E aí, ela se casou de novo? — prosseguiu Francis após um momento de reflexão lúbrica, musical.

Balancei a cabeça.

— Então, por que você não me apresentou a ela? Conheço a sua mulher, por que não deveria conhecer a mãe dela?

— Ah, Francis! — exclamei, sugerindo meu temor de vê-la na sua companhia, na companhia daquele anão diabólico.

A tais atos de servilismo estavam agora reduzidos os escritores.

Francis chegou para a frente na cadeira, com mais dificuldade ainda do que quando se sentara contra o encosto.

— Poppy Eisenhower — repetiu. Parecia buscar uma ideia que o estava preocupando. — Você não está pensando em escrever sobre isso, espero. Conheço você.

— Isso?

— Ela. Poppy Eisenhower e você. A situação.

— *O Macaco e a Sogra*?

Francis juntou as mãos como um suplicante prestes a perder a paciência.

— Cara, a menos que você pretenda ir viver com os macacos, como Jane Goodhall, ideia que eu não necessariamente tentaria convencê-lo a abandonar, mas *a menos que* você faça isso, minha palavra final sobre o assunto é "esqueça".

— Comigo, os macacos são metafóricos — observei.

— Por isso mesmo ninguém dá a mínima.

— Certo, chega de macacos, mas, de repente, me agrada a ideia de escrever sobre a minha sogra. Por que não pensei nisso antes? Uma apologia da mulher madura.

— Não, eu imploro, não faça isso.

— Você está pensando em Vanessa?

— Estou pensando em você. Seria um suicídio profissional.

— Por quê? Achei que mulheres mais velhas estivessem na crista da onda. É um sucesso certo, Francis.

— Não do jeito como você faria.

— Como acha que eu faria?

— Machistamente.

— O que significa isso?

— Significa que as mulheres não iriam gostar.

— Por que as mulheres não iriam gostar?

— Por que as mulheres não gostam de nada que você faz? Porque você não chega nem perto de seduzi-las... porque você não as deixa chegar perto... porque escreve sobre chimpanzés com pênis incandescentemente rubros, será? Como é que eu vou saber? Fique longe disso, estou avisando. Apalpe sua sogra na vida real, se precisar. Não por escrito.

— Então, nada de macacos, sogras, masculinidade... O que sobra?

Ele tinha a resposta na ponta da língua:

— Um detetive sueco.

— Não entendo patavina de detetives suecos. Jamais fui à Suécia.

— Um garoto detetive, então. Você já foi um garoto, certo? Me diga que você já foi um garoto.

— Não estou interessado em detetives, Francis.

— Que tal um detetive de Wilmslow? Nunca houve um desses, que eu saiba.

— Porque não existem crimes para investigar em Wilmslow. Salvo infrações de estacionamento e evasão de divisas. Ou jogar futebol. Suponho que ele possa ser um guarda de trânsito ou um agente da Fazenda de olho em cada mansão pertencente ao conselho do Manchester United a fim de se vingar por lhe negarem uma oportunidade...

— Parece bom...

— ... e que por acaso ande transando com a sogra.

— que, por acaso, parece um macaco... Vamos lá.

— Poppy não se parece com um macaco — falei.

— Tenho certeza disso. — Francis parecia muito cansado. Começou a esfregar o rosto com a mão. Eu já começava a temer que suas feições sumissem, quando ele afastou a mão.

— Então, como exatamente ficamos, Francis? — perguntei, após um intervalo decente.

— Fodidos — respondeu Francis, com uma gargalhada.

— Você está falando da indústria, das minhas expectativas futuras, dos nossos relacionamentos ou da ficção em geral?

— De tudo isso.

— E quanto a um novo editor?

— Escreva o livro que eu encontro o editor. Nesse meio tempo, se eu fosse você, ficava onde está. Mas quando me entregar uma história, que seja uma que eu possa convencer um editor a publicar.

— Não gosto da maneira como você diz "história". Você sabe que não escrevo "histórias" nesse sentido.

— Está dizendo no sentido de coisas acontecendo?

— No sentido de trama. As pessoas confundem trama e história. Acham que não há história se não houver maquinação. É preciso romper com isso, nossa! Um monte de coisas acontece nos meus livros, Francis. Mesmo deixando de lado as guerras que as minhas palavras detonam, muita coisa acontece. As pessoas olham umas para as outras, falam umas com as outras, se apaixonam e desapaixonam. São movidas por suas psicologias, e, se psicologia não é história, não sei o que é história. Você está ciente do que Henry James disse sobre um motivo psicológico ser história suficiente para ele...

— E você está ciente do que H.G. Wells disse sobre nada haver no altar da prosa de James senão um filhotinho morto, uma casca de ovo e... alguma outra coisa.

— *Um pedaço de barbante.* Qual é o seu argumento, afinal? Que eu deveria ser mais como H.G. Wells? Está recomendando que eu escreva ficção científica agora?

Francis se calou, parecendo, de repente, ter uns cem anos.

— Escreva o que quiser. Farei o que puder — disse ele.

Eu me senti com cem anos.

De vez em quando, um escritor precisa encontrar seu agente, como de vez em quando precisa encontrar seu editor, mas a menos que ele seja um escritor do que os ignorantes maldosos chamam de "histórias", isso sempre gera arrependimento. Francamente, uma visita ao próprio embalsamador seria mais divertida. E decerto ensejaria uma promessa mais consistente de existir *algo* após a morte.

Eu quis perguntar a Francis se ele realmente achava que estávamos fodidos, ou se não passava de implicância comigo. Mas ao passar pelos livros em cima da sua mesa, as memórias de Billy Funhouser, mártir da cirurgia plástica da mãe, e o livro de receitas para bulímicos de Dahlia Blade, encontrei a resposta para tal pergunta.

Independentemente de tudo, a ficção estava fodida.

CAPÍTULO 7

Um lugar à sombra

Por falar em respostas — existe uma resposta fácil para a pergunta sobre quando as coisas começaram a dar errado para mim: a partir do momento em que tudo começou a dar certo.

Escrevemos o nosso primeiro romance e dizemos praticamente tudo que temos a dizer. Eu estava com vinte e quatro anos quando escrevi o meu, vinte e sete quando ele finalmente foi publicado — assim, consegui ir parar na lista dos cem melhores escritores do sexo masculino da Grã-Bretanha e da Commonwealth com menos de vinte e oito — e podia muito bem ter dado o passo que deu Merton ali e então. Nada a ver com a minha obra. Nada a ver comigo na condição de indivíduo, para tomar emprestada uma das locuções prediletas de Vanessa. É a regra da natureza.

Depois de uma corte prolongada — algo que aprendi com Mishnah Grunewald —, a viúva-negra macho da América do Norte se acasala uma só vez e morre. Mesmo se a fêmea não o devorar, ele nada mais tem a oferecer. Tais coisas são comuns entre os machos. A gente dá uma transada, investe o melhor de si e depois a cortina baixa. O mesmo acontece com o romancista do sexo masculino. A gente se enfeita, namora, usa todo o charme disponível, insemina e se exaure. Boa noite, doce príncipe.

Mas enquanto o macho da aranha se oferece para ser devorado ou rasteja até um cantinho para morrer, o romancista do sexo masculino continua roendo o osso em vão, buscando repetir o desempenho que tanto agradou à fêmea da sua espécie da primeira vez, mas sem a convicção, a paixão ou, para ser franco, o esperma aracnídeo, o tempo todo sofrendo a dor lancinante da mais lenta extinção que existe — a morte por invisibilidade insidiosa: um dia de cada vez, um livro de cada vez, o romancista sumindo das estantes das bibliotecas públicas, das vitrines das livrarias, da lembrança dos leitores que um dia lhe foram fiéis.

Engraçado, mas quando penso em aranhas, vejo meu velho professor de inglês do ensino fundamental, um homem que não sofria do meu exaurimento de propósito; muito ao contrário, com mais do dobro da minha idade, ainda gozava de uma curiosidade inesgotável centrada nos livros. Um tipo diferente de aranha, talvez, mais um escaravelho, se considerarmos a forma como passava seu tempo. Mas era de uma aranha que ele me fazia lembrar sempre que, no caminho para uma visita aos meus pais dementes, eu o visitava em seu chalé em Cheshire — uma aranha sentada no meio de uma enorme teia de seda feita de palavras, devorando-as a seu bel-prazer.

— Eu? Sou um escritor agora — recordei-lhe. — Estou no outro extremo da cadeia de produção.

Era um belo dia ao estilo de Cheshire, a claridade cremosa, as vacas em um pasto próximo sentadas debaixo de uma árvore, o ar sereno. Cheshire é um interior facilmente olvidável, porque nada de notável aparentemente acontece ali. O chalé de Emlyn, a menos de um quilômetro da casa onde nasci, tinha buracos no telhado e um lago de lírios no jardim. Não sei quem o limpava, pois Emlyn jamais se afastava da escuridão de sua biblioteca. A esposa morrera. Os filhos tinham se mudado para longe, ao que tudo indica por questão de tato, deixando Emlyn entregue a seus livros.

Ele não reagiu quando lhe recordei que era escritor. Não pareceu interessado em saber disso. Não dava valor algum ao ato de escrever, mas apenas à leitura. Sou incapaz de explicar tal atitude. Certa vez, questionei-o a esse respeito.

— Como você pode amar a literatura e não a arte de fazê-la? — perguntei.

Ele franziu as sobrancelhas. No caso de Emlyn, essa frase era literal. Emlyn realmente juntava os olhos e as sobrancelhas, como se tentasse concentrar o que sobrara do rosto na parte com a qual lia.

— Quem disse que *eu amo a literatura*? — indagou, raivoso. — Existem livros que me dão prazer em ler. Existem livros que não me dão. Que diabos eu haveria de querer matraquear a respeito de quem os escreve?

— Nada. Mas não estou falando de matraquear.

— Está falando de quê, então?

Boa pergunta. Afastei o ar bolorento da sua biblioteca com os dedos.

— O processo... o ato... o fato de escrever...

— Repito o que acabei de dizer. O que eu tenho a ver com tudo isso? Quando abro um livro para ler, o ato de escrevê-lo já é coisa do passado. O livro agora me pertence.

Entendi aquilo. Como escritor, eu até precisava disso. Esqueçam de mim, atentem para as palavras que me sobrepujam. Ele me chamara para subir no estrado, aos 10 anos, durante uma assembleia escolar.

— Este menino vai longe na literatura — sentenciou. — Gravem o nome dele: Guy Ableman.

Emlyn chegou a escrever para os meus pais dizendo que alimentassem meu "dom raro e precioso" — um voto de confiança desperdiçado com eles, mas que significou muito para mim, daí eu ter mantido contato com o mestre ao longo dos anos, para que ele pudesse ver sua profecia se realizar de forma rara e preciosa. Mas como isso acontecera, e já que os livros eram tudo que importava para ele e agora eu os escrevia, será que não dava para se mostrar orgulhoso de mim? Não podia dizer "Muito bem!" a nós dois? Será que não ficara nem um tantinho impressionado comigo por ter concretizado esse feito? Não podia me dar uma prova sequer de que ao menos se lembrava de mim?

Aparentemente não. O que quer que tivesse querido dizer quando falou que eu iria longe na literatura não era que esperava ou torcia para que eu escrevesse. Uma vida dedicada à literatura, para ele, era uma vida dedicada a consumi-la. Quanto ao ato de escrever em si, não dava a mínima. Cheguei mesmo a sentir que ele achava — se que é que chegava a pensar em mim — que eu, ao invés, o decepcionara. Que eu passara do terreno da pura idealização para o da manufatura bruta. Que eu me transformara em mecânico. Para si mesmo, era suficiente preencher e justificar uma vida simplesmente através da leitura. Homero, Tácito, Agostinho, Bede, Montaigne, Addison, Thackeray, Herbert Spencer, Spengler, Chaquita Chicklit — todo mundo.

O fato de não se sentir diminuído por ler lixo efêmero, o fato de poder abrir com interesse *Crepúsculo, Lua Nova, Eclipse* e *Anoitecer*, no instante em que fechava Heródoto, me deixava pasmo.

— Como você consegue? — indaguei.

— Tenho o tempo.

— Não, eu quis dizer como você *aguenta*?

— É preciso ler um livro para descobrir que você gostaria de não tê-lo lido, e a essa altura já é tarde demais. Mas quer saber? Eu quase nunca me arrependo.

— Então, não há nada de errado com a civilização a partir do seu ponto de vista, Emlyn?

Ele sorriu e se aconchegou mais no cobertor. Era o sorriso de um homem que vira Deus em suas estantes. Com os braços estendidos, fez um gesto como se desejasse abraçar suas paredes cobertas de livros, como um lotofagista contemplando as compridas folhas das flores entre as quais dormia.

Esse tipo de aranha.

A *Arachnideus bibliomani*.

Antes de perecer na neve do Hindu Kush tendo apenas meu manuscrito para aquecê-lo, Quinton O'Malley me alertara para não deixar que o sucesso do meu romance me subisse à cabeça.

— Fique onde está — foi o seu conselho. — Não corte as raízes que o alimentaram. Continue trabalhando no zoológico.

— Não trabalho num zoológico — observei.

— Então continue falando com gente que trabalha lá. Se você vier a Londres em busca de uma vida literária, não terá nada sobre o que escrever. Já vi isso acontecer milhares de vezes. Fique com o que conhece, fique onde está a sua inspiração. Aqui não acontece nada. E, cá entre nós, não existe ninguém que valha a pena conhecer.

Ele fungou. Não de forma complacente mas por causa da sinusite. Quinton O'Malley, com sua cara comprida, grande como um urso, sofria com o frio como jamais outro homem sofreu. Congelava com a temperatura em torno de 24°C. Embora tenhamos nos conhecido numa tarde amena de julho, ele usava uma calça de veludo cotelê amarelo-canário, enfiada dentro de meias de lã cinza, calçava botas de montanha e estava enrolado numa manta grossa. Por que um homem desses se aventuraria no Hindu Kush me escapa à compreensão. Mas aquilo foi no começo do Grande Declínio, quando todos no polo editorial da literatura, assim como todos no polo autoral da literatura, agiam de forma estranha. Não seria mais, nem menos, surpreendente vê-lo pular do píer de Brighton. Embora para tanto ele tivesse de fazer fila atrás de dois romancistas, um poeta e do vice-gerente da Foyles.

Eu lhe mandara meu manuscrito depois de ler que ele era o agente com os melhores contatos em Londres e tinha um interesse especial pelo que era desmesurado, *outré*. Afilhado de T.E. Lawrence, íntimo de Thesiger e Norman Lewis, um homossexual que nada fazia a esse respeito, um agente que contava com três assassinos de esposas (um deles condenado) entre seus clientes, O'Malley havia, na juventude, tomado porre com Dylan Thomas, fumado ópio com William S. Burroughs, partilhado a depressão com Jean Genet e ainda, aos setenta e sei lá quantos anos, dava as festas literárias mais suspeitas de Londres. Pertencia a todos os clubes, inclusive a alguns ditos proibidos. Tinha assento em todos os comitês. Um escritor dependia do crivo de Quinton para ser prestigiado — quer com a Ordem do Império Britânico, com um convite para tomar chá no Palácio de Buckingham ou com sua libertação do cativeiro em Belfast. Conhecer Quinton significava conhecer todo mundo.

— Aí está você — falei.

Foi difícil para mim evitar afagá-lo, por mais repulsivo que ele fosse, um homem que caíra na gandaia para ficar deprimido com Genet!

— Ora, não acredite em tudo que lê a meu respeito. Sou uma concha oca. Você leu "Homens Ocos", de T.S. Eliot? — indagou, socando o peito. — Eu lhe servi de inspiração.

Ele percebeu que eu fazia mentalmente as contas.

— Eu era um bebê. Eliot me ouviu tossir no carrinho e começou a escrever. Vento na grama seca. Patinhas de rato sobre cacos de vidro. Você tem sorte de morar em Nantwich.

— Wilmslow.

— Wilmslow.

Eu quis lhe dizer — com respeito e, apesar de desejar acariciá-lo por ter inspirado Eliot, ainda que de dentro do carrinho, a mergulhar nas profundezas da desolação — que achava que ele estava sendo paternalista comigo. Eu era seu escritor heteroprovinciano. Sem dúvida, ele ria falando de mim com os drogados sodomitas assassinos de esposas metropolitanos com quem não partilhava a cama. Quando topou pela primeira vez com *Vai*

Pentear Macaco! numa pilha de obras recusadas — era seu hábito folhear um manuscrito recusado por dia, apenas por via das dúvidas —, Quinton achou que o narrador fosse o autor: uma judia ex-ortodoxa que provia alívio sexual a tigres e criava chimpanzés para os quais nenhum alívio sexual era possível, escrevendo sob o pseudônimo de Guy Ableman a fim de esconder o fato de ser mulher e de que seu romance, com efeito, se baseava numa história real. Motivado por tal suposição, aceitou o livro. Queria exibi-la e apresentá-la ao mundo. A Mulher dos Chimpanzés. "Pense duas vezes antes de apertar a mão dela", eu o imaginava alertando seus companheiros de esbórnia. Devo ter lhe causado uma imensa decepção quando nos conhecemos. Um rapaz de Wilmslow usando terno e gravata. Ele enrolou uma de suas muitas echarpes no rosto e assoou nela o nariz.

— Bom, você é uma surpresa, confesso — declarou.

Estávamos num restaurante francês em Kensington. Ele não tirara o sobretudo para comer e, durante as duas horas e meia que passamos juntos, dedicou-se a descrever a transparente beleza nórdica dos olhos de Bruce Chatwin.

O que é nórdico me irrita. Não sei ao certo por quê.

— Você tem a oportunidade — me disse enquanto tomávamos o café bem forte — de liderar uma nova geração de decadentes. Mas continue morando em Northwich.

— Wilmslow.

— Wilmslow.

— Preciso sair de lá — falei. — Bruce Chatwin não ficou em Sheffield.

— Provavelmente foi esse seu maior erro. Ele me disse isso certa vez.

— Que gostaria de ter ficado em Sheffield?

— Não literalmente.

— Bem, comigo é diferente. Lá não tenho nada sobre o que escrever. Já esgotei aquele lugar.

— Ora, ora — exclamou ele, tossindo patinhas de rato sobre cacos de vidro. — A vida provinciana não deixou George Eliot na mão — prosseguiu, pedindo conhaque para nós dois.

— Mas em nada ajudou Henry Miller — retruquei.

— E quem você preferiria ser?

Faltou-me coragem para dizer Henry Miller, por medo de que George Eliot também houvesse sido seu companheiro de porres.

— Me diga o que mais acontece no seu pedaço de mato — insistiu. Tive a impressão de que ele gostaria de ouvir histórias de incesto e perversão.

— Nada que você fosse achar interessante.

— Você ficaria surpreso com o que acho interessante. Pense. Que grandes eventos acontecem por lá? Que instituições magníficas? Você abriu os olhos para o Zoológico de Chester. E agora?

Por acaso, eu sabia que havia um festival anual de transportes na cidade de Sandbach, a leste de Cheshire, para comemorar a longa tradição de Sandbach como fabricante de veículos comerciais. Certa vez, vestimos a Rainha dos Transportes em nossa butique, sem cobrar, para lhe demonstrar nossa gratidão irrestrita, o que ela retribuiu me deixando despi-la nos fundos do showroom dos caminhões Foden quando terminou o festival. Eu tinha quinze anos então. Ela, dezenove. Caí em desgraça. Mas agora que me tornara um escritor de sucesso, ela escrevia para me convidar a repetir a dose.

Fama!

— Bem, já é um começo — disse Quinton quando mencionei a história para ele. — Amor entre peças automotivas.

— Você não acha meio insignificante?

— Com certeza. Aleluia! Você pôs os macacos de Wilmslow no mapa...

— Chester.

— Chester. Agora faça o mesmo com rainhas de festivais de Middlewich.

— Sandbach.

— Que seja.

— Não tenho certeza de que serei capaz de escrever outro romance do ponto de vista de uma mulher — falei.

— Então, use o ponto de vista do homem — disse Quinton, com uma gargalhada estrepitosa. Será que riu da ideia de um homem ter ponto de vista ou da ideia de eu ser homem?

Mas ele tinha uma personalidade persuasiva. Por isso, fiz o que sugeriu, mergulhei na minha própria história erótica, pesquisei sobre os caminhões

Foden e narrei o romance do ponto de vista de um homem com um rubro e incandescente pênis provinciano — um homem de Sandbach, tão libidinoso quanto uma jaula cheia de chimpanzés não masturbados, inspirando os gases dos caminhões que davam fama à cidade.

Jamais soube o que Quinton achou do manuscrito. Será que o livro o matara? Teria sua *objetividade* absolutamente implacável e infinita acabado com ele no frio? É certo que Quinton não era moralmente específico quanto a quem representava. Três assassinos de esposas, não nos esqueçamos. Mas o homem de Sandbach podia ter dado um passinho a mais em direção ao heteroproletarianismo irredutível, antinórdico.

Como saber o que Quinton achou ou mesmo se achou alguma coisa? Talvez tivesse levado o manuscrito consigo apenas para forrar as botas.

Fui em frente com a publicação mesmo sem agente, sugerindo a Merton, que publicara meu romance dos macacos, adotar a tática matadora na capa, já que nada havia sido provado em contrário. *Este livro é perigoso. Pense duas vezes antes de lê-lo — sobretudo em lugares altos.*

Merton, porém, não apreciou mais a ideia de pôr a palavra "perigoso" do que a de usar a palavra "hilário". Mais uma obra-prima marcante do autor premiado de *Vai Pentear Macaco!* foi sua opção.

O público me comparou aos "jovens irados" John Braine e Alan Sillitoe. *Terça à Noite, Quarta de Manhã* cruza com *Um Lugar à Sombra*. O que significava, achei, um retrocesso em relação a Apuleio e ao Marquês de Sade. Embora um crítico tenha efetivamente declarado crer que os gritos dos macacos no cio me seguiam pelo noroeste da Inglaterra, enquanto um segundo (que, afinal, era a mesma pessoa, resenhando com um outro nome) lamentou a minha não permanência no território que eu conhecia melhor — a jaula dos macacos. Numa terceira crítica, para a *London Magazine*, com mais outro nome, Lonnie Dobson, aliás Donny Robson, aliás Ronnie Hobson, expressou seu veredicto mais letal: "Em seu romance de estreia, Guy Ableman realizou o feito totalmente mal sucedido de imitar uma mulher; no segundo, realizou o feito totalmente malsucedido de imitar um homem."

Pouco depois da publicação, ignorei o conselho do pobre congelado do Quinton e me mudei para Londres. No início, a mudança agradou a Vanessa e à mãe, que, no fundo, eram mulheres urbanas. Gradualmente, contudo, as duas começaram a se perguntar se haviam feito a coisa certa. Em Cheshire, ambas davam a impressão de mulheres mal afamadas, expulsas de algum outro lugar e à espera apenas de que suas reputações as alcançassem para partir outra vez. Na cidade, todos davam essa mesma impressão. Elas continuavam a ser uma dupla sensacional, mas já não paravam o trânsito.

Nem eu.

Existe uma escola filosófica que defende que Londres foi o meu fim. Mas também existe uma escola filosófica que diz que jamais comecei. Meu trabalho mudou, quanto a isso podemos concordar. Perdeu um pouco da sua espirituosidade visceral. Tornou-se mais ordenado em sua desordem. Vagando pelas ruas de Wilmslow com um cigarro pendendo do lábio inferior, eu conseguia acreditar que era um anátema para uma sociedade respeitável e escrevia de acordo com tal imagem. No instante em que me instalei para escrever em Londres, senti a respeitabilidade se aboletar no meu ombro. "Para um homem das metrópoles", escreveu certa vez Henry Miller, "acho minhas proezas modestas e absolutamente normais." É isso que fazem as metrópoles: elas normalizam o que em qualquer outro lugar seria considerado bizarro. O homem-macaco que se tornara meu herói emblemático fez má figura em Londres. Wilmslow e Sandbach, se não chegavam propriamente a justificar, ao menos o explicavam até certo ponto. Ele era como o monstro de Bodmin Moor, uma criatura cujo fascínio derivava da sua inadequação. Uma vez transportado, porém, para os pubs e clubes e bares de homens solitários da capital, seu fascínio se evaporou. O que fazia de um homem um diamante bruto no norte, tornava-o apenas mais um boçal simplório em Westbourne Grove. Não se diferenciava de um enxame de homens tentando se ferrar na cidade grande.

Mas isso tudo não faria diferença alguma caso meu terceiro e quarto romances tivessem sido obras geniais — um *Middlemarch, um Estudo da Vida Provinciana* e *Sexus, Plexus* e *Nexus* condensados num só. Ambos desapareceriam, ainda assim, poucas semanas depois de publicados, e dificilmente teriam durado mais tempo quando — nem tanto *quando* quanto *se* — ganhassem seu segundo fôlego como livros de bolso. Os leitores haviam mudado. As expectativas em relação a um livro haviam mudado. Trocando em miúdos, haviam acabado.

Quando foi que meus livros pararam de ser vistos nas livrarias? Onde foi parar a minha *œuvre*? Minha pergunta era de natureza geral: todos os romancistas do país capazes de escrever frases no condicional se perguntavam o mesmo. Tínhamos sido apagados da História. Seriam as promoções 3 por 2 as responsáveis? Seriam as memórias de celebridades? Acontecera tão depressa! O trabalho da gente estava exposto em ordem alfabética dos títulos, as lombadas em evidência, como se para toda a eternidade, e então... Não mais. Isso coincidiu com o fato de que os funcionários das livrarias não sabiam quem éramos. Num dia, a excitação de nos verem os deixava de queixo caído. No outro, não nos diferenciavam de um mero membro do público que não compra livros. "Nome", diziam quando aparecíamos para autografar livros. "Como se escreve isso?".

Estaria acontecendo com Kundera? Com Gore Vidal? "Se escreve V, i, d, a, l."

Mailer estava morto, Bellow estava morto, Updike estava morto. Teriam morrido de tanto soletrar seus nomes na Borders?

E agora a própria Borders mal respirava.

Havia, sem dúvida, milhares de explicações para isso, mas a principal delas era Flora.

CAPÍTULO 8

O Que Vamos Fazer com Você?

Se precisasse alegar circunstâncias atenuantes para roubar um de meus próprios livros, eu teria acrescentado Flora a essa extensa lista. Não a Flora que é marca de margarina, mas Flora, a lendária editora de livros de bolso em que a arte de não promover qualquer romancista do sexo masculino que escreva na primeira pessoa, trate a vida com leveza ou descreva o ato sexual com uma mulher do ponto de vista de um homem chegava ao mais alto nível de sofisticação. Na juventude, Flo McBeth criara sua própria editora especializada em escritoras do século dezenove e início do século vinte cujos manuscritos haviam sido impedidos de deixar o aconchego do lar por maridos, irmãos ou pais. Não era notável apenas a qualidade do trabalho que Flo e seus funcionários resgataram da obscuridade, mas a aparente frequência, até mesmo na década de 1940, com que os homens de todas as classes da sociedade, temerosos por uma ou outra razão do brilho criativo de suas mulheres, o tinham reprimido. Os inimigos de Flo se perguntavam em voz alta se algumas dessas obras recuperadas não seriam fraudes. Mas, mesmo se assim fosse, quem os escrevera? A própria Flora? Nesse caso, seu talento como *pasticheur* não era menos prodigioso do que o seu talento de editora. De um jeito ou de outro, ela conseguira se afastar do mundo dos livros ainda jovem, rica, com uma reputação sem paralelos e uma medalha da Ordem do Império Britânico. Então, depois de uma aposentadoria que diziam ter achado enfadonha — Flo cometeu o erro, comum aos que trabalham com livros, de ir morar no interior (campos vastos, cheiro de feno, ovelhas idiotas, mu-mus e tempo para ler tudo que se *deseja* ler) —, fez sua *rentrée* no papel de editora de uma lista de livros de bolso que sempre foi ostensivamente machista em espírito, ou seja, continha livros que ela *não* desejava ler.

Foi um arranjo estranho sob todos os aspectos. Será que o grupo sueco que comprara a Scylla & Charybdis Press pretendia enterrar rapidamente a empresa? E o que pretendia a própria Flora? Acaso estaria vingando aquelas gerações de mulheres emudecidas apagando nos homens o mesmo brilho que estes haviam tentado apagar nelas? Ninguém soube dizer quais foram seus motivos, e certamente nenhum dos escritores que ela adotara se achava preparado para especular por medo de que ela os promovesse ainda menos do que já fazia. Foi Flora, de todo jeito, quem, aos sessenta anos, fez um retorno notável à profissão bem a tempo de editar o meu terceiro romance em formato de livro de bolso.

Na verdade, por tudo isso eu cometera um erro ao me fixar em Westbourne Grove. *O Grito Mudo* não tinha se saído demasiado mal em capa dura. "Um romance que sutilmente encarna sua própria futilidade" foi o pior que Jonny Jobson encontrou para dizer sobre ele no *Yorkshire Post*. Não exatamente um elogio, mas depois do que ele escrevera sobre *O Sem-Lei* (meu livro ambientado em Sandbach) senti que estava novamente em ascendência. O livro não vendeu mais do que dois ou três mil exemplares, mas também ninguém espera que capas-duras vendam mais que isso. Capas moles dificilmente vendem muito melhor, para ser franco. Trata-se de simplesmente uma segunda mordida numa maçã apodrecida. Só que com Flora não havia sequer uma maçã.

— Então, o que vamos fazer com *você*? — foi o que me perguntou quando me chamou ao seu escritório.

A ênfase trazia em si a clara implicação de que ela sabia exatamente o que fazer com todos os demais.

— Comercializar meus testículos — sugeri.

Sugestão arriscada, mas eu estava determinado a não desabar na presença de Flo sem pôr a minha virilidade na mesa.

— Acredite, Guy... — começou ela, rindo e deixando a cadeira de rodinhas recuar uma boa distância, como se não se importasse que eu visse que queixo forte era o dela para uma mulher da sua idade.

Era afeita a caminhadas e escaladas, pequena e esbelta com panturrilhas saradas, que exibia usando shortinho de atleta para trabalhar, independentemente da estação. Botas de caminhada, também, com as quais dizia-se que havia chutado vários de seus autores do sexo masculinos ao ouvi-los expressar insatisfação com a forma como ela não os comercializava a contento.

A mim ela não chutou. A menos que se considere um chute sugerir que eu encontrasse ao menos três jovens escritoras para avaliar o romance que, por má sorte, ela precisava encontrar um jeito de levar à atenção, em formato de livro de bolso, de um público a quem a leitura caceteava.

Sugeri E.E. Freville. Eric, o Avalista. Ele costumava ser meu fã, expliquei a Flo.

— Querido, ele costumava ser fã de todo mundo. Mas ele não é mulher e não é jovem e, de todo jeito, está na lista principal agora e só avaliará um livro se pudermos lhe garantir uma edição de cinquenta mil e uma vitrine na Smith's.

— Então garanta.

Ela fechou a mão em volta de um peso de papel e deu um risinho.

— Voltemos àquelas garotas — insistiu. — De preferência com menos de vinte anos.

— Flo, não conheço nenhuma garota com menos de vinte anos. Não conheço *ninguém* com menos de vinte anos.

— Eu não me gabaria disso.

— Ademais — falei —, uma escritora com menos de vinte anos mal teria começado a andar quando o meu primeiro romance saiu.

— Isso me parece uma recomendação positiva — disse Flo, erguendo o corpo se apoiando nos braços da cadeira, uma, duas, três vezes, e respirando fundo enquanto isso.

Existe um pico de insulto nu e cru, tão capaz de tirar o fôlego que é preciso admirar a vista, por mais que seja a gente a vítima atirada lá de cima. Perguntei-me se deveria aplaudi-la. "Bravo, Flo!". Em vez disso, perguntei se ela podia recomendar alguma jovem da idade sugerida.

Ela fingiu pensar a respeito, enquanto usava um par de pesos de papel para exercitar os bíceps.

— Bem, aí é que está o problema — respondeu ela, depois de ter malhado o suficiente para que veias azuis aflorassem em seus braços. — Será que alguma delas gostaria de você?

— E elas precisam gostar de mim?

— Do seu trabalho, meu bem. Será que alguma delas o *entenderia*?

— Se alguma delas se identificaria com ele, você quis dizer?

Fiquei pensando se "identificar" não seria um conceito exclusivamente feminino, como hormonal ou temperamental, de tão zangada que ela se mostrou quando usei o termo.

— Experimente "sentir empatia", meu bem — retrucou.

Sempre se sabia quando uma reunião com Flora McBeth chegara ao fim. Ela dava batidinhas no peito com o punho, e sua voz — embora sempre sedutoramente rascante, como xarope sendo coado num pano de musselina — começava a soar como se, sabe-se lá como, tivesse entrado areia num secador de cabelo.

Duas semanas depois, ela me ligou dizendo que encontrara uma coisinha jovem e brilhante chamada Heidi Corrigan que estava pronta a dizer que eu era um de seus *farceurs* favoritos com mais de quarenta anos.

Pulei o "pronta a".

— Não sou um *farceur*, Flora — falei.

— Não faz a menor diferença. Ninguém sabe o que significa essa palavra mesmo.

— Há um outro problema com Heidi Corrigan — prossegui. — A mãe dela era a diretora de publicidade aqui quando a S&C publicou meu primeiro romance. Às vezes ela trazia Heidi para o escritório. Garotinha bonita. Eu a sentava no meu colo enquanto discutia estratégia com a mãe.

— O que prova que jamais se desperdiça afeto neste negócio, meu bem. Mas não se preocupe, não vou contar.

— Não estou preocupado. Só quero saber como vai ajudar ter o aval de Heidi Corrigan.

— Ajuda o mercado.

Não me lembro exatamente, mas essa pode ter sido a conversa que deu origem ao meu vício de arrancar a pele das minhas cutículas.

— O mercado?

— Bom, não estou prometendo nada. Talvez eles não se convençam.

— Mas um elogio de uma adolescente na contracapa de um livro pode convencê-los? É o que você está me dizendo?

— Quem falou em contracapa? Estamos falando da capa. Um público maior, mais jovem, meu bem.

— Ela só publicou dois contos.

— *C'est la vie literaire.*

— Flora, prefiro me afogar.

No que, como tudo o mais, a ligação caiu.

Mas ela atendeu os meus desejos. O livro saiu sem uma palavra sequer de Heidi Corrigan na capa ou na contracapa, mas *onde* ele foi parar ninguém sabe. Certamente não foi no mercado.

Esse não é bem o final da história. Descobri, com efeito, onde aterrissou um exemplar: na mesa de Bruce Elseley, um romancista cerca de vinte anos mais velho que eu — e, por conseguinte, mais morto ainda que eu — que, em duas ocasiões anteriores escrevera para meus editores me acusando de plágio. Nada resultara de tais acusações, talvez por ele ter pedido aos meus editores para tomar medidas contra no mínimo mais uma dúzia de seus escritores, cada um deles acusado do mesmo crime. Eu poderia tê-lo aconselhado, para que ele tivesse mais chances de conseguir o que queria, a escolher apenas um romancista por editora para acusar, caso me coubesse aconselhá-lo sobre alguma coisa além de manter a auto-asfixia erótica — uma forma ímpar, porém perigosa, que menciono unicamente porque Elseley era bastante conhecido por ser um fetichista solo que já necessitara ser retirado de um gancho na porta de um hotel no País de Gales onde participava de um festival literário.

Desviando um pouco da história, esse acontecimento teve repercussões sérias não só para o festival literário em questão, como também para os festivais literários em geral. A maioria deles contava com a boa vontade e o patrocínio locais para sobreviver. No nível do rotary club e comitês municipais sempre houvera uma desconfiança com relação a festivais dedicados a livros — parecia-lhes uma contradição até certo ponto: como se podia ser festivo quanto a um livro? — e quando um dos escritores convidados foi achado quase morto por asfixia em seu quarto de hotel, usando uma meia-arrastão feminina e com uma laranja na boca, as mais profundas suspeitas dos anfitriões foram confirmadas. Era preciso agora indagar se a comunidade queria continuar associada à literatura.

"Mais um ano difícil" assumiram, escrevendo da cidade, os organizadores do festival, o que significava que não estavam dispostos a correr mais nenhum risco com tipos como Bruce Elseley.

Isso também levou à retirada dos ganchos das portas de todos os hotéis e pousadas em Cheltenham e Hay-on-Wye sempre que havia escritores na cidade.

Se a crença de Elseley de estar sendo plagiado se intensificou como consequência dessa exclusão do circuito dos festivais não posso dizer, mas não é preciso muita imaginação para supor ser provável. Não demorou muito, de todo jeito, para que ele conseguisse obter meu endereço e começasse a me escrever diretamente. *O Grito Mudo*, afirmou, era um plágio direto de seu romance *Visível Escuridão*, cujo título ele próprio plagiara de William Styron, que o tomara de empréstimo a Milton. Ao contrário do *Visível Escuridão* de Styron, um livro elegantemente escrito sobre lembranças da loucura, o de Elseley era uma crônica desleixada, escrita em formato de diário, no presente, ao longo de três anos no século VI quando a erupção de um vulcão escureceu toda a face da terra, destruindo plantações e animais domésticos, envenenando a água, provocando aborto nas mulheres e enlouquecendo os homens a ponto de levá-los a se enforcar. Como o meu romance era uma sátira ambientada em Shepherd's Bush, sobre um escritor feroz que trabalhava numa pet shop que tentava evitar a falência vendendo lêmures contrabandeados de Madagascar, não vi como Elseley pudesse ganhar a causa. No entanto, a cada seis ou sete meses chegava uma nova carta, ainda mais uma carta, cada uma mais rancorosa e ameaçadora que a anterior. Então, pouco depois do suicídio de Merton, recebi um postal de uma decapitação, de autoria de Goya, nas costas do qual se liam, pintadas no que parecia uma mistura de tinta verde, esperma e fezes, as palavras:

HA! ISSO QUE ACONTECE COM QUEM DÁ ABRIGO A IADRÕES

Mostrei o postal a Vanessa.

— Sei como ele se sente — disse ela.

CAPÍTULO 9

Mais do Mesmo

Se já não tivesse sido duas vezes plagiado, o título seria a única coisa que eu afanaria de Elseley.

Milton estava descrevendo o Inferno quando cunhou a expressão "visível escuridão". "Regiões de dor", "tortura sem fim". Eu conhecia o exato lugar que ele tinha em mente — Chipping Norton.

Mas todo escritor tem seu próprio Chipping Norton para suportar. Dia a dia a escuridão se adensava à nossa volta.

Assim, seria a minha sogra um sintoma ou um consolo?

Seria ela a prova de que sem o lastro de uma profissão honrosa para me manter estável, eu estava afundando moralmente? Ou será que ela ali se achava para fazer com que tudo parecesse melhor até que a escuridão finalmente se instalasse?

Talvez eu não tivesse que responder a isso. O conselho sem rodeios de Francis — "Não faça isso, Guy" — transformou-a imediatamente numa solução. A ficção andava fodida, mas isso não significava que perdera a graça escrevê-la. Mantenha distância, me aconselhara Francis. Se não na vida real, ao menos na arte. Eu seria odiado por isso. Por quê? Adivinhem. Machismo, segundo Francis. Achei que ele queria dizer fanfarronice. Ninguém mais queria ler sobre um homem satisfazendo seus desejos. No passado, o tema chegara a ser a última moda — Henry Miller, Frank Harris, J.P. Donleavy — expresso em frases tão potentes quanto os próprios priaprismos de seus autores. Já era, sentenciou Francis. O herói espadachim fazendo da prosa sua espada, umedecendo sua pena em sêmen quente, estava morto e enterrado.

Ora, isso é o que veríamos.

Arte é renúncia, disse alguém certa vez. Eis uma outra opinião: arte é indulgência. Não fui o primeiro a pensar assim. A decadência datava de muito antes. Mas essa não era uma época decadente. Derrota não é decadência; morte não é decadência. Nem mesmo Oprah Winfrey era decadência. Estávamos demasiado inertes para sermos decadentes. A ficção se ferrara por demasiado pouco, não por demasiado muito; pela cautela, não pela safadeza. Seria eu capaz de resgatar um tantinho de maldade? Teria o que é preciso para reagir contra as forças do poderoso deus Bonzinho e deixar tudo à mostra?

Quanto à questão ética de ser ou não correto um homem apalpar a mãe da esposa, isso se dissolveu na expectativa de que o tema gerasse um livro. A estimativa não foi cínica. Eu não estava atrás de Poppy para fazer dela um livro. Eu *sempre* estivera atrás de Poppy. Mas se pudesse tê-la *e* escrever um livro...

A parte estranha era me restar algum desejo de escrever ainda que fosse uma frase, quanto mais um livro. Mas restava. Um desejo intenso — primo do tesão ou da fome — que todos os círculos do livro de mulheres militantes em Chipping Norton não seriam capazes de extinguir. Expliquem isso! Eu não conseguiria. Mas não estava sozinho. Quanto mais um livro de um tipo ou de outro era identificado como superávit da exigência cultural, mais do mesmo continuava a ser escrito. Livros que ninguém desejava ler se multiplicavam como a peste. Se havia um livro a ser escrito, ele era escrito — depois vinha a pergunta: quem iria lê-lo afinal?

Era como acender uma vela no escuro. Sabidamente ela não seria páreo para o "enxofre abrasador" do Inferno, sabidamente a escuridão engolfaria essa luzinha de esperança ao final, mas ao menos durante a hora em que a vela ardesse, *você* não arderia.

Até mesmo um título eu tinha. É um momento e tanto aquele em que se descobre um título e se sabe que descobriu a pólvora. Ainda me lembro da primeira vez em que pensei em *Vai Pentear Macaco!* e contei a Vanessa. Ela estava na banheira, com os pés para cima, lixando as solas com pedra-pome siciliana.

— Que merda de título — exclamou, embora quando o livro fez sucesso tenha reivindicado como sua a ideia. Podia até mesmo me dizer quando lhe ocorrera: na banheira, com os pés para cima, lixando as solas com pedra-pome siciliana.

Como uma macaca. Daí...

Dessa vez, por um leque de razões, não lhe dei mostras da minha excitação. Em vez disso, liguei para Merton com a notícia. A secretária atendeu:

— Merton se foi — lembrou-me ela.

— Se foi?

— Faleceu.

— Meus Deus, Margaret! — falei. — Desculpe. Estou tão habituado a ele estar aí que me esqueci que não está mais.

Na verdade, havíamos nos falado no enterro. Ela chorou no meu ombro. Trocamos abraços. Eu me lembrava até da capa com cinto que ela usava quando desabou nos meus braços. Funguei nos dela. De uma forma estranha — *Lust und Tod*, suponho —, senti tesão. Margaret era uma mulher atraente, de cintura fina, equilibrada, porém aparentemente disposta a tudo pela gente à semelhança de uma secretária de filme de Hollywood da década de 1950. Partilhamos a nossa dor. Jamais haveria outro Merton, concordamos. Foi um milagre não nos beijarmos. A menos que tivesse havido esse beijo e estivéssemos ambos negando sua existência.

Pude ouvir suas lágrimas brotando novamente do outro lado da linha. Esperei que não fossem de culpa.

— Tudo bem com você, Margaret? — perguntei.

— Tudo bem, sim. E você?

— Tudo bem. Mas estou chocado por ter esquecido que Merton se foi.

— É compreensível — disse ela. — Não é só você. É bacana as pessoas não conseguirem pensar nele como tendo morrido. Eu não consigo.

A menos que elas não pudessem pensar nele como tendo morrido porque tempo demais se passara desde que haviam pensado nele como estando vivo.

Até que fosse encontrado um substituto, explicou Margaret, Flora McBeth vinha cuidando dos autores de Merton. Será que eu queria falar com ela? Margaret soltou uma risada ensandecida, como se conhecesse o efeito que o nome de Flora causava em mim. Foi uma risada excitante. Cheia de irresponsabilidade, o que é uma promessa convidativa em um uma mulher normalmente responsável. Era como se estivesse me mostrando suas pernas — embora de hábito as cobrisse. Lamentei não termos nos beijado. Se, com efeito, não nos beijamos.

Alguns instantes de silêncio ruminativo devem ter se passado.

— E então?

— Então o quê, Margaret?

— Quer que eu transfira você para Flora?

Eu não queria.

Corria um boato de que Flora figurava no topo da lista das explicações para Merton acabar com a própria vida.

Porque vinha transando com ela?

Porque tinha medo dela?

Porque vinha transando com ela e tinha medo dela?

Ninguém sabia. E se soubesse, a ele, barra, ela, faltava coragem para contar.

Algo me fez pensar em Margaret.

Mandei o título por email para Francis. *A Piada da Sogra.*

"A piada é que", escrevi, "não é".

"Não é o quê?", indagou Francis por email.

"Uma piada!"

"Não pensei nisso" foi sua resposta.

"Meu objetivo", esclareci por email, "é escrever um romance transgressor que explore os limites do moralmente permissível na nossa época. Quem são os grandes blasfemos dos nossos tempos? Não os poetas e escritores, não mais. O pessoal da comédia em pé. Meu herói é um desses. Na primeira linha do romance, ele sobe ao palco e diz *Pegue a minha sogra — acabei de pegar.* A plateia se levanta e vai embora enojada. O que você acha?".

Não recebi resposta. Nem mesmo um aviso eletrônico de que ele estava de férias. Um ou dois dias se passaram. Fiquei preocupado. Do jeito como andavam as coisas, se não tínhamos notícia de alguém há mais de uns poucos dias era de supor que esse alguém estivesse estatelado no chão do escritório com os miolos espalhados à volta.

No terceiro dia, Francis me deu retorno. Parecia ter ficado ruminando a ideia.

"Eu imploro", escreveu. "E de todo jeito..."

"De todo jeito o quê?", escrevi de volta.

"De todo jeito você está culturalmente por fora", respondeu ele. "Ultrapassado. A plateia não se retiraria enojada. Talvez não risse, mas não se retiraria. O material não é suficientemente ofensivo".

"Não é suficientemente ofensivo! O que ele precisaria fazer? Botar o pau pra fora?".

Ainda bem que não experimentei essa fala com Vanessa; ela teria dito que eu vinha botando meu pau pra fora em público há anos.

E não, isso também não era engraçado.

Francis foi menos intransigente.

"Pôr o pau pra fora não passa de mais do mesmo. Você está latindo embaixo da árvore errada. Não há motivo para me ouvir, o escritor é você. Mas se precisa ir nessa direção... E não espere que eu lhe arrume uma editora se for, mas se acha que precisa, que *precisa* mesmo, então acho o seguinte: primeiramente, abandone o 'explorar'. Exploração funciona quando se trata da Antártida, no mais é suicídio. Mude para correr atrás. Que o herói seja um cientista ambiental, não um comediante, que é engraçado, mas não vende. Quanto ao sexo... Eu gostaria que não, mas sexo anal ainda faz sucesso. Não procriativo. Existe uma escola filosófica que encara o sexo anal, desde que consensual, como não sexual. Pode-se fazer sexo anal e ainda ser chamada de virgem, etc., não? Faça tudo acontecer numa viagem ao Afeganistão para tratar do aquecimento global. A esposa desconfia, contrata um detetive deprimido, ex-membro da CIA, o detetive deprimido confirma e tenta transar com ela, ela pira, tem histórico de piração, e o esfaqueia".

"O detetive?"

"O marido".

"Que tal esfaquear a mãe?"

Nossos e-mails estavam ficando quentes agora.

"Boa, boa. A mãe havia abusado dela. Esfaqueia os dois. Esfaqueia os três, se for o caso. Mas você vai precisar de uma redenção. Vida após a morte faz sucesso. Limbo e purgatório estão na crista da onda. Explore isso, se é que precisa explorar alguma coisa. Você vai gostar, caso se permita. Sempre achei que havia em você um escritor de suspense de outras dimensões tentando vir à tona. Divirta-se com a sua pesquisa, sortudo sacana. Poppy

Eisenhower — caraca! Ainda acho que você não devia, mas boa sorte se faz questão de apostar. F."

"Olha só: de onde você tirou a ideia de que eu que iria gostar de escrever suspense de qualquer dimensão que fosse? Odeio essas porcarias. Você sabe que odeio essas porcarias".

A mensagem seguinte veio via BlackBerry:

"Acho que o romancista reclama demais".

"Um sujeito azedo de meia-idade disse isso", respondi por mensagem de texto.

Sua reação foi instantânea:

"Achei que azedume de meia-idade fosse a sua especialidade. Só não esqueça o Afeganistão e a Vida após a Morte, o Afeganistão do século 19 seria melhor. História não tem erro. Mas escrita no presente. F".

Pulei a sugestão do século 19 e tive uma ideia melhor do que sexo anal. Eu falaria de amor. Não importava a opinião de Francis. Amar a própria sogra era tão perturbador para a sociedade quanto sexo anal. Todo mundo estava fazendo sexo anal. Eu usara sexo anal no zoológico e de novo em Sandbach. Anal era o novo vaginal. Agora, quantas pessoas estavam loucamente apaixonadas pela mãe da própria esposa?

Não era suficientemente ofensivo? Me poupe!

Mais do mesmo? Esperem só até eu comprar rosas para Poppy, dizer que não consigo tirá-la da cabeça, jurar que a adoro desde o instante em que a vi.

Esperem até que eu a dispa — a menos... A menos que isso seja cair de novo no convencional. Sim. Espere até que eu tire seu vestido e depois torne a vesti-la, dizendo que a respeito em demasia.

Poppy tinha sessenta e seis anos e era intocável. Vou mostrar a todos o que é transgressão, porra!

Então tive uma ideia melhor do que situar o romance no Afeganistão ou usar A Vida após a Morte como posfácio. A Austrália. Onde haviam acontecido coisas que não deviam acontecer. Conte do jeito como foi, Guy. Contar do jeito como foi era pura perversão.

CAPÍTULO 10

Há macacos em Monkey Mia?

Foi na Austrália que primeiro experimentei Poppy. Na mesma viagem para assistir ao Festival de Escritores de Adelaide em que desabotoei a roupa de Philippa em um vinhedo. Acaso mencionei que Philippa era neozelandesa? Uma palestrante — daí seu interesse por mim como um praticante vivo — de Literatura Inglesa. Com aquele sotaque, demorei um pouco para entender o que ela falava. Mesmo quando me disse que queria chupar meu pau, não tive certeza absoluta. Foi Philippa, de todo jeito, quem me aqueceu para Poppy. É quase sempre o que acontece com o sexo, quando se é homem: parece um dominó — com o primeiro ato de intercurso sexual qualquer objeção aos seguintes cai por terra. Uma vez que se age mal com A, não há nada que impeça que se aja muito mal até a letra Z. E a sogra é Z++.

Poppy aceitara o convite de Vanessa para passar uns dias conosco na Austrália. Adelaide não a fascinava. Ela não conseguia imaginar o lugar. Parecia chato, explicou. Preferia conhecer a Austrália Oriental e optou por nos encontrar lá. Por isso, voou até Perth e passamos uma semana juntos num hotel que dava para o Rio Swan, enquanto Poppy se recuperava do *jet lag*. O calor combinava com as duas. Com seus chapéus de sol e blazers listrados, pareciam irmãs, uma dupla de aventureiras inglesas destemidas, que, sabe-se lá como, haviam se afastado de Henley, mas que, agora que ali estavam, fosse onde fosse esse ali, nada temiam, salvo um homem que fizesse com que se desentendessem. Davam-se os braços, expunham o rosto ao sol de forma idêntica — o mesmo entrefechar de olhos, a mesma sujeição à sensação —, compravam roupas similares e tinham vontade de tomar chá simultaneamente, às 4:13 da tarde, em ponto, como se unidas por uma única garganta. Perth ainda conserva algo de colonial; seguindo atrás delas, carregando os embrulhos e admirando o balanço sincronizado de seus quadris, eu me sentia o "menino" de ambas.

Eu adorava vê-las a uma distância respeitosa. Sentia afeição pelas duas como dupla. Mães e filhas atraem homens com tendência à sentimentalização erótica. Certa vez, observando-as olhar, do outro lado do Rio Swan, para South Perth, lembrei-me de Norman Mailer — outro dos grandes atiradores de esperma de ontem — ter comparado a esposa e Jackie Kennedy conversando em Hyannis Port, local da Casa Branca de verão, a "duas feiticeiras sedutoras à beira d'água". "Feiticeiras" se adequava à minha dupla. Ou ao menos se adequava a mim, um homem enfeitiçado.

Então, de repente, Vanessa anunciou que íamos alugar uma van de camping e ir até Broome — desejo de Poppy. E os desejos de Poppy eram para ser atendidos.

Ela lera sobre Broome — sobre a pesca de pérolas, as grandes faixas de praias planas, onde se podia andar em camelos, os mangues sobrevoados por águias-pescadoras, os lagartos-gigantes atravessando a rua principal estalando a língua, o calor incessante. Podíamos ter voado direto até Broome e montado naquele camelo na mesma tarde, mas Vanessa também tinha desejos que, pós-Philippa, eu não me encontrava em posição de discutir. Ela queria ver o deserto australiano. Havia chovido e o deserto se cobrira de flores. Quando Vanessa falou "flor selvagem", o rosto de Poppy se transformou numa delas; assim como, quando Poppy falou "vida selvagem", as narinas de Vanessa se dilataram. Uma detonava o que havia de selvagem na outra, sem a devida consideração quanto ao efeito causado em mim.

Eu não tinha a menor vontade de fazer essa viagem. Havia ido à Austrália para esfregar minha distinção literária na cara de todo mundo, para ser aplaudido, reconhecido, de forma total e sem ambiguidade pelos leitores do tipo de Philippa, não para desaparecer na obscuridade do mato, por mais exuberante que estivesse coberto de flores selvagens. A estrada também me preocupava. Jamais saí desembestado com um carro pelas estradas de Cheshire como fazia meu irmão Jeffrey. Sempre dirigi de um jeito moderado, meio antiquado, o tempo todo com medo que as dimensões do carro excedessem a largura da estrada. Como iria dar conta de uma van de camping, grande o bastante para permitir privacidade a três pessoas, eu nem desconfiava, mas Vanessa, como sempre mais o homem da família que eu, garantiu que providenciaria para que chegássemos lá inteiros. Tudo que eu precisava fazer era ficar sentado quietinho, sem escrever ou falar sobre escrever — nem mesmo uma anotação seria permitida: trabalho estava *verboten* agora que eu já assistira ao meu festival — e guiasse. Guiar seria fácil: pegando a direção do oceano Índico, era só tirar uma reta a partir de Perth para chegar, três dias depois, a Broome.

Poppy foi sentada no banco traseiro, lendo. Um milagre para mim o fato de alguém conseguir ler num veículo em movimento sem ficar com enxaqueca — Vanessa tinha de parar a van toda vez que eu precisava virar uma página do mapa —, mas maior milagre ainda era ver Poppy lendo. Ela sempre fingira que não lia, sobretudo ficção, mas de repente a vi devorar aquele livro. E o que comia — sem falar na velocidade com que comia — me deu a impressão de estar na proporção inversa às necessidades e aos interesses de uma mulher da sua idade.

— Você não está meio velha para ler livros com capas rosa-batom? — perguntei, enquanto Vanessa enchia o tanque com diesel.

— Velha?

Foi bom eu ter conseguido irritá-la. No amor — no amor antinatural, ao menos — a irritação é o prelúdio da indiscrição.

— Velha no sentido de madura. Velha em comparação aos personagens dos livros que você anda lendo.

— Como você sabe as idades dos personagens dos livros que ando lendo?

— Posso adivinhar pelas capas.

— Você sabe que não se deve julgar um livro pela capa.

— Mas é precisamente assim que *você* julga. Já observei como você compra seus livros — (era bom lhe dizer que eu a andara observando). — Você só escolhe aqueles com capas rosa-batom.

Ela bateu nas juntas dos meus dedos com seu material de leitura, como se ele fosse um leque.

— Nem todo mundo é um Einstein — falou.

Olhei-a diretamente nos olhos.

— E nem todo mundo é um Eisenhower — falei.

O estranho é que Vanessa conseguia conversar com propriedade com a mãe sobre esses livros, embora eu soubesse com certeza que não os lera. De onde viriam essas informações, então? Estariam no ar? Será que isso explica por que certos livros — quase todos feitos para mulheres — de repente tomaram o mundo de assalto? A mais de mil quilômetros de distância da livraria mais próxima, sem rádio ou jornais, sem contato com fofocas ou opiniões, Vanessa e Poppy eram capazes de discutir o último sucesso editorial. Não espanta que as heroínas telepáticas andassem tão populares. Entre as mulheres existia uma telepatia de gosto ficcional duvidoso. Vi com meus próprios olhos.

Não abordei o assunto com elas. Sempre que Vanessa estava ao volante da van, eu fazia o que ela mandara e fechava o bico. O silêncio me era bem-vindo também. Consegui ficar ali pensando sobre os escritores que encontrara em Adelaide, pesos-pesados literários alguns, na linha taciturna de romancistas internacionais, sem desejo de desperdiçar suas palavras em meras conversas. O mais bem sucedido de todos, um holandês enorme que escrevia *novellas* elegantemente esbeltas graças às quais ganhara um Prêmio Nobel e, segundo as más línguas, ficara zangado por não ganhar um segundo, recebera do festival uma passagem aérea de primeira classe e hospedagem caríssima só para anunciar, uma hora antes de sua palestra, que não falava em público. Assim, sentou-se no palco do Palácio da Prefeitura de Adelaide, com o barrigão lhe pendendo entre os joelhos enquanto a plateia se mantinha em seus assentos, com as mãos cruzadas no colo. A hora teria passado assim, com cada qual fitando o outro em silêncio, se alguém não houvesse pensado em mostrar slides das pontes de Amsterdã. Quando a sessão terminou, o público o aplaudiu de pé.

Diziam os boatos que nenhum outro escritor participante do festival de Adelaide vendera mais livros. Aparentemente, quanto menos um romancista falasse do próprio trabalho, mais o público desejava lê-lo.

— Uma lição que não lhe fará mal aprender — havia dito Vanessa então.

A cerca de meio caminho de Broome, Poppy viu uma placa de Monkey Mia e quis fazer o desvio.

— É um pouco mais que um desvio — avisei. — Se estou entendendo direito o mapa, são quatrocentos quilômetros depois que sairmos da autoestrada.

— Você não *está* entendendo direito o mapa — interveio Vanessa. — Vire ao contrário. A quatrocentos quilômetros a partir da autoestrada fica a Indonésia.

— Confie em mim — falei.

Poppy lembrou-se de ter lido que havia golfinhos em Monkey Mia. Podia-se nadar com eles e fazer carinho em suas barrigas. Ela achava que alguns faziam carinho nas da gente.

— Com o quê, com as nadadeiras? — questionei.

Vanessa supôs que eu estivesse sendo sarcástico com a mãe. Como estava enganada! Eu estava longe, numa fantasia antropomórfica. *Sou um golfinho.*

— Então a gente vai — disse ela.

— Vai demorar o dia todo para chegar lá — observei.

— Ah, então não vamos — disse Poppy.

— Vamos, sim — insistiu Vanessa. — As férias são suas.

Dito isso, saiu da autoestrada e dirigiu e dirigiu.

— Lugar lindo, não? — comentei após algumas horas de silêncio. — Intocado. Dá para imaginar que se não fosse a estrada seríamos as primeiras pessoas a pisar aqui. Até a terra parece limpa e virginal. Me sinto como Adão.

— Adão não tinha van — observou Vanessa. — E você concordou que não escreveria coisa alguma nesta viagem. Sobretudo descrições da natureza, que, acredito que tenhamos concordado, melhor faria se deixasse a cargo de outros.

Poppy foi solidária comigo. Talvez para mostrar que não havia ressentimentos após nosso desentendimento por conta de capas de livros.

— Acho que você está sendo cruel, Vanessa. Sei o que Guy quis dizer. A terra parece realmente virginal.

Algo na forma como ela falou de mim. Algo em sua respiração no meu cangote, cálida quando enunciou as letras. Algo no termo *virginal*. Será que ela se sentia uma Eva?

— Vocês acham que há macacos em Monkey Mia? — perguntou Poppy uma hora depois.

— Duvido — respondi. — Só golfinhos.

— Não mencione a palavra macaco pra ele — alertou Vanessa. — Não lhe dê corda.

— Ora, ele é especialista em macacos?

— É especialista em como sua carreira foi para o brejo.

— Não achei que a carreira dele tivesse ido para o brejo — me disse Poppy.

— Precisamente — disse Vanessa.

Uma hora depois, Poppy desatarraxou a tampa da sua garrafinha de conhaque. Eram seis da tarde e onde quer que estivesse, às seis ela tinha de tomar um drinque. Wilmslow, Chipping Norton, Primrose Hill, Monkey Mia — seis da tarde era a hora do drinque.

— Alguém quer?

— Não, mãe, obrigada — respondeu Vanessa. — Estou dirigindo, caso não tenha notado.

O hábito de beber da mãe a enfurecia. Às seis da tarde, o primeiro drinque. Às seis e meia, de porre. Era a única fraqueza que uma delas tinha e a outra, não. O triplo das seis seguido pelo desabamento das seis e meia.

Com a minha mãe acontecia a mesma coisa. Embora Poppy fosse muito mais moça, nossas mães habitavam a mesma esfera social e ficavam bêbadas exatamente na mesma hora e com a mesma velocidade. Descontado o fuso horário, também ela devia estar desabando de porre em Wilmslow naquele exato momento. Enquanto meu pai estaria buscando um jeito de mantê-la em pé. Jamais gostei muito do meu pai, mas essa solicitude com minha mãe sempre me impressionou. Numa ocasião, na minha presença, ele, com efeito, amarrou-a com o próprio cinto a um poste de luz no meio de Chester enquanto ia buscar o carro.

Eu não devia ter mais de sete ou oito anos então.

— Vem dar um beijo na mamãe — dizia ela, e quando fui beijá-la, escutei-a sibilar, furiosa, em meu ouvido: — Agora, me solta daqui!

Será que essas lembranças contribuíram para a paixão que desenvolvi por Poppy?

Quem sabe? Mas aceitei um conhaque, que ela me passou com dedos não de todo firmes, no mesmo copinho de prata — era a tampa da garrafinha — em que estava bebendo. Assim, de certa forma, nossos lábios se tocaram.

— Há macacos em Monkey Mia? — indagou ela. E continuou indagando, com crescente frequência, quanto mais conhaque bebia, até adormecer já pertinho do nosso destino.

Foi a primeira coisa que ela disse quando abriu os olhos e se viu no local de camping:

— Estamos em Monkey Mia? Há macacos aqui?

CAPÍTULO 11

Comediante

Estaria sutilmente fazendo piada o holandês gigante que se recusou a falar para sua plateia hipnotizada de leitores reunidos na Prefeitura de Adelaide? Terá sido sua hora de silêncio na verdade um ato da mais vertiginosa volubilidade, um gesto dadaísta destinado a envergonhar as legiões de autores obviamente mais tagarelas, como eu, que reuniam seu arsenal de recursos — fazendo uma blague aqui, usando uma história cômica acolá — de um festival para outro?

Pensei nele um bocado no caminho até Broome, como forma, em parte, de desviar minha atenção de Poppy, cuja presença na cálida intimidade da van de camping, na qual nós três nos deitávamos para dormir à noite, separados apenas por uma cortina fina, era uma séria dificuldade para mim. Mas o sujeito me perturbou de *per si*, no tempo que me sobrou para pensar nele, enquanto Poppy e Vanessa ronronavam em uníssono a cada flor que o deserto recentemente molhado oferecia aos nossos olhos, por ter trazido à tona todo o esforço do romancista showman ambulante. Não, diria ele — embora nada tivesse dito — não, nada de bancar o comediante.

Fosse ou não um gesto dadaísta, seu silêncio mudou o jogo. Ele era um escritor. Escrevia. E se os que fizeram fila para olhá-lo dessem a si mesmos o rótulo de leitores, que lessem. O resto não existia.

Enquanto isso a nossa mensagem — a mensagem dos que falavam como se uma proibição impedindo a fala acabasse de ser suspensa — era qual? Vejam só, por trás da página, que ótimos comediantes somos.

Mas não havia por trás da página. Por trás da página não era da alçada dos nossos leitores. E se estávamos fazendo do além página o nosso ofício, não admira que ninguém mais quisesse virar a página.

Uma lógica simples exigia que nos fizéssemos a seguinte pergunta: se queríamos bancar os comediantes por que simplesmente não virar comediantes e nos livrarmos do ranço literário? Estávamos acabados, de toda maneira. Os comediantes haviam assumido o palco. As melhores comédias em pé tinham roteiros que podiam muito bem ser romances satíricos curtos; eles enxergavam exatamente da mesma maneira como enxergavam os romancistas, gostavam do ritmo da linguagem, distribuíam hipérboles e anticlímax como nós, condenavam, surpreendiam, agarravam o riso pela cauda no momento em que ele ameaçava resvalar para o terror. Eram previsíveis e complacentes e donos da verdade, também, mas quem não era? Mais que isso, tinham seguidores servis. Por onde estavam os leitores? Não era óbvio? Assistindo a comédias em pé.

Se Vanessa não tivesse me avisado para não discutir minha carreira enquanto ela dirigia, eu lhe teria dito que ia pular fora. Não, não fora da van, Vee, fora da literatura. E ir para onde? Para o palco, o palco...

Pegue a minha sogra...

Assim sendo, simplesmente me limitei à função de copiloto. Os quilômetros passavam; vez por outra, Vanessa parava a van de modo que as duas pudessem descer e arrancar uma ervilha do deserto ou apreciar com binóculos uma águia de rabo cuneiforme avaliando a possibilidade de cravar os dentes naquela carne amorenada, como acontecia comigo, e uma vez precisamos parar para tomar fôlego depois de quase bater de frente com uma tropa de avestruzes mal humorados, cujo pelo lembrava o cabelo de Vanessa e Poppy. Eles cruzaram calmamente a estrada e olharam na nossa direção com expressão desdenhosa, não com raiva por quase os termos matado, mas como se tivessem saído para uma noitada e nós, os paqueradores, houvéssemos usado uma cantada patética. Fodam-se, disseram na língua avestruz. E diante de tantas maravilhas naturais não consegui descobrir um jeito de mudar de carreira.

Agora, mais ou menos um ano depois, com meu nome na lama em Chipping Norton, com colegas escritores e editores morrendo como moscas, com as livrarias fechando por todo lado do país e os agentes se escondendo de seus clientes, ali estava eu arrancando a pele atrás das orelhas e ainda matutando. Durante esse tempo, a comédia em pé desabrochara como flores selvagens no Grande Deserto Arenoso. Quem eram os legisladores não reconhecidos do mundo? Não os poetas ou os romancistas. Os comediantes. Quem tomava chá em Downing Street? Não os poetas nem os romancistas. Os comediantes. Sua espirituosidade era a espirituosidade da moda. Eles *eram* a moda. Tarde demais para eu fazer uma mudança. Me faltava culhão. Talvez eu jamais tenha tido culhão. Tudo bem falar disso como uma opção, mas e se a escolha de ser escritor se devesse à timidez, ao desejo de ser um ator sem precisar atuar? Seriam os comediantes não mais que romancistas com culhões? Dotado de uma personalidade mais destemida, teria D.H. Lawrence sido W.C. Fields?

A graça podia estar regendo o mundo, mas no que tangia ao romance, era uma letra morta. Não se pode ver graça onde existe o sagrado e alguém em algum lugar deixara aberta as janelas do romance para que o sagrado alçasse voo com asas quebradas. E o que era o sagrado, aliás, senão o manto do fúnebre jogado sobre a própria turgidez? Eugene Bawstone — o editor literário e sacristão que recebera meu primeiro romance (*Vai pentear!*) com uma crítica de duas palavras: "eu não!" —, um homem cuja atitude tímida, deprimida e uma beleza em estilo Bambi lacrimoso lhe haviam granjeado o apelido de "Lady Di das Letras Inglesas" (embora eu garanta que nada havia de promíscuo quanto à sua leitura) e que segundo os boatos escrevia cartas de próprio punho a cada um dos autores que resenhava dizendo que estes não deviam mais usar as palavras engraçado, dissoluto ou rabelaisiano. Como a qualidade que buscava na literatura era "leveza", Bawstone jamais encontrara um romance engraçado, dissoluto ou rabelaisiano (e aí se incluíam todos de autoria de Rabelais), o que o levava a supor que tais autores estivessem mentindo ou se exibindo quando assim classificavam suas obras.

— Você já se perguntou — indaguei dele numa festa — se a falha não será sua?

Hoje me dou conta, embora não soubesse disso na época, que provavelmente estava de porre. De porre e dissoluto.

Bawstone ergueu sedutoramente os olhos tristes. Estaria prestes a confessar os detalhes de sua infelicidade?, perguntei-me. Ou iria enfiar as mãos dentro da minha calça?

— A que falha você se refere?

— A incapacidade de ter prazer. Os psicólogos chamam de anedonia.

— Psicólogos! Está dizendo que eu devia ser examinado por não achar o que você escreve divertido?

Refleti a respeito. Uma estranha energia negativa vinha dele, como se possuísse o dom de drenar a vitalidade do ambiente. Senti o sopro da vida se esvair do meu corpo. Era ele ou eu.

— Bom, não cheguei propriamente a pensar nesses termos — falei com uma brutal falta de sutileza. Fazer o quê? Ele despertara o que havia de selvagem em mim, assim como Diana devia despertar o que havia de selvagem em seus homens —, mas agora que mencionou, sim, acho que o hospício deve ser o lugar ideal para você.

— Numa camisa de força?

Sua voz tinha exatamente aquela leveza que ele tanto admirava na literatura.

— Você já está numa camisa de força — declarei.

Uma semana depois, Bawstone foi achado morto, desabado sobre o volante do carro, em um túnel subterrâneo em Paris. Nada disso, claro, mas um homem pode sonhar.

É um equívoco pôr a culpa de tudo em Bawstone. Nenhum editor com mente empresarial permitiria que a palavra "engraçado" aparecesse numa capa de livro. Merton a banira da sua lista anos antes. Arrancava os cabelos quando alguma coisa o fazia rir.

— O que vou fazer com isso? — perguntava.

Era até mesmo possível que algo o tenha feito rir pouco antes de acabar com a própria vida. Talvez tenha sido eu. Talvez eu tivesse lhe perguntado quais eram as minhas chances de ganhar o Prêmio Nobel de Literatura.

Afora tudo isso, o fenômeno comédia carecia de explicação: se ninguém queria nada engraçado, por que a marcha triunfal dos comediantes? Não fazia sentido.

Pegue a minha sogra...

E se Francis estivesse errado? E se um comediante que transa com a sogra fosse o herói da transgressão sexual por quem todos esperavam?

É difícil embarcar numa história inseguro quanto ao seu herói ser um comediante ou um cientista ambiental. Chega uma hora, e ela chega cedo, em que é preciso mergulhar fundo e ver a história através dos seus olhos.

O que eu sabia sobre ciência ambiental? Quando fazia calor no meu estúdio, eu ligava o ar refrigerado. Se fazia frio, eu me imaginava aconchegado nos braços da mãe da minha mulher. Ciência ambiental.

Qualquer coisa além significaria pesquisa e eu não fazia pesquisa. Nisso, eu estava fora de sincronia com meus colegas castrados. O desespero os levara à pesquisa. Sobretudo a pesquisa sobre os últimos desdobramentos da epigenética, da física de partículas ou da mecânica quântica. Houve um tempo em que os romancistas eram orgulhosamente indiferentes a tudo isso. A pesquisa tinha importância, sim. Nossa praia era o coração humano. Mas havíamos perdido a fé no coração humano, o que significa dizer em nós mesmos. Não éramos importantes, eles, sim. Se pudéssemos pegar carona na carroça deles, talvez chegássemos onde eles estavam indo. E onde ficava isso? Nem desconfio. Relevância? Contemporaneidade? Uma plateia?

Independentemente do que esperávamos, já não nos impúnhamos por nós mesmos. Sequer se tratava de uma via de mão dupla — respeitaremos vocês se vocês nos respeitarem. A reação da comunidade científica era de que não merecíamos ser respeitados Você não sabe de nada, benzinho. Assim, qualquer mísero proponente da Teoria das Cordas acreditava ser capaz de desempenhar seu papel e não se familiarizar com o uso de metáforas ou com os sete tipos de ambiguidade; qualquer ambientalista podia fazer seus gráficos ignorando serena e facilmente *Henderson o Rei da Chuva*.

Ora, se não estavam lendo a gente, ao menos eu não os estava lendo. Fosse qual fosse a profissão do meu herói, ele não haveria de ser um cientista ambiental.

Pegue minha sogra — eu já peguei.

Era à palavra "já" que eu achava difícil resistir. A ideia de um comediante subindo ao palco para entreter a plateia ainda trazendo em si o cheiro da sogra era um conceito nojento que confirmava a opinião de Vanessa de eu ser uma pessoa nojenta.

— Pessoa ou autor? — eu sempre perguntava, por via das dúvidas.

Ela jamais deixou passar a dica:

— Ambos.

E isso era deixar de fora minhas ideias nojentas a respeito da mãe dela.

Se meu herói embrionário tinha o gosto da sogra em seus dedos, eu tinha o sabor do seu medo em mim. A cena se autodescrevia. Um palco de comédia em pé nos fundos de um pub de segunda categoria. Segunda-feira. Noite de novatos. Trinta pessoas em uma sala sombria, simultaneamente loucas para rir e sem esperar diversão, os pés pousados em poças de cerveja morna. Por não ser um bebedor de cerveja, eu tendia a associar seu cheiro à desesperança humana. Cerveja morna, xixi de rato, fracasso. Meu herói cheiraria aos três. Eu o via roendo as unhas atrás do lençol preto rasgado que servia de cortina. Depois, debaixo dos holofotes, batendo no microfone porque era isso que havia visto os comediantes de verdade fazerem.

Pegue a minha sogra — eu já peguei.

Nada de risos. Demasiado sutil para uma plateia de Chester? Demasiado grosseiro? Segundo Francis, não. Francis disse que não era suficientemente grosseiro. Mas Francis não era Chester. *Caia fora do palco*, eu os ouvi gritar, de todo jeito. *Não desista do seu emprego.*

Em cujo caso, eu podia ter as duas coisas. Meu narrador em primeira pessoa seria um comediante *e* um comediante *manqué*, um cômico que jamais o foi. Experimentaria seu número e manteria seu emprego, e seu emprego seria o meu, ele faria o que eu fizera antes que a toca do coelho da publicação se abrisse para me engolir como a pervertida Alice de Lewis Carroll — meu herói trabalharia com moda feminina, cuidando da loja dos pais. Um consultor de moda.

Esse havia sido o meu mundo. Eu o conhecia de dentro para fora. Sem dúvida eu o entendia melhor do que entendera o Zoológico de Chester, não obstante carregasse em mim o odor selvagem de Mishnah Grunewald. Cheguei até a me perguntar se foi ali que tudo começou a dar errado: no dia em que Mishnah me chamou de "fera" e passei a procurar o macaco em mim. Como romancista, e como homem, não teria sido melhor continuar no varejo? Palavras de Quinton: jamais corte suas raízes, apegue-se ao que conhece.

Sem dúvida, Vanessa chiaria. Assim que eu pusesse meu herói tomando conta de uma butiquezinha feminina em Wilmslow, ela me acusaria de abandonar a última tentativa de demonstrar que eu me interessava por algo mais que não a minha pessoa. "Sacana solipsista!", me chamara quando escrevi como Mishnah Grunewald — uma judia funcionária de zoológico. "Sacana solipsista!", me chamara quando escrevi como um caixeiro viajante sem princípios e à solta em Sandbach. Dificilmente me veria com mais boa vontade se eu escrevesse como um comediante. Um modista de Wilmslow com pretensões artísticas e pais iguaizinhos aos meus.

Por outro lado, Vanessa não veria esse romance até ser tarde demais para sua opinião fazer alguma diferença. Normalmente eu a presenteava com o "manuscrito" recém-saído do computador. Mas como você entrega à esposa um romance sobre um sujeito — comediante ou consultor de moda — apaixonado pela sogra? Eu negaria a semelhança, claro. *É uma obra de ficção, Vee, faça-me o favor. Qualquer semelhança entre os personagens e pessoas vivas ou mortas...* Mas ela jamais engoliria isso. No fundo, Vanessa não acreditava em ficção. Sua própria obra em curso, agora em sua segunda década de não-conclusão, sequer se dava ao trabalho de mudar os nomes. A heroína era Vanessa, o vilão, Guy. Uma vez que se mudasse algo, defendia Vanessa, perdia-se a verossimilhança. Por isso eu não nutria esperanças de convencê-la de que eu havia inventado do início ao fim a história de um assistente de loja natural de Cheshire que desenvolvera uma ligação antinatural com a mãe da esposa, uma mulher em todos os detalhes idêntica — porque também eu amava a verossimilhança — à Vanessa.

O que me deixava apenas com dois cursos de ação: ou me arriscar a terminar o casamento ou não escrever o livro.

Um descerebrado — como as pessoas que não amam a linguagem, leitores que não liam meus livros, leitores que não liam os livros de ninguém, os zumbis descerebrados indiferentes à palavra — assim definiu. Um descerebrado.

CAPÍTULO 12

Little Gidding

Mentalmente eu o chamava de Gid, meu comediante que não era comediante. Gid, apelido de Gideon — não confundir com Guy, apelido, no jargão desdenhoso de heróis de Vanessa, de Guido.

Guido foi como ela me chamou na primeira vez que dormimos juntos. *Guiiido!,* como Sofia Loren tentando conquistar pela adulação o perdão de Marcello Mastroiani. Ela trepou em mim e soprou o nome nos meus olhos. *Guido, Guido...* Num passe de mágica, Wilmslow virou Nápoles. Dava para sentir o cheiro forte da lava do Vesúvio flutuando nas águas azul-lavanda do Mediterrâneo. Ver Wilmslow e morrer. Com Vanessa me cavalgando, a morte não seria tão pavorosa. A vida com Vanessa me cavalgando era melhor até do que a morte, aliás, e a vida apontou seu dedo libidinoso e torto para mim. *Guido, Guido...*

Acreditei. Eu *era Guido.* Comecei até a me vestir de forma diferente. Um figurino mais italiano. Mais Armani que Boss. Crepe macio e negro. O paletó funcionando como uma segunda pele. *Guido, Guido...* E fui tolo o bastante para achar que Vanessa também acreditava nisso. No início, talvez. Mas, no final, o nome acabou detonando o ridículo da situação e se tornou, em si mesmo, ridículo.

— Use seu nariz em mim, Guido — disse ela, ainda me lembro.

Parei, atônito, não sei direito por quê. Terá sido a ideia de que a minha competência sexual se devia ao meu nariz? Assenti, mesmo assim, e até gostei, mas jamais consegui me livrar totalmente da sensação de que Vanessa fazia pouco de mim, de que estivesse até mesmo me negando, do ponto de vista fálico. Henry Miller não se importaria, mas D.H. Lawrence, sim. Com o passar do tempo, quando Vanessa me chamava de Guido eu não via mais a baía de Nápoles, mas o Monte Chacota, e abaixo, o Pântano da Desesperança.

Digo "com o passar do tempo", como se isso tivesse ocorrido aos poucos, mas, com efeito, Vanessa descobriu um determinado uso para Guido que lhe empanou o brilho. Tínhamos poucos anos de casados. Eu publicara alguns romances, o primeiro deles ainda provocando interesse suficiente por mim para que me convidassem para o tipo de festival em que se armava uma tenda para a poesia ao lado das barraquinhas de hambúrguer e sopa, como uma distração, sobretudo para os visitantes mais velhos, da principal atração, que era a música. Eu não gostava dessas coisas. Meus leitores não eram aqueles, se é que aqueles eram leitores. Sentavam-se em almofadas na grama, à espera que alguém recitasse alguma coisa com rimas facilmente identificáveis e ritmo hipnótico, no compasso da música da qual estavam tirando uma folguinha. O escritor anterior a mim improvisou associações livres na hora, conforme lhe ditava o ânimo. "Pobres, nobres, irmanados, separados, amantes antes, parentes, carentes, carentes de quê? De nada, sem paixão, sem noção, corpos cálidos, pálidos...".

Espantada por alguém conseguir detectar na linguagem a harmonia dos sons finais, a plateia provinciana aplaudiu com *gusto*.

— Eu não devia estar aqui — sussurrei para Vanessa, nos fundos da tenda, onde tomávamos cerveja em copos de plástico biodegradável. — Este não é um lugar para a prosa.

— Uáu! — gritou ela, estapeando o ar com a mão desocupada. Não em reação às minhas palavras, mas ao desempenho do poeta. Na condição de quem se esforçava para produzir cada linha e nada tinha a mostrar depois de quatro horas no computador salvo algumas palavras soltas e suadas dirigidas aos leitores que não a liam, Vanessa ficou fascinada com o improviso.

— Não fique aí gritando uau, merda! — falei.

— Por que não? Porque o uau não é para você?

— Porque não é adequado, para começar. E porque ele é uma droga.

— Uáu! — gritou Vanessa. — Yes!

O poeta do improviso ficou tão emocionado com o reconhecimento dela que declamou um hino à sua beleza. "Bela donzela, coragem, sem sacanagem. Nem bem te vi, caí, por ti, de amor morri..."

Eu aceitara o convite tão somente porque Vanessa se encantou com a ideia de uma viagem ao interior.

— Vamos acampar — dissera.

Pensei a respeito.

— Nada disso — falei.

— Vamos, sim. Vai ser super divertido. Podemos fazer uma fogueira. Podemos assar linguiças. Posso chupar seu pau sob o luar.

— Você pode fazer isso no nosso jardim.

— Você não tem poesia na alma, Guido.

Foi por isso que ela se vingou, primeiro gritando uáu para o improviso do poeta e depois ao entrar numa pequena fila a fim de comprar uma coletânea de seus poemas.

— Como se faz uma coletânea de poemas compostos na hora? — eu quis saber.

— Não seja cretino — disse Vanessa.

— E estou sendo cretino?

Ela não respondeu. Eu era demasiado cretino para merecer uma resposta. Depois que terminei minha leitura, porém — dez páginas da prosa mais discursivamente lúbrica que já vi, contendo referências a personagens que a plateia desconhecia e a acontecimentos que não tinham como compreender, o que pode explicar por que mal havia uma plateia quando terminei —, Vanessa repetiu a palavra:

— Cretino.

Eu estava sentado contemplando o espaço, atrás da minha pilha de livros para a qual não houve um único interessado — o que não foi surpresa para ninguém. Dava para sentir o cheiro de hambúrgueres e pizza. Dava para ouvir alguém tocando jazz. Em frente a mim, bandeiras tremulavam e os guardas se asseguravam de que todos separassem seu lixo antes de pô-lo nas lixeiras, embora eu tivesse visto uma lixeira apropriada para jogar o lixo da poesia improvisada do poeta do improviso. À exceção de mim, todos estavam sendo encantadores com seus semelhantes, arrulhando como passarinhos apaixonados.

— O cretino não sou eu, Vee — falei. — Idiotas ignorantes.

— O que eles fizeram de errado? Vieram, se sentaram, ouviram... — Foram embora... Você esperava o que, seu cretino?

— Pare de me chamar de cretino — falei.

— Nem pensar. Guido Cretino — disse ela, rindo da própria música. Vee, a poetisa performática. — Este é Guido Cretino, meu marido e renomado canalha que escreve ficção com seu *pau*-pena.

E o apelido pegou.

Uma regra básica quando se escolhe um nome é que ele deve chamar a atenção na página. Nunca fui um romancista de Bills e Marys. A vida já é suficientemente banal, na minha opinião, para não precisar que um escritor a imite. Mas corre-se o risco de ser demasiado elaborado. Beaufield Nubeen, por exemplo, ou Tyrone Slothrop. Gideon era viável e ainda assim chamava a atenção. Críticos eruditos haveriam de mencionar Gideon, o lenhador bíblico. O agente de Deus no massacre dos Midianitas. Logo, um lenhador da decência. Na verdade, sempre escolhi nomes pelo som e aparência, nunca pelo significado. Só depois que os críticos faziam seu trabalho, eu descobria por que chamara X de X. E a essa altura, já estava tarde demais para desautorizá-los. Gideon funcionava esteticamente para mim, e como podia abreviá-lo para Gid, que funcionava porque lembrava o "guid, guid, guid" com que falamos com um bebê — um apelo irritante de quem tenta atrair a sogra para o que, finalmente, se tornaria um frenesi sexual.

Gidding.

"Little Gidding", algum crítico observaria, o último dos *Quatro Quartetos* de Eliot. "Estará Guy Ableman nos dizendo que finalmente veio a sentir o que Eliot chamou de 'excitação escondida / refreando o riso ante o que não tem graça'?".

Finalmente?

Aquele "Little Gidding" também era uma referência irônica a qualquer dos vários heróis flácidos de Henry James — os que ainda aguardavam que suas vidas começassem, que a besta em suas selvas acordasse e desse o bote, que o terror sagrado e temido viesse atacá-los e cortar suas gargantas —, como sem dúvida seria o comentário da *London Review of Books*.

Carregada de intensidade me parecia essa associação literária, quando tudo que eu procurava era um nome que soasse mais ou menos como o meu.

De todo jeito, Gid — talvez Little Gidding fosse melhor, afinal; ou por que não simplesmente Little Gid? — cuidaria, como eu na sua idade, da Wilhelmina's, em Wilmslow. Eu apenas lhe *emprestaria* o meu passado. Mas no momento estávamos no mesmo barco, administrando a loja, com a ajuda de uma dupla de garotas competentes e com cara de capa da Vogue sem diploma universitário, enquanto nossos pais, viajando pelo mundo com os lucros do negócio, se perguntavam o que fazer com ele — vender, voltar para casa e tocá-lo ou passá-lo ao próximo da linha sucessória, no caso de meus pais, eu, um ingrato que fantasiava ser Henry Miller enquanto o irmão concluía a faculdade de administração. Little Gid tinha uma personalidade menos sombria que lhe permitia ocasionalmente, sem qualquer motivo para achar que fosse talentoso, pensar em ser comediante.

Qualquer que fosse a sua compatibilidade com a personalidade dele ou com a minha, a Wilhelmina's era, como gosto de continuar me lembrando, já que nem sempre estive no fundo do poço em termos de sorte, uma butique aromática e exclusiva, que tinha no estoque roupas de primeira — os Rifat Ozbeks, Thierry Mugler, Gallianos, Jean Paul Gaultiers e, lógico, os Dolce e Gabbanas da época — para mulheres que preferiam fazer compras perto de casa do que achar uma vaga para estacionar seus Lamborghinis em Manchester, Liverpool ou Chester, não que fossem encontrar o que a Wilhelmina's vendia em Liverpool ou Chester. Por viver em época mais recente que a minha e ser mais moço que eu — um ardil literário inspirado em caçadores de autobiografias sem faro para o alvo —, Little Gid contaria com esposas de jogadores de futebol como clientes. E se não fossem esposas de jogadores de futebol ao entrar em sua loja, sem dúvida se pareceriam com esposas de jogadores de futebol quando saíssem. Num caso ou noutro, elas confiavam nele. Entregavam-se em suas mãos. Gid my Pet era como o chamavam. Gid Querido. Gid Meu Anjo. Tinham a sensação de que o que quer que ele tivesse haveria de ser transmitido a elas. Little Gid acompanhava os pais em viagens a Paris e Milão. Mais tarde viajaria por conta própria. Estilistas de ponta. Modelos de ponta. Valia a pena entrar na Wilhelmina's só para sentir o cheiro das passarelas da Europa impregnado na loja.

Em mim, também, durante o curto período em que fiz o mesmo. Guy Querido. Guy Meu Anjo. Meu coração não estava naquilo, mas eu era magro como ditava a moda, gostava de pôr as mãos nos corpos das mulheres e tinha mais ou menos o mesmo gosto que a nossa clientela. Que não incluía esposas de jogadores de futebol, que não pertenciam, à época, a uma classe discreta. A diferença entre mim e Little Gid não era apenas cronológica, mas classista. A minha Wilhelmina's atendia à alta burguesia. À época de Little Gid, a juventude Nike-e-capuz entrara em cena. Jean Muir perdera o lugar para Versace. Mas as etiquetas de grife, as viagens a Paris e Milão, os costureiros, as modelos — isso tudo eu vivenciei satisfeito, de forma temporária, meio Henry Milleriana, com o que quero dizer que o meu desejo era que os ateliês de alta-costura fossem puteiros, puteiros de verdade com putas trabalhadoras, ganhando trinta libras por hora, pois os puteiros têm a ver com a literatura, como jamais poderia acontecer com a alta costura. Iguais atraem iguais, de todo jeito, por isso não faltavam mulheres abastadas para pegar a estrada e ir à Wilhelmina's de Wilmslow, se é que já não moravam lá. Metade das moradoras de Lancashire, metade das moradoras de Staffordshire, todas as moradoras de Cheshire. Daí Vanessa, que namorara a ideia de ser modelo, como namorara a ideia de tudo o mais, e talvez houvesse sido, salvo por aquela incipiente ambição literária que fez, e não duvido continuará a fazer muito depois da nossa morte, tamanho mal a nós dois. E daí sua mãe, Poppy, que durante um curto período *foi* modelo, uma espécie de modelo, e que tinha uma ligação superficial com a minha mãe, Wilhelmina.

Quanto a essa *Wilhelmina* e meu pai, os dois haviam entregado o negócio, sem entregá-lo. Por mais vezes que viajassem, sempre voltavam, em parte para checar se eu o levara à falência ou fugira com alguma funcionária, em parte porque sentiam falta da efervescência de Paris, das festas londrinas, do barulho das rolhas de champanhe estourando em Chester.

Os pais fictícios de Little Gid, segundo a minha fantasia, seriam menos preocupados com ele, que teria mais gosto pela moda do que jamais tive. E na verdade *apreciaria* cuidar de uma loja. Existem seres humanos assim, que extraem prazer do que alguns chamam de "conhecer gente". Gostam de fazer uma venda, registrar o pagamento, reorganizar o estoque, escriturar os livros — comércio, contabilidade, dinheiro. Meu irmão Jeffrey — Jeffrey Fofo — era assim. Dirigia uma BMW cupê esporte pelas ruas de Cheshire, com os punhos branco-neve da camisa aparecendo sob o paletó

Gucci, cantarolando alegremente para si mesmo. Sonhava com roupas. Não inventei isso. Ele me disse uma vez que sonhava com roupas bonitas.

— E quais são seus pesadelos? — perguntei.

— Roupas horrorosas.

Na última vez em que nos falamos, havia uma chance de que em breve ele fosse ter sua própria série televisiva. Ou pelo menos metade de uma série televisiva. *O Camundongo Urbano e o Camundongo Rural* — a história de dois varejistas de moda, um em Manchester, o outro em Wilmslow, e as exigências diferentes de seus clientes. Não me parecia haver muita carne nesse osso, mas, por outro lado, o que eu entendia de televisão? E se não rolasse, tudo bem. Jeffrey Benzinho levaria na esportiva.

Assim, Little Gid, se um dia eu viesse a pôr carne em seus ossos, teria um tantinho de Jeffrey, visualmente e com relação às satisfações do varejo, ao menos. Sua cabeça não viveria nas nuvens. Daria ouvidos a quem falasse com ele. Lembraria de responder. Não seria tão vidrado em palavras — escritas em etiquetas, num veículo que passasse, num jornal levado para a loja — a ponto de esquecer que deixara alguém no provador aguardando para experimentar o mesmo modelo de outro manequim. Em resumo, ele não seria um escritor. O que significava que talvez eu conseguisse lhe costurar um final feliz na terra, apesar dos conselhos de Francis em contrário — isso se nada de terrível acontecesse por ele transar com a sogra, o que me era impossível garantir nesse estágio inicial da narrativa.

CAPÍTULO 13

Visceral

É uma maldição o impulso de escrever, se ele pega a gente cedo. Se não pega a gente cedo é porque não é impulso de escrever. Não devemos acreditar em quem nos diz que descobriu ter talento tarde na vida. Ou se trata de uma mentira sobre a cronologia ou o talento reivindicado não existe. O impulso de escrever é um impulso para alterar as condições da própria infância. Não no sentido de falsificá-las, mas para fazer do mundo outra coisa que não o buraco negro que ele nos parecia quando éramos crianças. Me mostrem uma criança feliz e consigo imaginar todo tipo de ocupações futuras para ela — no esporte, na política, na moda varejista —, mas nenhuma delas na literatura. Romances nascem do sofrimento, motivo pelo qual os melhores não são sofridos, por mais que o sofrimento faça sucesso. O fato de o romance ter sido escrito prova que o sofrimento foi superado.

Sofrimento avassalador é algo que a vida pode nos dar.

Assim, comecei com o mais nobre dos ideais. Eu faria do mundo um lugar melhor, se não para nele viver, ao menos para que se lesse a respeito.

Com melhor eu não queria dizer mais íntegro, mas, sim, cheio da boçalidade de que tanto pavor tínhamos em Wilmslow. Talvez eu estivesse falando apenas de mim mesmo. Cheio da boçalidade, nesse caso, de que tanto pavor *eu* tinha. Se conseguisse dominar a boçalidade, supunha eu, dominaria a vida.

E a morte.

Preguei na parede do meu quarto fotos de escritores considerados além da insipidez da sociedade bem-comportada. Jean-Paul Sartre, William S. Burroughs, Henry Miller, Leonard Cohen, Brendan Behan, Dylan Thomas, Norman Mailer. Todos eles blasfemos existenciais diabólicos à própria maneira, todos homens sofridos, como eu, embora eu não passasse de um garoto sofrido.

Henry Miller era o primeiro da lista. Ele espalhava sujeira por todo lado como um grafiteiro das palavras. Mas não deixava, também, de ser uma espécie de filósofo. Espalhava sujeira por todo lado e depois cogitava sobre o que havia feito. Quatorze anos era pouca idade para ler Henry Miller e duvido que eu entendesse tudo. Decerto não conseguia visualizar o que ele fazia com as mulheres, mas dá para saber quando um escritor nos desafia a dizer que ele foi longe demais — *longe demais? Então você sabe o que é longe o bastante?* —, e eu aplaudia o feito. Eu iria longe demais, também, prometi a mim mesmo, quando chegasse a minha vez.

Fui apresentado a esses escritores por um professor temporário da escola. Archie Clayburgh, uma espécie de inglês de paródia que usava monóculo para dar aula e ia para o trabalho em um Austin A40, usando óculos de proteção. Ele mesmo um autor, escrevia colunas para a *Playboy*, a *Penthouse* e a *Forum*, embora, para nossa tristeza, tenhamos descoberto isso apenas depois que ele deixou a escola. Provavelmente o diretor descobriu antes de nós e esse foi o *porquê* da demissão de Archie Clayburgh. Piers Wain, o professor que ele substituíra temporariamente, costumava ser alvo de implicâncias incessantes da nossa parte, antes do seu colapso nervoso, por conta da delicadeza de seus modos e da forma estranha como pronunciava o nome Brontë, uma consequência, em parte, do fato de não conseguir lidar com a letra r e, em parte, por achar que o trema tivesse por meta jamais permitir o término da palavra. O fato de sua carreira e personalidade serem definidas por essa pronúncia bizarra por si só já demonstra a frequência com que ele a invocava, já que os romances de Charlotte, Emily e Anne Bwonteeee eram a paixão da sua vida e praticamente as únicas obras de ficção que ele nos estimulava a ler. Se déssemos ouvidos a Piers Wain, acharíamos que o romance inglês teve início em 1847 com a publicação de *Jane Eyre* e *Morros Uivantes*, floresceu em 1848 com a publicação de *A Moradora de Wildfell Hall* e morreu em 1853 com a publicação de *Villette*.

— Romances para mocinhas com enxaqueca — foi como Archie Clayburgh os classificou com desdém quando lhe dissemos o que havíamos lido com o sr. Wain.

Em suas aulas, ele usava uma enorme ampulheta, que virava de cabeça para baixo quando começava a falar. Se ninguém risse antes que a areia toda caísse, ou se ninguém se mostrasse chocado ou enojado — fosse vomitando, desmaiando ou pedindo para sair da sala —, o mestre se consideraria fracassado como professor e entregaria sua carta de demissão. Sua palavra favorita era "visceral".

— Não se lê com a cabeça, meninos — nos dizia ele. — Lemos visceralmente, com as entranhas. — Se não tivéssemos rido até então, ríamos disso.

Archie Clayburgh sabia que não seria capaz de nos fazer ler mais que alguns de seus escritores-vomitórios favoritos em sala de aula, mas se assegurou de que estivessem disponíveis na biblioteca da escola, embora ficassem trancados atrás de portas de vidro e tivéssemos que assinar um papel para pegá-los emprestado.

Quando o sr. Wain voltou, *Trópico de Capricórnio* e *Belos Vencidos* sumiram da biblioteca e todos voltamos a ter dores de cabeça quando líamos.

No entanto, comigo ao menos, Archie Clayburgh foi bem sucedido em seu objetivo. Passei a ler ferozmente dali em diante. As palavras deixaram de me causar arrepios com seu intrínseco tormento. Agora elas saltitavam obscenamente diante dos meus olhos.

Meu pai, um homem baixinho com visão deficiente e careca até mesmo onde deveria ter sobrancelhas, não tinha certeza do que achava de eu ter escritores na parede do meu quarto.

— Quem é este? — perguntou, numa de suas raras visitas aos meus aposentos (parecia sempre que ele se perdera na própria casa e tropeçara em mim por mero acidente). Invariavelmente seu cenho franzido se fixava no que era então uma foto famosa do romancista James Baldwin. Acho que meu pai se perguntava o que eu fazia com o retrato de um negro no quarto, e acho que percebeu algo mais meio fora dos eixos em Baldwin, a saber, que o sujeito era homossexual, e provavelmente se perguntou se o fato de tê-lo na parede significava que eu tinha a mesma inclinação.

Ocorreu-me que se eu lhe desse Henry Miller ou Leonard Cohen para ler, ele não temeria por mim nessa seara, mas meu pai não era de leitura.

Não era de coisa alguma. Ele existia para prestar serviços à minha mãe, à semelhança de um cão, e ponto final. Ela chamava e ele atendia correndo. Quando os imaginava transando, o que acontecia o tempo todo quando estava lendo Henry Miller, eu não conseguia ir além da imagem dele farejando-a. Mas os dois me conceberam, bem como conceberam Jeffrey Paixão, logo ele devia ter feito mais que farejá-la, ao menos duas vezes.

Como objeto de questionamento isento, será que essa visão do meu pai farejando estaria por trás da fungação que eu pretendia tornar um hábito de Gideon antes de subir ao palco? Haveria, afinal, embora eu me orgulhasse de estar isento de todos os sentimentos filiais, quaisquer que fossem eles, alguma repulsa sexual edipiana oculta em mim?

Refleti sobre isso e concluí que não.

Assim como meu pai, minha mãe também era um mistério para mim, do ponto de vista parental. Impossível crer que eu me desenvolvesse de maneira normal tendo sido gerado pelo casal. Ela tinha o que a gente de Wilmslow rotulava de dinamismo. Não se tratava de mera vitalidade, mas de um instinto exageradamente desenvolvido para a ênfase e a teatralidade. Dominava qualquer conversa, fosse em casa, na loja, na rua, num restaurante ou em qualquer reunião social, agitando os braços, fazendo caretas, girando entre os lábios o cigarro artificial sem fumaça — ia dormir mastigando aquele cigarro — e rindo de forma ensandecida. E isso acontecia antes do drinque das seis da tarde. Vivia, é claro, imaculadamente produzida a qualquer hora, preferindo tailleurs, em geral Chanel, com casaquinhos curtos e saias-balão acima do joelho, quase sempre usados com um *beret* francês combinando, do qual um pequeno cabo de aço se destacava como uma antena de rádio. Seria um transmissor para comunicação com um planeta distante? Uma aposta tão boa quanto qualquer outra. Sem dúvida, ela usava uma quantidade de metal suficiente — em volta dos pulsos e até mesmo costurado no forro das luvas como correntinhas — para estabelecer contato magnético com alienígenas a centenas de milhares de anos-luz de distância.

Por outro lado, seu poder de sedução existia apenas para atrair a freguesia para dentro da loja, e uma vez tendo entrado era bastante improvável que alguém saísse antes de gastar ao menos mil libras com uma echarpe.

Mamãe fumava um cigarro atrás do outro antes que fumar um cigarro atrás do outro ficasse fora de moda e deixava cair a cinza, sem se desculpar, nos sapatos das clientes, nas roupas que compravam, no troco que lhes dava. Ultimamente, vinha fumando um cigarro eletrônico, que pendia de forma periclitante do seu lábio inferior e reluzia como uma segunda antena.

Sua postura quanto ao filho ter escritores pendurados na parede era a de que eu estava passando por uma compreensível fase de rebelião contra o materialismo ostensivo do qual me beneficiava e acabaria superando tudo isso. Meu diploma da Universidade de Fenlands a enchia de orgulho, já que fui a primeira pessoa da família a frequentar uma universidade, mas ela não sentiria prazer menor caso eu houvesse cursado a Escola de Administração de Wilmslow, ambição concretizada através de Jeffrey.

Esses eram os personagens atuantes do romance da minha vida, e os apresento não para denegri-los — de forma alguma —, mas a fim de explicar por que o romance precisava ser visceralmente reescrito por mim.

Mas eu não escrevera uma palavra que ousasse mostrar a alguma alma no mundo antes que Vanessa Green e Poppy Eisenhower surgissem sem serem convidadas. Se Archie Clayburgh havia sido a madeira, as duas foram o fósforo aceso.

Ambas voltaram à loja, com seus cabelos incandescentes, cerca de uma quinzena depois da primeira visita, dessa vez como freguesas. Vanessa comprou uma calça Bruce Oldfield, provavelmente para me irritar. Calças eram um tremendo desperdício, tendo em vista aquelas pernas, e essas, uma espécie de pantalonas, lhe davam a aparência de um palhaço. Minha mãe, porém, me ensinara a explorar o gosto de uma cliente, por pior que fosse.

— Jamais desaprove o que elas escolhem — me disse mamãe. — Não se cria conflito em suas cabeças sugerindo algo que nos pareça ficar melhor nelas. Isso só faz com que fiquem inseguras com a própria escolha e nada comprem. Diga que ficam ótimas com o que elas acham que lhes cai bem e depois as faça comprar dois de cada.

Poppy comprou duas blusas de seda de Donna Karan. Uma era praticamente transparente e fiz um baita esforço para não perguntar em que circunstâncias pretendia usá-la. Decerto em nenhuma que me viesse à mente em Knutsford ou seus arredores.

As duas pagaram suas compras individualmente, Poppy com cheque, que aceitei embora excedesse o limite garantido pelo cartão do banco, e

Vanessa com cartão de crédito. Não havia, notei, mudado seu nome para Eisenhower. Continuava a ser Vanessa Green. O fato de terem sobrenomes diferentes aumentou seu mistério, mas aumentou, achei, mais ainda o mistério da mãe.

Ficaram desapontadas por minha mãe continuar viajando, mas a essa altura eu já as botara em contato com ela de modo a ficar livre para pensar em outras coisas em sua companhia. Com "sua" companhia, quero dizer em companhia de Poppy. Mesmo nesse estágio, eu estava interessado nela — não, creio, *mais* interessado do que em Vanessa, mas interessado no mesmo grau. O problema de Gideon como personagem era que se ele não fosse escritor — e eu sabia que ao menos nesse ponto Francis tinha razão, ou seja, que eu não podia fazer dele um escritor —, eu não conseguia imaginar como estaria à altura das sutilezas do pecado que eu, como candidato a escritor de boçalidades, um escritor por natureza, independentemente do fato de nada ter publicado até então, imaginava sempre que botava os olhos naquelas duas. É preciso ser escritor para atiçar apuros, é preciso ser escritor para estar preparado para pôr a vida em suspenso, por assim dizer, enquanto a história do que aconteceria orquestrava a vida. Como um não-escritor, alguém semelhante ao meu irmão Jeffrey, digamos, Little Gidding seguiria seu coração, não sua curiosidade, tomaria uma decisão baseada no que supunha que o faria feliz, enquanto eu não dava a mínima bola para a felicidade. Meu alvo eram peixes maiores e mais despudorados.

Segui as convenções, a princípio. Convidei Vanessa para sair. Mesmo isso, contudo, precisava ser um processo. Não ocasionado meramente pela trama, um processo de duplicidade perigosa. Poppy me dera os detalhes de como contatá-las para que fossem passados à minha mãe, motivo pelo qual eu sabia onde as duas moravam. Sob o pretexto de achar que elas haviam esquecido um par de luvas na loja, dirigi até Knutsford e bati à porta da casa de ambas, uma casa de campo, claro. Telhado musgoso. Um pássaro qualquer cantava sobre uma árvore calva no jardim. Flores invernais quaisquer cresciam numa gamela de madeira. E basta de descrições da natureza. Devia ser umas sete da noite. Quando bati na porta, ouvi gritos. Achei que uma das duas dizia à outra "Não vai abrir de sutiã e calcinha, nem pensar", mas podia muito bem ser uma mera transferência da minha esperança ensandecida.

A certa altura ouvi o ruído de uma janela no piso superior e ergui os olhos. Vanessa mexia nas cortinas como se sinalizasse para uma força invasora no Mar do Norte. Acenei. Ela formou com a boca uma expressão mal humorada que não entendi. Mostrei as luvas. Ela pareceu atônita. Me disse depois ter achado que eu dirigira até lá com as luvas para saber se uma das duas queria comprá-las ou, caso ambas quisessem, oferecer uma única luva a cada uma. O que, pensando bem, era basicamente a minha missão, quer eu soubesse ou não disso então. Salvo se eu imaginasse as mulheres como luvas, meus dedos... Mas isso seria ir longe demais, cedo demais.

Ele está ansioso, foi o que Vanessa me disse que pensou. Ou seja, ansioso para fazer uma venda.

Ela desceu e abriu a porta apenas o suficiente para passar pela fresta uma nota de uma libra. O cabelo vermelho estava despenteado e ela cheirava a cigarro, um cheiro que me agradava nas mulheres. Todas as modelos nos desfiles de moda tinham mais nicotina do que proteína em seus corpos. Algumas eram pouco mais do que cigarros ambulantes. Saíam da passarela, despiam-se e acendiam um cigarro. Os bastidores se enchiam tanto de fumaça que elas precisavam ficar de pé ao lado das saídas de emergência ou se debruçar nas janelas, usando suas diminutas calcinhas e tossindo. Uma noite em Milão, saí com uma modelo que ainda não tinha fama, Minerva, que eu conhecera numa festa pós-desfile. Essa era uma das vantagens de trabalhar na Wilhelmina's. Não se conseguia ir às melhores festas, mas dava para descolar um lugar na segunda fila onde dava para falar com as modelos, elas próprias do segundo time, mas suficientemente bonitas para quem morava em Wilmslow. Minerva jantou brócolis no vapor e tabaco. Movia a cabeça como se fosse uma girafa, como se farejasse o que quer que brotasse no topo das árvores. Durante a maior parte da refeição mais cara que eu já fizera — me lembro de calcular que podia ter pedido jantar para oito em Wilmslow pelo preço de cada florzinha de brócolis —, Minerva tossiu na minha cara. Inspirei seu odor como se ela fosse uma flor rara. Se a mãe estivesse com ela fazendo o mesmo, talvez eu tivesse me apaixonado letalmente por ambas.

— Pois não? — disse Vanessa.

Aproximei meu rosto da sua boca enfumaçada o máximo que a coragem me permitiu.

Algo me disse para desistir da ideia da luva.

— Eu só estava passando — falei. — E queria saber se você está a fim a sair para tomar um drinque.

— Aqui?

Eu nunca entendi o que ela quis dizer. Em seus lábios até a mais simples das palavras se tornava um enigma. *Aqui?* O que significava *aqui?* Na porta? Na rua? Em Knutsford, em Cheshire, na Inglaterra, na Europa, no universo?

Devo ter ficado boquiaberto.

— Não posso deixar você entrar — disse ela.

— Não espero que você me deixe entrar — falei. — Eu quis dizer um drinque fora.

Ela estava tendo o mesmo problema que eu.

— Fora?

No jardim, na rua, na sarjeta?

— Num pub. Num bar.

— Não frequento pubs nem bares.

— Nem eu. Jantar?

— Já comi.

— Um hambúrguer? Batatas fritas?

— Isso é comida. Acabei de dizer que já comi.

Gideon em sua fase de comediante talvez coçasse a cabeça e dissesse: "Que tal uma trepada, nesse caso?", mas eu não era comediante. Tinha vinte e quatro anos e escrevia mentalmente o romance sobre o que estava acontecendo.

É verdade que Henry Miller também podia tê-la convidado a trepar. Com efeito, Henry Miller bem que podia ter pedido para ver sua boceta, mas eu também não era Henry Miller ainda, infelizmente.

Sendo assim, o que fiz provavelmente chocaria Henry Miller, Leonard Cohen e Norman Mailer, os três num só. Perguntei, já que ela não queria sair, se quem sabe a mãe quereria.

Esperei que Vanessa questionasse o "quereria". "*Quereria* o quê?

Quereria trepar. Mas resolvi deixar passar.

CAPÍTULO 14

TOC

Foi uma pena só conseguirmos chegar a Monkey Mia à noite. Isso fez com que perdêssemos a oportunidade de sermos observados pelo pelicano que vigiava a praia. Antes de alcançar qualquer outra coisa que Monkey Mia tinha a oferecer, era preciso passar pelo pelicano. E se ele não gostasse da gente, só restava dar adeus aos golfinhos, sem falar nos macacos.

Embora em circunstâncias normais não se separasse da mãe, Vanessa não se dispôs a dormir na van conosco naquela noite. Bêbada, Poppy roncava. Não um ronco estrepitoso, porém suficientemente alto para conspurcar a experiência da selva para a filha. Estávamos em um conjunto de pousadas e bangalôs, bares, cafés, restaurantes; estacionamos a van onde podíamos aproveitar os confortos mais modernos do camping — se tivéssemos pedido, teriam bombeado vinho tinto através dos nossos orifícios —, mas ainda assim nos encontrávamos a 500 quilômetros da autoestrada, em um promontório que se projetava qual um nariz na linha costeira da Austrália oriental acima do Oceano Índico. Um bocado longe de tudo. Vanessa fora até ali para fugir. De mim, do meu trabalho de escritor, do seu trabalho de escritora, da morbidez de Londres, onde, mesmo antes de Merton tirar a própria vida e da nossa livraria independente favorita cerrar as portas, a civilização recebera o diagnóstico de terminal. Seria bom ouvir o silêncio, disse ela. Ou o som da vida que não era humana. Eu não tinha muita certeza quanto ao que ela esperava ouvir. As ondas? O pelicano abrindo e fechando o bico, clique-claque? Os gritos noturnos dos golfinhos? Ela não sabia o que queria ouvir, só o que não queria. Em primeiro lugar, o ronco da mãe. Em segundo lugar, a mim, sobre qualquer assunto.

Por isso hospedamos a mãe numa pousada. A essa altura, Poppy já acordara e quis jantar.

— Durma — decretou Vanessa.

Suas palavras tiveram um efeito mágico sobre Poppy. Se Vanessa dizia "durma", ela dormia. Dez minutos depois de a vermos acomodada, se inteirando sobre onde ficavam os interruptores e como funcionava o ar refrigerado, ela apagou na cama, roncando.

— Viu? — disse Vanessa.

Em mim também suas palavras surtiam um efeito hipnótico. Eu vi.

Jantamos numa mesa de madeira com vista para a Baía dos Tubarões. O ar estava morno e sedoso. O mar mal se mexia.

— Cheira a bebê aqui fora — comentei.

— A um bebê?

— Não, não a um bebê. A bebê. Aquele cheirinho que sentimos quando cheiramos a cabeça de um recém-nascido.

— Jesus Cristo, espero que você não esteja pensando em botar isso no papel.

Eu estava, mas não tive a coragem para tanto.

— Vou dizer que cheiro eu sinto — falou Vanessa. — De golfinho.

— Como é o cheiro de golfinho?

— Inspire. Está sentindo agora?

— Estou — menti. Na verdade, o cheiro que Vanessa sentia era da barracuda assada na mesa ao lado. A menos que fosse o bebê deles.

De vez em quando, Vanessa fazia um gesto na direção do mar e dizia:

— Olha!

Eu olhava, mas não conseguia ver nada.

— Ali! Viu?

Golfinhos.

O que ela viu podia facilmente ser um bando de macacos. Daquela distância e àquela luz, qualquer golfinho lustroso e cinzento dando cambalhotas na Baía dos Tubarões e esperando que lhe fizessem cócegas na barriga não seria visível. Mas Vanessa estava maravilhada. Olhou para as estrelas. Inspirou o perfume da noite. Dá para sentir por esse perfume que se está longe de tudo, e essa era uma noite a milhões de milhas de qualquer lugar. Então uma estrela cadente riscou o céu, só para nós.

— Nossa, Guido — exclamou ela, pegando minha mão. — Não é incrível?

— É incrível, sim — concordei.

Nos beijamos. Nada mal, depois de todos esses anos de casamento ainda nos beijarmos. Beijar foi um talento que conservamos. Há muito Vanessa largara o cigarro, mas sempre que a beijava, eu me lembrava do sabor de tabaco dos nossos primeiros tempos. Era possível que eu continuasse a beijá-la apaixonadamente a fim de correr atrás daquela lembrança. Chamemos de beijo proustiano. Amplo e digressivo. E, é claro, carregado da melancolia do tempo.

Será que ela me beijava pelo mesmo motivo? Quem saberia dizer? Jamais entendi, para começar, por que ela me beijava. Não parecia gostar de mim. Discordava da maioria das minhas opiniões, não achava que eu tinha jeito para romancista — baseando-se no fato de que eu não a entendia e por isso provavelmente não entendia mais ninguém —, recusava-se, por princípio, a usar as roupas que eu queria que usasse e lamentava a disparidade em nossas alturas. Será que me beijava para impedir que eu beijasse sua mãe? Ou para impedir que sua mãe me beijasse? No correr dos anos, me ocorrera que ela se casara comigo telepaticamente, por procuração ou em resposta a algum tipo de transferência afetiva sobrenatural de mãe para filha ou, simplesmente, para dar prazer em segunda mão a Poppy. Para que essa teoria funcionasse, eu precisaria de provas de que Poppy me queria para si mesma, tendo apenas a diferença de idade como barreira, mas me faltava tal prova. Na verdade, ela sempre se mostrara tão desinteressada por mim quanto a filha — mesmo na noite em que concordou em sair para um drinque comigo em Knutsford — e não mudou de atitude de forma marcante, como aconteceu com Vanessa, quando Quinton O'Malley resgatou *Vai Pentear Macaco!* da pilha de manuscritos rejeitados, vendeu-o a Merton Flak, que o lançou como uma obra-prima e me transformou em uma estrela cadente.

Também era possível que Vanessa me amasse profundamente, mas de um jeito não convencional e eu não fosse suficientemente não convencional para reconhecer. Só que continuei apaixonado por ela, por maiores que fossem as provocações e as tentações em contrário. Se isso não era reconhecimento, o que seria?

Nosso beijo em Monkey Mia, porém, fosse como fosse interpretado, chegou ao fim quando um iate a motor com iluminação feérica e música tonitruante surgiu da noite e ancorou bem à nossa frente, precisamente onde Vanessa jurara ter visto os golfinhos dando cambalhotas.

— Era só o que faltava! — exclamou ela, como se essa fosse a última de uma série de aborrecimentos intoleráveis. Tudo a ver com Vanessa, para quem a menor irritação apagava por completo a lembrança de que um dia já gozara de um instante de felicidade na vida.

Sugeri mudarmos a mesa de lugar, mas não havia como escapar dos holofotes nem do barulho.

O pai de Vanessa, durante o breve período de convívio dos dois, tinha sido um amante de barcos à vela e ela herdara dele o ódio a qualquer coisa que precisasse de um motor para andar na água. Ou se usava uma vela ou se remava, o resto era cafonice de nouveau-riche. Pouco antes de deixarmos Londres, Garth Rhodes-Rhind, um escritor de romances passados em universos paralelos — o que significa dizer que ele deslocava personagens implausíveis de um outro tempo e outro mundo para um presente implausível, ou vice-versa, conforme lhe ditava a fantasia — havia dado uma festa de arromba no cais a bordo de uma lancha a motor. "Lançamento na Lancha", rezava o convite. O barco, do qual se dizia que fora comprado em sua maior parte com a venda dos direitos internacionais de um romance sobre um alquimista do século 13 dono de uma personalidade fascinante, além de clarividente, que aterrissa na Clerkenwell contemporânea, onde a alquimia é a última moda, não passava de um bordel flutuante rosa escarcéu que, ao menos naquela noite, levava o nome de *Lulu* em homenagem à agente de publicidade por quem ele trocara a esposa na esteira da fortuna de direitos autorais oriundos do seu precedente romance de universo paralelo sobre um banqueiro de Clerkenwell dono de uma personalidade fascinante e vítima prematura de Alzheimer que volta no tempo para um mosteiro do século 13 situado no topo do Monte Ventoux. Havia seguranças no barco para impedir a esposa de entrar como penetra na festa.

— Nem pense em fazer isso — me disse Vanessa, entrefechando os olhos para me fitar através da sua *flute* de champanhe rosa escarcéu.

— Fugir com a publicitária ou impedir você de entrar na festa?

Vanessa balançou a cabeça, gesto que abarcava tudo que ela abominava com relação ao local.

— Não banque o engraçadinho comigo, Guido. Você sabe do que estou falando.

— Vee, que indícios já dei a você de que gosto de barcos a motor? Não sei nadar. Fico enjoado só de tomar banho.

— Espere até ganhar o que Garth Rhodes-Rhind ganha.

Entrei no jogo.

— Não vou comprar um barco.

Deixamos as coisas nesse ponto, embora eu tenha tido a sensação de que ela temia saber o que eu compraria caso de repente começasse a ganhar muito dinheiro, quer ou não me agradasse uma lancha a motor. Um medo que, per si, causava fricção, não só porque eu me ressentia do fato de ela achar que havia um plutocrata vulgar escondido em mim, mas porque ambos sabíamos que os ganhos de Garth Rhodes-Rhind com fantasia urbana seriam impossíveis para um escritor cujo gênero era a depravação em Wilmslow, por mais que houvesse quem o considerasse fantasia urbana da minha parte.

Assim, de todo jeito, me senti um fracasso para ela e, com efeito, para mim mesmo. Não menos porque eu conhecia e ajudara — quer dizer, conhecia de vista e de obas e olás — Garth Rhodes-Rhind, desde quando o sujeito era um duro, encorajando-o a acreditar que ele podia chegar a algum lugar — embora não muito longe — se persistisse, jamais acreditando, é verdade, que isso fosse acontecer.

Desanimados com o barulho do motor do iate, fomos dormir na van. De manhã resolvemos tomar café no mesmo restaurante em lugar de fazer isso na van, a fim de que Poppy pudesse apreciar a vista que perdera na noite anterior. Ela estava bem disposta e linda em um vestido safári com montes de bolsos, que combinava com o de Vanessa. Era um milagre que pudessem fazer isso sem consultar uma a outra, não só decidir usar vestidos idênticos em cores diferentes, mas prender o cabelo da mesma forma, além de calçarem sandálias rasteirinhas.

Pareciam as amantes de caçadores profissionais. Nos bolsos dos vestidos levavam as balas das armas dos amantes.

111

O dono do barco a motor estava no deque, envergando uma roupa azul-claro de marinheiro e distribuindo ordens. Provisões estavam sendo descarregadas a bordo. Engradados de champanhe e cestas de lagostas, presumi. Entre um recibo de entrega e outro, ele andava para cima e para baixo, examinando o barco, puxando cordas, checando a pintura e balançando a cabeça furioso quando encontrava um arranhão. É o que se faz quando se é dono de um iate — trabalho doméstico, só que no mar.

O cara aparentava uns quarenta anos, tostado de sol de tal forma que, embora parecesse jovem, dava para perceber, mesmo à distância, que de perto ele daria a impressão de prematuramente envelhecido. Mal-humorado, também, como costumam ser os ricos e ociosos. Cuidado com o que você deseja, dizem eles, e ele desejara um barco cuja aparência e bom estado agora consumiam cada minuto do seu tempo.

Segurava um telefone em cada mão, além do que levava no cinto. Os três estavam tocando.

Vanessa e Poppy tomavam seus chás e riam dele, enquanto o cara empreendia sua minuciosa supervisão doméstica.

— Meu Deus, como os homens são neuróticos! — disse Poppy.

— TOC, sem dúvida.

Isso foi dito para os meus ouvidos. Eu sofria de uma forma extrema de transtorno obsessivo-compulsivo sempre que estava com um livro em andamento. Acreditava que assim que escrevesse uma frase eu a perderia, fosse para os quatro ventos, se estivesse ao ar livre, ou para a má vontade de um computador, dentro de casa. Por isso, fazia múltiplos backups de tudo que escrevia, anotando em papel o que digitara numa máquina, salvando em um monte de discos rígidos externos o que não estava preparado para confiar à memória interna do meu computador. Na época do papel carbono, eu costumava esconder no mínimo quatro cópias de cada página datilografada e deixar um bilhete em um envelope selado no nome de Vanessa, informando onde encontrá-las caso eu morresse. Mais tarde, passei a fazer o mesmo com pen-drives nunca em quantidade inferior a uma dúzia, que eu guardava nos bolsos de paletós que não usava, prendia com fita crepe nas costas de quadros, escondia na gaveta de lingerie de Vanessa, pendurava com barbante atrás da cabeceira da nossa cama. Tais locais constavam de um folder com o nome de Vanessa. Caso eu morra, aí será encontrada a minha obra.

Quando *Vai Pentear Macaco!* foi publicado, Vanessa me deu de presente uma pasta italiana mole onde não mandou gravar em letras douradas as minhas iniciais — GA —, mas a sigla TOC.

Minha mulher achava que se casara com um louco, mas se eu era louco para supor que escrever fosse um convite para a morte vir me buscar, então todos os escritores eram tão loucos quanto eu. Nem bem juntamos duas palavras e já começamos a temer que a nossa vida esteja prestes a terminar, não porque o ofício de escritor desgaste o coração, mas porque o ato em si, com sua insana aposta na posteridade, é por demais pretensioso. O tempo não aguarda enquanto um escritor burila seus parágrafos. Até mesmo começar uma frase equivale a desafiar os deuses. "Viverei além da minha existência física, minhas palavras me porão entre os imortais".

E lá vem a resposta trovejante: "Ah, esquece!"

Seria porque não conseguiu começar um livro que fosse um dia terminar que Vanessa não conseguia entender a morbidez inerente ao ofício do escritor? Ela não havia construído, tijolo por tijolo, sua estrondosa Babel. Esboçava uma ideia e ia dormir. Tentava uma linha de diálogo e arrancava os cabelos. Nada fluía. Juntar frases não era seu forte. Por isso os deuses a deixariam viver. Ela não os ameaçava.

Passamos a manhã em Monkey Mia brincando com os golfinhos. Na praia, primeiro, esperando que eles se erguessem no mar e dessem cambalhotas, enquanto o pelicano nos vigiava. Depois, mais tarde, em um barquinho a remo, que os danados balançavam maldosamente, sumindo debaixo de nós como se quisessem subir a bordo, nos observando de banda, como papagaios no ombro de um pirata.

— Mãe, mãe, olha! — gritava Vanessa.

— Eles não são umas gracinhas? — gritava Poppy em resposta.

Eu não saberia dizer o que botava mais em risco a nossa estabilidade: se as estripulias dos golfinhos ou o latejar ritmado de Vanessa e da mãe, no corpo das quais uma única corda vibrante de empatia com as criaturas de Deus parecia pulsar.

Eu, pessoalmente, os achava assustadores. Vanessa e a mãe *e* os golfinhos. Quem nos dera o direito de declarar que os golfinhos eram magnânimos em quaisquer condições climáticas, que não representavam perigo para nós, quando sabíamos que não é possível garantir que um dia qualquer criatura nesta terra não se volte contra um semelhante seu, sem falar contra nós? Na minha opinião, é demeritório atribuir-lhes apenas intenções benignas, interpretando aquelas estranhas caretas que fazem com os focinhos como sorrisos de afeto pelo *Homo sapiens*. Mais dia, menos dia, achava eu, sentado ereto no barquinho a remo, mais dia menos dia, a terrível verdade sobre o que os golfinhos realmente pensam de nós virá à tona. Fiquei satisfeito quando voltamos à terra firme. Vanessa e Poppy, porém, não queriam mais ir embora. O plano de partir naquela tarde foi abandonado. Ficaríamos mais uma noite, para digerir a excitação antes de nos encontrarmos de novo, no que agora era nosso lugar habitual, para jantar.

Poppy já estava meio alta.

— Então, cadê os macacos? — indagou.

— Você acha que é bebida ou será demência precoce? — sussurrou Vanessa para mim.

— É excitação — respondi. — Foi um dia longo, depois de uma longa viagem.

— E uma longa vida — disse ela.

Eu sabia o que viria a seguir. Se *ela* caducasse, sua esperança era que alguém a apagasse de vez. Estaria na hora de pensar em fazer isso com sua mãe? Meio que me passou pela cabeça que ela falava sério, que trouxera Poppy lá de longe a fim de jogá-la na Baía dos Tubarões onde os golfinhos poderiam comê-la e devolvê-la ao ciclo vital da natureza. Quem diria que não havia sido um acidente?

Mas ela tivera a oportunidade de fazer isso mais cedo e não aproveitara. Qualquer um vendo as duas juntas no barco poderia confundi-las com amantes. Vita Sackeville-West e Violet Trefusis, só que mais ruivas e rubenescas, os rostos se tocando, os dedos nos ombros uma da outra, engolfadas as duas pelo encantamento de tudo à volta.

Poppy parecia magnífica, alta ou não. No calor, o vestido se grudava às coxas. Seios por seios, nada havia a escolher entre Vanessa e a mãe — cheios e macios como um travesseiro de penas de ganso (embora os de Poppy ficassem um pouquinho mais acima no colo e ligeiramente mais à vista) e injustos, chocantes, até mesmo perturbadores, em mulheres de resto tão esbeltas —, mas, a não ser pela diferença de idade, Poppy ganhava longe no quesito coxas. Quem pode dizer o que faz dessa parte de uma mulher algo que, de repente, é mais do que um homem suporta contemplar? Por baixo do vestido, a carne não era a de uma jovem. Eu a vira de maiô e sabia que a pele perdera sua juventude primaveril. Tinha manchas, bem como um toque de celulite e padecia da existência de veias proeminentes. E, sim, a textura das coxas de encontro ao tecido fino o deixava hirto, formando aquela elevação rotunda que jamais se vê no corpo de um homem, por mais bonito que seja, a volúpia desprovida de gordura, como se fosse possível a uma fruta amadurecer pela segunda vez, ou como se um dos golfinhos de Monkey Mia estivesse dando cambalhotas no interior daquele vestido — eu não tinha defesas contra a beleza disso tudo. E a embriaguez... Ora, a embriaguez só acentuava toda aquela sedução selvagem.

Fiz o que fiz porque não podia deixar de fazer. Chamem de transtorno compulsivo obsessivo. Sob o pretexto de excitação natural — não me peçam para rotulá-la: a aparição de um planeta até então invisível, o doce aroma de azeite, pimenta e amêndoas navegando numa corrente de ar morno vinda de um continente desconhecido, uma centena de golfinhos saltando num balé como se coreografados por Netuno nas águas aveludadas da baía... Estendi os braços, juntei as mãos e sob o abrigo da mesa espalmei uma delas sobre o tremor vívido da carne de Poppy, a meros centímetros de distância da sua pelve, porém não alto o bastante para que meu gesto pudesse ser interpretado como lascivo. Lidamos com milímetros no que tange a tomar liberdades, e guiado por um profundo e inconsciente zelo filial fui milimetricamente perfeito.

CAPÍTULO 15

Sou um Violoncelo

No começo...

A noite em que Poppy aceitou o convite para saborear as delícias de Knutsford comigo, já que a filha o recusara foi notável mais pelo fato de ela ter aceitado do que por qualquer outra coisa. E isso só podia se dever ao puro tédio. Knutsford, pelo amor de Deus! Estabelecer-se em Knutsford com um cabelo como aquele!

Depois de falarmos sobre mamãe, esperei que ela indagasse a respeito da minha carreira de escritor, por mais que eu não tivesse escrito coisa alguma. De onde eu tirava as ideias. A que horas começava. Quando sabia que havia terminado. O tipo de pergunta que me fariam anos depois em Chipping Norton antes de dizer que independentemente de *eu* saber que tinha terminado de escrever, *elas* sabiam com certeza: no instante em que começavam a ler. Mas a noite com Poppy foi antes da época dos círculos de livros, e Poppy, de todo jeito, não era do tipo que participaria de um deles.

É difícil creditar inteligência aos não aficionados por livros quando livros constituem o único parâmetro para medi-la. Quase perdoei minha mãe pela natureza absurda da sua personalidade com base no fato de que ela devorava romances de aeroporto quando não estava gritando na rua, por mais que o que ela devorasse fosse compras e transas contadas por alguém do outro lado do balcão — *vendas* e transas. Eu me espantava por ela ser capaz de descobrir tantos romances soft-pornô sobre o comércio varejista. Por acaso seriam escritos por encomenda dela?, eu me perguntava. Ela se sentava na cama com uma echarpe enrolada na cabeça, a boca aberta, o cigarro eletrônico pendendo dos lábios, virando as páginas como se competisse para ver quem acabava primeiro. Não partilho o respeito geral demonstrado pelo ato mecânico de virar páginas, mas ao menos ela ingeria palavras, e uma palavra ingerida talvez fique entalada a meio caminho das entranhas, e o choque obrigue o leitor a refletir. Enquanto isso, Poppy, embora fosse uma mulher inteligente e, sob certos aspectos, mais preparada do que minha mãe, estava, ao menos nesse período da vida, morta para os livros. Temi, quando nos sentamos e começamos a conversar no bar do White Bear, que ela fosse reprovada no teste Tolkien em tempo recorde. Eu comentaria como era engraçado estar sentado onde o Signor Brunoni talvez houvesse feito sua mágica, e quando ela mostrasse que não sabia do que eu falava, eu explicaria: um mágico ambulante, personagem de *Cranford*, da sra. Gaskell. E por que ele faria sua mágica ali?, indagaria Poppy. Eu a fitaria, atônito. Porque estávamos *em* Cranford, só isso! Knutsford-Cranford, decerto ela...

Decerto ela nada. Poppy recebeu a informação com um mero dar de ombros, como se uma mosca tivesse lhe pousado no braço.

— Acho que esse não é o meu tipo de mágica — disse ela.

E eu pensei: lá vamos nós, Tolkien. Na verdade, porém, ela sequer chegara a esse degrau na escada da instrução.

— E qual seria ele? — perguntei, com o coração na boca.

Ela refletiu.

— Sempre gostei de Tommy Cooper — respondeu.

Uns doze anos depois, sua resposta à mesma pergunta seria o nome de um menino-feiticeiro.

Mas o pior estava por vir. Antes do final da noite, ela foi reprovada no teste Tolstoi.

Ainda assim, a conversa que nos levou até aí havia sido auspiciosa. Poppy me disse que tocava violoncelo. Instrumentista séria, seu repertório incluía Bach, Boccherini, Vivaldi e Dvorak. Estremeci de leve. Dvorak. Ela perguntou se eu tocava. Não. Apenas escutava. Especialmente quando se tratava de Dvorak. Ela jamais havia sido instrumentista profissional. Não era boa o bastante. Mas tocara com uma orquestra amadora em Bournemouth, e depois em Washington, para onde seu segundo marido, um jovem diplomata chamado Eisenhower, a arrastara quando Vanessa ainda era adolescente. Foi em Washington que ela trabalhou um pouco como modelo, também, chegando uma vez a posar nua enroscada em seu violoncelo para um cartaz da Georgetown Camerata Chamber Orchestra.

— Bem, não exatamente nua — me disse ela, supostamente tomando consciência da nossa diferença de idade —, mas dava essa impressão. E isso pôs fim ao meu casamento.

— Seu marido não gostou de você posar nua com seu violoncelo? — indaguei. Engraçado o tipo de coisa que desagrada os maridos.

— Não foi propriamente por isso. Ele tinha ciúmes do fotógrafo, que por acaso era o violonista com quem eu estava ensaiando o Concerto para Dois Violoncelos de Brahms, na ocasião.

— Na ocasião em que ele tirou a foto?

— Não, na ocasião em que meu marido entrou e nos viu.

— Viu vocês...

— Não, nada disso. Viu a gente ensaiando. A cena o enlouqueceu de tal maneira que ele me expulsou de casa.

— Santo Deus! E o violonista?

— Meu marido ameaçou matá-lo.

— Isto é Tolstoi — exclamei, excitado. — Puro Tolstoi.

Ela me olhou, confusa.

— Mais um da sua turma de *Cranford*?

Seria possível? Seria possível uma violoncelista boa o suficiente para tocar o Concerto para Dois Violoncelos de Brahms e nunca ter ouvido falar de Tolstoi? Seria possível ter mais de dez anos de idade, independente da música, nunca ter ouvido falar de Tolstoi?

A menos que ela estivesse me provocando. Seus olhos eram irônicos. Podia estar se divertindo às minhas custas. Mas não parecia envolvida o bastante para tanto. Provocar é flertar, e ela não estava flertando.

Mencionei *A Sonata Kreutzer, Anna Karenina, Guerra e Paz. Ana Karenina* pareceu soar familiar, e ela deve ter deduzido que os outros eram livros porque disse que não os tinha lido.

— Não sou de leitura — disse ela. — Vanessa lê o suficiente para nós duas.

Eu não falei que a leitura não funciona assim. Não falei que não se pode ler por alguém, assim como não se pode beber água por ele, barra, ela.

Poppy mentiu sobre não ser adepta da leitura. Ela lia avidamente. Só porcaria, mas lia avidamente.

Deixando Tolstoi de lado, eu quis saber como havia sido a vida dela antes e depois do jovem diplomata que lhe deu o fora em Washington. O primeiro marido, um oficial da Marinha, tinha ido prematuramente para o túmulo por causa da bebida. Ela o amava, ou seja, quando os dois se encontravam. Vanessa também. Mas as duas ficavam muito tempo sozinhas juntas, de modo que afora a saudade das férias velejando ao largo da Ilha de Wight, mal notaram a mudança quando ele se foi. Vanessa não gostava de morar em Washington e ficou satisfeita de voltar para casa. Cursou a Universidade de Manchester durante um ano, estudou filosofia, mudou para línguas, mudou para história da arte, mudou de volta para filosofia e depois largou os estudos. Não gostava de lá também. Mas a ausência de necessidade foi o motivo real, explicou Poppy. As duas herdaram dinheiro do primeiro marido de Poppy, e com o segundo ela conseguiu um bom acordo; não careciam de coisa alguma; além de se vestirem uma como a outra e flutuarem com uma elegância sedutora, não tinham objetivo. E o violoncelo? Sim, ela ainda tocava. Vanessa idem. Em casa, as duas interpretavam juntas o Concerto para Dois Violoncelos de Vivaldi em Sol Menor.

Meus olhos marejaram.

— Nuas?

Onde foi que arrumei coragem ou insensatez para perguntar jamais haverei de saber. Nem bem falei, me encolhi na cadeira, cobrindo o rosto com as mãos, meio que esperando levar um tapa, meio que tentando impedir que os demônios que habitavam em meu íntimo dissessem mais uma palavra.

Poppy baixou os óculos e pela primeira vez me olhou diretamente nos olhos. Então indicou com um dedo torto que queria que eu me aproximasse.

Meu rubor era da cor do seu batom.

— Macaco abusado! — exclamou ela, me beijando na bochecha.

Coxas de violoncelista.

Eu devia ter me lembrado.

Anos-luz depois, tocando o tremor vibrante de Poppy no calor na noite em Monkey Mia, esse fato deveria ter me voltado à mente. Coxas de violoncelista.

Sou um violoncelo.

E o alter ego da minha obra em andamento, Little Gid? Seria ele um violoncelo também?

Algumas coisas a gente guarda para si mesmo.

CAPÍTULO 16

O Mundo Todo Adora um Casamento

"Macaco abusado", me sinto agora disposto a aceitar, foi o que detonou o estalo. Como se destinava a ser um elogio sexual de algum tipo — não? —, só me restava imaginar o que ela vira em mim. Não o que ela *vira* em mim, o que ela vira em mim que lembrava um símio. Daí foi apenas um passinho para me vir à lembrança Mishnah Grunewald, que me chamava de Beagle. Então, de repente, ali estava o romance que eu sabia que precisava escrever. Por cortesia da mulheres — ou ao menos de uma das duas mulheres — que eu precisava impressionar.

De que maneira estranha funciona a inspiração! Poppy Eisenhower era — ou ao menos se apresentava então como sendo — a criatura menos aficionada por livro no planeta, uma mulher que desconhecia a sra. Gaskell e Tolstoi, mas ainda assim, sem ela eu não teria achado a minha saída do buraco negro da falta de criatividade. A Senhora Escuridão dos meus Sonetos, cuja ideia de realismo mágico era Tommy Cooper dizendo "Simples assim".

Vanessa acreditava que por guardar tudo para mim mesmo eu era demasiado egoísta para me tornar um romancista realmente importante.

Essa era uma versão modificada da crença anterior de que eu era demasiado egoísta para sequer escrever um romance.

Ela ficou intrigada quando concluí meu primeiro livro.

— Estou dançando nas nuvens — cantarolei.

— Não está não — disse Vanessa.

E ficou ainda mais intrigada quando um editor o aceitou. Mas foi graciosa na derrota.

— Estou orgulhosa de você e felicíssima por você. Encaro quase como se fosse comigo.

— Quanta delicadeza — respondi, sem saber do que ela falava. Eu escrevera o livro em segredo, ao longo dos primeiros dois anos do nosso casamento ou enquanto ela dormia ou quando fazia as unhas com a mãe ou, então, atrás do balcão em um dia sem movimento na Wilhelmina's.

— Como se fosse comigo, no sentido de que você não poderia ter feito isso sem mim — disse ela.

Não mencionei o toque todo criativo de Poppy.

E ela tinha razão quanto ao papel que desempenhara. Apesar de todas as minhas ambições literárias, foi o desejo de atribuí-lo a Vanessa, de contrariar a visão que ela tinha de mim como um fantasioso, que transformou o sonho em realidade. Assim como não se deve descontar, ao imaginar as origens da arte, a influência de uma sogra ignorante, também jamais se deve subestimar, ao mensurar a ambição, a influência de uma esposa, barra, marido trocista. Porque troça também é conversa, e a conversa, para um escritor como eu, é a parteira da criação.

Existe uma palavra para isso. Maiêutica. Soa como nome de deusa — Maieusis. Não comentei a respeito com Vanessa, sabendo que era assim que ela haveria de querer ser chamada dali em diante: de deusa Maieusis.

— E ele é meu também — prosseguiu ela —, no sentido de ser o mais próximo que vou chegar da maternidade.

Nenhum de nós queria filhos. Não querer filhos era a única coisa sobre a qual concordávamos. Às vezes eu achava ser esse o motivo por que nos casamos, a fonte da nossa união — não gerar vida. Por isso me pareceu uma contradição, da parte dela, se não mesmo uma traição, pensar no meu livro como um filho.

Tivemos uma desavença quanto a como chamá-lo. Meu título provisório, *Guardiã de Zoológico*, não combinava com a ideia que ela tinha do nome de um filho.

— Nem com a minha — falei. — Mas não se trata de um filho.

— Para mim, sim. Será que você não pode arrumar um nome de filho?

— Tipo o quê?

— *Vanessa*.

— Você não é criança.

— Já fui.

— O livro não é sobre você.

Ela deu uma de suas gargalhadas guturais, desdenhosas.

— Ora, meu amor — retrucou, balançando a cabeça. — Por que tanta negação? É sobre mim do início ao fim, admita.

— Vee, você ainda nem leu.

— E preciso?

— Se vai continuar achando que é sobre você, precisa, sim.

Ela me presenteou com uma de suas expressões mais condescendentes, olhos desafiadores, lábios crispados, o prelúdio em alguns lares, eu tinha certeza, de uma cena de violência doméstica. No nosso, uma expressão dessas *era* violência doméstica. Mas não se pode ser casado com uma mulher como Vanessa sem pagar um preço por isso.

— Então, o livro é sobre o quê? — indagou ela.

— Animalidade, sensualidade, crueldade, indiferença.

Ela riu animalescamente, sensualmente, cruel e indiferentemente.

— Foi isso mesmo que eu disse — acrescentou. — Eu sei como você me vê.

— Vee, o livro se passa num zoológico. Não vejo a nossa vida como um zoológico.

— Um zoológico? Você nunca pôs os pés num zoológico desde que nos conhecemos. Jamais me levou a um zoológico. Sequer mencionou um zoológico. Não gosta de animais. Não me deixa nem ter um gato. Zoológico? Você?

Eu não contara a ela sobre Mishnah Grunewald. Vanessa não era o tipo de esposa que gosta de ouvir falar do passado do marido. Éramos Adão e Eva. Antes de nós, nada.

— Tenho uma imaginação pródiga — recordei a ela.

— E o que acontece nesse zoológico prodigamente imaginado?

— Coisas zoológicas.

Vanessa fez uma pausa.

— É sobre seu pau, certo?

— Sobre o pau de todo mundo.

— Guido, nem todo mundo tem pau. Metade do mundo não tem.

— Sei disso. O romance é narrado do ponto de vista de alguém que não tem pau.

— Um eunuco?

— Não.

— Um castrado?

— Não.

— De quem, então?

— De uma mulher.

Ela levou as mãos ao peito e fingiu um ataque cardíaco provocado por um riso histérico.

— Uma mulher! Guido, o que você entende de mulheres? Tem menos conhecimento delas do que de zoológicos.

Fui tentado a lhe contar sobre Mishnah Grunewald e todas as outras Mishnahs que punham em risco o nosso semi-Eden. O que eu entendia de mulheres? O que eu *não* entendia de mulheres? Mas aquele era um momento para manter a calma.

— Eu escutei o que as mulheres tinham a falar, Vee. Observei mulheres. Li a respeito de mulheres. Se Flaubert pôde escrever do ponto de vista de uma mulher, se James Joyce pôde escrever do ponto de vista de uma mulher, se Tolstoi...

— Está bem, está bem. Entendi o espírito da coisa. E como é essa mulher sobre quem você não sabe nada?

Dei de ombros:

— Volátil, generosa, bonita, sedutora.

— E é guardiã de zoológico, suponho, essa mulher bonita, volátil e sedutora?

— Por acaso é, sim.

Me deu vontade de acrescentar "e ela masturba animais selvagens".

— E no romance tem um personagem masculino apaixonado por ela?

— Sim.

— E ele é você.

— Trata-se de um romance, Vanessa, não a porra de uma autobiografia.

— Certo. Então tem um personagem masculino no romance que ama essa mulher. E ele *é* você. Ele consegue a mulher?

— *Consegue a mulher?*

— Ah, pelo amor de Deus, você sabe o que "consegue" significa.

— O que ele consegue é o que merece.

— Ah, então essa história tem uma moral.

— Não, é uma história sem coisa alguma. Sou um niilista, achei que você soubesse disso.

— Também é um marido. Tem uma esposa.

— Eu sei, Vee.

— Que você cantou e ganhou. E a quem prometeu ser fiel.

A quem! Acaso surpreende que eu a amasse?

— Foi. Prometi. Mas os homens no meu romance não são eu. Não são vencedores. São perdedores.

— E o principal, o que ama a sedutora guardiã de zoológico, acaba perdendo a mulher junto com todo o resto?

Refleti a respeito:

— É ambíguo.

Mais uma vez, Vanessa caiu na gargalhada.

— Aí está — disse, batendo palmas como faria Arquimedes comprovando um teorema. — Tem a ver com você do início ao fim.

Quod erat demonstrandum.

Jamais eu a vira tão volátil, generosa, bonita ou sedutora.

A deusa Maieusis.

— Mude os nomes, Vanessa — falei quando ela me mostrou pela primeira vez a página de abertura, que por acaso era a única, do romance que vinha escrevendo.

Como eu não chamaria meu romance de *Vanessa*, foi esse o título que Vanessa deu ao dela. A heroína se chamava Vanessa. O vilão se chamava Guy. Os dois se conheciam numa loja chamada Wilhelmina's. A mãe de Vanessa se chamava Poppy. O fato de Guy não apalpar Poppy não passava de um acidente de casualidade e ignorância. Na época eu não estava fazendo isso, e Vanessa — a Vanessa de verdade — desconhecia minha intenção de chegar lá. O que naquele estágio, além de uma eventual fantasia de bêbado, ou como consequência de um impulso para magoá-la, também eu desconhecia.

— Se você acha que a mudança de nomes vai enganar alguém, o bobo é você — foi sua resposta.

Mas ela estava equivocada quanto a um fato essencial da literatura de ficção. Por mais que a gente escreva a nosso próprio respeito, assim que mudamos o nosso nome mudamos a nossa pessoa. E daquele minúsculo germe de diferença — conforme nunca me cansei de dizer a Vanessa — brota uma verdade superior.

— Papo furado! — foi sua respeitosa resposta a isso. — O que é verdade superior?

— Uma verdade mais verdadeira.

Ela acabaria me devolvendo essa um dia, quando a peguei numa mentira mentirosa.

Mudar os nomes, de todo jeito, é o credo do romancista. Mudando os nomes mudamos o que aconteceu, e só por meio da mudança do que aparentemente aconteceu descobrimos o que aconteceu.

Aqui está, então, com os nomes mudados, o convite para o grande acontecimento — praticamente exatos dois anos após mãe e filha adentrarem a Wilhelmina's, que, em prol da verdade mais verdadeira, precisava agora (se é que Gid ia deslanchar) ser rebatizada de Marguerite's.

❧

O Autor e Pauline Girodias
Convidam o Leitor
Para o Casamento de Valerie e Gideon

Por que Marguerite? Por que Valerie e Pauline? Porque aos meus ouvidos esses nomes soavam como personagens de pornografia francesa sofisticada.

Agora, enquanto escrevo, me recordo das únicas duas mulheres que jamais me excitaram — Valerie e Pauline. Depois de arrumar sobre a cama o figurino que ficara decidido que Valerie usaria em sua noite de núpcias — as meias de seda preta, as luvas pretas, os sapatos salto-agulha de pelica preta — Pauline se despiu lentamente diante do espelho, perfumou-se e começou a empoar os próprios seios... Esse tipo de coisa.

Quanto a Girodias, Maurice Girodias, claro, era o fundador da Olympia Press, que publicou minha ficção erótica preferida, caso contrário impublicável (uma tautologia cerimoniosa: toda ficção não deveria ser erótica?).

Não que Girodias fosse seu nome verdadeiro. Na verdade, o sujeito nasceu Maurice Kahane. Girodias era o sobrenome de solteira da mãe, um *nom de juif*, escolhido por Jack, o pai cheio de visão e farejador de nazistas, em Paris, na década de 1930. Maurice escreveu com carinho sobre a mãe francesa, descrevendo-a como esfuziante, charmosa e apimentada, que é como, suponho, eu descreveria a minha, caso gostasse mais dela ou possuísse, eu mesmo, uma personalidade mais cativante.

O pai, Kahane sênior — nascido, me orgulho em dizer, um pouco acima de mim na estrada, em Manchester —, também era um editor de livros do tipo salto-agulha, seio empoado, bem como de Henry Miller, que na época se encontrava proibido na América. Esses foram dias de euforia para a ficção, com romancistas ofendendo a Deus e todo mundo, precisando esconder as palavras das autoridades e ninguém revelando ser exatamente quem era. Quem era Francis Lengel, autor de *Coxas Brancas*? Alexander Trocchi, quem mais? Quem era o aparentemente inócuo Henry Jones, autor de *O Leito Enorme* ("Nossas bocas se encontraram, mas, ao mesmo tempo, as mãos dela deslizaram, sem controle, para dentro da minha calça, descobrindo de novo minha virilidade recém comprovada")? O aparentemente inócuo John Coleman, quem mais? Como deve ter sido excitante, quão importante um escritor provavelmente se sentia então — sem levar em conta a obscuridade e a pobreza — ao saber que o governo tremia toda vez que a mão de uma mulher deslizava, sem controle, para dentro da calça de um escritor. Minha disputa com os nomes desses pseudônimos heróicos é uma forma de me imiscuir no engodo. Podem chamar de nostalgia. Escrever jamais voltará a ter a mesma graça.

Podem chamar de solidariedade, também, se quiserem. A solidariedade que Mishnah se esforçara tanto para me fazer mostrar. Não digo que eu já estivesse preparado para isso, mas de certa forma imaginava para mim um futuro em que, deitado, eu choraria como o pai de Mishnah querendo saber onde Deus teria ido parar. Uma derradeira checagem com os médicos, e ao primeiro sinal negativo eu pularia, pedindo o serviço Ableman completo: chamem o rabino, arrumem uma Torá para eu beijar. Nesse ínterim eu via tudo como uma espécie de casa de passagem, me misturando com judeus que amavam suas mães e tinham paixão por literatura imprópria.

Os garotos Kahane! Especialistas em perversão e bestialidade. Jack e Maurice — louvados sejam ambos. *Tsu gezunt.*

O casamento fictício de Valerie e Gideon, como o verdadeiro de Vanessa e Guy, teve lugar em um cartório na cidade, com os convidados se reunindo para comemorar depois no hotel Merlin, em Alderly Edge.

No que tange ao casamento verdadeiro, não houve problema com os Ableman. Não estávamos preocupados com o fato de eu me casar fora da minha fé. Como já falei, não tínhamos fé. E Vanessa, por sua vez, não ligava ou sequer notou.

Pauline ficou desapontada porque a filha resolveu não usar branco, e a mãe de Little Gidding ficou ressentida porque a noiva não comprou o vestido na Marguerite's. O fato de ser o motivo de tanta decepção e ressentimento — Little Gid verbalizou ambos quando a futura esposa lhe disse que não subiria em saltos agulhas para não parecer mais alta que ele, não usaria decote profundo, não concordaria em honrá-lo e respeitá-lo e não faria sexo com ele depois da cerimônia — deu a Valerie um brilho frenético que levou Little Gid a estremecer da cabeça aos pés.

A parte relativa ao sexo não constituiu uma surpresa total. Vanessa — correção, Valerie — não fazia sexo quando se sentia ansiosa, excessivamente excitada, feliz, triste, zangada, empanturrada (ela pretendia comer bem no próprio casamento), bêbeda (idem), tão produzida a ponto de ficar exaurida com o esforço de se despir, já despida (e, portanto, supostamente disponível) ou em qualquer outra situação que fizesse supor que se encontrava pronta para o sexo. A noite em que Little Gid levou a sogra de volta para o chalé de Knutsford em segurança — a ocasião em que Pauline o chamara de macaco abusado —, Valerie, com quem até então ele não havia trocado uma única palavra inteligível, que dirá um beijo, correu para a rua atrás dele e chupou seu pau na entrada de uma loja de material hidráulico. E isso virou o padrão do relacionamento de ambos. Ela se recusava a transar com ele numa cama, num tapete, no banco traseiro de um carro, num gramado ou quando ele lhe pedia. Sempre que Little Gid não mostrava desejo ou expectativa de sexo, Valerie mostrava serviço. "Só não fique pensando que basta não querer para conseguir", avisou ao marido. "Estou de olho".

— Eu vou e não vou querer trepar na nossa noite de núpcias — Little Gid disse à noiva, na esperança de satisfazer todo e qualquer pré-requisito.

— Então você vai e não vai trepar — respondeu ela, o que Gid não entendeu, mas interpretou como recusa.

— Por que você vai se casar com ela? — indagou a mãe dele quando ouviu a notícia. — Vocês não têm nada em comum.

— Ela é bonita.

A mãe fez uma careta, querendo dizer que já vira mulheres mais bonitas.

— Não tanto quanto a mãe — acrescentou.

— Pode ser. Mas não posso me casar com a mãe.

A mãe fez outra careta, querendo dizer que não via por que não. Gid apreciava isso em sua mãe, o fato de ela não ser convencional quando se tratava dos direitos de mulheres mais velhas. Mas o interrogatório prosseguiu.

— E por que você acha que ela vai se casar com você?

Gid deu de ombros. Por que Valerie ia se casar com ele?

— Estabilidade?

— Você se acha estável?

— A questão não é essa. Ela acha.

A mãe se perguntou se o filho devia se casar com uma mulher tão pouco capaz de julgar o caráter de alguém a ponto de considerá-lo estável, mas manteve para si essa dúvida. No final, ficou satisfeita com uma cerimônia de casamento. Isso significava vestir os convidados, ainda que não, nesse caso, a noiva, e, mais importante, significava vestir a si mesma.

— Ainda está em tempo, você sabe — disse ao filho na manhã do casamento. Já estava maquiada e semi-pronta, de anágua e com um *beret* de onde brotava uma trêmula antena de aço. Comprara uma nova piteira de marfim para o cigarro eletrônico, já aceso.

O pai vinha atrás dela, carregando o restante das roupas da esposa nos braços.

— Em tempo de quê, mãe?

— De cair fora se não achar que vai ser feliz.

Era aí que eu precisava que Little Gid fosse escritor, de modo a poder dizer, conforme eu disse à minha mãe em circunstâncias quase idênticas:

— Feliz? Romancistas não curtem ser felizes. Estou nisso para ver no que vai dar. Estou nisso para absorver e registrar. Que se dane a felicidade!

Little Gid aproveitou seu casamento, escritor ou não. Cinco minutos antes da hora programada para seu discurso, Valerie pegou-o pela mão, levou-o ao toalete feminino e fez sexo com ele. Não foi só um boquete, mas tudo a que Gid tinha direito. De A a Z.

Depois da gratidão, a curiosidade. Teria ela optado por esse curso de ação séculos antes? Teria sido por isso que resolveu não usar um vestido branco?

Que tipo de criatura era essa mulher com quem se casara?

E que tipo de criatura era a sogra, também? Também ela o beijou quando a festa acabou. Um beijinho casto em cada bochecha.

— Então — falou, sorrindo para o genro. Estava deslumbrante, parecendo um grande pássaro predador sul-americano, com um *fascinator* de pluma enrolado no cabelo ruivo.

— Então — repeti em resposta.

— Então. Afinal não perdi uma filha...

Ele aguardou. *Ganhei um o quê?* Vamos, Pauline, diga. *Ganhei um o quê?*

Um amante? Uma oportunidade erótica? Um convite para o inferno?

Ele estava bêbado, lembrem-se.

Esbugalhou os olhos, depois de uma tarde de sexo marital no toalete feminino, como se esperava que esbugalhasse. Vamos, Pauline, diga o que ganhou.

Ela sapecou-lhe mais um beijinho na bochecha febril.

— Macaco abusado — concluiu Pauline.

CAPÍTULO 17

Velhos Tempos

A bochecha febril *dele*!

Basta! Caia fora, Little Gidding. Vá viver a sua vida.

É difícil manter a coisa na terceira pessoa fictícia quando recordar a realidade faz a cabeça da gente girar. É difícil ser tão altruísta. Um escritor como eu sente que anda afastado da primeira pessoa há tempo demais quando uma narrativa na terceira pessoa prossegue por mais de dois parágrafos, que dirá um capítulo inteiro.

Ele, si, seu... Por que se dar ao trabalho quando existem palavras como *eu, mim, meu*?

Vanessa, nesse caso, a *minha* Vanessa, gostava, nos primeiros tempos do nosso casamento, *nosso* casamento, de me deixar em suspense sexualmente falando. E Poppy, eu achava, sabia disso. Do dá e dribla, mas sobretudo, me parecia, do drible.

É possível que a dor que Poppy conspirava para me infligir fosse sua vingança contra o jovem diplomata que a expulsara de casa por tocar Brahms com o colega de cordas que a fotografara nua com o violoncelo. E talvez também pensasse em compensar Vanessa, até certo ponto, pelo fato de tê-la levado para Washington, para começar, por haver falhado na tentativa de encontrar um segundo pai confiável para a filha. Assim, eu era a figura masculina a não ser jamais perdoada contra a qual as duas podiam se unir. Elas partiam juntas para a cidade, mãe e filha de braços dados, à vontade como uma dupla de gatos no telhado, esbarrando uma na outra, batendo quadril contra quadril e gargalhando, curtindo os assovios, amando a reação que a visão de ambas causava no marido e genro.

Será que Vanessa era infiel a miim? E se fosse, será que Poppy a encorajava a ser infiel a mim como forma de ser, ela própria infiel a mim? Estaria eu fazendo papel de bobo ao quadrado?

Apenas um escritor ou um pervertido teria tolerado tudo isso. Gid, o varejista feliz e comediante eventual, não sobreviveria a uma dupla infidelidade. Enquanto eu... Ora, eu recolhia material.

Professores de Luiteratura Uinglesa — como Philippa, a puta erudita — rebaixam os romancistas quando os sentimentalizam. Depois de uns quinze anos de casamento com Vanessa, discuti precisamente isso com a mesma Philippa no vinhedo Barossa, após uma transa literária.

— Seus romancistas contam a história do coração humano — disse Philippa. — Você vê o que mais ninguém consegue ver.

Ela ainda segurava meu pau quando fez tal comentário.

— Isso é porque — respondi — contamos a história dos *nossos* corações.

— Mas quando vocês olham para seus corações o que veem é a humanidade.

— Não. Vemos a nós mesmos. Forjamos a humanidade à nossa imagem. Jane Eyre e Alexander Portnoy, Joseph K e Felix Krull, Sam Spade e Scarlett O'Hara... Você acha que eles são *personagens*? Que nada. São escritores com um outro nome. Sentindo as agruras e decepções da vida do mesmo jeito como sente um escritor.

— Mas isso faz a luiteratura ser ruidundante.

— Isso mesmo — falei. — Henry Miller chamava o escritor de "governante-fantoche não coroado". Por isso eu o admiro. Ele não mentiu. O personagem mal disfarçado do jovem patife audacioso sondando a vagina de todas as mulheres que lhe atravessavam o caminho era ele, Henry. O escritor. Até a vagina era ele. É o que fazemos. Não peço desculpas por isso.

O que aconteceu em seguida no vinhedo aconteceu exclusivamente entre mim e Philippa — o romancista e sua leitora.

Se a queda de braço entre mim e Vanessa, e até mesmo a que havia entre mim e Poppy, era de outra ordem, eu continuava a participar por ser o escritor — o que Miller chamava de "anjo ferido", e, que o digam os céus, continuei consentindo que me ferissem em escala escatológica.

Em algum momento do nosso casamento — quem está contando o tempo? — fomos, os três, a um cassino. Estávamos em Manchester, hospedados no Hotel Midland só pela curtição, para consultar um advogado, não a respeito de um divórcio, mas sobre questões relativas à morte do segundo marido de Poppy. Mais dinheiro para ela, qualquer que fosse a justificativa. Poppy era dessas mulheres em prol das quais os homens morrem e lhes deixam bens. Qualquer um haveria de querer continuar sendo lembrado por ela após a partida.

Demoramos na cidade para que as duas pudessem comprar o que não havia para comprar em Wilmslow, jantamos num restaurante chinês, jantar durante o qual as duas flertaram com os garçons chineses — um feito quase impossível — e, por sugestão de Poppy, tomamos um táxi para o cassino.

Escritores se sentem em casa em cassinos. Auto-asfixia, criação de frases, apostas — ofega, ofega, ofega, coça, coça, coça —, tudo tem a ver mais ou menos com a mesma comichão. Sentir-se mal à noite e depois começar o dia ofegando e esfregando o ponto onde parou. Eu não tinha interesse pelo cenário — corrida de cavalos ou carteado. Queria pura e simplesmente apostar, sem a ajuda de qualquer artifício: o girar da roleta, eu contra os números, sorte apenas, embora acreditasse ser capaz de passar a perna na sorte, assim como por meio das palavras podia passar a perna na morte, sistematizando a sequência em que os números aparecessem. Observei a roleta durante meia hora e vi que toda vez que a bolinha caía no 25, os números 28 ou 29 vinham a seguir. Não me perguntem como ninguém mais percebeu isso. Meia hora depois eu já ganhara quinhentas libras. Era como começar ou concluir um capítulo com o mesmo expletivo. Mais uma vitória sobre o imponderável.

As minhas mulheres, enquanto isso, se ocupavam de outra coisa. Numa roleta no outro extremo do salão, as duas haviam encontrado um crupiê egípcio de cuja aparência gostaram.

— Danado de bonito, você não acha? — sussurrou Poppy em meu ouvido. — Está encantado com a nossa Vanessa.

Mais provavelmente Vanessa se encantara com ele, que tinha olhos de escaravelho e um vasto bigode lustroso. Havia nele um quê que reconheci, mas supus que fosse sua semelhança com Omar Sharif. O cara imitava tão obviamente Omar Sharif que era ridículo.

Comentei isso com Poppy.

— Tem gente pior para se copiar — disse ela.

— Para *se* copiar ou para *eu* copiar?

Poppy não entendeu aonde eu queria chegar.

— Você está dizendo — falei — que eu devia copiar Omar Sharif?

Ela, que até então olhava o salão sem se fixar em algo especial, fez uma pausa para me avaliar. Eu diria que me examinou de alto a baixo, mas como usava seu sapato mais alto, a primeira parte não chegava a ser uma opção. Digamos que me examinou com a maior atenção e depois soltou uma gargalhada. As duas vinham rindo de tudo a noite toda. Poppy principalmente. A bebida era cortesia, me lembrei.

— Não há nada de errado com você do jeito que você é — observou, apertando meu braço.

Levei um minuto ou dois para me dar conta de estar sendo virado para o outro lado, de estar sendo forçado a olhar para outra coisa que não a filha e o crupiê danado de bonito. Tempo suficiente para que os dois anotassem seus respectivos telefones?

— Então, conseguiu tudo que queria? — achei ter ouvido Poppy perguntar à filha quando saímos.

— Conseguiu o quê? — perguntei.

Teria havido uma certa hesitação?

— Falei "se divertiu" e não "conseguiu" — esclareceu Poppy.

— Você estava olhando — falei. — Saberia se ela se divertiu.

— Quem é "ela"? — quis saber Vanessa.

A partir daí eu só poderia continuar a insistir se quisesse fazer papel de bobo.

Mas a pergunta ficou no ar. Teria ela "conseguido" tudo? Teria conseguido o endereço do cara, conseguido avaliar o interesse dele por ela, apalpar rapidamente o grande deus Horus sob a mesa de roleta — tudo que o "tudo" nesse contexto expressava.

Seria Poppy, a Substituta, parte disso?

Boas perguntas, todas elas — ofega ofega, coça coça, anota anota.

Já na rua, Poppy percebeu que estava sem sua pashmina — um lindo adereço tecido com os cílios de cabras do Himalaia, que havia sido presente meu. Pashminas dessa qualidade eram uma especialidade da Wilhelmina's. Também Vanessa tinha várias.

— Você deve ter deixado na mesa da roleta, nas costas de uma cadeira — disse Vanessa à mãe, porém olhando para mim, deixando claro de quem seria a incumbência de recuperar o xale.

Seria de propósito? Com a finalidade de me fazer voltar lá dentro para ele poder ir lá fora?

Não me recusei, de todo jeito. É preciso seguir o roteiro. Eu sabia que devia me considerar sortudo por estar na companhia de duas especialistas em manipulação de tramas.

No caso em questão encontrei a pashmina justo quando Omar, o crupiê, me encontrou.

— Guy! É Guy, não?

Fitei aqueles olhos de escaravelho. O sujeito tinha belos cílios, longos e sedosos. Dava para tecer uma pashmina com eles. Onde será que eu o vira, já que ele tinha tanta certeza de haver me visto? Não no Egito; eu jamais fora ao Egito.

— É Guy, sim — respondi, meio hesitante. Teria Vanessa feito com que ele se portasse assim por algum motivo próprio? Para que eu gostasse dele? Para me obrigar a retribuir a gentileza? Para me obrigar a lhe emprestar minha mulher?

Ele pôs um braço em volta do meu ombro.

— Mariquinhas! — exclamou o sujeito. — Ora, poorra! — prosseguiu, sua pronúncia agora distinta da usada ali.

Ele esperou para que eu o reconhecesse. Ou dissesse "Ora, poorra, mariquinhas" em resposta.

— Ora, poorra, mariquinhas — repeti em resposta.

Mas ele percebeu que eu não o conhecia.

— Sou Michael.

Continuei impassível.

— Michael Ezra.

— Michael Ezra! Poorra!

Michael Ezra foi meu colega na escola. Fazia parte do grupo judeu ao qual eu não pertencia propriamente, um daqueles garotos que me lançavam olhares que queriam dizer *estamos todos nesta velha merda juntos* e não tirava notas melhores que as minhas. Mas era bom em matemática. Eu me lembrava. E no pôquer. Os pré-requisitos necessários a um bom crupiê.

134

— Quanto tempo! — disse ele.

— Tem toda razão — concordei. — Eu jamais teria reconhecido você. Você parece...

— Egípcio. Eu sei. É que tive um bisavô alexandrino. Minha pele escureceu a partir dos vinte e um anos. Meus pais já esperavam por isso, mas para mim foi um certo choque, como você pode imaginar. Em compensação, as gatas gostam. Não que...

— Aposto que sim — falei. — Você se parece com...

— Omar Sharif, sei disso. Para ser franco, é o bigode. Qualquer homem com bigode preto parece com o Omar Sharif. Você, porém... Não mudou nadinha. Ainda parece com o Papa.

— O Papa! Que Papa?

— Quantos Papas existem? O que é contra o controle da natalidade.

— Isso não chega a dizer muita coisa.

— O polonês, porra! Waclaw ou Vojciech, sei lá. Você parece com ele, de todo jeito. Mais moço, claro.

— É a palidez. Qualquer um que seja pálido parece com um Papa polonês.

— É. Bom, você sempre pareceu. Mas agora é famoso. E isso atrai as gatas, certo? Um escritor famoso... Quem não quer foder um escritor famoso?

— Praticamente ninguém — menti. — Mais ou menos o mesmo número que não quer foder o Papa.

— Acredito. Vi você com a patroa. Que avião!

Inclinei a cabeça, num gesto que sugeria "e você esperava o quê?".

— E a filha também. De parar o trânsito.

Não consegui me decidir sobre se aquilo era uma ofensa ou um elogio a Poppy, uma ofensa ou um elogio a Vanessa ou uma ofensa ou um elogio a mim. Mas a confusão, na esteira da lisonja —, ele sabia que eu tinha escrito um romance! Achava que eu era famoso! — me excitou de um jeito que eu não previra. Teria sido esse o plano de Vanessa — me enredar em uma daquelas confusões eróticas das quais sabia que eu jamais seria capaz de me safar convincentemente?

— E aí? Até que horas você opera? — indaguei, supondo que "operar" fosse o termo adequado para administrar uma roleta.

Ele consultou o relógio.

— Fico mais uma hora.

Consultei o meu.

— Olhe, por que você não aparece no Midland? Estaremos no bar. Vai ser bacana botar o papo em dia. Quero saber da sua avó alexandrina.

— Avô.

— Dele também.

Os homens olham para a gente de um jeito estranho quando acham que talvez estejamos agenciando nossas mulheres. Invariavelmente, constato, tocam em suas carteiras para se assegurarem de que ainda não começamos a extorqui-los. Mas os olhos dele faiscaram.

— Vejo você lá — falou.

— Imaginem só: o amigueto crupiê de vocês e eu fomos colegas de escola — contei às duas no táxi. — Ele parece um guerreiro árabe, mas nasceu em Wilmslow. Eu o convidei para ir até o hotel para tomar uma saideira. — Apertei com força a mão de Poppy. — Ele acha que sou casado com você. — Apertei em seguida a de Vanessa. — E você, Vanessa, é a filha. Vamos aderir ao jogo.

— Por quê? — quis saber Vanessa.

— Ah, só de brincadeira.

Poppy olhou para Vanessa. Vanessa olhou para mim. Não disse "A responsabilidade é toda sua", mas pude ler o aviso em sua expressão.

O que eu estava fazendo, afinal? Tentando juntar Vanessa e Michael Ezra de modo a me dar um tempo sozinho no Midland com sua mãe? Ou simplesmente querendo me meter no que quer que estivesse acontecendo a fim de reivindicar autoridade e controle sobre a situação? Guy Ableman, mestre de cerimônias. Nada bonito, porém melhor do que ser Guy Ableman, o cafetão.

Seria gratificante relatar que nós quatro acabamos na maior cama que o Midland tinha a oferecer. E que vi e fiz coisas que levariam os demônios de Satã a uivar de vergonha e inveja. Mas a devassidão escrachada que eu vinha antecipando desde o instante em que as garotas Eisenhower entraram na Wilhelmina's — os seios empoados, o despir anônimo de rendas farfalhantes, impossível de saber de quem ou por quem — mais uma vez não se materializou. Poppy se desculpou e retirou-se assim que Michael Ezra chegou.

— Não, não, você fica e conversa com seu amigo — insistiu minha sogra, sorrindo meigamente para mim. — Estarei dormindo quando vocês subirem.

Vanessa, por sua vez, agarrou a oportunidade que lhe foi dada, já que não era vista como esposa, jogando a cabeça para trás, arqueando o pescoço e, de uma feita, passando os dedos pelo bigode egípcio de Ezra para ver se ele era tão diabolicamente sedoso quanto parecia.

— Ah! É sim! — exclamou ela, retirando a mão e estremecendo, como se tivesse posto os dedos em um lugar agradável onde eles jamais haviam estado antes.

Mais tarde na mesma noite, eu sabia, ela os poria no meu nariz.

Vanessa disse que precisava de ar puro e que poria o crupiê num táxi.

— Vá fazer companhia à mamãe — ela me ordenou.

Ai, se eu pudesse.

Michael Ezra e eu trocamos um aperto de mão.

— Poorra! — disse ele, balançando a cabeça.

— Poorra! — concordei, balançando a minha.

Vanessa, de pé nos observando, balançou a dela.

Vanessa e o crupiê, de braços dados, saíram juntos do hotel. Se realmente era até um táxi que pretendia levá-lo, por algum motivo ela ignorou os que aguardavam na porta do hotel.

Será que era incapaz de esperar até sumirem de vista para lhe aplicar um de seus famosos boquetes a céu aberto ou simplesmente para tirar algum fiapo da calça do sujeito?

Não faço ideia de como os homens lidam com tais incertezas quando não são poetas nem romancistas. Será que, sem a redenção da arte, enlouquecem?

Deus sabe o que o cego Homero supunha estar acontecendo diante do seu nariz, e menos ainda pelas suas costas, mas devemos a *Ilíada* à sua ignorância e a *Odisseia* às suas suspeitas. O que não dariam escritores menores que jamais foram além de um punhado de contos para que uma Vanessa e uma Poppy os atormentassem a ponto de torná-los criativos! Que jamais se diga que não sou grato às duas. Antes que me arruinassem, elas me fizeram crescer. E das ruínas, também, pode brotar a redenção.

CAPÍTULO 18

Pirando

Não houve tempo, salvo o espaço da sugestão preliminar de um tremor, para aquilatar a reação de Poppy à mão que permiti descer pela sua coxa rija tal como uma estrela cadente do céu noturno em Monkey Mia. Assim que fiz contato, fui destronado por um rival. Quem, num momento tão crucial do meu relacionamento com minha sogra, não era um rival? Minha outra mão, caso se mexesse, seria um rival. Esse intruso, porém, não brotou da minha imaginação; era o marinheiro vestido de azul-claro do iate *nouveau riche*, aquele que carregava em cada bolso um telefone tocando. O sujeito veio direto até nossa mesa, como se nos tivesse visto do deque e daí em diante nada mais desejasse na vida senão desfrutar a nossa companhia.

Ele chegou bem perto de nós e fez uma reverência. A corrente de ouro que usava em volta do pescoço tilintou de encontro à nossa garrafa de vinho. Também tinha, pendendo do pescoço um par de óculos escuros, que encostou na minha bebida. De propósito, suspeitei, para me obrigar a ir até o bar pegar outro copo e ao voltar descobrir que os três haviam partido.

Fruto de imaginação?

Bem, não da minha. Não pude dizer se aquela bizarrice saíra de um catálogo de marinheiro tropical ou da sua cabeça, mas a corrente de ouro, os óculos que gratuitamente mergulharam no meu drinque, suas intenções ostensivamente grosseiras não eram mais invenção minha que a extravagância da noite.

Para mim, o cara mostrou a cara fechada de um rival implacável. Com Vanessa, foi artificialmente cortês. Mas para Poppy, ele se mostrou como um homem que perdera o juízo. A impressão que passou de ter nos visto, ou seja de tê-*la* visto, e em seguida haver tomado a decisão desesperada de juntar-se a nós, ou seja a *ela*, foi precisamente a impressão que ele quis dar. Ela, porém, revelou-se ainda mais encantadora do que ele fora capaz de imaginar com o auxílio de seus binóculos.

— Você andou me olhando com o binóculo?

— A noite toda, minha senhora. Nós dois.

Aparentemente, Poppy não ouviu o "dois".

— Não passei a noite toda aqui.

— O dia todo, então.

— Também não passei o dia todo aqui. Estive fora, fazendo cócegas na barriga dos golfinhos.

— Sei disso. Nós a observamos. Acho desnecessário dizer quanta inveja tivemos daquelas criaturas afortunadas. Poppy inclinou a cabeça para o sujeito. Uma mulher habituada a receber os mais absurdos elogios. Mas enquanto ela se mostrou surda ao impudico plural usado pelo marujo num momento tão avançado da sua happy hour, o mesmo não aconteceu com Vanessa, que indicou um par de cadeiras vazias.

— Não quer se juntar a nós?

Mais uma reverência.

— Infelizmente não posso — disse ele. — Mas existe alguém que adoraria.

Vanessa tocou no próprio rosto como se estivesse usando um leque. A maquinação borbulhou em sua voz como um espumante barato. Lambrusco?

— E quem seria esse "alguém"? — indagou.

— Ah, pelo amor de Deus, Vee — murmurei em *sotto voce* operística. Também eu podia encenar um melodrama, como queria deixar bem claro.

O sujeito, porém, fez melhor. Olhou à volta para ver se alguém estava ouvindo e baixou a voz.

— Meu patrão.

Soou sinistro. Até mesmo sexual. Algo me levou a pensar naqueles bandoleiros ambiguamente homoeróticos do Mar da China que abundam nos romances de Joseph Conrad.

— O proprietário do... — prosseguiu o sujeito, indicando com o ombro o barco que Conrad teria preferido morrer a ser flagrado a bordo.

— Ah — exclamei com uma satisfação inexplicável. — Então ele não é seu?

— Só para eu brincar com ele.

— E quem, então, é o seu patrão? — quis saber Vanessa.

Nesse exato momento, como se durante todo o tempo estivesse escondido atrás de uma palmeira — não sei por que falo *como se*: ele, com efeito, estivera o tempo todo escondido atrás de uma palmeira enquanto o empregado quebrava o gelo — surgiu uma figura espectral, sobrenaturalmente alongada, mas com mãos enormes como as de um goleiro, vestindo uma camisa de rúgbi surrada e um short comprido, desbotado e folgado, através do qual era impossível não notar o balanço pendular dos órgãos sexuais ainda maiores que as mãos. Se fosse mais velho, eu diria que já começara sua decadência geriátrica, mas como era mais ou menos da minha idade, concluí que fosse anormalmente bem-dotado, como às vezes acontece com homens cadavéricos.

— Dirk — falou o sujeito, estendendo a mão para cada um de nós, embora pudesse muito bem ter estendido uma parte da própria genitália. — Dirk de Wolff.

Poppy jogou a cabeça para trás e soltou uma gargalhada.

— Qual é o seu nome *de verdade*? — indagou ela.

O sujeito permitiu que o pergaminho de seu rosto se enrugasse, embora não propriamente para formar um sorriso.

— Que nome você gostaria que fosse o meu *de verdade*?

Poppy olhou para Vanessa, em busca de inspiração. Prendi a respiração. Essas mulheres eram capazes de dizer cada coisa!

— Wolf de Wolff — sugeriu Poppy, descruzando as coxas, mas Vanessa interveio, reagindo ao desafio de Wolff com outro.

— Por que você precisa de outra pessoa para fazer o seu trabalho sujo?

— Era isso que você estava fazendo, Tim? — perguntou de Wolff ao seu lacaio, que, matreiramente, já se afastava de nós, o tilintar de suas joias cada vez mais distante. — Meu trabalho sujo?

— Com toda certeza, não.

— Pronto. Com toda certeza ele não estava fazendo isso.

Sádico, pensei. Sádico e masoquista. Embora não fosse fácil decidir qual dos dois. Ou por que, fosse o que fosse que os dois faziam um ao outro, Poppy lhes despertara tamanho interesse.

No final, descobriu-se que o nosso Dirk de Wolff era um cineasta. Poppy se perguntou por que, nesse caso, ele não levara sua câmera. Cineasta, não cameraman, explicou o sujeito com grande cortesia. Se havia sido por conta de Poppy que o lacaio perdera o juízo, sem dúvida o fizera seguindo instruções do seu patrão. Poppy era o motivo disso tudo, o que quer que fosse tudo isso.

— Então, quais dos seus filmes devo ter visto? — perguntou Poppy.

— Sempre digo — respondeu o cineasta com enorme cortesia — que só faz essa pergunta quem não viu nenhum. Mas isso não é exclusividade sua. Milhões de pessoas não os viram.

— Então, qual *devo* ver?

Ele pegou a mão dela.

— Não existe *dever* nesse caso. Fico feliz que você não tenha visto nenhum e recomendo que continue assim. Não sou um diretor afável. Atualmente faço filmes sem me importar se alguém os vê ou entenda. É o privilégio do sucesso prematuro.

Foda-se, pensei.

Estávamos sentados, a essa altura, nós quatro, tendo Tim voltado de ferry para o barco. Eu teria apreciado se Wolff mais decorosamente cruzasse as pernas. Por outro lado, ele teria apreciado se eu tivesse mais decorosamente desaparecido.

Vanessa me lançou um olhar acusador. Será que *eu* não podia ser casual assim quanto ao meu trabalho? Por que precisava continuar me importando com ser lido ou apreciado?

De Wolff percebeu os nossos olhares.

— Você acha errado da minha parte ter uma atitude dessas? — perguntou.

Vanessa respondeu por mim.

— Meu marido é romancista. Romancistas querem ser amados e notados.

Ele deixou escapar uma pequena erupção de riso seco.

— Claro. Isso acontece porque ninguém mais os lê.

E aguardou para que eu lhe dissesse que estava errado. Mas não me ocorreram palavras.

— Então preciso lhe perguntar por que você continua fazendo isso — prosseguiu ele. — O romance morreu faz cem anos, não foi? Ou seja lá quando foi que as pessoas passaram a votar e poder sentir que suas opiniões tinham valor. Vai acontecer o mesmo com os filmes, mas ao menos com os filmes ainda existe a mística da produção. Até todos terem diploma da faculdade de mídia, quando o cinema também será enterrado.

— Adoro filmes — disse Poppy.

— E também adora livros — recordou-lhe a filha. Estávamos no clima "divertir Poppy". E no de "notar Vanessa" também.

— Me perdoem, mas sabem o que eu acho? — interrompeu de Wolff. — Acho que quem diz que ama filmes ou livros ou arte, na verdade não ama não. Não estou falando de vocês, senhoras encantadoras, mas em geral. Se vocês realmente amam filmes, provavelmente não assistem a nenhum. O mesmo acontece com a literatura: para quem gosta, dificilmente haverá um livro que seja tolerável de ler. A arte atual sempre contraria a ideia que se tem dela — disse ele, antes de olhar para mim e acrescentar: — Qual é a sua opinião?

Fiquei surpreso de me ver solicitado a participar. Eu me recolhera a um devaneio de auto-ódio, furioso de me descobrir com inveja desse niilista holandês de bolas grandes, com o qual, em algum lugar do meu íntimo, eu concordava. O que eu fazia numa profissão moribunda? Por que não partira para o cinema? Por que não fiz um curso de mídia na Universidade de Fenlands em lugar de estudar a porra da escrita criativa? Mas a Baía dos Tubarões com as estrelas caindo do céu e os golfinhos sorridentes no Oceano Índico e o iate de Dirk de Wolff fervilhante de barulho e luzes não era o lugar para discutir as vantagens relativas de diferentes disciplinas acadêmicas.

— O romancista Robert Musil — falei com uma certa pompa — confessou certa vez que quanto mais gostava de literatura, menos gostava do escritor individual. Defendo a mesma coisa. Não peça a alguém que leva tão a sério o romance quanto eu para, digamos, citar um romance de que goste.

De Wolff fez menção de espalmar sua mão contra a minha para manifestar concordância. Antes de roubar minhas mulheres, ele queria que eu visse que éramos essencialmente irmãos. A menos que simplesmente desejasse que as duas vissem o quanto seus dedos eram mais compridos que os meus.

— Mas ainda que a arte real seja sempre uma decepção comparada à arte idealizada — falei, mostrando que eu não era influenciável —, não há motivo para desprezar os pobres consumidores dela.

— Eu não disse que os desprezava. Só falei que não me importo com o que eles acham. Talvez seja você quem despreza seus leitores.

— Não tenho leitores. Ninguém tem.

— Então, você confirma meu argumento.

— Ele tem milhares de leitores — disse Vanessa.

— Dezenas de milhares — interveio Poppy, abusando da hipérbole.

— Mas eles não entendem você — disse de Wolff, rindo. — Entendo direitinho disso — prosseguiu, batendo no coração com sua mão enorme para sugerir uma comunhão no sofrimento. — Eles querem que aconteçam coisas, e você não quer lhes dar isso. Comigo é igual. Quanto mais eles querem, mas eu me recuso a satisfazê-los. — "Querem que aconteça alguma coisa", digo, "então aconteçam *vocês*! Querem que alguém mude? Mudem *vocês*! Eu mantenho minha câmera imóvel. *Vocês* se incumbem das marolas". Você devia fazer um filme, meu amigo. Devia fazer um filme sobre essas duas belas mulheres. Basta apontar uma câmera para elas. Permita que as feições de uma se fundam às feições da outra. E deixe que a plateia faça o resto.

Vanessa, enfatuada com os elogios, perguntou se os filmes dele eram como os de Warhol. Mais como os de Antonioni, respondeu de Wolff com uma de suas gargalhadas explosivas. Antonioni, sem tanta concessão à ação.

Distraí-me novamente da conversa. Será que ele estava certo? Será que eu desprezava os leitores que não tinha?

Claro que ele estava certo. Era dono de um barco e de um par de bolas enormes. Será que um barco não faz você ter razão? E bolas enormes não produzem o mesmo efeito?

Era o iate que ele queria que víssemos. Sem dúvida as bolas também, mas isso ficaria subentendido. Expliquei que estávamos cansados, que havíamos passado boa parte do dia na água, que partiríamos para Broome de manhã cedo, que não éramos marujos.

143

— Isso não é verdade — contradisse Vanessa. — É, mãe? Que não somos marujos.

Ela lançou um olhar duro para Poppy, para se assegurar de que a mãe estivesse sóbria o bastante para conduzir uma conversa.

— Passei metade da vida em barcos — respondeu Poppy, tentando, entre uma palavra e outra, manter a pose.

— Então venham dar uma espiadinha no meu — insistiu de Wolff, um mestre do vernáculo, olhando de Poppy para Vanessa e de volta para a mais velha.

Tendo me passado a perna na questão do cinema versus romance, ou seja, na questão do realismo versus sentimentalismo, ou seja, na questão do sucesso versus fracasso, ele agora estava prestes a me passar a perna na questão das minha mulheres.

— Vamos? — indagou Poppy, olhando primeiro para Vanessa e depois para mim.

— Vamos todos — disse Vanessa. — A menos que você não queira ir, Guido.

— Ora, não o obrigue — disse de Wolff. — Não há nada pior do que nos mostrarem algo que não queremos ver. Sou igualzinho quando se trata do trabalho de outros homens.

— Não, venha — murmurou Poppy para mim, como se esse estivesse fadado a ser o nosso segredo caso eu concordasse.

— É melhor você ficar e manter nossos lugares quentes — disse Vanessa.

Assim sendo, fiquei. Por quê? Porque sou um romancista, e um romancista, agora que o romance morreu, precisa vivenciar cada ignomínia derradeira. Essa podia ser a derradeira justificativa do romancista — em nome de todos os demais, ele sorve a humilhação da humanidade até a última gota.

Acenei para eles enquanto se afastavam. Poppy olhou à volta e acenou para mim. Chegou mesmo a me mandar um beijo. A menos que estivesse apenas inspirando ar, do jeito que as velhas senhoras fazem quando estão de cara cheia. Mas havia nela o mesmo tanto de secundarista quanto de matrona. Ela se virou uma segunda vez, levou as mãos aos olhos fingindo espanto e formou com os lábios algumas palavras dirigidas a mim. Não consegui ter certeza, mas me pareceu que ela dizia "Dá pra ver o pinto dele". Vanessa, achei, teria seu trabalho reduzido.

Ela, claro, não olhou para trás. Sem dúvida estava aborrecida comigo. Era minha a culpa de a mãe beber demais. E ela não se impressionara com a minha capitulação ao cinismo anárquico de Wolff. Eu deveria ter me esforçado mais para impedir as duas de irem com ele. Deveria ter defendido de forma mais vigorosa a minha virilidade, minha posição de marido, de genro, bem como a minha profissão. Vanessa não gostava que eu me mostrasse agressivo — "um touro bravo", era como me chamava —, mas gostava menos ainda quando eu me fazia de submisso — "bicha", dizia ela. Partilhávamos essa visão contraditória a meu respeito.

Sozinho, observei Dirk de Wolff em seu indecente short saco de bolas se colocar entre as minhas mulheres, de braços dados com ambas, e guiá-las por uma rampa de madeira, os saltos de cortiça ressoando nas tábuas, os quadris ondulando, até onde um barquinho os aguardava para levá-los ao iate, que pareceu explodir em luzes ainda mais fulgurantes no instante que precedeu a chegada do trio.

Touro bravo ou bicha? Bicha.

Obedecendo as instruções de Vanessa, eu não levara comigo meu caderno. A caneta, sim, como sempre, por via das dúvidas. Nem Vanessa conseguia me separar da minha caneta. Chamei o garçom — um garoto excessivamente queimado de sol (sua pele era alaranjada), vestindo uma calça pelas canelas, aparentemente feita de palha. Pedi que me trouxesse algo em que escrever. Ele me olhou, confuso.

— Um descanso de copo?

— Não — respondi. — Um pedaço de papel.

Quando chegou o papel, fiquei ali sentado sem escrever palavra alguma. Será que eu estava ficando maluco?, pensei. Já saíra de moda, existencialmente falando, escritores enlouquecerem, sobretudo na Austrália. As últimas semanas, porém, me pareceram de repente caóticas e ensandecidas. O que eu estava fazendo ali? Que sentido fazia ler para uma plateia de australianos de classe média em Adelaide, que davam um pulo a cada palavra, os trechos mais obscenos e grotescos da minha autoria? Não se pode chocar os australianos depois que eles descobrem a literatura. Todos ouvem obedientemente o que quer que seja lido e até mesmo o que não é lido, ainda que o autor fique sentado com o barrigão descansando sobre as pernas, sem dizer coisa

145

alguma. No final, o auditório municipal de Adelaide sempre vem a baixo com os aplausos. A Austrália tinha a fama de ter mais leitores per capita do que qualquer outro lugar, com exceção da Finlândia. Como processar essa informação? Philippa havia situado a Nova Zelândia no topo, também. E que diabos eu vinha fazendo com ela? Em compasso com o meu habitual mau humor pós-coito, eu a odiara retrospectivamente durante uma semana, e então, olhando em retrospecto o retrospecto, comecei a me apaixonar por ela. Vanessa descobriu, embora eu tivesse negado tudo, e agora se vingava de mim com Dirk de Wolff e talvez com Tim também. Entregando-se a um ou outro, a ambos ou entregando-lhes a mãe? Vanessa era uma especialista em causar sofrimento. Saberia com precisão como me ferir. Mas para tanto, precisaria descobrir meus sentimentos pela mãe. Será que os conhecia? E sacrificaria o decoro da mãe — supostamente até mesmo uma sessentona ainda tinha decoro — apenas para me ferir? Estaria deitando-a no beliche de Dirk como uma virgem sacrificial, adornando-a com lírios, enquanto ele apontava a câmera para ambas, vendo uma se metamorfosear na outra, enquanto eu ficava sentado ali escrevendo com a boca?

Minha caneta pairava sobre o papel. Escreva o livro. Escreva o livro sobre mim. *Louco em Monkey Mia*. Sem história, foda-se a história, foda-se a ideia de coisas acontecendo — de Wolff tinha razão: se os leitores queriam que algo acontecesse, *eles* que acontecessem — nenhum acontecimento, nenhuma ação, nenhum desenvolvimento de trama, apenas o cérebro (que deveria ser considerado trama suficiente para qualquer um) se contorcendo de dor como um dos golfinhos debaixo do nosso barco a remo. "É preciso pirar!", escrevera Henry Miller. "O público já está cansado de tramas e personagens. Trama e personagens não fazem a vida".

Mas e se o público já estivesse cansado da vida?

Eu fazia vida, de todo jeito, quer o público quisesse ou não, eu fazia vida, pirando pela minha sogra, cujo joelho finalmente conseguira tocar depois de pensar nisso durante quase vinte anos, sogra que agora estava permitindo que um cineasta lascivo — um puxa-saco quase sodomita vestindo um pijama azul-bebê — afastasse os lábios da sua vagina, enquanto as estrelas despencavam do céu espantadas, ou envergonhadas, ou extáticas.

Henry Miller, demoníaco como era, certa vez reproduziu no papel o som que os lábios-pétalas de uma vagina fazem quando são abertos. *Squish-squish*. "Um barulhinho viscoso", definiu ele, "quase inaudível".

Squish-squish.

Santo Deus.

Tente se safar com isso hoje em dia. Tente conseguir a aprovação de Flora McBeth para a música sagrada dos grandes lábios.

E tente ter um momento de paz depois de ouvi-la.

Squish-squish...

As coisas que se sofre quando se encara com seriedade a própria arte.

CAPÍTULO 19

O Bastão da Literatura

A primeira vez que usei a palavra "cu" num livro, fiquei acordado imaginando que seria punido com a morte. Não por Vanessa, mas por Deus.

E de manhã, risquei-a.

No dia seguinte, voltei a escrevê-la.

De manhã, risquei de novo.

Era o meu segundo livro. Jamais teria conseguido usá-la no primeiro, apesar de todos os ensinamentos de Archie Clayburgh e o exemplo de J.P. Donleavy. É preciso crescer para se acostumar.

No final perguntei a Vanessa o que ela achava.

— Está sendo usado no contexto de xingamento ou em um contexto sexual?

— Sexual.

— Usado com amor ou com ódio?

— Ora, com certeza não com ódio. Com desejo.

— Então seja ousado — disse ela.

De manhã botei a palavra de volta.

Naquela noite, Vanessa pediu para ouvir o trecho que continha cu. Li em voz alta para ela.

— Tire — disse Vanessa.

Perguntei por quê.

— Porque você está com vergonha. Não brota naturalmente. Mas se quiser deixar comigo, eu conserto.

No dia seguinte, ela me entregou sua revisão. Enquanto eu encontrara o caminho até a palavra com cautela, como se entrasse em algum santuário sagrado que me inspirava terror mortal, Vanessa havia apimentado a página com cu. Ele pedia para ver o cu da mulher, ela lhe mostrava seu cu, ele dizia que jamais vira um cu tão bonito, ela perguntava quantos cus ele já vira, ele respondia que vira um número suficiente de cus, ela indagava quantos cus eram um número suficiente, ele dizia que não estava preparado para esse cálculo em termos de cus, ela o xingava de cu e o mandava tomar no cu.

— Acho que você vai ver que a cena funciona melhor agora — disse Vanessa.

Sem seu conhecimento, revisei sua revisão. Não por completo. Deixei mais cus do que havia no meu original. E também me senti bem a respeito. Torci, porém, para que quando viesse a ler o livro em formato de manuscrito, Vanessa não notasse minha falta de coragem.

Se notou, ela nada disse, mas o crítico do *Financial Times* opinou que "Guy Ableman parece ter escrito esse romance com o propósito exclusivo de usar a palavra cu".

Fiquei, desnecessário dizer, profundamente magoado com isso.

Vanessa não foi solidária.

— Não diga que não avisei. Cara de cu.

Existem escritores que entram em contenda com seus críticos. Enviam cartas furiosas acusando-os de prejudicar uma profissão irrecuperável, arrumam briga com eles em festas ou se dão ao trabalho de criticar com selvageria redobrada qualquer livro que o crítico venha a escrever. Por mais de um ano fiquei de olho nos catálogos de títulos em busca de algo de autoria do crítico do *Financial Times*. "Este livro foi escrito com o propósito exclusivo de mostrar que seu autor é um cu", eu planejava escrever, embora admitisse que talvez encontrasse resistência de qualquer editor de caderno literário para o qual escrevesse. No final, porém, esqueci o assunto, e quando finalmente o sujeito publicou um livro era uma história infantil sobre um gato que lutava contra o câncer e não vi jeito de atrelar um cu a isso.

A melhor maneira de lidar com uma crítica cruel, me disse um renomado romancista mais velho com quem dividi o palco em um festival literário, é escrever ao crítico agradecendo pela sua percepção e, mais, se o cara por acaso também for um escritor, criticá-lo, quando surgir a oportunidade, com uma magnanimidade que o deixe desconcertado pelo resto de sua vida profissional.

— Não existe vergonha pior de suportar — me disse ele — do que a de ser elogiado com entusiasmo por alguém a quem se esculhambou de verdade, sobretudo quando não se sabe com certeza se a pessoa esculhambada, e que foi tão gentil com a gente, está ciente de ter sido esculhambada por nós.

— Você já sentiu essa vergonha? — indaguei.

Ele assentiu de cabeça.

— Em 1958, e desde então vivo atormentado pela culpa e pela incerteza.

Estávamos sentados ao sol do lado de fora da tenda dos escritores. Nosso evento acabara de terminar. Nenhum de nós autografara ainda livro algum, embora houvesse quatrocentas pessoas na nossa tenda e todas tivessem aplaudido entusiasticamente no final. Velhos demais para comprar um livro, presumi. Provavelmente enfermos demais para carregar um livro. Basta fazer mentalmente os cálculos. Quatrocentos multiplicado pela idade média da plateia, que era sessenta e cinco. Dá 26.000. Coletivamente, nossa plateia estava viva há mais tempo do que o *Homo sapiens*. Não digo que isso seja taxonomicamente preciso, mas passa uma ideia geral. E só podia piorar. Um dia, a idade média da plateia seria de cem anos, e os componentes, mais numerosos. Festivais literários preenchiam uma lacuna no calendário dos aposentados, um estágio anterior ao da dança de salão. Logo haveria salões para velórios nas proximidades. Entra-se numa tenda, aplaude-se um escritor do qual nunca se ouviu falar, não se compra o livro dele, barra, dela, e se cai duro no chão. O mesmo se aplica aos escritores. O escritor mais velho com quem eu dividira o palco era um caso típico. Será que sairia dali vivo? Pensando bem, será que eu sairia?

Um fotógrafo, sem dúvida pensando na mesma linha, tirou nosso retrato. Nenhum de nós esperava que ele tivesse a quem vendê-lo, mas foi bom ser notado. Sentadas na grama, crianças coloriam livros. Eu tinha amigos que estavam escrevendo livros para colorir, como último recurso.

— Você tem de ir aonde estão os leitores — me disse um deles.

— Mas colorir não é ler — protestei.

— Tudo depende da forma como você encara a leitura — retrucou ele.

Diariamente eu lia a página dos obituários nos jornais, esperando descobrir que ele engolira uma caixa de lápis de cor.

— Ah, o sol — falou o escritor mais velho.

Concordei:

— Ah, o sol.

— Está se esgotando, você sabe.

— Sei — falei.

— Felizmente, devo ir primeiro — disse ele.

— Sorte a sua.

Devemos ambos ter cochilado porque de repente vimos um helicóptero no gramado. Uma famosa apresentadora de telejornal desceu, afastando o cabelo do rosto. Ela acabara de publicar um romance sobre uma garota pobre que ganha um monte de dinheiro ao se tornar apresentadora de telejornal.

— Quem é? — me perguntou o escritor mais velho.

Contei-lhe o que sabia.

— Viva e deixe viver — disse ele.

Esse não era um sentimento com o qual eu concordava, mas ele era velho demais para ser contrariado, aproveitando os últimos raios de um sol igualmente velho demais.

Antes de nos despedirmos, ele pegou minha mão. A ponta do seu dedo médio, notei, estava gasta quase até o osso. Eu lera que ele ainda escrevia todos os seus livros a lápis, e lhe perguntei se o dedo deformado era uma consequência disso.

— De certa forma — respondeu ele. — Este é o dedo que uso para apagar.

— Nunca pensou em usar uma borracha?

Ele balançou a cabeça com veemência. Borrachas eram tecnológicas demais.

— Preciso tocar as palavras — explicou. — Mesmo as rejeitadas.

Assenti, como se eu fosse igualzinho, sem querer que ele soubesse o volume de apetrechos tecnológicos em que confiava para trazer à luz uma única frase. Que vergonha. Estávamos todos ocupados nos perguntando onde teriam ido parar os leitores — haveria até um painel para discutir precisamente esse assunto naquela noite no festival, painel para o qual os ingressos se esgotaram. E se os leitores tivessem simplesmente seguido os escritores quando estes tomaram o rumo da porta? Você não escreve como deveria, diziam — não toca as palavras como faziam os escritores que um dia você mesmo admirou, os teclados tiram a vida da linguagem, as frases não mais carregam a marca de quem *você* é —, e assim sendo por que deveríamos permanecer aqui para sermos fraudados?

— Tenho uma confissão a fazer — me disse o velho escritor.

Esperei. Será que ele diria que vinha escrevendo há anos em um computador e que o sulco em seu dedo era uma fraude?

Ele se aprumou na cadeira e assoou o nariz.

— Certa vez esculhambei você pra valer.

Do jeito como falou pareceu que havíamos nos engalfinhado na infância e ele ganhara de mim, resultado este de que sequer por um momento duvidei, caso a luta tivesse sido cronologicamente possível.

Ele percebeu a minha confusão.

— Numa crítica, escrevi coisas cruéis.

Dispensei com um aceno sua preocupação.

— Águas passadas — falei.

— Não para mim — discordou o sujeito. — Acho que fui pouco generoso. Chamei você de obsceno.

— Ah, sim.

— Você se lembra?

— Me lembro de alguém ter me chamado de obsceno. Lembro que disseram o mesmo de Lawrence e de Joyce.

— De Lawrence, sim — disse ele —, não o da Arábia, presumo que você quis dizer.

Ele não me pareceu propenso a transformar o tema numa conversa a respeito do lugar da obscenidade na literatura.

— Tinha sexo demais para o meu gosto, sabe, no seu — prosseguiu —, mas, bem, essa foi uma queixa relativa. Quanto sexo é sexo demais?

— Tanto quanto você não queira ler a respeito — falei.

— Mas não quero ler nadinha a respeito.

Rimos disso juntos. Tentei me lembrar da crítica, mas não consegui. Coisa rara eu me esquecer de uma crítica ruim. Será que ele estava mentindo? Será que simplesmente queria me fazer uma crítica ruim agora?

O velho escritor me perguntou no que eu vinha trabalhando. Respondi que se tratava de um romance sobre a minha sogra.

— Não vai haver sexo nesse, então — disse ele.

Sorri e me levantei para ir embora. Ele esperou que eu entendesse porque continuaria onde estava. Juntas cansadas. Assenti. As pernas, cruzadas na altura dos tornozelos, como num laçarote, se esticavam à frente de forma desconectada do corpo, como se pertencessem a outra pessoa. Ele estava vestindo uma calça branca de verão que não seria suficientemente comprida em um homem 15 centímetros mais baixo. Acima das meias pretas escolares — meias pretas com calça branca! —, sua carne parecia triste e vulnerável. "Homem algum jamais deveria expor essa parte do corpo", minha mãe sempre disse. De acordo com tal filosofia, ela proibia meu pai de cruzar as pernas. Fui um ávido pupilo dela nesse aspecto. A morte começa pelos pés. Por mais nobres que sejamos mentalmente, lá embaixo somos o animal ignóbil, moribundo.

Mais uma vez o sujeito se desculpou pelos comentários desairosos e me presenteou com um *galley* do seu novo romance. Ele escrevia um por ano. Um por ano desde 1958. Todos a lápis e todos ambientados na prefeitura de Chesterfield. Os leitores no passado o adoravam, mas agora ele lutava para vender uma centena de livros. Corria o boato de que esse seria o último para o qual ele encontraria uma editora. O romance municipal, também, aparentemente já era.

Eu lhe pedi para autografá-lo para mim.

— Vou guardar com carinho — menti. Que mal faria mais uma mentira?

Ele me deu o sorriso mais longo e doce. Como se estivesse me passando o bastão da literatura.

Só depois me perguntei seriamente se o homem era confiável. Será que realmente esculhambara um livro meu? Ou será que inventara tudo aquilo de modo a me fazer seguir seu conselho e, como vingança, envergonhá-lo com uma boa crítica?

Mas por que se dar ao trabalho de engendrar tal subterfúgio? Será que conseguir uma boa crítica ainda importa quando se tem oitenta e cinco anos, quando já se escreveu mais de trinta romances e quando não existe ninguém para ler a crítica *ou* o romance, ninguém para se importar com uma ou outro?

Doentes, todos nós. Doentes ainda, por mais velhos e decanos, vítimas da doença que nos tornou romancistas para começar.

CAPÍTULO 20

Sucesso no Canadá

Jamais descobri se Vanessa, com efeito, dormiu com Michael Ezra. Não lhe faltaram oportunidades. Depois de publicar meu segundo romance e entregar a Wilhelmina'a a Jeffrey Deslumbrante, mudei minha pequena família para Londres, não de imediato para Notting Hill, mas para Barnes, na zona rural, onde aluguei um chalé de modo a que as duas não sentissem tanta falta de Knutsford. Lá, em um quarto nos fundos com vista para o jardim, escrevi meu romance seguinte. Como não me encontrava disponível para conversas, Vanessa se ocupava plantando ervilhas-de-cheiro e explorando as margens do Tâmisa com a mãe. Quando se cansavam disso, as duas pegavam o trem de volta a Macclesfield para visitar amigas em Knutsford ou, enquanto ficavam por lá, fazer compras em Manchester. Por que precisavam fazer compras em Manchester já que tinham Londres era algo que eu não entendia. Vanessa, porém, me disse que elas tinham uma rotina estabelecida em Manchester e não investiguei o assunto. Era possível que essa rotina incluísse Omar Ezra, o crupiê.

Quando o romance caminhava bem eu não dava muita bola para o que incluía a rotina dela. Ficava feliz de ter o chalé só para mim. As duas me dispersavam quando estavam em casa, o barulho de suas conversas, agitadas como ratos no sótão, sem impossibilitar de todo o meu trabalho, mas sempre me mantendo sensualmente receptivo a ambas. Quando tocavam violoncelo juntas, fechavam a porta do que chamavam, de brincadeira, de sala de música — na verdade, o *boudoir* de Poppy —, mas eu me esforçava para ouvi-las. E, claro, imaginava as duas tocando nuas. Na minha opinião, elas tocavam de um jeito mais plangente quando nuas, de um jeito mais Dvorakiano, embora essa fosse uma fantasia infundada, às vezes positiva, outras não, dependendo do que eu estivesse escrevendo. De vez em quando, as duas irrompiam em meu estúdio sem convite, como uma delegação do Mundo da Diversão, e se inclinavam convidativamente sobre mim, os cabelos em chama no meu pescoço. Eu já não trabalhara o bastante? Não estaria a fim de uma folga? Não gostaria de acompanhá-las no chá com biscoitos, num jogo de Scrabble, de ver um filme na tevê?

Três numa cama?

Minha mente rançosa. Scrabble foi o mais longe que chegamos. Embora mesmo aí certa vez eu tenha conseguido achar uma letra extra para acrescentar à minha palavra de sete letras, ganhando assim 50 pontos por usar todas as minhas pedras e neutralizando uma jogada astuta de Poppy.

Teria ela sido desonesta? Estaria me dando trela ou simplesmente sendo ingênua?

Desnecessário dizer que duas mulheres são mais perturbadoras para a paz de espírito de um homem do que uma só. Mas Vanessa e Poppy eram mais do que a soma de suas parcelas. Uma triplicava a força eruptiva da outra. Descrevi as perturbações superficiais e até mesmo bem-vindas que as duas causavam ao meu trabalho, mas havia dias, sobretudo quando não estavam se entendendo, que eu tinha a impressão de morar com cem mulheres. Brigavam sobre o que cozinhar, o que plantar no jardim, sobre o dia do mês em que estávamos, para saber se fazia calor ou frio e que peça para dois violoncelos tocar. Poppy sempre preferia Vivaldi; Vanessa, Brahms. A menos que Poppy optasse por Brahms, caso em que Vanessa optava por Vivaldi. Gritavam "Pssiu!" uma para a outra aos berros, de modo a não me atrapalharem — a "porra do gênio literário está tentando trabalhar" —, mas a porra do gênio literário que se fodesse, caso Vanessa tivesse alguma queixa sobre um dado comportamento absurdo da mãe. Ela, então, entrava qual um bólido na minha sala com uma lista de reclamações que remontavam à época anterior ao seu nascimento, sem se dar ao trabalho de perguntar se eu estava disponível para discutir esse ou qualquer outro assunto; nesse instante, ouvindo as calúnias de que era alvo, Poppy entrava qual um bólido atrás da filha para apelar à minha imparcialidade, o cabelo como uma tempestade elétrica, como se Vanessa, entre outros pecados, a tivesse ligado na tomada. Evidentemente, não era à minha imparcialidade que ela queria apelar, mas ao meu partidarismo à sua causa, algo que eu era suficientemente esperto para esconder quando possível, embora em algumas ocasiões, como quando Vanessa a reprovou por vestir-se como uma piranha, com a saia "mal cobrindo a bunda e os peitos praticamente de fora", eu não tenha conseguido me impedir de tomar seu partido. Poppy argumentou que a fenda entre os seios sempre havia sido um problema para ela, pois seus seios nasciam acima dos da maioria das mulheres, no que concordei.

Não duvido de que se tivesse ouvido com mais atenção, eu me daria conta de que as duas brigavam por causa de homens específicos, com os quais, na opinião de Vanessa, Poppy excedera o decoro que se espera da mãe de uma mulher que estava agindo, ela própria, como puta.

Ou talvez eu tenha ouvido com suficiente atenção, talvez eu soubesse direitinho do que se tratava e estivesse gostando, porque a atmosfera gato-bravo fazia com que eu me sentisse um boêmio, um escritor da pulsante metrópole noturna morando, finalmente, num bordel. Ainda que só estivéssemos em Barnes.

Nesse nível, ao menos, as interrupções causadas pelas duas, embora imprevistas, eram inspiradoras. Eu perdia uma hora com aquelas comoções technicolour, mas escrevia uma semana a todo vapor alimentado pela energia delas.

Se Vanessa estivesse dormindo com o crupiê, ou com qualquer outro homem, o fato de a mãe viajar sempre com ela para Manchester precisava ser explicado. Vanessa não precisava de dama-de-companhia, e eu duvidava muito de que as duas estivessem transando com ele alternativa ou sucessivamente. Apesar de toda a aparente liberdade de ambas em termos de convenções, as duas não eram liberais o bastante para tanto. Então Poppy simplesmente ficava à toa em saguões de hotel? E se fosse só isso, por que não abrir mão de algumas viagens e partilhar a solidão do lar comigo?

Como ela conseguiu me fazer sentir que estávamos prestes a ter um caso durante todos aqueles anos antes de Monkey Mia sem jamais ter dito ou feito algo que pudesse ser relatado a Vanessa ou ao vigário sou incapaz de explicar. Ou bem ela era um gênio para insinuações em que nada insinuava de fato, ou os drinques lhe arrumavam problemas dos quais ela só conseguia se safar por um triz ou graças ao poder da sua sofisticação sexual inata. À última opção, ou seja, a de que imaginei a coisa toda, atribuo um certo grau de credibilidade — uma imaginação fértil, necessária ao ofício que desempenho —, porém não mais que um certo grau. Não imaginei as inúmeras ocasiões em que nos esbarramos, ébrios, na escada ou no corredor, e ela fingiu que a estática que emanava do seu corpo nos mantinha no mesmo campo magnético uma fração de segundo mais do que na verdade ocorria; nem a pressão no meu ombro exercida por seus seios (que nasciam tão mais acima no peito do que os das demais mulheres), cuja sensação era a de ser cutucado por uma almofada; ou a expressão de temerosa consciência que trocávamos certas noites, como se estivéssemos à beira de um vulcão ativo; ou o grau de nudez doméstica que ela permitiu que se tornasse costumeiro entre nós, até Vanessa pôr um ponto final nisso; ou a falta de sutileza nos seus flertes com meus companheiros autores quando promovíamos um evento editorial, comportamento que eu só era capaz de explicar a mim mesmo como uma manifestação clara do quanto ela precisava flertar comigo.

Nesse último caso, ela não se diferia da filha, que considerava sexualmente insana qualquer reunião social de mais de uma dúzia de indivíduos de ambos os sexos, mas encarava uma festa destinada a comemorar a publicação de uma obra de minha autoria um estímulo a uma licenciosidade vingativa, ameaçadora para o nosso casamento. Ela se esfregava nos editores mais jovens; sussurrava calidamente no ouvido de jornalistas que ali estavam apenas para me entrevistar, chegando certa vez até a se sentar no colo do pobre Merton, fazendo-o ficar da cor do cabelo que ela lhe dera para mordiscar. No entanto, foi só quando a peguei aos amassos no jardim com um careca escritor de romances sobre as alegrias e tristezas de ser pai solteiro que entendi sua rebelião.

— Não Andy Weedon — falei. — Andy Weedon está fora dos limites que estabeleci.

— Porque ele faz sucesso no Canadá.

O livro *Pode me dar a Mamadeira, Papai?*, de Andy Weedon, acabara de ganhar o Prix Pierre Trudeau.

— Esse é um golpe baixo, Vanessa.

Mas ela não estava errada.

Uma das queixas que eu tinha do meu agente era o fato de eu não fazer sucesso no Canadá, onde vários escritores que eu fingia admirar haviam nascido e onde eu achava que, como consequência, deviam fingir admirar a mim. Eu entendia que romances sobre pais solteiros vendiam bem no Canadá porque as mulheres canadenses andavam tão entediadas com seus maridos que a maioria acabava fugindo, mais cedo ou mais tarde, com um americano ou um esquimó. Mas nem por isso eu me sentia melhor.

— Admita — disse Vanessa. — O Canadá é uma ferida aberta para você.

— Não sou mesquinho assim, Vee.

— Você? Não é mesquinho? O próximo passo é você me dizer que não admira o jeito sensível como ele escreve sobre crianças.

— Admiro o jeito dele com as crianças tanto quanto você, Vee — falei. Não acrescentei "Sua vaca afetada!"

Também não acrescentei uma outra coisa. Não acrescentei, embora fosse verdade, que eu não aguentava vê-la beijá-lo porque ele usava camisetas brancas de indigente, como aquelas que ficaram famosas no filme *Trainspotting*, e abraçava a si mesmo como faz o personagem de Ewan McGregor, como se o que quer que tivesse fumado ou cheirado o fizesse estremecer. "Se você sente frio, use algo mais condizente do que essa porra de camiseta", eu sentia vontade de lhe dizer. "E quando estiver numa festa minha, mostre um pouco de respeito e ponha um paletó. Você não está na porra de Leith".

Um motivo adicional, mais forte ainda, para que eu não aguentasse vê-la beijá-lo era o fato de ele ser careca, careca como um homem que perdera o cabelo antes dos vinte anos. Sempre dá para saber. Percebe-se um certo empedernimento no couro cabeludo. Como num terreno que há muito não é molhado. Não se tratava, da minha parte, de um preconceito contra a calvície, nem mesmo a calvície prematura, em si, mas de um preconceito contra os homens que careciam de vitalidade natural para beijar a minha mulher.

Mais tarde na mesma festa, eu o vi fazendo o mesmo com Poppy. Não que a estivesse, propriamente, beijando — pelo que eu sabia, Poppy jamais chegara, de fato, a beijar alguém entre Washington e Monkey Mia —, mas envolvendo-a no que para um careca prematuro são relações íntimas, engajando-a em uma conversa calorosa sobre as dificuldades que tem um pai solteiro para se manter a par das novidades em discos de vinil, absorvendo a atenção da minha sogra, em outras palavras, drenando a vitalidade dela a fim de se manter vivo.

Será que eu deveria botá-lo para fora? Vaza, careca! Vá sugar a vida da mulher de algum outro escritor.

Afinal, era a minha festa de lançamento.

O problema é que eu queria que ele ficasse. Embora em sua ficção seus arremedos de homem fossem invariavelmente viúvos ou de alguma outra forma homens sem esposas, na realidade ele tinha uma esposa muito boa — Lucia, uma espanhola ou sul-americana, tão suculenta quanto uma cereja ao marrasquino. E embora Andy estivesse sugando a vida da minha, eu estava sugando — ou ao menos tentando sugar — o marrasquino da dele.

Nada sério — eu não queria seduzi-la e ficar com ela, o que desconfiava teria feito com facilidade presenteando-a com um berloque contendo um único fio dos meus cabelos. Simplesmente me agradava fazer pequenas invasões judaico-protestantes em seu catolicismo.

— Esta festa — disse ela, olhando à volta, talvez flagrando Vanessa sentada no colo de Merton — me faz lembrar de uma cena em um dos seus romances.

— Nunca botei você em nenhum dos meus romances — falei.

— Agradeço a Deus por isso — comentou ela, rindo.

— Você iluminaria uma cena dessas — observei.

Ela enrubesceu. De perto dava para eu ver que ela tinha uma leve penugem mais escura acima dos lábios — uma característica das espanholas que por acaso eu adorava. Assim, em que outro aspecto, ou em que outro lugar, perguntei-me secretamente, ela exibia mais que o marido sinais de uma vida robusta?

— E cá estava eu achando que você havia inventado — disse ela.

— Ora, como assim? Isto aqui não tem nada de *Satyricon*.

Deve ter sido a essa altura que ela reparou que Andy respirava nas narinas de Poppy.

— Bem, isso depende daquilo a que se está habituado — retrucou.

— Você precisa vir mais às nossas festas — falei, tirando dos olhos uma primeira mecha voluptuosa de cabelo e depois outra. E assim ficaram as coisas.

• • •

É uma regra da profissão que os romancistas não dormem com as esposas e os maridos de outros romancistas, sendo o motivo o fato de que não se dá a um romancista rival material para um livro.

Se eles quiserem escrever sobre ciúmes sexuais, não será graças a coisa alguma que a gente faça.

E quando se trata de um colega romancista que não seja um rival?

A questão é demasiado simplista para merecer uma resposta. Não existe colega romancista que não seja um rival.

Existe uma teoria de botequim que explica por que os escritores são uma raça invejosa. Muitos pescadores e muito poucos peixes. Duvido, porém, de que os escritores fossem diferentes ainda que o lago tivesse o tamanho do Lake Superior. Eles simplesmente obedecem à lei inversa da generosidade humana que governa a prática da nobreza de espírito: quanto mais a profissão parece desinteressada, nobre e "criativa", menos generosidade humana seus praticantes demonstram uns aos outros.

Pisei pela primeira vez nessa escada magirus de iliberalidade quando saí de Wilmslow para cursar Escrita Criativa na Universidade de Fenlands, trocando o pequeno mundo provinciano da moda feminina pelos largos horizontes da mente a que se dá o nome de Ciências Humanas. Sem dúvida, o pessoal de Wilmslow, e de mais longe ainda, tivera inveja do sucesso da Wilhelmina's. Donos de butiques muito menos conceituadas que a nossa espalhavam boatos desagradáveis sobre nós, roubavam nossas ideias ou tentavam bloquear nossa cadeia de fornecedores, um deles, como bem me lembro, chegando ao ponto de tentar subornar Dolce e Gabbana para não nos deixar ter suas roupas em estoque, e quando isso não funcionou, recorrendo, com efeito, a um incêndio criminoso. Credite-se à minha mãe o fato de, ao abrir a loja pela manhã e encontrar trinta fósforos apagados no tapete, não ter chamado a polícia. Qualquer um que achasse que a tiraria do mercado com uma caixa de fósforos, declarou, postada à porta do estabelecimento, não constituía perigo sério para ela, sua família ou para o sucesso da Wilhelmina's. Apesar desses episódios esporádicos de guerra declarada, porém, um espírito de corporativismo e camaradagem unia os lojistas de Wilmslow. Nós nos encontrávamos no bar do Swan para partilhar a labuta diária; trocávamos observações sobre os conhecidos chatos locais ou histórias a respeito de recém-chegados — Vanessa e Poppy, por exemplo, suscitaram uma intensa curiosidade — e quando um ônibus cheio de garotos franceses apareceu em Wilmslow com a única finalidade de limpar nossas prateleiras, partimos para o telefone a fim de passar uns para os outros descrições detalhadas dos *petits salauds* antes que se safassem com mais que uma barra de chocolate e um exemplar da *Wilmslow Recorder*, que, aliás, era gratuito. Então me mudei para East Anglia e descobri a selvagem desconfiança mútua dos acadêmicos. E alguns anos depois, entrei no mundo invejoso, desunido, da literatura, onde cada frase que eu escrevia era uma facada no coração de todos os demais escritores, e onde — apenas para deixar bem claro — cada frase que eles escreviam era uma facada no meu.

Foi Vanessa, eu lhe concedo tal crédito, quem primeiro pôs os pingos nos is e cortou os ts na questão de os romancistas não dormirem com os cônjuges uns dos outros por medo de lhes fornecer material para um livro.

Aconteceu depois do nosso desentendimento a respeito de Andy Weedon.

— Nossa, acabei de entender — disse ela. — Você não liga a mínima para eu transar com Andy Weedon, o que você não quer é que ele me ponha em um de seus romances.

— Ele não saberia o que fazer com você em um de seus romances. Ele não usa mulheres vivas.

— E você não quer que comece a usar agora, certo?

— Se quiser usar, que use a dele.

— Aquela peça espanhola.

— Ela não é uma *peça*.

— Ah, faça-me um favor, não me enrole.

— Por acaso gosto dela, só isso. Ela tem bigode.

— Ah, sim, o bigode. O look judiazinha. Sempre esqueço que você tem um fraco por isso.

O "judiazinha" me ofendeu. Não sei direito por quê.

— Não tenho um fraco, Vee. Apenas gosto dela, só isso.

— Notei.

— Não tem nada de errado em gostar de alguém.

— Não, salvo quando sou eu que gosto de Andy Weedon. Quer dizer que posso supor que ela vai aparecer em seu próximo livro?

— E por que você suporia uma coisa dessas?

— Pela intensidade da sua pesquisa quanto à personalidade e às opiniões dela.

— Eu estava sendo hospitaleiro.

— Eu diria que estava sendo competitivo.

— Competindo com Andy Weedon? Não me faça rir. Se eu quisesse competir com Andy Weedon eu lhe mostraria meus cílios.

— Competindo *comigo*.

— Você é diferente.

— Como assim, diferente?

Eu quis dizer *Você não é um romancista rival*, mas vi logo aonde isso iria levar. Assim, optei por apenas declarar inocência quanto a qualquer intenção predadora com relação a Lucia Weedon.

— Não se dorme com a esposa de um colega escritor — falei.

— Para que a esposa da gente não durma com o colega escritor?

— O motivo não é esse, mas você tem razão, isso também não se faz.

— Tamanha nobreza sexual de repente... Qual é o motivo, Guido?

— Digamos que não cabe a mim pesquisar para os livros dele.

Vanessa me encarou:

— O que você está dizendo?

— Ele não me desperta paixão. Nem eu desperto paixão nele.

Vanessa tornou a me encarar.

— Você está me dizendo que preferia deixar passar uma transa com uma mulher bigoduda do que dar ao marido dela algo sobre o que escrever?

— Mais ou menos isso. Embora agora que você deixou tão claro o que estou sacrificando...

— É doentio, Guido, é a coisa mais doentia que já ouvi. Você é um baita pervertido.

— Como é que uma virtude pode me transformar em pervertido?

— Quando essa virtude brota da inveja, Guido, não se trata de virtude.

— A inveja faz isso soar levemente maldoso, Vee.

Ela riu tão alto que a mãe chegou a descer as escadas para ver qual era a graça.

162

CAPÍTULO 21

Meu Herói

Eu estava dormindo na van quando as duas voltaram do iate. Vanessa não economizou no barulho. Não tinha a menor consideração pelo sono dos outros.

— Que horas são? — indaguei.

— Duas, três.

— Vocês se divertiram?

— O que você acha?

— Sua mãe?

— O que você acha?

— Tolinha? — Tolinha era como Vanessa chamava a mãe depois que esta enchia a cara.

— Muito tolinha.

Demasiado tolinha para deixar Dirk sozinho?, me perguntei. Demasiado tolinha para mantê-lo ao largo? Mas formulei a pergunta de forma ligeiramente diversa.

— Ela ainda está no barco?

— Claro que ela não está mais no barco. Se eu a deixasse lá a esta altura já estaria a caminho das Índias.

— Você não a arrastou de volta, espero. — Mentiroso.

— Quando é que não preciso arrastá-la de volta?

Houve uma repentina martelada na lateral da van. Um gesto desesperado, como de alguém que estivesse sendo atacado por animais selvagens — golfinhos, pelicanos, macacos.

Dirk, pensei. Ou Tim, novamente fazendo o trabalho sujo de Dirk, de volta para roubar de novo as minhas mulheres.

Vanessa abriu uma janela.

— Nossa, mãe! — gritou ela. — O que foi agora?

— Venham rápido — respondeu Poppy. — Tem alguma coisa no meu quarto.

Dirk, pensei.

— Como assim, alguma coisa?

— Será que preciso ficar aqui descrevendo? Um besouro ou uma aranha, sei lá... Uma barata gigante.

— Pise nele.

— É grande demais para ser pisado.

— Então chame alguém do hotel.

— Não encontro ninguém. Vocês precisam vir. Não consigo dormir lá dentro.

— Só um instante.

Vanessa fechou a janela e arrancou o edredom que me cobria.

— Você vai ter de ir ajudá-la — falou.

— Se é grande demais para *ela* pisar, é grande demais para *eu* pisar.

— Não posso deixar a minha mãe lá fora.

— Deixe que ela volte para cá.

— Para roncar ou ficar a noite toda acordada dizendo como se divertiu? Vá ajudá-la. O homem é você.

Pensei em dizer "Chame o Dirk, o homem é ele", mas de que adiantaria?

Vesti um short e me lembrei de calçar uma sandália de dedo. O terreno era cheio de formigas venenosas e carrapatos e centopeias. Cobras, também, achava eu. Torci para que Poppy, em pânico, não tivesse confundido uma cobra com um besouro.

Ela ainda estava eufórica com a noitada. O cabelo estremecia como um halo de fogo. O vestido soltava fumaça. Tamanho vapor alcoólico emanava dela que se eu acendesse um fósforo a cem metros de distância, ela iria pelos ares em chamas. Ainda assim, parecia mais sóbria, mentalmente ao menos. Perguntei-me se ela voltara a ver o pinto de Wolff e se isso pusera fim ao porre.

Poppy pegou meu braço e me guiou até seu quarto, experimentando a chave em duas ou três portas erradas antes de achar a certa.

164

— Tolinha eu — falou, ecoando o veredicto de Vanessa e se apoiando em mim no escuro.

— Calma — falei, na minha condição de homem.

Ela acendeu a luz e ficou diante de mim, trôpega.

— Prepare-se — avisou.

Eu esperava que o que quer que a apavorara já tivesse partido àquela altura, esgueirando-se por baixo da porta ou pelo ralo do chuveiro, mas a criatura não havia ido a lugar algum, fosse que bicho fosse. Reclinada no travesseiro branco-neve de Poppy, com os olhos de inseto arregalados, as espáduas hirtas, as antenas balançando, uma nojenta coisa venenosa de pelo negro parecia algo vomitado por um gorila.

— Valha-me Deus! — exclamei. — Pode ser uma tarântula.

— Não mate! — gritou Poppy.

— Não matar? É ela ou eu, Poppy.

— Bem, não mate o bicho no meu travesseiro. Vou precisar dormir nele.

Eu não fazia ideia de como iria matar o inseto, no travesseiro ou fora dele.

— Suponho que você não tenha por aí uma raquete de tênis ou uma rede de pesca, tem? — perguntei.

Ela refletiu um instante. Dava para ver que adoraria estar mais sóbria. *Raquete de tênis, raquete de tênis... Onde foi que botei a dita cuja?* No final, pondo uma das mãos em meu ombro, ela se apoiou em um único pé e tirou o sapato do outro. Não era a primeira vez que ela se apoiava em mim para tirar um sapato, mas foi a primeira vez que ela se apoiou em mim para tirar o sapato de modo a que eu pudesse usá-lo para matar.

O interior do sapato estava úmido com o calor do seu pé. Em qualquer outra ocasião eu o teria levado ao rosto. O sapato tinha uma plataforma feita de juta trançada, como um malho. Tirei minha dica daí e atirei o artefato, como se mirasse num prego. Muita coisa dependia desse arremesso. Como Poppy não queria sangue e entranhas em seu travesseiro, precisei arremessar o sapato de modo a dar à aranha mais um susto do que um golpe decisivo, mas não um susto suficiente para que ela escapasse ou ficasse zangada, e, sim, um golpe suficiente para derrubá-la da cama, espantada, de preferência inconsciente ou com amnésia.

165

— Não a machuque — disse Poppy, enquanto eu mirava em meu alvo.

Imaginei-a oferecendo a mim a sua boca e dizendo "Seja delicado. Seja delicado comigo".

Ela estava torta, com um pé calçado, outro não, como uma garça sobre uma perna só. O que será que tem uma mulher em pé sobre uma perna só que é tão atraente para um homem? Mesmo uma mulher da idade de Poppy. Não! *Sobretudo* uma mulher da idade de Poppy.

— Me dê seu outro sapato — falei. — Por via das dúvidas.

Ela se apoiou outra vez em mim. Duas vezes numa única noite, uma mulher que eu desejava e que não tinha o direito de desejar, em pé sobre uma perna só. Pena que ela não tinha tantos pés quanto a tarântula.

Descalça, ela estava agora quase da minha altura, nossos olhos no mesmo nível, nossas bocas no mesmo plano. Podíamos sentir nosso sangue sendo bombeado.

Arremessei. Se atingi ou não o bicho não deu para saber, mas o sapato caiu da cama e não havia mais nada no travesseiro de Poppy.

Passaram-se quatro, cinco segundos de silêncio.

— E agora? — indagou Poppy.

Agora fazemos amor no chão e esperamos o bicho morrer, pensei. Sexo nunca é tão bom quanto quando existe algo agonizando por perto, e não estou falando só de um casamento. *Lust und Tod*, como chamam os alemães, e eles entendem disso. Sem dúvida os holandeses também têm um nome similar para o mesmo. Apostei que Dirk já fizera um filme com esse título. Mas, na verdade, eu sentiria medo demais de que a aranha voltasse e nos mordesse para me arriscar a rolar no chão com Poppy e mordê-la e deixá-la me morder também.

Antes que eu pudesse dizer alguma coisa, Poppy gritou. A aranha estava viva e correndo, um pouco abalada, talvez, mas se dirigindo para o guarda-roupa no lado oposto da cama.

— Mate logo, pelo amor de Deus — gritou Poppy. — Mate antes que ela entre no meio das minhas roupas. Rápido.

Não é possível fazer coisa alguma rápida usando chinelos de dedo, mas consegui dar a volta na cama antes que a aranha desaparecesse — onde eu gostaria de desaparecer — entre as pregas sedosas e aromáticas dos vestidos de Poppy. Houve um momento em que nos encaramos como rivais, antes que eu a pisasse. Pude sentir sua carcaça se partir, úmida, mas ainda resistente, sob o meu pé. Matar um inseto — não, um aracnídeo — é mais difícil do que dizem. Ou assim é quando se está enojado e desarmado. Não fui capaz de pisar mais forte nem de aliviar a pressão. Não fui capaz de olhar nem de não olhar. Achei que fosse ficar ali parado para sempre.

— Meu herói — disse Poppy.

— Não exatamente São Jorge e o Dragão.

— Eu não teria tanto medo de um dragão.

Nem, pensei, um dragão teria sido esmagado de forma tão nojenta debaixo do meu chinelo de dedo.

— Não tenho certeza do que fazemos agora — falei, ainda sem disposição para me mexer, caso a coisa continuasse horrivelmente viva.

— Eu, sim — disse Poppy, servindo conhaque para nós dois.

— Estou tremendo — falei.

— Eu também — disse ela.

Estendi a mão. Ela a pegou. Ambos rimos.

Será que eu estava me aproveitando do seu porre?

Sim. Mas ela era maior de idade — não é mesmo? — para deixar claro o que queria ou não queria.

Puxei-a para mim e a beijei na boca.

— Bom este conhaque — falei.

Descansei a mão em seu quadril, os dedos apontando para baixo, abrindo a palma de modo a senti-la tanto quanto me foi possível.

Ela me afastou, rindo de forma mais nervosa dessa vez.

— Vá embora — ordenou.

— Não posso — recordei-lhe. — Estou em cima da sua aranha.

— Você não pode ficar aí a noite toda.

— Não posso?

Existem momentos de trêmula conspiração na vida de homens e mulheres em que as regras sagradas que governam a sociedade decente se impõem apenas para serem violadas. O que é certo se mostra pela última vez de modo que a gente possa saborear o que é errado.

Zoo time.

"Vá em frente", me desafiou a expressão de Poppy. "Vá em frente se for homem bastante". E eu fui.

II

A Piada da Sogra

CAPÍTULO 22

Bloqueado

Não muito depois do suicídio de Merton, descobri nas páginas do jornal *Scrivener* — o jornal interno da Scrivener's Society, uma das diversas sociedades de autores às quais eu pertencia — uma circular amarela, a) relembrando Merton e lamentando a grande perda do mundo editorial e b) estabelecendo um plano de ação para lidar com a constipação dos escritores. Os dois assuntos não foram encarados como conexos, embora, numa profissão tão suscetível à sugestão quanto a nossa, uma calamidade facilmente dê origem a outra.

Há muito se sabia que a constipação afligia escritores de todo tipo — sobretudo os de ficção, já que estes tinham menos motivos para abandonar suas mesas e mais para se sentirem estressados —, mas ultimamente o mal atingira proporções epidêmicas. Desnecessário dizer que não estávamos com pressa de tornar o fato público. Para coroar todas as outras perguntas idiotas que nos faziam sempre que dávamos entrevistas — do tipo a que horas começávamos a trabalhar, de onde tirávamos nossas ideias, se podíamos citar um livro de qualquer autor vivo que admirássemos —, não pretendíamos que nos pedissem para listar nossos laxantes prediletos.

Mas precisamente tal reticência, segundo Thor Enquist, o Secretário Geral da Scrivener's Society, constituía o problema. Quanto mais relutantes nos mostrávamos a discutir a constipação, mas constipados ficávamos. Era preciso, disse ele, deixar rolar, clichê que ao menos para mim produziu o efeito oposto ao desejado.

Nem bem a carta chegou e a *Errata*, o jornal do Jotter's Club, dedicou metade de um número ao bem estar físico dos escritores, ao qual a maior ameaça moderna na era do computador era — e convinha a nós escritores dar nome aos bois — a prisão de ventre. Se os membros declarassem estar de acordo, haveria uma conferência sobre o tema no Auditório Conway em Holborn.

Vinha em seguida uma lista de médicos, que, na condição de colegas escritores e vítimas da mesma mazela, ofereciam seus serviços aos membros a um preço convidativo. Nesse ínterim, ainda podíamos ao menos prestar bastante atenção à dieta e aos gráficos para exercícios anexos. E não nos esquecermos de andar. A maior ameaça ao escritor moderno era o fato de termos desaprendido de andar.

Eu, não. Não que estivesse adiantando. Mas eu gostava, depois de uma manhã de trabalho, escrever com a boca caminhando nas margens do Tâmisa em Barnes e, mais tarde, quando nos mudamos para Notting Hill, para baixo e para cima na Ladbroke Grove, evitando toda e qualquer livraria. Eu fizera o mesmo no Soho em seguida às minhas visitas a Merton ou Francis, ou em Marylebone após consultar o oftalmologista. Afora o andarilho que se parecia com Ernest Hemingway, eu caminhava mais em Londres do que qualquer escritor que conhecia. Eu era um atrativo da cidade. Os guias turísticos me apontavam para os turistas. As pessoas sorriam para mim; às vezes se tratava de ex-leitores, mas na maior parte do tempo não — basicamente querendo apenas observar que haviam me visto na Jermyn Street uma semana antes e na Wigmore Street na véspera e agora me viam em Savile Row. Incrível, não?

Mais incrível para mim era ver onde quer que eu fosse Ernest Hemingway, ou sentado do lado de fora de um pub ou café ou andando no meio das ruas principais mais movimentadas, alheio a tudo, escrevendo, escrevendo, escrevendo. Os sapatos estavam reduzidos a quase nada — uma mera polpa de papelão — e suas nádegas se projetavam da calça. Quanto tempo eu levaria para ter essa mesma aparência? Mas eu não lhe causava qualquer curiosidade solidária. Sequer uma vez ele me notou. Seus olhos jamais se desviavam do bloco de repórter e sua mão jamais parava.

O que estaria escrevendo? Um diário da cidade? Um histórico das circunstâncias que o haviam levado àquilo? Atrás da barba, seu rosto era forte e as roupas imundas vestiam um esqueleto potente; o sujeito podia ter sido qualquer pessoa — um ator caído em desgraça, um dramaturgo que escrevia peças por demais introspectivas para aqueles tempos de pasta de papel, um romancista que empregava palavras de demasiadas sílabas para o gosto de seus leitores. Ou quem sabe ele fosse apenas um de nós, em nada mais trágico ou mal sucedido, simplesmente constipado e necessitado do exercício para resolver seu problema.

Embora, nesse caso, por que tantas vezes eu o via sentado?

Porque era um escritor, só isso. Ele começava seu dia na esperança de que uma longa caminhada soltasse seu intestino, mas então uma frase lhe ocorria e essa frase chamava outra e logo ele se esquecia de tudo, exceto das palavras.

Ele escrevia e escrevia, furiosamente às vezes, os dedos agarrados à caneta, como se esta fosse uma adaga, virando as páginas do bloco como se até elas fossem um empecilho insuportável ao fluxo de suas ideias. Se estivesse comigo, Vanessa insistiria para que eu me aproximasse para ler o que o homem escrevia e depois lhe desse todos os meus trocados, mas, sozinho, eu carecia da coragem para um ou outro desses atos de impertinência.

O surpreendente a respeito da Scrivener's Society e do Jotter's Club não era o interesse que as duas haviam subitamente desenvolvido pelos intestinos de seus membros, mas o fato de ambas existirem. Clubes de autores, fossem meros escritórios oferecendo serviços relacionados ao lado empresarial do nosso ofício ou oásis mais elaborados para autores necessitados de escape, tinham brotado qual fungos desde que comecei a escrever. Alguns escritores pertenciam a mais clubes que eu, mas, ainda assim, na minha carteira já não cabiam os cartões de sócio e cada um desses clubes me oferecia vantagens que eu não queria, tais como ajuda com as minhas finanças por parte de uma agência de corretores em Londres, a oportunidade de comprar livros que eu jamais leria com 15 por cento de desconto ou conselhos sobre autopublicação — o último refúgio dos que sonhavam mostrar ao mundo que ele se equivocara ao rejeitá-los, embora o mundo raramente cometesse esse equívoco. Visto sob tal prisma não havia explicação para esse aumento rápido e repentino do interesse pela associação a essas sociedades de autores. A consequência lógica de existirem cada vez menos leitores para qualquer livro, salvo os do tipo que levara Merton a se matar preferivelmente a publicar, sem dúvida era a redução do número de escritores. Apenas os mais aptos sobreviviam e não éramos os mais aptos. No entanto, na literatura, ao contrário do que acontecia em outras áreas, nem as forças evolucionistas nem as de mercado funcionavam. Para cada leitor perdido, uma centena de novos escritores surgia para tomar esse lugar vago. Logo *haveria* apenas escritores. Assim sendo, será que as sociedades de autores se justificariam por prover uma espécie de refúgio para uma profissão que carecia agora de justificação e de emprego, um abrigo onde se reunirem e se consolarem mutuamente os ociosos antes que o barqueiro do Inferno os viesse, finalmente, buscar?

Iremos todos juntos quando formos — seria esse o nosso mote?

Não admira que estivéssemos constipados.

Embora a constipação seja um mal comum a todos que passam tempo demais sentados, eu não tinha dúvida alguma de quência direta de tentar fazer da linguagem uma arte na época da comunicação mecânica. Quando minhas palavras fluíam e tinham permissão para fluir, o mesmo se dava comigo. Quando não fluíam, o mesmo acontecia comigo. Bloqueio é bloqueio. Não falo em bloqueio de escritor, no qual, por ser casado com uma escritora bloqueada, por acaso eu não acreditava. Estou falando na recusa de reciprocidade. A recepção calorosa a um livro — primeiro por parte de Francis, depois pelo pobre do Merton, depois pelo respeitoso público — sempre facilitara um bom desempenho intestinal, enquanto a sugestão de uma objeção por parte do meu editor ou do meu agente, bem como uma série de críticas ruins, fazia com que eu me sentisse mesquinho, ressentido por tudo que eu dera e determinado a me trancar em mim mesmo dali em diante. Um romancista americano meu amigo, morador de Londres, relatou uma correlação direta entre o número de semanas que seus romances estiveram na lista dos mais vendidos do *New York Times* e a frequência de suas visitas ao banheiro. Semanas demais no topo da lista acabavam por lhe causar uma diarreia aguda e o obrigavam a engolir um Imosec de hora em hora; semanas de menos, e a esposa, que por acaso era médica, o botava numa dieta de Miralax e molhos condimentados.

Minha experiência foi menos extrema em sua variedade. A despeito de todas as minhas caminhadas, eu estava constipado, ponto final. E todo o Miralax da Cristandade não iria me ajudar. Assim, embora eu agradecesse secretamente pelos gráficos lindamente ilustrados com fotos de cocô que tanto a Scrivener's Society quanto o Jotter's Club haviam enviado, não nutri grande esperança na sua eficácia.

Então, para piorar tudo, Vanessa os encontrou.

— Que porra é isso? Receitas de pãezinhos de centeio?

Respondi que ela era nojenta.

— Se você tem medo de estar com câncer de intestino, faça uma colonoscopia.

Vanessa fez tantas quantas conseguiu marcar. A mãe igualmente. As duas eram colonoscófilas.

Nisso não constituíam exceção. Todos que conhecíamos haviam feito, ou estavam para fazer, uma colonoscopia. Era como jantar num restaurante caro — não restava muito mais a fazer. Logo as duas atividades aconteceriam no mesmo local, simultaneamente. Até lá, porém, eu não conseguiria encarar o procedimento.

— Não tenho medo de estar com nada — garanti.

Não era verdade, mas eu tinha medo de estar com tanta coisa... Ser encontrado morto e roxo no banheiro depois de um infarto, por exemplo. O câncer de cólon era a última das minhas preocupações.

— Tente caminhar mais — foi o conselho de Vanessa. — Tente sair. Tente me dar minha vez.

Eu tinha prisão de ventre, segundo sua lógica, porque ela não estava escrevendo seu romance.

Então por que *ela* não tinha prisão de ventre por não star escrevendo o seu próprio romance?

Foi um erro lhe fazer tal pergunta.

— Não faça suposições infundadas — disse ela. — Só porque não faço a marola que você faz não significa que estou ociosa.

Levando o indicador à têmpora, Vanessa fez um movimento rotativo, indicando um romance em andamento mesmo enquanto discutíamos.

Eu gostaria de poder dizer o mesmo sobre o meu intestino.

Afora o ofício de escritora e o casamento comigo, Vanessa era uma mulher de sorte. Constipação não combinava com a sua natureza. Por que, então, as colonoscopias? Boa pergunta. Só me restava supor que para ela se tratasse de um evento social. Que lhe agradasse assistir ao vídeo da câmera viajando pelas profundezas do seu cólon. Ou que estivesse tendo um caso

175

com o colonoscopista. De todo jeito, ela era alguém para quem o funcionamento do intestino se dava com consumada facilidade. Com Poppy acontecia o mesmo. As duas saíam do banheiro antes mesmo que alguém soubesse que tinham entrado. Pareciam animais selvagens. Se morássemos numa savana, não duvido que dessem um pulinho lá fora e pronto. Aliás, foi o que fizeram na estrada, no caminho de Perth a Broome, via Monkey Mia.

O que devia significar, já que nem uma nem outra estava escrevendo, que não haviam sido talhadas para escritoras. Exatamente como a minha constipação provava que eu, sim.

A Piada da Sogra não ia bem. Meu herói, Little Gid, não me agradava. Foi precisamente a minha constipação que me deu a dica. Eu levantava cedo, cheio da seiva de escritor, levava um bule de chá para a escrivaninha, olhava para o que escrevera na véspera, visitava o banheiro sem esperar complicações, e sentia o meu intestino prender. Culpa de Little Gid.

O que havia de errado com ele, então?

Não era propriamente o que havia de errado com ele, mas o fato de não ser errado o bastante. De ser demasiado comum. Inadequada e insuficientemente feroz.

É possível para um escritor sentir-se assim quanto a seus personagens. Uma vez que se eles declaram sua independência de nós — e se não o fazem, a gente deve tentar outra profissão —, ficamos livres para não apreciá-los ou mesmo para desprezá-los. Pode funcionar ao contrário, também. Começamos por odiá-los e a meio caminho no livro não dá para imaginar jamais voltar a gostar da vida sem a companhia deles. Algo que Vanessa nunca entendeu direito em relação aos romances. A partir da primeira página dos poucos capítulos que escrevera ficava claro quem ela pretendia assassinar e óbvio em cada linha daí em diante que ela preferia tirar a própria vida a poupar a dele. Dele, barra, dela? Não — apenas dele.

— Romances não são atos de violência contra os personagens, Vee — eu lhe disse certa vez. — Flaubert não escreveu "Ema Bovary era uma idiota e merecia tudo que sofreu".

— Porque Ema Bovary não era uma idiota que merecia tudo que sofreu.

— Fico feliz por você ver isso.

— *Charles* Bovary era um idiota que merecia tudo que sofreu.

Revirei os olhos.

— Você escreve o seu — disse ela. — Eu vou escrever o meu.

Na verdade, meus romances começavam como atos de violência também, mas era um ponto de honra artística para mim amolecer depois. Ou tomar a direção oposta e me desapaixonar pelas minhas criações que originalmente eu amara.

Little Gid, porém, me entediou desde o início e continuou a entediar. Por ter posto uma distância demasiado grande entre nós, por não ter feito dele um escritor ou um comediante em tempo integral ou, no mínimo, uma versão livre, leve e solta de mim mesmo — um apostador, um trapaceiro, um sujeito disposto a arriscar —, acabei ressentido por conseguir, sem dar duro, o que dei duro para conseguir. Pode-se dizer que eu o invejava. Little Gid e Pauline/Poppy — jamais! Eu não conseguia ver o que ela veria nele. Mais que isso, eu não conseguia ver o que *eu* vira nele. As coisas andavam mal paradas. Havia uma centena de escritores para cada leitor, os editores estavam estourando os miolos, os agentes se escondiam, um lunático vinha reduzindo minhas vendas na Amazon ao cobrir de elogios o meu trabalho, a Primark logo estaria vendendo livros pelo preço de um saco de batatas fritas, dizia-se que um jornal nacional vinha empregando críticos que sequer tinham se formado, e a minha resposta a isso era Little Gid! Que antídoto à grande depressão da nossa era provia Little Gid? Que muros ruiriam quando Gideon enchesse as bochechas para soprar?

Como é mesmo que costumava dizer meu velho professor Archie Clayburgh? *Leiam visceralmente, com seus intestinos, garotos.* Não espanta que meu intestino estivesse indo para o brejo. Não havia nada de visceral acerca de Little Gid. O cara não tinha culhões. Faltava-lhe rudeza. Ele não era o motivo da minha prisão de ventre, ele *era* a minha prisão de ventre. Um herói que eu precisava extirpar de mim, mas que permanecia resolutamente trancado lá dentro.

O que isso dizia a meu respeito? Estaria eu trancado dentro de mim?

Algo me fez decidir ir a Wilmslow visitar Jeffrey Paixãozinha.

CAPÍTULO 23

Menos é Menos

No dia que eu marcara para a minha viagem a Wilmslow — não fui capaz de simplesmente pegar um trem para o meu destino, precisei encher a agenda com pontos de exclamação vermelhos, como se me preparasse mentalmente para uma maratona —, recebi um telefonema de Margaret Travers, a secretária de Merton. O substituto de Merton havia sido, finalmente, nomeado e queria me conhecer. Será que eu podia almoçar com ele na quarta-feira seguinte a uma da tarde?

Devo ter parecido ansioso demais.

— Vou checar minha agenda — falei, remexendo em papéis. — Posso, se remanejar alguns compromissos... Sim, posso almoçar na quarta a uma da tarde. Por pouco. Quem é?

— Margaret.

— Não, quem é o substituto?

— Não pode haver substituto para Merton.

Ouvi lágrimas em sua voz. Aparentemente, ela chorava diariamente desde que Merton fizera o que fez. Teriam sido amantes? Segundo os boatos, não. Embora ela usasse capas de chuva com cinto, ao estilo das vamps dos filmes preto-e-branco dos anos 1950, e embora sua voz fosse sugestivamente rascante e embora ela sempre pronunciasse o nome Merton como se fosse chocolate derretido, Margaret Travers era uma secretária da velha guarda, simultaneamente fiel ao marido e ao chefe. Quando falou que não poderia haver substituto para Merton, ela quis dizer em seu coração, inocentemente, bem como no mundo editorial.

— Sei disso. Eu quis dizer quem é o... — Não consegui encontrar a palavra, já que a palavra não era "substituto" — Com quem eu vou almoçar?

Ela baixou a voz, como se não quisesse perturbar Merton.

— Sandy Ferber.

Eu conhecia um Sandy Ferber. Era dono de uma galeria minimalista de grande sucesso em Hoxton, que fornecia um ganhador atrás do outro do Troféu Turner, após o que foi administrar uma editora de arte pequena, mas influente — Menos é Mais — especializada em monografias de artistas elegantemente produzidas em formato 18, após o que, contrariando seu histórico, ele surgiu do nada como papa da ficção em uma cadeia de livrarias que logo depois foi à falência. No curto período em que lá permaneceu, Ferber racionalizou a ficção de modo que não houvesse nenhuma, gabando-se de ler no mínimo uma frase de todos os romances publicados, decidindo sobre sua viabilidade ou não ao abrir o livro na página 100. Se visse coisas demais acontecendo em termos de palavras, não o comprava. Eu comemorara a perda de sua eminência com um artigo no *Bookseller,* opinando que sua escolha da página 100 como amostra se devia ao fato de que qualquer romance contendo 100 páginas já era longo demais para sua frágil concentração. O fechamento da cadeia que o nomeara era, a meu ver, a extensão lógica de seu credo. Assim como o desaparecimento do livro e, nem um segundo cedo demais, o desaparecimento dele próprio.

Mas esse devia ser um outro Sandy Ferber. Sob a batuta de Merton, a Scylla & Charybdis Press se especializara em romances com seiscentas ou setecentas páginas, cada um densamente impresso e cheio de incidentes verbais. A única vez que Merton questionara o meu trabalho havia sido porque o volume de diálogo nele ocasionava demasiados espaços em branco na página. Sandy Ferber, um grande defensor do branco na arte, não era o homem para gerir um catálogo desses.

Adiei Wilmslow. Vanessa ficou decepcionada, já que esperava ter a casa só para si a fim de escrever seu romance.

E, para minha surpresa, Jeffrey também se decepcionou. Fazia tempo demais que eu não visitava minha cidade natal, me disse ao telefone. Um homem precisa visitar sua família. Não concordei com ele, mas me desculpei por essa demora. Eu me organizaria de novo, garanti. "Ótimo", disse ele.

Nesse meio tempo, pesquisei os Sandys Ferbers no Google, mas não achei nenhum com uma história editorial que o transformasse em um sucessor conveniente para Merton ou, com efeito, um editor conveniente para mim. Concluí não ter ouvido direito o nome dito por Margaret. Provavelmente, ela dissera Sandor Ferber, ou mesmo Salman Ferber, um dos favoritos da empresa-mãe na Suécia, recrutado alhures, na Hungria ou no subcontinente indiano, tanto fazia onde, já que os livros estavam em uma condição mais saudável em qualquer outro lugar que não na Inglaterra. Quem quer que fosse o sujeito, de onde quer que viesse, eu ansiava por um novo relacionamento.

Embora Margaret tivesse especificado a sala do conselho como local do almoço, local este capacitado a abrigar trinta pessoas, se necessário, presumi que o almoço incluiria apenas nós dois. Quanto ao motivo pelo qual ele queria *me* conhecer, e com tamanha urgência, não me dei ao trabalho de indagar. A essa altura, um novo editor podia ocupar tal cargo durante anos antes que um escritor o conhecesse, se é que um dia o conheceria, mas eu não era um desconhecido no catálogo da Scylla & Charybdis, ao qual eu emprestava uma certa densidade que do contrário lhe faltaria. Talvez ele quisesse estabelecer um relacionamento de homem para homem, ao estilo húngaro. *Nós, nosso pequeno grupo sortudo, companheiros fraternos...*

Cheguei com dez minutos de antecedência, de todo jeito, preparado para um *tête à tête*, tendo estudado o romance húngaro e, só para garantir, a prosa literária indiana em geral também. Imediatamente fui cercado por garçons que serviam drinques. Meia hora depois éramos trinta ocupando nossos lugares, todos nós autores da Scylla & Charybdis. Sandy Ferber sentou-se à cabeceira da mesa. Não Sandor ou Salman — Sandy. *O* Sandy. Ele cumprimentou cada um de nós, chamando-nos pelo nome, sem consultar uma lista ponto-eletrônico.

— Oi, Sandy — retribuí o cumprimento, as palavras congelando na minha garganta antes mesmo que eu as pronunciasse.

Ele causava esse efeito. Congelava a sala. Não era o vento frio do puritanismo que dele emanava, mais parecia uma volúpia gélida, como se acabasse de dormir com os mortos-vivos. Era aquela *avis rara* no mundo editorial, um homem anorético. Confiando em todos os meus velhos talentos aprendidos na Wilhelmina's, eu o avaliei: 80cm de peito, calculei; 52cm de cintura e 27cm de pescoço. E ainda havia espaço dentro da roupa que ele vestia para um homem do mesmo tamanho.

Descontado isso, o cara era elegante. Usava um terno preto, claro, e uma camisa clerical branca, abotoada no colarinho, porém sem gravata.

O rosto se movia independentemente das palavras que ele falava. Recepcionando todos nós como deuses do passado articulado e nos recordando o sucesso que desfrutamos ao longo dos anos na Scylla & Charybdis, seus olhos se entristeceram enquanto a boca se esgarçou no que me pareceu uma fúria incontrolável. Ele teria sorrido, achei, mas seu rosto não deixou.

— Que homem mais estranho — cochichei para BoBo De Souza, a detentora naquele momento do Prêmio Pura Paixão da Associação dos Escritores Românticos, sentada ao meu lado. — Está presidindo a reunião, mas tudo que fala soa como se tivesse levado uma rasteira.

— Ele não tem lábios — disse ela. — É por isso. O rosto só é capaz de abrir ou fechar.

Tornei a olhar para o sujeito. BoBo tinha razão. A boca não havia sido terminada. Parecia precária. Parabenizei-a pela percepção.

— Bom, já tive a oportunidade de estudá-la bem de perto — sussurrou ela. — Escrevi uma monografia para ele, uma vez, antes que o Romance me chamasse.

— Isso é um eufemismo?

— Para transar com ele? Não. Embora, na verdade, eu também tenha transado com ele.

— Sandy Ferber transa?

— Sem parar.

— Não tenho certeza de precisar saber disso.

— Não estou dizendo comigo. Quero dizer que passa de mulher para mulher, sem parar.

— Por quê?

— Pergunte a ele.

— Não. Por que as mulheres permitem que ele chegue perto? Não têm medo de congelar nos braços do cara? Ele tem braços?

— Ele é um desafio, Guy. A gente quer saber se consegue descongelá-lo.

— E você conseguiu?

— Pergunte a ele. Mas eu achei o sujeito excitante, de um jeito cadavérico, sem lábios.

— Devo dizer que isso não soa muito excitante.

— Porque você é homem. Não sabe o que é poder afrodisíaco para uma mulher.

— Você não está dizendo que acha Sandy Ferber poderoso, está?

— Não tem nada a ver com o que eu acho. Ele simplesmente é.

— Poderoso? Sandy Ferber?

— Tremendamente. Ele administrou o mundo das artes durante uma década. Agora está pronto para a literatura.

— Ele acabou de fechar uma livraria.

— Precisamente.

O motivo para Ferber nos reunir era falar sobre novos desdobramentos excitantes da tecnologia digital. Quando falou "novos desdobramentos excitantes", ele olhou para cada um dos presentes, como se soubesse qual de nós estuprara sua irmã. Queria que entendêssemos o desafio à nossa frente. O futuro da ficção não estava no formato tradicional; outras plataformas — essa foi exatamente a palavra usada: "*plataformas*" — aguardavam para serem exploradas. Para citar apenas uma — o app de história. Ler já não significava levar para cama um livro que se tinha vergonha de não ser capaz de terminar. Ler era agora tão frequente ou tão raro, onde quer que se quisesse ou não, parado ou em movimento. Tínhamos uma oportunidade histórica de resgatar, das garras da palavra, a leitura. Dentro de um ano, ele queria ter mil apps de história prontos para entrar no mercado de telefonia móvel. Leitura no ponto do ônibus, rotulou ele. Não livros que podiam ser começados e terminados enquanto os usuários de celulares esperavam que alguém lhes telefonasse de volta ou que o sinal abrisse ou que o garçom aparecesse com a conta. Em poucas palavras, seria possível conectar esses pequenos hiatos sociais da vida enquanto ela era vivida.

Não faço ideia do que foi dito em seguida. Caí num buraco negro. Quanto tempo fiquei lá dentro não sei. Foi BoBo De Souza que me devolveu à terra dos mortos-vivos ao perguntar o que eu estava fazendo comigo mesmo.

— Como assim?

Ela apontou para o bloco de notas "menos é menos" vazio à minha frente, coberto de pelos de bigode.

— Ah, sinto muito — falei, tocando com os dedos o que restara do meu bigode.

— Não sinta por mim — disse ela. — Sinta muito por você.

— Sinto muito por todos nós — retruquei.

— Ora, eu estou legal. Ou estarei, se você me emprestar seu bigode.

— Sirva-se — ofereci, empurrando o bloquinho cheio de pelos na direção dela. — Na verdade, pode ficar com ele.

— Não estou falando do bigode real. Falo da ideia de arrancá-lo. É um hábito que eu gostaria de dar a um dos meus personagens. Bem melhor do que cofiá-lo.

— Isso significa que ele é um conquistador?

— Não. Um trapalhão.

Ela beliscou meu braço.

O que encarei como sinal de que gostava de mim, mas não me considerava afrodisíaco.

Sandy Ferber continuava aludindo aos pequenos hiatos sociais da vida.

— Acho que ele se refere a você — cochichei.

Nesse momento, Ferber me encarou diretamente.

— E quero que vocês, meus amigos e colegas — concluiu —, sejam responsáveis por conectá-los.

Sandy ensaiou um sorriso, mas devido ao colapso de sua boca, mais pareceu estar se dirigindo a seus algozes.

CAPÍTULO 24

O Colo da Família

No dia seguinte, peguei o trem chacoalhante que revirava o estômago e rumei para o Coração das Trevas que era Wilmslow.

Sol forte. Regatos cantando. Gado cochilando debaixo das árvores. Falta de talento para descrições da natureza! Eu?

Não sei ao certo por que fiz tanta marola quanto à viagem, já que ela era tão curta. Vanessa e a mãe faziam o percurso regularmente, às vezes por mero impulso, embora eu ainda não soubesse para quê exatamente. No meu caso, porém, era uma viagem de volta a algo mais que um lugar pregresso, era uma viagem de volta a uma pessoa pregressa. Eu me sentia chamado, como se Wilmslow conhecesse meus segredos e tivesse o poder de me manter cativo ou me libertar. Era aquela loja. Teria eu sido meu verdadeiro eu prendendo alfinetes em vestidos na Wilhelmina's? Será que a minha alma pertencia ao caixa eletrônico, como se habituara Jeffrey Paixão a chamar a registradora, e não ao papel? Lojistas quase nunca ficam a dever à própria linhagem. A sra. Thatcher sempre foi uma filha de quitandeiro. Seria eu, aos olhos de outros escritores, o garoto da butique?

E tinha a coisa de negligenciar a família, como dissera Jeffrey. Não era típico do meu irmão dizer uma coisa dessas. Não era típico do meu irmão dizer coisa alguma. "Lindeza, meu bem, chupa o meu pau" era a ideia de conversa de Jeffrey.

Sempre achei que "Chupa o meu pau" fosse para me enrolar. Eu não era mais homofóbico do que aracnofóbico, o que não significa que eu quisesse trepar com um homossexual, mas eu não tocava na mesma banda, como resta provado pela minha suposição de que "chupa meu pau" é algo que só se diz a uma mulher. A verdade é que eu não sabia o que dava tesão em Jeffrey, só que ele tinha tesão por um bocado de coisas.

Nunca gostei muito dele. Seria fácil demais dizer que era porque minha mãe gostava, mas minha mãe gostava. Ela sempre o pegava no colo quando ele caía, o que significa que ele caía um bocado. Uma vez, desabou desacordado depois que fiz picadinho dele por ter arrancado uma página de um dos meus livros escolares. Durante uns bons dez minutos achei que tivesse morrido.

— Você podia ter matado seu irmão — falou minha mãe.

Podia, mas não matei.

Naquela noite, ele foi dormir na cama dela.

Jeffrey passou a desmaiar à toa depois disso, e sempre se supunha que fosse por minha causa. Às vezes, ele abria um olho, estirado no chão, e piscava para mim. Como uma pessoa que finge estar morta consegue ficar tão pálida foi algo que nunca descobri, mas o cara fazia isso tão bem que até quando piscava para mim eu temia tê-lo matado, por mais que não tivesse levantado a mão para ele. Jeffrey conseguiu me convencer de que eu era uma ameaça para sua vida simplesmente pelo fato de existir. Conseguiu levar minha mãe a acreditar na mesma coisa.

— Suma da minha frente — dizia ela, ajoelhada ao lado do corpo do filho exangue.

Deus disse algo semelhante a Caim.

Se meu pai gostava mais dele do que de mim eu nunca pude saber. No final, estava demasiado hipnotizado por minha mãe para notar qualquer dos dois filhos.

Meus pais continuavam, por assim dizer, a avançar, ambos, na direção da demência mútua, partilhando um pequeno apartamento de cômodos arejados com paredes amarelas e carpete laranja numa cara clínica para idosos a uma curta distância da Wilhelmina's, que ia de vento em popa sob a batuta de Jeffrey Doce de Coco. Ele se esforçara para alinhar a loja ao atual caso de amor cultural pelos homossexuais vigente na região norte do país. As esposas dos jogadores de futebol o adoravam, mas, afinal, elas eram uma espécie de homossexuais honorários. Em essência Jeffrey nada mais vinha fazendo do que devolver a loja a seus dias de glória, época em que minha mãe havia sido a rainha da pantomima de Wilmslow. O período estritamente machista da loja sob a minha direção não passava de um inter-regno esquecido — um hiato entre rainhas.

Seria por isso que minha mãe amava Jeffrey mais do que a mim? Porque ele era como uma filha para ela?

Uma observação maldosa, admito, mas esse era meu problema com Jeffrey, uma questão de contágio.

Fui visitar os Dementievas, como Jeffrey e eu chamávamos nossos pais, antes de ir encontrá-lo na loja. Jeffrey sugerira isso quando eu lhe disse que estava para chegar, supostamente para me enrolar. Eu sempre pretendera visitá-los, mas agora parecia que só fizera isso por sugestão dele. O filho mau aprendendo como o filho bom a lição de amor filial, embora chamar nossos pais de Dementievas tivesse sido sua ideia efeminada.

Encontrei meus pais montando um quebra-cabeças do Castelo Chester. Na última vez que os visitara, eles estavam montando um quebra-cabeças do Castelo Chester. Provavelmente nem terminavam o primeiro e logo pediam outro, recebendo o velho de volta sem perceber ou se incomodar. Não seria tão absurdo assim: metade dos leitores no país nem bem acabava um livro e já começava outro idêntico em tudo, salvo nos menores e mais irrelevantes detalhes, e eles não podiam alegar senilidade como desculpa. Será que chegaria o dia em que um livro iria durar a vida toda de alguém? Chegar ao fim e então, conforme dizem os americanos, começar do zero. Vez após vez, após vez.

Minha mãe me reconheceu, meu pai, não. Da última vez tinha sido o contrário, logo a loucura não se solidificara de todo.

Ela ainda possuía glamour, descontando mais ou menos uma dúzia de rugas novas, vestida com um tailleur Chanel lilás, a saia reta deixando à mostra as pernas finas como as da sortuda tarântula no travesseiro morno de Poppy em Monkey Mia. Também usava o beret combinando com o traje, em seu velho ângulo elegante, embora a antena estivesse torta e parecesse, francamente, incapaz de receber sinais.

— O que traz você aqui? — indagou ela, olhando por cima do meu ombro.

— Você — falei, tentando encontrar os lábios dela para beijá-los.

Onde teriam ido parar seus lábios? A mesmíssima pergunta que BoBo De Souza deve ter feito quando quer que ela e Sandy tivessem ido para a cama juntos.

Minha mãe, porém, tinha uma desculpa que faltava a Ferber. Alguns anos antes, fizera uma cirurgia cujo objetivo era deixá-la parecida com uma estrela pornô italiana, mas odiou tanto a boca-ratoeira que o cirurgião lhe deu que quis reverter a cirurgia. Agora não tinha boca.

— Ei! — exclamou meu pai. — Quem você pensa que está beijando, seu Espertinho?

Minha mãe deu de ombros.

— Ele virou possessivo — explicou. Levou um dedo à têmpora e fez um movimento que sugeria uma máquina em funcionamento, exatamente como fizera Vanessa para me informar que não precisava escrever para escrever.

— Estou só admirando sua esposa — respondi ao meu pai.

— Esposa! Quem lhe disse que ela é minha esposa?

Era uma pergunta justa.

— Eu simplesmente sei disso — falei.

— Bom, você se enganou. Eu tive uma esposa. Esta não é ela.

Era como falar com Otelo.

— Seu pai acha que sou amante dele — sussurrou minha mãe. — Acha que largou a esposa para ficar comigo.

— Bom, estou só admirando-a, seja ela quem for — insisti.

Não me perturbava o fato de ele estar demente. Essa era a vantagem de jamais ter gostado dos meus pais ou jamais ter considerado os dois totalmente sãos.

— Olhe essas pernas — disse ele. Dava para ouvir a saliva escorrendo entre seus dentes.

— Belas pernas — concordei.

— Belas? Elas são magníficas. Minha ex-mulher tinha pernas assim, mas não tão magníficas. As dela se juntavam na altura do joelho. Essas são simplesmente fantásticas.

— Você toma isso como um insulto pessoal? — perguntei à minha mãe. — Ou como elogio?

— Nem uma coisa nem outra. Tomo isso simplesmente como decorrência da maluquice dele.

— Você não se importa mesmo?

— Ele me faz companhia. Na verdade é melhor companheiro agora do que quando era... — Ela não conseguiu encontrar a palavra para o que ele havia sido.

— O que vocês dois estão cochichando? — quis saber meu pai.

— Ele está concordando com você — respondeu minha mãe.

— Sobre o quê?

— Sobre mim.

Ele forçou o rosto a olhar na minha direção, tentando concentrar-se em mim. Uma ideia pareceu lhe ocorrer.

— Você quer ficar com ela?

— Claro que não.

— Por quê? O que há de errado com ela?

— Nada. Ela é fantástica. Só acho que devo deixá-la para você.

— Podemos ficar os dois com ela — disse meu pai. — Ela não se impor taria.

Deu uma piscadela para minha mãe com um olho semi-cego injetado e depois tornou a falar comigo.

— Você sabe o que é uma suruba?

— Tudo bem, Gordon — falou minha mãe. — Já chega.

Por entre as nuvens da demência, as palavras de minha mãe surtiram o efeito antigo. Imediatamente a vida se esvaiu dele.

— Volte para o seu quebra-cabeças — ordenou-lhe ela. — Você está fazendo um fosso, lembre-se. Apenas os pedaços retos para começar.

Ele obedeceu. Foi a primeira vez na vida que senti pena do meu pai. Talvez eu estivesse sentindo pena de mim simultaneamente, não por ter perdido a oportunidade de fazer uma suruba com minha mãe, mas por conta da fraqueza derrotada que partilhávamos. Como era difícil atualmente ser um velho libidinoso sacana! Como era difícil ser insultuoso com elegância. Difícil ser homem, ponto final.

A demência era a única oportunidade restante, e mesmo isso tiravam de nós.

Agora que o pobre e constipado Little Gidding já era, eu me perguntava se devia substituí-lo pelo meu pai. Um novo tipo de herói para a nossa época abatida — um homem velho, louco e bobo, mais para Otelo que para Lear, que já não sabia quem era a própria esposa e por isso a assumira como amante, feliz de partilhar uma ou outra com o filho, embora estivesse maluco demais para saber quem era seu filho. Suficientemente visceral, sr. Clayburgh? Se é que a meu pai ainda restava alguma víscera.

Ou a qualquer um de nós.

Ele voltou a seu quebra-cabeças, separando as peças retas que continham pedaços do fosso (eu dali a quarenta anos? A vinte?). Minha mãe o vigiava, para se certificar de que ele estava agindo direito, mas também porque queria me ver pelas costas agora, de modo a poder voltar para o quebra-cabeças.

— Mas vocês estão bem? — perguntei.

Ela deu de ombros, naquele jeito amplo, expressivo, típico de Wilmslow. Me lembrei de ouvi-la dizer da última vez que a visitei que adoraria ser judia como todos os donos de loja.

— Mas mãe, você *é* judia — retruquei.

— Sou?

— Sim, todos somos.

Ela refletiu.

— Ora, então está tudo bem — concluiu.

Mas algo mudara.

— O que foi que você me perguntou? — disse ela.

— Se vocês estão bem.

— Bem! E o que existe para nos deixar bem?

Não consegui atinar com nenhuma sugestão.

Então, o que *era* Jeffrey? Seria gay ou apenas brincava de ser? Ao norte de Nantwich, nessa época, não havia como saber quem era ou não gay. Talvez tivesse sempre sido assim e eu estivesse demasiado ocupado fazendo outra coisa para notar. Talvez fosse por isso que Quinton O'Malley me pressionara com tamanha urgência para não me mudar de lá, na esperança de que eu descobrisse o que estava realmente acontecendo e desse com a língua nos dentes.

Pensando nisso agora, me lembro de como minha mãe costumava me levar junto com Jeffrey a Manchester de trem para comprar miudezas para a butique — os despojos, era como ela chamava essas coisas — echarpes e meias, óculos escuros sem grife, jóias compradas num impulso (não demasiado caras) para uma única vitrine giratória que ficava ao lado do balcão de madeira, agora um caixa eletrônico e de venda de cartões de celular. Ela sempre usava o mesmo carregador quando chegávamos de volta a Piccadilly

Station com caixas para tirar do trem — um homenzarrão musculoso com braços roliços e bochechas coradas que jamais deixava de nos dar balas nem de fazer comentários elogiosos sobre o que mamãe estava vestindo. Uma noite em que ficamos até mais tarde em Manchester para jantar num restaurante chinês, eu o vi numa mesa próxima usando batom e peruca. Os outros homens que o acompanhavam — carregadores ou motoristas, concluí, por conta de todos aqueles músculos e oleosidade — também estavam vestidos de mulher. Ele acenou. Usava luvas sem dedos e com os punhos arrematados por rendas, como as que se vê em fotos desbotadas de garçonetes servindo chá em Harrogate na década de 1920. Os homens na mesa riram quando ele fez movimentos delicados com os dedos gordos de carregador. Eu não soube ao certo se devia acenar de volta. Não soube ao certo se entendera a brincadeira. Quando tornei a olhar, me dei conta de que ele estava vestido mais ou menos como mamãe, sobretudo em termos de comprimento da saia. Vendo minha confusão, ela explicou que Derek — eu não me dera conta de que o conhecimento de ambos fosse tão íntimo — vinha testando sua identidade.

— Todos estão testando suas identidades? — perguntei.

Minha mãe respondeu que claro que não, que os outros não passavam de amigos ajudando Derek a superar uma crise, mas mesmo então desconfiei de que ela estivesse errada — metade da classe operária masculina em Manchester estava testando a própria identidade e usando perucas e batom nesse processo.

Não me senti tentado, mas Jeffrey Fofinho, como era então, talvez sim. É possível que ele não tenha, de fato, se aprumado na cadeira e olhado fixamente para o teto quando mamãe usou a palavra "identidade", mas por outro lado é possível que sim. A gente sabe bem cedo, desconfio, se essas coisas exercem atração. Jeffrey viu algo de si mesmo em um carregador de estação ferroviária vestindo uma saia curta, enquanto eu, mesmo antes de saber o que qualquer daqueles homens era, via meu reflexo apenas em patifes, perjuros, depravados e romancistas.

A tarde já estava no fim quando cheguei à loja. Jeffrey conversava seriamente com uma mulher que achei conhecer das manchetes. Meio sem expressão no rosto para ser esposa de um jogador de futebol, a menos que tivesse saído de uma sessão de Botox. E velha demais quando olhei uma segunda vez. Acho que beirava mais a idade de Poppy que a de Vanessa, mas com aquele ar de já não saber o que fazer na vida que a gente vê em modelos já meio passadas, mas que jamais vi em Poppy. Poppy sabia o que fazer na vida. Me enlouquecer.

Jeffrey fez um sinal para mim, indicando que eu me distraísse durante alguns minutos. Existem lugares no mundo em que um homem que administra uma butique provinciana sentiria orgulho de apresentar o irmão escritor renomado a um cliente importante, mas Wilmslow não era um deles. O que eu esperava era que ela me reconhecesse e deixasse Jeffrey atônito ao dizer que lera tudo que escrevi, adorara cada palavra, e exigisse que ele nos apresentasse, esperança essa que só demonstra que em todos nós existe um romancista mequetrefe.

— Desculpe o mau jeito — disse Jeffrey, me beijando, depois que a mulher saiu. Ele me beijou de forma estranha, driblando meu rosto como se temesse se aproximar demais, a menos que temesse me atemorizar. Me falou da mulher com quem estava conversando. Eu tinha razão. Uma modelo passada do auge. — Bonita, ainda — prosseguiu Jeffrey —, embora já tenha feito uns consertinhos.

— *Consertinhos*? Jeffrey, ela parece ter passado os últimos dez anos no taxidermista. Por acaso consegue sorrir?

— Não há nada que mereça um sorriso — respondeu meu irmão. — O marido acabou de largá-la.

— Acontece — falei.

— Não quando você tem um tumor no cérebro.

Havia uma mínima chance de Jeffrey ter inventado isso para me surpreender — era típico dele agir assim —, mas ele me pareceu furioso com a minha leviandade impensada e resolvi não me arriscar a discordar.

Soltei uma exclamação:

— Aff! Sinto muito.

— É, aff! — repetiu ele.

— Bem, você está ótimo — comentei, passado um intervalo decente. O comentário também pareceu enfurecê-lo. Ele era mais alto e mais magro que eu, um caniço de homem ambiguamente elegante metido num paletó Alexander McQueen com lapelas metálicas, usado em cima de uma camiseta e uma calça jeans rasgada. Estaria produzido ou sem produção? O segredo do seu estilo era que nunca dava para saber. Usava um tantinho de rímel, tão pouco que talvez fosse imaginação minha. O cabelo era mais desalinhado ainda que o meu. No instante em que me beijou, ele acabava de tirar dos olhos uma mecha de modo que os fios me acariciaram como se fossem um chicote feito de plumas. O piparote foi petulante. Posso engrossar se for contrariado, sugeriu o gesto, antes do beijo do chicote de plumas.

Será que ele beijava suas mulheres assim? Será que beijava assim seus homens?

Jeffrey sempre me falou de suas mulheres, descrevendo-as em detalhes embaraçosos, enumerando as coisas que elas faziam com ele — era sempre o que *elas* faziam com *ele* —, mas eu me perguntava se tudo não passava de invenção, não para disfarçar seus verdadeiros interesses, mas para me ajudar a ver que existiam alternativas e não apenas Vanessa. Era uma ficção familiar não verbalizada o fato de que eu me arrependera do casamento com Vanessa e escaparia dela, caso pudesse. Embora nosso pai fosse um ratinho aprisionado — ou ao menos tivesse sido até a demência libertá-lo para assumir uma licenciosidade intermitente —, alimentávamos a fantasia (com a primeira pessoa do plural quero dizer minha mãe, Jeffrey e eu) de que os homens Ableman eram canalhas machistas que não levavam desaforo para casa, sobretudo desaforo de uma mulher. O fato de engolir desaforos de Vanessa necessitava de explicação e eu não iria explicá-lo fazendo referência aos meus sentimentos por Poppy. Não em Wilmslow. Por isso, que pensassem que eu sentia, simultaneamente, medo e profunda pena de Vee por ter se casado comigo. O que lhes permitia supor que eu podia ser conquistado por montes de mulheres não menos bonitas que ela, não menos esculturais que ela, mas um bocado mais tolerantes.

Como se uma combinação de virtudes assim pudesse existir em algum lugar...

Jeffrey encontrara um novo pub a seu gosto em Alderley Edge, embora o que lhe agradasse realmente fosse desfilar por Cheshire num carro construído para arrasar uma pista de corridas, me levando a seu lado literalmente aterrorizado.

— Problemas com o cano de descarga? — indaguei.

— A ideia é fazer esse barulho.

— Por quê?

— Há, há! — exclamou meu irmão. Não foi uma risada. Com efeito, ele disse as palavras. Separadamente. Um "Há" seguido por um "há!".

— Isso é uma resposta?

— A sua foi uma pergunta?

Ele não conseguia acreditar que eu não invejava seu carro.

Me falou da rapidez com que passava de zero a 240 quilômetros por hora.

— Estou cagando para isso, Jeffrey — respondi.

Me falou qualquer coisa sobre a direção.

— Estou cagando mais ainda, Jeffrey.

Balançou a cabeça e disse outra vez "Há, há!".

— Só falta você me dizer que não sabe a marca do carro — desafiou.

— Olha só, Jeffrey: não sei a marca do carro.

— Isso é uma coisa de escritor?

— A marca do carro? Bom, nenhum escritor que eu conheço tem um carro destes.

— Não, perguntei se fingir que não liga para carros é típico de escritores.

— Não ligo para carros. Ligo para que eles não batam comigo dentro.

Ele abriu o teto apertando um botão e pisou fundo no acelerador. O vento soprava lindamente desalinhando seus cabelos, enquanto os meus continuavam emplastados por conta do medo.

— Ah! — exclamou Jeffrey, com um tapinha na minha coxa. — Isto não é maravilhoso? Admita, é o máximo!

Mesmo quando Jeffrey não dizia "admita", o comando estava implícito em todas as nossas conversas. Na opinião de Jeffrey meu problema era a negação. Negação quanto ao meu casamento com Vanessa, às mulheres, aos carros, ao sucesso em que Jeffrey transformara a loja, à moda, a Wilmslow, ao dinheiro — trocando em miúdos, tudo que eu tinha e desejava não ter e tudo que Jeffrey tinha que eu desejava ter. "Admita" significava "admita que você quer ser eu". A ideia de eu ser a pessoa que queria ser, fazendo aquilo que desejava fazer, não passava pela cabeça do meu irmão.

193

Na verdade, embora não graças à sua inteligência, seu ceticismo era bem fundamentado. Eu podia não querer ser Jeffrey, mas não me enchia propriamente de alegria o fato de vir sendo eu mesmo ao longo dos últimos quatro ou cinco anos. Esse não era o meu tempo. Os tempos estavam fora de sintonia, etc. Eu vivia com prisão de ventre. Tinha histórico policial com a Oxfam. Estavam me dando estrelas demais na Amazon — ninguém queria ler um escritor tão bom assim. Até Poppy — que eu definitivamente desejava — seria uma conquista mais fácil se eu fosse outro. Não o genro, digamos. Embora seja preciso perguntar quanto, nesse caso, eu a desejaria.

Nada disso, claro, eu estava disposto a admitir para Jeffrey Doce de Coco.

Uma coisa engraçada sobre essa compulsão de me levar a "admitir": Jeffrey não era o único. A presunção corrente de Vanessa era de que eu mentia a respeito de tudo e jamais ficaria bem — livre da prisão de ventre, do solipsismo, livre de mim mesmo — até cair na real para valer. Bruce Elseley vinha tentando me fazer admitir que eu o plagiava. Meu agente queria que eu admitisse ser, secretamente, um escritor de livros de suspense. Sandy Ferber queria que eu admitisse que estava ansioso para ser o deus do trigésimo-segundo app. Mishnah Grunewald quisera que eu admitisse a minha negação em ser judeu. E havia mais uma pessoa — a régia romancista e biógrafa Lisa Godalming que queria que eu admitisse ser um leitor enrustido das séries novelescas sobre os monarcas Tudors que ela produzia para os ouvintes da Radio 4 e apenas *fingir* não dar a mínima bola para se Ricardo XXVII podia ou não gerar um herdeiro durante a reforma do Parlamento e continuar católico.

— Admita — disse ela na última vez em que nos encontramos numa festa — que por baixo dos panos, você está curtindo à beça.

— Sim, Lisa, mas não a sua prosa.

Não foi gratuito. Havíamos tido um caso breve e por isso podíamos ser grosseiros um com o outro afetuosamente. Ademais, ela não acreditou em mim.

Ela me jogou beijos quando saiu da festa e prometeu me enviar seu último livro.

Ele chegou na manhã seguinte por mensageiro. Veio com dedicatória.

Para
O meu querido Guy
Divirta-se
Seu segredo está bem guardado comigo

Não se tratava de algo que a gente queira que a esposa veja. Mas esse não foi o único motivo para eu passá-lo na trituradora de papel. Eu não queria que a posteridade encontrasse um livro daqueles na minha estante e encarasse como fato a suposição da autora. Não, meu problema não era negação. Não, eu não estava curtindo Lisa Godalming debaixo dos panos. Não, eu não tinha um fascínio secreto por ler porcaria.

CAPÍTULO 25

Terminus

— Admita — disse Jeffrey quando estacionamos no pátio do pub a tempo de ver o pôr do sol.

Freei-o ali mesmo.

— Foda-se, Jeffrey — falei.

Ele não me deixou pagar as bebidas. Havia vodcas interessantes ali, e eu não era especialista nisso. Algo mais que eu negava: quão pouco, comparado ao meu irmão, eu entendia de bebidas. Havíamos trazido isso à tona.

— Sou homem de vinho — eu lhe dissera. — Se quiser testar seus conhecimentos comigo no quesito vinhos...

— Conhecimentos! Está vendo? Isso é típico de você. Estou tomando um drinque, você está aplicando um teste de aptidão. Aliás, drinque aqui é vodca. Vinho está ultrapassado. Que coisa mais deprimente, eca!

— Eu li a respeito da onda da vodca — falei. — Li que o pessoal bebe pelos olhos. Isso soa mais deprimente que vinho tinto para mim. Não deprime a sua visão?

— Está falando de *eyeballing*? Sim. Mas isso é coisa da garotada.

— Você não?

— Está me perguntando se bebi vodca pelos olhos? Claro, uma ou duas vezes. Você não?

— Por que eu faria isso?

— Você é escritor, não? Não se espera que os escritores experimentem coisas?

— Não esse tipo de coisa. Santo Deus, Jeffrey, pelos *olhos*? Você é um ser humano. Não se espera que se comporte como tal?

— Não faço mais isso. Não muito. Não o tempo todo. Só de vez em quando. Essas coisas vêm e vão rapidamente aqui.

— O mesmo acontece com a visão. Mas que porra é essa de *por aqui*? Estamos em Alderly Edge, Jeffrey. Por aqui é o fim da porra do mundo.

— Só porque você foi embora?

— Não... Eu fui embora *porque* aqui é a porra do fim do mundo.

— Se você soubesse quem mora aqui não diria isso.

— Quem mora aqui?

Ele recitou nomes irreais, com toque latino, nomes do jet-set da Ryanair, gente que envia por e-mail ofertas de Viagra e remédios para aumentar o pênis — Felisha, Tamela, Shemika, Alyshya, Shera, Teisha, Shakira...

— São garçonetes espanholas?

— Há, há! Não finja que não as conhece.

— Honestamente nunca ouvi falar delas.

— O que mostra como você anda por fora. Você sabia quantos fotógrafos e designers de interiores famosos moram em Cheshire?

— Me diga.

Ele fez as mãos adejarem como borboletas.

— Você está em Acontecelândia — disse Jeffrey.

E como se quisesse provar o que dissera, levantou-se da mesa, foi até o bar e voltou com uma travessa de comida árabe fria para cada um de nós. Comida árabe! Agora chame Cheshire de fim do mundo!

— Então, quem está fodendo você neste exato momento, Jeffrey? — perguntei quando ele me entregou o meu prato. — Alguém de Wilmslow? Alguém que eu conheça? Alguém cuja mãe eu conheça?

— Há, há! — respondeu meu irmão. Há. Há!

— Ela é uma piada?

— Você não diria isso se a visse.

— Quais são as características que a distinguem?

Antes que ele pudesse me responder, um garoto asiático com um corpo de dançarino de templo e um cabelo tão desalinhado quanto o de Jeffrey veio até nós e sapecou-lhe um beijo na boca. Usava um terno de risca de giz de Savile Row com uma echarpe de escola pública jogada em volta do pescoço. Algo me fez lembrar um personagem da década de 1940, o amigo do garoto Billy Bunter, Hurree Jamset Ram Singh, o Nababo de Bhanipur.

Mais uma vez, Jeffrey não nos apresentou. Cumprimentamo-nos de cabeça, meio constrangidos.

— A semelhança é incrível — disse eu a Jeffrey depois que o Nababo **se** foi.

Jeffrey não registrou a alusão. Não era um leitor. Talvez beber vodca pelos olhos fosse uma outra explicação para ninguém mais ler: abria-se um livro e não se via palavras, mas vodca.

— Não consegui me lembrar do nome, por isso não... — explicou meu irmão.

— Shakira? Tamisho?

— Ele corta o meu cabelo.

— Jeffrey, me diga uma coisa...

Ele sabia o que eu ia perguntar.

— Se sou as duas coisas? Sim.

— Eu não ia lhe perguntar isso.

— O que ia me perguntar?

— Quanto custa um bom corte de cabelo atualmente.

Esperei que ele dissesse "Há, há!", mas aparentemente eu perdera a graça.

— É que Vanessa corta o meu — falei —, e acho que está na hora de eu procurar um profissional.

— Concordo — disse ele, olhando o meu cabelo. — Eu sempre quis lhe perguntar se era Vanessa quem cortava.

— Dá para ver que não é profissional?

— Dá para ver que é cortado por alguém que não gosta de você.

— Dá para ver isso num corte de cabelo?

— Posso ver isso pela sua infelicidade, Guy.

— Há, há! — retruquei. — Quem é infeliz?

Negação de novo.

— Você é quem sabe — disse Jeffrey.

Inclinei-me e o peguei pelo pulso. Era fino e pelado. Será que ele raspava os pulsos? Perguntei-me. Seriam os cabelos em sua cabeça os únicos pelos do seu corpo? Os homens vinham depilando os peitos e as costas, as pernas, as bolas, os ânus. Em Acontecelândia, Wilmslow, Deus sabe o que mais. Será que Shakira passava a navalha em torno do períneo de Jeffrey?

— Se você está lamentando ter me dito que é as duas coisas, não lamente — falei. — Não julgo ninguém. Ao contrário, fico fascinado. Nem consigo imaginar.

— O que você não consegue imaginar?

Shakira passando a navalha em torno do seu períneo era uma resposta. Botar o pau dentro de um homem, francamente, era outra. Mas não achei que pudéssemos ir tão fundo na psicologia de Jeffrey, ou, honestamente, na minha. E aceito que o que quer que não se consiga imaginar seja um ponto contra e não a favor da pessoa.

— Essa coisa de bi — respondi. — Esse desejar as duas coisas. Uma opção sexual, pela própria natureza, não é um ato de separação? Isto, não aquilo, ele não ela, e, mais ainda, embora pela mesma lógica, ela não ele?

— Mas quem lhe pediu para fazer uma opção sexual?

— Não é exatamente o que fazemos quando escolhemos um par, quando rejeitamos os outros? Não é a discriminação que dá ao desejo o seu sabor?

— Nossa! Você tirou isso de um de seus livros?

Eu já disse que sou leitor de mentes? Eu podia ler a mente de Jeffrey, de todo jeito. "Não admira que eles não vendam", pensou ele.

— Está bem — falei. — Vou ser direto. Quando transo com uma mulher, estou, entre outras coisas, muito definitiva e deliberadamente, não transando com um homem.

— E quanto a uma outra mulher?

Demorei demais para responder. Por trás de Vanessa, montada em mim e me chamando de Guido, espreitava a sombra da mãe dela, equilibrada como uma garça em cima de uma perna.

— Pronto — prosseguiu Jeffrey.

— Pronto o quê?

— Você está tacitamente admitindo para si mesmo que o sexo não é exclusivo. Se chupo um homem enquanto uma mulher me chupa, quem tem a precedência? O que estou fazendo a um que muito definitiva e deliberadamente não estou fazendo com a outra?

Não encontrei resposta para isso, na medida em que o entendi, que não fosse puritana. E quanto ao amor?, eu quis perguntar. E quanto à decência, ao respeito próprio, porra? No âmago do esgoto da minha moralidade cheguei a ouvir a Bíblia falar de "abominação".

Visceral, disse a mim mesmo, pense *visceralmente*.

— Então você não tem preferência alguma? — indaguei.

— Quando se trata de?

— Ora, ora, sei lá. De boquetes, digamos.

Esperei que ele me dissesse "Está tão ultrapassado, por aqui, tão já era, o boquete".

Mas ele me respondeu com objetividade sincera.

— Prefiro ser chupado.

— Não, falei da sua preferência por quem chupa você.

— Homem ou mulher?

— Homem ou mulher.

— Depende do homem ou da mulher, Guy. Essas coisas não são divisores de água em termos de gênero.

O sacana politicamente correto! Como ele fazia isso? Como — com o pau na boca de uma pessoa e os próprios lábios em volta do pau de outrem — conseguia ser politicamente correto?

Mudei de assunto. Perguntei se a sua série televisiva continuava em pauta. Ele me pareceu desinteressado. Estão conversando, me disse. Perguntei sobre a loja. Fantástica. Ele me deu a impressão de se sentir melancólico a esse respeito.

Jeffrey retribuiu perguntando sobre o meu trabalho, mas não ouviu minhas respostas. Pareceu não querer me humilhar.

Então, sem qualquer aviso, começou a chorar.

— Jeffrey — falei, me oferecendo para envolvê-lo num abraço fraternal. — Qual é o problema, Jeffrey?

Ele passou a manga do seu lindo paletó no nariz.

— Menti para você ainda há pouco — disse ele.

— Ok.

— Não diga ok. Você não sabe sobre o que eu menti. Não está ok. Você se lembra da mulher com quem eu estava falando na loja quando você entrou? Pamala Vickery? Eu disse que o marido lhe deu o fora e ela estava com um tumor no cérebro.

Há, há, então eu tinha razão.

— Lembro, sim. Estranhei.

— Ah, você *estranhou*, foi?

— Jeffrey, tudo OK. Realmente.

— *Realmente*?

— Realmente.

Ele tornou a enxugar o nariz e depois fechou em punho a mão que usara. Recuei, temendo que ele fosse me bater.

Não bateu. Mas o que disse foi pior do que qualquer soco.

— Foda-se Guy — ele praticamente cuspiu. — Foda-se!

Ergui a mão para proteger meu rosto.

Ele afastou-a.

— Deixe-me dizer a você uma coisa *realmente* — prosseguiu —, seu viado sabichão. Existem coisas que você não sabe. E existem coisas que você não pode me dizer que estão ok.

— Ok — concordei.

— Não está ok. Nada está ok. Ponha isso na sua cabeça: nada está ok.

Fiquei mais ansioso. A última pessoa a dizer que nada estava ok havia sido Merton.

— Se é assim que lhe parece, Jeffrey...

— *Que me parece!* Santo Deus, Guy, eu podia estar falando com papai. Não é Pamala que está com um tumor no cérebro, certo?

Esperei, sem querer saber o que viria a seguir.

— Ai, Jeffrey — falei.

— Não venha com "Ai, Jeffrey" para cima de mim. Não terminei. Sou o motivo por que o marido de Pamala deu o fora nela.

— Para que ela cuide de você?

— Para que ela possa viver comigo. Com o que resta de mim.

— Você está brincando com isso?

— Por que eu brincaria?

— Ai, Jeffrey — repeti.

— Você não precisa ter pena de mim. Eu me diverti.

— Sei disso.

— Você não sabe de nada. Eu me diverti com todo mundo.

Ele me olhou com uma insistência curiosa.

— Todo mundo — repetiu.

— Você me disse. Com homens e mulheres. O que você faz é da sua conta, mas, honestamente, a situação é muito grave?

— Você não entendeu. Com todo mundo eu quis dizer *todo mundo*.

Então, entendi afinal. Li o que estava em seus olhos através do véu de vodca. Com todo mundo, ele queria dizer Vanessa.

Então era isso que ela fazia em Wilmslow. Meu irmão.

— Você está me dizendo que andou dormindo com Vanessa?

— Sempre gostei de Vanessa.

— Isso não é resposta para a minha pergunta.

— Li uma entrevista que você deu uma vez para o *Wilmslow Reporter*...

— Você não seria capaz de entendê-la. Você não lê.

— Li isso. Você disse que gostava de escrever sobre homens indomáveis. Bom, você não é um indomável. O indomável no seu casamento é Vanessa.

— O que justifica você dormir com ela.

— Estou provocando você.

— Por quê?

— Porque você é um sacana santarrão.

— E não estou com um tumor no cérebro?

— Isso também. E porque você jamais ouviu uma palavra que eu disse. Não está ouvindo agora. Eu disse todo mundo. Não só Vanessa. Todo mundo, porra!

Seu olhar estava tão ensandecido que me perguntei se ele estaria tendo um caso com Wilhelmina Dementieva. Não, não, nem mesmo Jeffrey Benzinho foderia a própria mãe.

Mas a ideia fez brotar outra. Não a mãe dele. A mãe de Vanessa.

Macacos me mordam!

— Poppy!

Eu tentara fazer uma pergunta, mas a palavra saiu como objeção.

Ele deu um risinho.

— A menos que eu esteja de novo provocando você.

Será que aquele risinho era a prova de que ele sabia que o fato de ele foder Poppy seria mais doloroso para mim do que ele foder Vanessa?

Eu não podia permitir que ele pensasse que me pegara nessa. Levantei da mesa e fui até o bar. Não para derramar álcool em cada olho ou para fumar um cigarro pelo ouvido, mas para tentar respirar fundo e chamar um táxi pelo telefone.

O táxi chegou em dez minutos. Na saída, pus uma das mãos geladas no ombro de Jeffrey. Ele não se mexeu.

— Sinto muito quanto ao seu tumor — falei. — Sentiria mais ainda se você me permitisse. Mas me fale se houver alguma coisa que eu possa fazer por você.

No táxi que me levou à estação ferroviária me ocorreu que ele talvez estivesse mentindo sobre o tumor, que tudo não passasse de mais um daqueles desmaios mortais que ele costumava fingir para me ver banido e ganhar um lugar na cama da nossa mãe. Eu fazia ideia do porquê. Ele a tinha só para ele agora. E eu já estava banido. Para dourar a pílula da sua confissão, talvez, supondo-se que se tratasse de uma confissão. Para justificar o próprio comportamento. Não era ele que havia dormido com minha mulher ou com a minha sogra, mas o tumor em seu cérebro. Por outro lado, se não estivesse com um tumor no cérebro, por que se daria ao trabalho de confessar?

Só quando já ia descendo do táxi, me dei conta do pleno impacto do que acontecera naquele dia. Eu tivera mais um daqueles encontros com meu irmão nos quais era impossível separar a verdade da ficção ou a sanidade da loucura. Meu pai me perguntara se me agradaria acompanhá-lo numa suruba com a minha mãe. Minha mãe entendera o significado da expressão — o que me deixou alarmado — e ficara só um tantinho aborrecida. Teriam os dois feito isso no passado? No *Queen Elizabeth II*? Certo, ele estava senil, mas a gente fica senil de um jeito que reflete a nossa natureza. Sempre me perguntei quem era meu pai. Agora eu sabia. Era um safado. Talvez também tivesse um tumor no cérebro. Éramos os filhos de um cafetão, Jeffrey Canceroso e eu. E talvez também de uma puta. Éramos filhos dos amaldiçoados.

Jeffrey quis que eu soubesse que ele andara dormindo ou com Vanessa ou com Poppy, mas e se quisesse que eu soubesse mais que isso? E se andara dormindo com ambas?

Eu não escreveria os livros que escrevo se não possuísse uma imaginação incansável. Eu passava mais rápido que a maioria dos homens de um sussurro para um beijo, de um beijo para um caso de amor e de um caso de amor para um churrasco sexual.

Uma de cada vez já seria bem ruim, mas e se — em conjunto — minha mulher e minha sogra tivessem fazendo suruba com Jeffrey?

Nada fácil, mas eu não as julgava incapazes de coisa alguma.

Suruba ou não suruba, porém, meu irmão estava morrendo. E se fosse mentira? Mentir sobre isso não deixava de ser, em si, uma espécie de morte.

Um grito involuntário saiu da minha boca enquanto eu pagava a corrida, uma estocada repentina em um lugar que não consegui identificar, como se fosse a lembrança de uma dor.

— O senhor está bem? — indagou o motorista.

— Eu? Levando tudo em conta — respondi —, estou ótimo.

Precisei correr para pegar meu trem.

CAPÍTULO 26

O Verificador Chato

A viagem de Monkey Mia até Broome transcorreu sem incidentes. Poppy dormiu na traseira da van. Vanessa se concentrou em dirigir. Não podíamos fazer o percurso todo em um dia, embora Vanessa tenha chegado a sugerir que eu me alternasse com ela para prosseguir viagem noite adentro.

— Estou cansado demais — argumentei.

— Por quê? O que você andou fazendo para se cansar tanto? — perguntou ela.

Eu podia ter dito "andei matando aranhas", mas não disse.

— Andei pensando — respondi em vez disso, esfregando os olhos para sugerir como era cansativo pensar.

Dizer que andava pensando era sempre uma ótima forma de encerrar uma conversa com Vanessa. Ela tinha pavor a que eu enchesse seu saco contando *o que* eu andava pensando.

Chegamos a Broome no finalzinho da tarde seguinte e imediatamente nos registramos em um hotel com vista para a floresta. Passei uma hora tentando estabelecer a conexão Wi-Fi para o meu laptop e lendo minhas mensagens.

— Não dá para esperar? — perguntou Vanessa.

— Esperar o quê?

— Esperar mais uma noite para que a sua carreira domine novamente as nossas vidas.

— Que carreira?

— Foi precisamente o que eu quis dizer.

Mas ouvi as más notícias regurgitarem no computador e não consegui esperar para recebê-las. No passado havia sido o Oráculo. Agora era a Apple. Mas tragédia é tragédia, independentemente de quem a preveja.

Entre as ofertas de Viagra e remédios para ejaculação precoce, encontrei um e-mail de Bruce Elseley, que não deveria ter meu endereço eletrônico, ameaçando um processo judicial e perguntando se eu gostaria de ir ouvi-lo ler numa livraria em Kentish Town; outro de Merton, ainda vivo naquela época, ao qual atachara uma crítica atrasada ao meu antepenúltimo romance — a melhor crítica que ele já vira, em sua opinião, uma crítica de um insight fantástico, que infelizmente só aparecera quatro anos após a publicação e num jornal que ninguém lia; um terceiro era da *American Traveler*, questionando duas ou três coisas num artigo que eu escrevera para eles sobre o Vale do Barossa. A coisa que mais apavora os escritores, não importa onde estejam, é alguma comunicação, salvo "não encontrei problema com uma única palavra", de um verificador americano de fatos; num hotel em Broome, porém, no final de uma viagem longa e emocionalmente exaustiva, um verificador americano de fatos com "umas perguntinhas" é a pessoa menos bem-vinda do planeta.

Ouvindo Vanessa e eu discutirmos o verificador de fatos na manhã seguinte durante o café da manhã, Poppy achou que tínhamos dito verificador chato.

— Como vocês sabem que ele é chato? — indagou.

— Não sei — respondi. — Ele pode ser, sei lá. Mas a palavra é fato, não chato. Ele verifica o que é fato.

— O que é estranho — interveio Vanessa — já que você não saberia o que é um fato nem que lhe caísse na cabeça.

— Exatamente — falei.

— E o que ele está verificando? — perguntou Poppy.

— É um termo impróprio — falei. — O cara na verdade é um patrulhador de estilo.

— Ele é um patrulhador de estilo chato — disse Vanessa, satisfeita consigo mesma, como se tivesse contado uma piada.

Poppy refletiu a respeito.

— Então talvez o que ele verifique *seja* a chatice, afinal. Como um açougueiro limpando a carne — disse ela.

— Você está dizendo que o meu estilo é chato, Poppy?

Trocamos olhares constrangidos, como ginasianos que passaram o recreio todo atrás do depósito onde ficam guardadas as bicicletas.

Eu estava secretamente impressionado com ela. Era preciso mais sofisticação crítica do que eu achava que Poppy tinha em estoque para equiparar literatura a carne, passível de conter gordura demais, necessitada de limpeza. Será que ela mudara durante o tempo em que a segurei em meus braços, com um dos pés sobre a tarântula? Teriam meus beijos a transformado numa crítica literária?

Em sua homenagem, de todo jeito, foi assim que resolvi chamar o sujeito da *American Traveler* dali em diante — de verificador chato.

A consequência de eu ter recebido notícias do verificador chato, que também estava aflito com o prazo, foi que precisei ficar no hotel respondendo ao e-mail, enquanto Vanessa e a mãe davam início à sua exploração de Broome. Havia três principais áreas com que me preocupar no texto: 1) o verificador chato não entendera o que escrevi. 2) o verificador chato não gostara do que escrevi. 3) o verificador chato não achava que coisa alguma ali fosse verdade.

Essas três não guardavam relação entre si.

— Hipérbole — escrevi em resposta. — Você não deve levar ao pé da letra o que escrevi.

— Como devo fazer, então? — me perguntou ele por e-mail.

— Encare como uma licença poética em relação à verdade essencial, sem que eu me curve às banalidades da veracidade.

— Então quando você diz — indagou ele, dessa vez por telefone, falando de Nova York (eram altas horas da madrugada, para se ter ideia da dedicação do sujeito à checagem de chatice) — que a garçonete da Vinícola Mount Pleasant Grill & Bistrô era uma sereia acabada de sair de um barril de Shiraz, com seus cabelos longos molhados e tingidos de roxo pelas uvas, você quer dizer que ela *parecia* uma sereia?

— Sim — respondi. — Não. Assim dá a impressão de um voo da minha imaginação, mas a garçonete, na verdade, se via como uma sereia.

— Você pode comprovar isso?

— Não exatamente. Foi a minha impressão. Pelo jeito como ela se portava.

— Então *foi* um voo da sua imaginação?

— Ora, em parte imaginação, em parte intuição. Mas continuo a não querer dizer *parecia* uma sereia. Isso a rebaixa, rebaixa a mim e rebaixa o leitor. Ela *era* uma sereia.

— Mas não tinha, na verdade, saído de um barril de Shiraz?

— Claro que não. Mas podia. E no final, quem somos nós para dizer que não saiu? Você está preocupado com a possibilidade de alguém tentar fazer isso na própria casa?

— Você não acha que os donos da Vinícola Mount Pleasant ficariam chateados se achassem que uma sereia andou nadando em seus barris?

— Ora, eu não ficaria. Mas duvido que ela tenha mesmo nadado no vinho.

— Então por que tem vinho no cabelo dela? Como ele foi parar lá?

É de lei que quando se escreve para uma revista americana o verificador chato sempre vença.

— Vou reescrever — prometi.

— Seguindo em frente... Quando você descreve as taças de vinho na Vinícola Henschke como cintilantes de luz como a vitrine de uma joalheria de Bond Street, você quer dizer como a vitrine ou como as jóias que estão nela?

Pensei.

— Acho que eu quis dizer que o vinho dançando na taça me lembrou as jóias cintilando na vitrine, digamos, da Tiffany.

— Em Bond Street? A Tiffany não fica na *Old* Bond Street?

— Ora, a gente chama tudo de Bond Street, a Old e a New. Mas, sim, na *Old* Bond Street, se isso ajudar os leitores a se localizarem.

— E cintilando?

— Sim, cintilando.

Dessa vez, a pausa foi dele. Me perguntei se para falar com o subeditor que estava falando com o editor assistente, que estava falando com o editor-chefe, que estava falando com o dono da revista. Também ele, pude ouvir, se perguntava. Com efeito, aparentemente, todos se perguntavam.

— Estamos nos perguntando — disse o sujeito, afinal — se podemos encontrar outro meio de enunciar isso para os nossos leitores...

— Com *isso* você quer dizer "cintilante"?

— Sim, e "dançando", e "sereia" e "barril".

— E "Shiraz"? — acrescentei, me adiantando.

— Sim, também.

Agradeci, desliguei e fui até a varanda. Se não parecesse tão venenoso lá fora, se insetos peludos não estivessem à espreita para pôr fim às poucas funções cardiorrespiratórias que o verificador chato não extinguira em mim, talvez eu tivesse pulado.

Por que eu estava em Broome? Por que eu estava em fosse onde fosse?

Não consigo evitar pensar em casa quando bate a náusea da viagem, mas casa significava Elseley pendurado numa porta de hotel usando meias de mulher e com uma laranja na boca, casa significava Flora McBeth sistematicamente tirando das prateleiras das livrarias do interior todos os livros um dia escritos por um homem, casa significava... Casa era onde mesmo?

E essa Broome a que as duas feiticeiras me haviam levado — que tipo de inferno infernal era esse? Saí da varanda enojado. Nojento era o calor, o pântano rastejante ("Será o pântano que rasteja ou existem criaturas rastejantes nele?"), a lenta ondulação da Baía Roebuck, cujas águas se mexiam como sopa ("de champignon? De tomate? De águas-vivas?"), a águia-pescadora em sua infinita paciência, imperturbável em sua convicção de que vida é comida e comida é vida e isso é só o que sabemos na terra e tudo que precisamos saber...

Comida e desejo...

Onde estariam elas agora, as feiticeiras da minha vida? "E onde, onde está a minha esposa cigana esta noite?" — Leonard Cohen, o último dos masoquistas audaciosos da velha escola.

Então, onde, onde *estariam* minhas esposas ciganas? Mergulhando atrás de pérolas? Em Cable Beach, exibindo seus corpos para os fortões? Cavalgando num camelo, cada uma de um lado da corcova, os dedos de Poppy crispados, como os de uma criança, em torno da cintura da filha?

Do fundo do calor do meu desejo nojento, as duas emergiram do pântano da Baía Roebuck, duas sereias balançando gotas de Shiraz dos cabelos tóxicos arroxeados.

Tem uma coisa que não mencionei.

Na noite em que matei a aranha, na noite em que todo o tempo moral parou, voltei finalmente para a van e descobri que Vanessa sumira. No meu travesseiro, como uma réplica zombeteira do que eu encontrara no de Poppy, um bilhete:

"Fui tomar um pouco de ar, a noite está bonita demais para ser desperdiçada. Não me espere acordado. Beijos. V."

CAPÍTULO 27

Antílope

Ficamos quinze dias em Broome. Vanessa queria ficar para sempre.

— Essa é a vida selvagem que sempre desejei — disse ela.

Ela jamais mencionara vida selvagem enquanto moramos no chalé de telhado de sapê em Barnes nem quando nos mudamos para a casa de três andares em Notting Hill Gate (a essa altura, Poppy ainda morava conosco. Ela se mudou para Oxfordshire depois que voltamos da Austrália, em razão daquilo que, suponho, poderia ser chamado de decência).

Registrei surpresa diante do fato de vida selvagem ser o que ela sempre desejara, mas Vanessa era impermeável a minhas ironias.

— Jamais usei essas palavras — disse ela —, porque sabia que você não entenderia o significado. Você é uma pessoa tremendamente urbana.

Urbano, eu? Lembrei-lhe que eu nascera em Wilmslow.

— Da janela do meu quarto, Vee, cresci vendo vacas.

— Descreva uma vaca.

— Ovelhas, então.

Mas como ela estava tão apaixonada pelo lugar, deixei que ficasse com Broome só para si. Vanessa devolveu a van e alugou o jipe mais masculino que encontrou. Adorou a arquitetura e a engenharia dos veículos nativos, as barras de proteção frontais e os pneus enormes, as latas amarradas ao teto, o barulho que as portas faziam ao abrir e fechar, a poeira vermelha em tudo. Durante as duas semanas em que lá ficamos, ela se transformou numa personalidade bastante conhecida, dirigindo a toda velocidade pela cidade, buzinando e acenando para os amigos que fizera. Comprou um novo guarda-roupa de shorts cáqui e botas altas. Falava no dialeto dos nativos. Saía à noite e bebia com os aborígines, cujas risadas e algaravia podiam ser ouvidas a cem quilômetros de distância.

— Esta terra é a terra deles — dizia.

— *Terra?* Essa não é uma das suas palavras.

— Agora sim. Eles me ensinaram. Está no sangue deles.

— Vee, no sangue deles tem é álcool.

— E de quem é a culpa?

Eu sabia a resposta. Do homem branco. Vanessa queria ficar e consertar as coisas para o homem negro.

— Vamos ficar — me disse certa noite. Ela havia saído, tinha bebido e feito sabe Deus mais o quê. Estava enroscada em mim como uma serpente em volta de um antílope. — Vamos ficar aqui para sempre. Podemos ter uma vida aqui. Você não sente o lado primitivo disto aqui? Como podemos voltar para Londres depois disso? Sinta o cheiro da noite.

Senti.

O cheiro morno de couro de camelo e até de elefante, de sangue, lagarto, eucalipto, jacarandá — o cheiro sensual da dor e de tudo que se usa para aplacar a dor, inclusive loção após-sol. E em sua esteira, mais cheiro de dor.

— Ouça.

Ouvi. Embora o mar não se movesse, dava para ouvi-lo. O som do silêncio abafado, um troar como se vindo de outro planeta. E os sons de criaturas matando ou sendo mortas. E o riso terrível e renegado dos aborígines. E Vanessa sussurrando em meu ouvido.

Ela tinha razão. Como poderíamos voltar?

— E a sua mãe? — perguntei.

— A decisão é dela. Pode ficar conosco ou voltar para casa por conta própria. Ela é perfeitamente capaz. Só você e eu. Que tal?

Por um momento, achei que sua mão fosse disparar incontrolavelmente na direção da minha recém provada virilidade.

Fiquei deitado e calado, ouvindo a excitação de Vanessa.

— E então? O que temos a perder? Você pode escrever em qualquer lugar, e isto aqui lhe dará, finalmente, um tema que não é típico de você. E a mim também. Posso terminar meu livro aqui. Ele sempre foi sobre isto aqui, aliás, entendo agora.

— Seu livro sempre foi sobre *Broome*?

Ela mordeu minha orelha.

— Não seja pentelho, Guido. Não aqui. Temos a chance de deixar toda esta implicância para trás. De recomeçar. Então? Recomeçar onde a vida é real. Sem lançamentos de livros. Sem festas de editores. Sem correr para comprar os jornais para ver as críticas e perder as estribeiras.

— Vou pensar — falei, lembrando como era perder as estribeiras.

— Não pense. Aja.

Ela tinha razão. Louvei sua coragem. Ela estava certa a meu respeito, bem como quanto a si mesma. Os grandes escritores mal afamados e irreverentes que eu admirava teriam ficado eufóricos com a chance de morar ali, ainda que por pouco tempo. Enlouquecer no calor, vagar bêbado pelas ruas, atirar em lagartos no próprio jardim e escrever livros tórridos sobre tais experiências. Talvez ela ficasse. Talvez ela *devesse* ficar. Mas eu não. Me faltava coragem. A indisciplina era minha meta, mas indisciplina em Wilmslow, não no extremo norte da Austrália oriental, onde ainda havia regatos dos quais nenhum homem branco bebera. Já falei que Vanessa estava enroscada em mim como uma serpente em volta de um antílope? Que antílope!

Eu ainda estremecia com a transgressão da semana anterior, ou sei lá quanto tempo antes, quando pus as mãos na mãe de Vanessa e a beijei até me doer a língua. Quão mais selvagem se esperava que um homem pudesse ser?

E ainda não estávamos satisfeitos, minha sogra e eu.

Satisfeitos? Nem tínhamos começado a nos satisfazer um com o outro.

Queimei minha chance na noite da tarântula. Culpem as palavras. As palavras sempre me arrumaram problemas. Ao me afastar para tomar fôlego, e com os braços ainda em torno dela, eu disse — safado engraçadinho que eu era:

— Então existem macacos em Monkey Mia, afinal.

Encantamento quebrado. Poppy, eu deveria saber, pertencia àquela geração de mulheres que se entregam apenas com a condição de que não se aluda ao que está acontecendo enquanto acontece. Soltam o cabelo qual sonâmbulas, de modo que de manhã não se lembrem. Basta chamar a atenção — "Está bom assim?" ou "Prefiro transar com você do que com a sua filha" — e o transe é rompido. É fino assim o véu que cobre a virtude delas.

E eu o rasguei.

— Vá embora! — disse ela, e dessa vez não voltou atrás.

Assim, voltei para a van e encontrei o bilhete de Vanessa no meu travesseiro.

Teria a aranha sido um ardil? Uma aranha de borracha para me tirar do caminho de modo que Vanessa pudesse escapulir para o barco e sua tripulação pervertida uma segunda vez, estando a noite bonita demais para ser desperdiçada, blá-blá-blá...?

Teria ela se arrependido de permitir que as coisas fossem tão longe?

Estou falando de Poppy. Vanessa se encontrava no banho-maria do meu ciúme. Eu lidaria com meus sentimentos em relação a ela mais tarde. Uma estocada de cada vez. De todo jeito, o que Vanessa fizera estava feito. Ela era um grande ruminador, quando se tratava de si mesma, de ética pregressa. Qualquer coisa que houvesse feito no passado — até mesmo na véspera — ela mastigava e cuspia. Santo Deus, Guido, isso foi *naquela época*. Supere. Mas com Poppy, a pergunta ainda tinha futuro. O que ela achava? O que continuaria achando?

Eu estudava sua expressão quando ela não sabia que a observava. Não vi qualquer sinal de que sua consciência a estivesse incomodando. Ela continuou a dar o braço à filha quando as duas andavam para lá e para cá; ambas ainda caminhavam lado a lado, em cima de seus saltos de cortiça, as cabeças se virando em uníssono sempre que um transeunte inesperado lhes cruzava o caminho, embora pouca coisa fosse mais inesperada nas ruas de Broome do que a presença daquela dupla.

Teria obliterado o que aconteceu? Teria o episódio sumido no álcool como tantas outras coisas — como a aranha no travesseiro, como os macacos que ela tanto esperara encontrar em Monkey Mia, mas dos quais se esquecera por completo até que eu, canhestramente, recordei-lhe disso —, como Vanessa sumira na noite?

Havia coisas de que eu precisava saber. Que tipo de sentimento, por exemplo, tem a mãe que pega emprestado o marido da filha? De que tamanho é essa traição do ponto de vista da mãe? Essencialmente, quero dizer. Independentemente do que pensasse uma sociedade covarde, cujas regras foram feitas por grupos de leitura femininos em Chipping Norton, de que tamanho era o crime, no esquema moral da vida, de dormir com o marido da filha? Será que as matronas discutiam entre risadas o assunto no salão de beleza?

— *Você já pegou seu genro?*

— *Já, e você?*

— *Estou pensando nisso. Que tal ele? Bom?*

— *Mais ou menos.*

Ou será que arrancavam os cabelos e aguardavam, tremendo, a vingança dos deuses?

Perguntas, perguntas. Mas de Poppy não vinha uma única sugestão de que um dia fosse fazer qualquer uma delas. Isso a tornava uma vilã de amoralidade ou uma heroína? Isso a transformava em alguma coisa, afinal?

Enquanto elas atraíam olhares em Cable Beach, flertando com fortões ou cavalgando camelos ao pôr do sol — um camelo cada, Vanessa e Poppy, uma corcova cada, pensem nisso —, eu ficava em casa, pesquisando Sófocles e Ésquilo no Google. Estes eram os garotos que tinham as respostas. Um homem e sua sogra — quão seriamente veriam os deuses a nossa transgressão?

Nada. Nenhuma menção. Nem Fedra foi além de se apaixonar pelo filho do marido nascido de um outro casamento — o que passava bem longe.

Apenas o dramaturgo romano Terêncio deu frutos — *Hecrya: A Sogra.* Mas se tratava de uma comédia, mais uma farsa, quando foi produzida pela primeira vez, que perdeu sua plateia para um grupo de acrobatas atuando em outro palco. E eu não estava em busca de gargalhadas.

Ficamos próximos um do outro, Poppy e eu, no jardim do Hotel Mangrove uma noite, assistindo a Escada para a Lua, um espetáculo na maré baixa em que a lua parece ascender ao céu pela escadaria do próprio reflexo nos pantanais da Baía Roebuck. Vem gente de todo lado da Austrália, gente que viaja milhares de quilômetros, apenas para assistir a isso. Mas eu mal conseguia olhar. Seria eu tema de tragédia ou tema de farsa? Estaria Poppy ainda a fim ou caíra fora?

Se a Escada para a Lua lançasse alguma luz sobre tais perguntas talvez eu gastasse meu tempo assistindo. Vanessa conversava com um bando de homens beberrões; vestida como estava, de short e botas, e ensandecidamente eufórica, sua entrega ao calor tórrido e ao grupo do qual fazia parte, ela já constituía um espetáculo e tanto. Pressionei a coxa de Poppy com a mão, os dedos para baixo e espraiados como se medissem um cavalo, exatamente como ela afinal permitira que eu fizesse na noite da tarântula. Mas ela se afastou rapidamente de mim. Sem um pedido para que a deixasse em paz. Sem reprimendas. Apenas um passo para o lado, como se quisesse ceder espaço para um estranho passar.

A questão não veio à tona durante toda a nossa estadia em Broome. Não impus minha presença a ela. Talvez porque estivesse de repente com pena de Vanessa. Ela não ia conseguir realizar seu desejo. Apesar de toda sua ousadia, não ficaria lá sem mim. Não fui capaz de explicar por quê. Vai ver a coragem dela precisava do complemento do meu medo. Vai ver ela esperara que Dirk surgisse em seu barco, mas ele se esquecera dela. Não se tratava precisamente do tipo de homem que cumpria a palavra dada, supondo-se que tivesse dado sua palavra. Talvez a excitação com a vida selvagem começasse a se desgastar. Vanessa parou de rir e beber com os aborígines na rua. Um fanfarrão de chapéu de couro bateu na traseira do seu jipe apenas por diversão, gritou algo sobre os peitos dela e depois seguiu em frente. Ela abusou do sol. Insetos a mordiam. Conforme passavam os dias, ela passava mais tempo na farmácia do que na praia.

E não vi sinal algum de que estivesse escrevendo.

Apenas na última noite, Vanessa admitiu estar aliviada por partir, embora desse a impressão de que se tratava de uma capitulação.

— Você venceu — disse ela.

Estávamos de pé na varanda, bebendo e fumando, olhando para o mar venenoso, Poppy ao lado dela. Algo em sua expressão pareceu ecoar aquele sentimento. *Você venceu.*

Querendo dizer o quê? Que não podia mais resistir a seu desejo pecaminoso por mim? Ou apenas que estava puta da vida de novo?

CAPÍTULO 28

Quanto Rendeu seu Último Livro?

No trem de volta de Wilmslow esbarrei em Garth Rhodes-Rhind, o fantasista urbano de quem me tornei amigo quando ele atravessou um período de má sorte, quando não sabia de onde viria seu próximo centavo ou, a bem da verdade, a próxima esposa, já que a anterior o trocara por um monitor de turmas de segundo grau a quem Garth dera aulas enquanto trabalhava como professor substituto em um curso profissionalizante no Tower Hamlets College. Foi Garth Rhodes-Rhind que, mais tarde em sua carreira e história conjugal, deu a festa "Lançamento na Lancha" em um iate chamado *Lulu*.

Quando o conheci, ele era um escritor de thrillers nas horas vagas que não conseguia se desfazer de um livro. Encontrei-o no café da Biblioteca Britânica. Ele se apresentou e me disse ser meu fã. Não acreditei. Fãs genuínos jamais declaram "sou seu fã". Em vez disso, citam nossos livros e nos dizem por que os apreciam. "Sou seu fã" significa sou uma caça-celebridades, significa "conheço sua cara, mas não me peça para saber o título do que quer que você tenha escrito".

— Então, de qual dos meus livros você gosta? — perguntei-lhe.

Na verdade não fiz isso, mas devia ter feito. O problema é que mesmo quando se sabe qual o significado da declaração "sou seu fã", a gente gosta de ouvir isso, já que é altamente sedutor ser reconhecido.

Ele era moreno e pensativo, estava acima do peso e barbado. Não tomara banho, também, achei. A menos que aquele cheiro fosse apenas de infelicidade. E, claro, inveja, mas, por outro lado, todos os escritores cheiram a inveja.

O sujeito não perdeu tempo para chegar ao âmago do seu interesse em mim. Queria saber se eu estava rico.

Se eu *era* rico.

Fiquei boquiaberto.

— Rico? Você quer saber se eu já era rico? Se nasci rico? Antes de pegar uma caneta? — indaguei, como se alguém ainda usasse caneta.

Não, ele não tinha querido dizer isso. Inclinou-se para frente e tocou na lapela do meu paletó. Por um instante, achei que pretendesse sentir o tecido. Mas o gesto foi apaziguador.

— Não foi minha intenção ofender você — explicou ele.

— Ofender?

Para um homem imune à inibição, o cara me pareceu estranhamente inibido, de repente.

— Quer dizer, não pretendo estereotipar.

Torci o nariz para estereotipar. Sei lá por quê.

— Deixe-me reformular a pergunta — emendou ele rapidamente. Esperei que me perguntasse se eu era rico em conhecimentos ou no amor. Rico espiritualmente, rico de coisas importantes. Me enganei. — Quanto você ganha por cada livro?

Meu queixo caiu mais ainda. O suficiente, pensei inconscientemente, para acomodar o cano de um rifle.

— Vamos conversar sobre isso quando nos conhecermos melhor — falei, incapaz de imaginar uma época em que eu fosse desejar conhecê-lo melhor do que já conhecia.

Mas ele cruzou novamente o meu caminho alguns dias depois.

— Agora que somos amigos, quero lhe perguntar uma coisa.

— Não é quanto eu ganho, é?

— Tenha paciência comigo — pediu ele.

— Não — falei.

Na semana seguinte, ele me pagou um café e um folheado de canela sem que eu pedisse.

— Sei que isso não é algo que até mesmo bons amigos discutam — insistiu —, mas escrever é um negócio como qualquer outro, certo? Quero saber se os sacrifícios que estou fazendo valem a pena. Não ganho nada. Melhor seria arrumar as estantes na Waterstones. Mas será que isso vai melhorar? Qual é a expectativa de renda de um romancista?

Olhei para o folheado de canela e dei um suspiro.

— Depende do romancista.

— Sei disso, mas me dê uma cifra aproximada. Quando rendeu seu último livro?

— Não escrevo thrillers, Garth.

— Me diga. Eu faço os ajustes.

— Quanto rendeu o seu?

— Duas mil duzentas e dezesseis libras. Pronto. Não tenho vergonha de lhe dizer.

Sorri amarelo para ele.

— Não é muita coisa — concordei.

— E você?

A verdade é que eu não podia lhe contar. Afora a etiqueta de discutir direitos autorais com outro autor, eu não podia deixá-lo nervoso. Eu não andava propriamente nadando em dinheiro, mas precisaria estar muito mal mesmo para não me sair melhor do que Garth. Precisaria ser muito desalmado para esfregar no seu nariz quanto melhor que ele eu era.

Por isso menti:

— Um tantinho mais que isso.

— Quanto mais? Cinco mil?

Tentei calcular o que ele aguentaria ouvir.

— Um tantinho mais que isso.

— Cinquenta mil?

Onde estaria Garth na escala da tolerância?

— Nem tanto.

No final, ficamos num número mais próximo ao mais baixo que havíamos citado. Escolhido ao acaso. Vinte. Digamos vinte.

Agora que tínhamos aberto o jogo, ele me pareceu levemente desdenhoso. Vinte mil libras! Isso era tudo que um livro meu rendia? Pude ver que ele se arrependera de ter dito ser fã de um tamanho joão-ninguém. Por um instante achei que ele fosse pegar de volta o que restara do meu folheado de canela.

Ocorreu-me atingir o insolente bastardinho com a verdade e ver seus joelhos se dobrarem, mas meu senso de humanidade prevaleceu. Três anos depois, li que ele mudara de gênero e vendera os direitos de seu novo romance para a Disney por um milhão de libras. E isso antes de ser publicado. Mantive minha distância da Biblioteca Britânica para o caso de ele tê-la comprado, mas ele conseguiu meu telefone.

— Guy, é Garth. Acho que a esta altura você já sabe, não?

Não tive certeza de qual seria a melhor maneira de lidar com a situação. Dizer que sim e lhe dar a satisfação de que eu vinha convivendo com a notícia, ou dizer não e ouvi-lo contá-la.

— Estou ocupado no momento — comecei.

Ele não me ouviu.

— Um milhão de libras, porra, e isso sem falar nos direitos do livro.

— Fico feliz por você, Garth — falei.

— Vamos almoçar juntos.

— Não — respondi.

Ele repetiu o mesmo número uma vez por semana durante três meses.

— Vamos almoçar juntos — ordenava.

— Não — respondia eu.

Agora estávamos os dois num trem chacoalhante juntos. Ele estivera em Manchester fazendo uma palestra na universidade.

— Normalmente não falo por menos de mil libras — me disse —, mas abro uma exceção para estudantes.

Fiz uma careta.

— Você acha que eu não devia? — indagou ele.

— Não, não. Acho que faz bem.

— Mas?

— Não tem nenhum mas.

— Tive a sensação de que viria um mas.

— Não, sim... Bem, estou surpreso de você aceitar mil libras.

— Por quê? Quanto lhe pagam?

— Prefiro não dizer — respondi.

— Ora, vamos lá. Mil e quinhentas? Duas mil?

— Cinco — falei.

— Cinco mil por uma palestra? Cruzes!

— Às vezes até cinco e meio.

— Santo Deus!

— É, eu sei. Uma puta roubalheira, não?

Ele se calou depois disso. Puxou um romance de capa dura da pasta e começou ostensivamente a sublinhar alguns trechos. Era um dos seus.

— É bom? — indaguei.

— Foi o meu primeiro. Ninguém reparou na época, agora pode ser uma mina de ouro, você sabe, os direitos para o cinema...

Estiquei o pescoço para ler o título. *A Morte de um Morto.*

— Não li esse — observei, num tom destituído de curiosidade.

— Fico surpreso — disse ele — de saber que você leu algum.

Sorri.

— Não li — falei.

Antes que ele voltasse a sublinhar a própria prosa, perguntei sobre Lulu.

— Fazendo água.

— Não falei do barco, falei da mulher.

— Fazendo água também. Jogando fora o meu dinheiro.

— Coisas dispendiosas.

— Namoradas?

— Barcos.

— Amém! Como vai indo...

Claro que ele não conseguiu se lembrar do nome.

— Não tenho barco. Ah! Você quis dizer Vanessa. Esfuziante. Acabou de terminar um romance em que o Spielberg está de olho.

Antes que ele pudesse fazer uma pergunta, estendi o braço e pus um dedo em seus lábios.

— Não posso contar — falei.

Foi uma viagem tão boa aquela de volta de Wilmslow que por um breve intervalo me esqueci das coisas terríveis que ouvira de Jeffrey.

CAPÍTULO 29

Morrendo de Falha no Cérebro

Resolvi dar a notícia a Vanessa com delicadeza.

— O pentelho do meu irmão está com um tumor no cérebro.

— Jeffrey?

— Que outro pentelho de irmão eu tenho? Jeffrey. O próprio. Você se lembra dele?

Fiz um punho e levei-o até a têmpora, sugerindo uma granada prestes a explodir e levar pelos ares os miolos de Jeffrey.

— Jeffrey! Santo Deus!

Ela esbugalhou os olhos, titubeou de forma teatralmente dramática, desabou numa poltrona e uivou.

Eu lera sobre gente que uivava, mas jamais havia ouvido com meus próprios ouvidos um uivo. Era o equivalente trágico ao cômico "Há, há!" de Jeffrey.

— Ui! Ui! — disse ela.

Me pareceu que eu precisava pôr em ordem as minhas reações. E não partilhar minha opinião de que a coisa toda era de novo o mesmo fingimento de Jeffrey de estar morrendo para me pôr em apuros.

— Eu não sabia que você gostava de Jeffrey — falei, passado um tempo.

— Ele é que jamais gostou de mim. Mas essa não é a questão. Ninguém na sua família gostava e não desejo uma doença para o pobrezinho.

Pobrezinho!

Seria esse o porquê? Haveria a cama de mais alguém para a qual ele esperava ser levado, uma cama branca como seu próprio fantasma e que piscasse o olho o tempo todo para mim?

E se para Vanessa ele era um *pobrezinho*, o que seria para Poppy?

221

— É verdade que ele jamais gostou de você? Achei que gostasse um bocado.

Ela não mordeu a isca. Não deu uma dica sequer.

Quis saber se o tumor era maligno. Eu não perguntara. Presumi que qualquer coisa que crescesse no cérebro fosse maligna. O próprio cérebro não é, em si, um órgão maligno? O de Jeffrey, pelo menos?

— Ligue para ele — falei. — Vou lhe dar o telefone.

Essa isca ela também não mordeu.

A notícia causou um profundo efeito em Vanessa. Ela ficou sentada em silêncio durante dias, com o olhar perdido, às vezes balançando a cabeça como se discutisse com um inimigo invisível. Não comia. Se não me engano chegou mesmo a escrever um pouco.

— É melhor você fazer um check-up — me disse.

— Tumores são hereditários?

— Sei lá. Faça um check-up e pronto.

— Já marquei uma colonoscopia.

— Não hão de achar um tumor no cérebro examinando aí.

— É o que espero.

Em lugar de ligar o rádio ou pôr fones de ouvido ou de alguma outra forma bloquear o som da minha pessoa quando foi para a cama, ela se sentou e deu início a uma conversa. Não consegui me lembrar de quanto tempo fazia que não conversávamos na cama. Conversar, não discutir.

— Todo mundo está morrendo — disse ela, soando fatalista.

Não interpretei coisa alguma a partir daí. Ela sempre quis que eu pensasse que não duraria muito entre os vivos. E era altamente sugestionável. Um tumor no cérebro seria agora uma mera questão de tempo.

— De que serve? Guido? — indagou.

— Ah... — comecei, mas ela me interrompeu

— Afora os livros e a fama, de que serve?

— De nada — falei. — Por isso temos os livros e a fama.

Ela me lançou um olhar comprido e penetrante.

— Felizardo você por ter os livros e a fama.

— E por ter você — falei.

— Ah, eu...

Ela estalou os dedos, como se bastasse isso para partir desta vida. O tumor já havia começado.

Caía bem em Vanessa falar de morte. Afora as lágrimas, eu nunca a vira tão radiosa. Mas desisti de montá-la ali e então.

No dia seguinte — como se para desmentir a mentira que eu contara a Garth Rhodes-Rhind — ela retomou seu romance.

Fiz o mesmo. Mas sem meu alter ego, Little Gidding. Gid, o pestinha, era, para empregar a linguagem Jeffreyana, tão demais! Jeffrey também, mas num sentido totalmente diverso. E eu podia dar a Jeffrey uma espécie de imortalidade, por mais que não fosse o tipo de imortalidade que ele apreciasse.

Ele era, para mim, o caminho, de todo jeito. Um herói para a nossa era. Jogava nas duas posições, enquanto Little Gid jogava numa só. Jeffrey estava morrendo de falha no cérebro, Little Gid simplesmente nascera morto. E Jeffrey escandalizara a decência, traindo o irmão, talvez traindo duas vezes o irmão, e em combinações que até a minha imaginação precisava se esforçar para acompanhar. O pobre Little Gidding, como eu, não passara da etapa de enfiar a língua garganta abaixo da sogra.

Se no final acabasse tudo sendo a mentira que eu agora me convencera ser — bom, seria até melhor. Hoje em dia se espera que os heróis sejam mentirosos. Mentir é o grande clichê do romance. Como *história*. Faça o seu herói começar a sua *história* — o falso pentelho — com a promessa de que tudo que ele diga seja um monte de mentiras, e você vai cativar tantos leitores quantos ainda existirem no mundo.

A mentira literária é o que nos resta contar quando a invenção deixou de ser valorizada, quando o fato é considerado melhor que a ficção e os editores imprimem as palavras "Baseado em uma história real" na capa de um romance popular. O mentiroso literário é o derradeiro grito desesperado da arte para atrair atenção.

Será que eu realmente queria tomar a direção do narrador não confiável, quando jamais na história da literatura houve uma boa narração que *fosse* confiável?

Eu não sabia o que queria. Estava fervilhando de possibilidades. E com ciúmes de Jeffrey, independentemente do que ele estivesse aprontando.

Com ciúmes dele por estar prestes a morrer. Com ciúmes dele por mentir. Com ciúmes dele por não mentir. E com ciúmes dele por mentir com minha esposa, barra, sogra.

Ótimo. O ciúme funciona para alguns homens. Sobretudo se forem escritores.

Meu ciúme era inseparável da minha excitação criativa redescoberta. Só precisei imaginar Jeffrey com uma das duas mulheres que eu amava e num abrir e fechar de olhos já havia escrito um capítulo. O que aconteceria quando eu chegasse, seriamente, a imaginá-lo com ambas só Deus poderia dizer.

No meu mundo moribundo, Jeffrey era o amanhã. Eu tinha o poder de escrever o romance mais imundo de um século reconhecidamente domado em excesso.

Assim que o vislumbrei como meu herói, minha prisão de ventre melhorou.

CAPÍTULO 30

Assassinando o Tempo

Cerca de um mês depois...

— Então não durou muito — disse Francis.

— Não era uma ideia suficientemente boa.

— A ideia não. Sua sogrinha.

— Ah, isso ainda tem futuro.

— Que pena. Eu tinha a esperança...

— Esperança de quê, Francis?

Mas ele sequer se deu ao trabalho de elaborar uma sugestão lasciva. Estávamos exaustos.

Ele consultou o relógio.

Antes costumava consultar o relógio a cada trinta minutos. Agora passara a fazê-lo a cada vinte e cinco.

Estávamos almoçando num clube novo no Soho. Clubes eram como revistas de autores — quanto mais piorava a situação, mais deles surgiam.

Depois de checar o relógio, ele checou o local. Ali fazíamos todos a mesma coisa, olhávamos à volta para ver quem mais estava presente. Embora não houvesse ninguém cuja companhia buscássemos, alguém tinha de ser melhor do que a pessoa com quem estávamos. Nosso objetivo era matar o tempo. O presente não era bom. O que aconteceria depois tinha de ser melhor. E pensávamos o mesmo sobre o que quer que acontecesse depois, se e o que acontecesse. A vida estava em outro lugar, outro tempo, outra pessoa.

E se ainda assim não a encontrássemos, provavelmente ele estaria no celular.

O mesmo se aplicava à comida. O que quer que comêssemos, discutíamos o cardápio de algum outro lugar. Ninguém no planeta estava onde desejava estar, conversando o queria conversar, comendo o que queria comer. Todos tínhamos perdido o bonde.

— Você tem outro compromisso, Francis — indaguei.

— Desculpe, desculpe. De jeito nenhum. Estou só tenso.

— Eu também.

Dessa vez, ambos examinamos o local. Todos estavam tensos. Indivíduos cujos companheiros de mesa não queriam como companhia eram objeto de curiosidade gananciosa, até mesmo de desejo, por parte daqueles que não queriam estar com quem estavam. Podíamos fazer o jogo das cadeiras. Quando a música parar, mudamos nossa vida. Não importa se você se deu mal. Quem quer que se escolhesse acabaria sendo uma merda.

— Quer saber, Francis? — falei. — Acho que estamos sendo preparados para o fim do mundo. Estamos sendo treinados suavemente para odiar nossas vidas de modo a não sentirmos pena de perdê-las.

— Não odeio a minha vida.

Dei de ombros. Eu não ia lhe dizer que isso era negação.

Ficamos ali sentados, mudos, mastigando comida de criança. Moída e amassada. Logo seria purê de maçã e ruibarbo.

— Então... — disse Francis, finalmente. — Você se encontrou com Ferber.

— Se você chama aquilo de encontro.

— Ele é o futuro, Guy.

— Não existe futuro.

— Talvez você tenha razão. Mas ele é o futuro que não existe.

— Acabei de ir visitar meu irmão. Ele é o futuro que não existe.

— Eu não sabia que você tinha um irmão.

— Jeffrey. Ele administra o negócio da família.

— Qual é o negócio da família?

— Nossa, Francis. Já escrevi tanto sobre isso. Moda. Temos uma butique em Wilmslow.

— Achei que fosse ficção.

— Era ficção, contada pelo falso prisma da verdade.

— Então você deve ter vergonha dele. Por que isso só surgiu por acaso? Por que você não escreveu o romance sobre a grande butique?

— Boa pergunta. Estou escrevendo agora. A partir do ponto de vista do meu irmão.

— O que há de errado com o seu ponto de vista?

Viram? Não demoraria para que Francis me pedisse para transformar tudo num livro de memórias. "Baseado numa história real".

— Não me interesso mais por ele. Meu irmão, sim.

— Qual é a diferença entre ele e você?

— Bom, para começar, ele é gay.

— E quem não é?

— Ora, *ele* não é. Ele é as duas coisas. Além disso, está morrendo. A menos que não esteja.

Francis olhou à volta.

— Sinto muito — falou, de olho numa mulher já passada com um decote profundo que expunha um colo enrugado. — Poppy Eisenhower é assim? — indagou.

— Certamente que não.

Uma garçonete pálida e perplexa, de algum país mais avançado em auto-ódio que o nosso, perguntou se queríamos pedir uma sobremesa. Gelatina? Arroz doce? Era um inquérito sem sentido. Gostaríamos do que viesse. Faríamos melhor se pedíssemos outra coisa e não gostássemos do que viesse.

Francis, não obstante, pediu torta de amêndoa com sorvete e dupla porção de creme. Foi muito específico a esse respeito, como se o pedido importasse.

A garçonete voltou para dizer que a torta de amêndoa já vinha com duas porções de creme. Será que ao dizer dupla porção, ele quisera dizer dupla porção dupla?

— Sim — respondi por ele.

— E duas colheres — acrescentou Francis.

— Não são *mais* duas colheres — intervim para ajudar. — Apenas a que vem com o doce e uma extra.

A garçonete assentiu e girou nos calcanhares, entendendo apenas que não havia entendido.

227

— Acho que quero escrever sobre um degenerado — falei.

— Você *estava* escrevendo sobre um degenerado — observou Francis. — Você está *sempre* escrevendo sobre um degenerado.

— Não. Eu quis dizer degenerado pra valer. Uma pessoa realmente em degeneração. Alguém que fode homens e mulheres, ao mesmo tempo. Alguém que toma vodca pelos olhos. Alguém que mente sobre ter uma porra de tumor no cérebro. A menos que ele esteja dizendo a verdade. Em cujo caso, ele é ainda mais degenerado.

— Só isso?

— O que mais há, Francis?

— Abuso. Tráfico de drogas. Surrar a esposa. Gigolotagem. Homicídio. Estupro de crianças. Turismo sexual.

— Provavelmente ele faz tudo isso também.

— Em Wilmslow?

— Por que não? Aquele lugar é cheio de jogadores de futebol.

— Excelente. Faça dele um jogador de futebol.

— Um jogador de futebol! Francis, estou tendo dificuldade para não fazer dele um filósofo francês. Acho que você não sacou o que disse. Isso vai ser uma crítica pornográfica da pornografia da nossa era, que não é pornografia. A pornografia da nossa era é o nosso fracasso em admitir a pornografia.

Ele me encarou e juntou os dedos.

— Ok — disse ele, ou melhor: "OKeeeeie".

— O que você quis dizer com OKeeeie?

— Quis dizer que é bom, parece realmente interessante, mas não escreva já.

— Já estou escrevendo.

— Okeeeie, mas não termine ainda.

— Por que eu não deveria terminar ainda?

— Porque não posso vendê-lo já.

— Porque...

— Porque a pornografia da nossa era é o nosso fracasso em admitir a pornografia.

— Acabei de dizer isso.

— O que demonstra que ouço.

— E quando você acha que isso vai mudar?

— Quer saber quando vou parar de ouvir?

— Não, Francis. Quando você acha que seremos de novo capazes de admitir a pornografia?

Ele deu de ombros.

— E o que se espera que eu faça nesse ínterim?

— Foda a sua sogra, seu sacana sortudo.

— Para *ganhar dinheiro*, Francis.

Ele consultou o relógio e depois olhou à volta.

Naquele momento, Vanessa apareceu, de braços dados com Poppy.

Seguidas pela garçonete com uma torta de maçã e ruibarbo sem creme.

CAPÍTULO 31

Todo Escritor Vivo é um Lixo

Poppy não permaneceu conosco muito tempo após a nossa volta da Austrália.

— Estou a fim de uma mudança — anunciou ela na terceira ou quarta manhã em casa.

Lancei-lhe um olhar disfarçado, mas ela não retribuiu.

Vanessa ficou nervosa.

— Mãe, você *acabou* de fazer uma mudança. Nem chegou a desarrumar as malas.

— Ora, foi exatamente o que pensei. Já que as malas estão prontas, por que esperar?

— Esperar o quê? Você não pode simplesmente sair porta a fora. Aonde pretende ir?

— Pensei em Costswolds, em ficar num hotelzinho e ver se encontro uma casinha em algum lugar com hífen para alugar durante o verão. Fazer um pouco de jardinagem. Não é para sempre.

("Só enquanto seu marido super aquecido esfria", foi a frase que ouvi em seguida, embora ela não a tenha dito).

Ofereci ajuda para achar um hotel, mas minha oferta foi recusada. As duas fariam isso juntas. Sem mim.

Foi como ser abandonado por duas mulheres simultaneamente.

— Volto quando voltar — disse Vanessa. — Agradeceria se você não transformasse a casa num bordel na minha ausência.

Só para constar: eu não tinha um histórico de transformar essa ou qualquer outra casa em que vivera com Vanessa num bordel. Sequer tinha um histórico de convidar mulheres para tomar chá. Quando a solidão crescia demais a ponto de ficar intolerável depois de alguns dias, eu saía e o que fazia não era da conta de ninguém. Eu era um escritor. Precisava sair de vez em quando. E precisava fazer coisas que não eram da conta de mais ninguém.

Tão escrupuloso eu era na questão de manter o lado de fora separado do lado de dentro que pus uma distância de quase dois quilômetros entre a minha pessoa e o meu lar antes de ligar para Philippa pelo celular. Não nos falávamos desde Adelaide, não menos porque eu tinha outras coisas em que pensar, mas ela me mandara uns dois ou três e-mails na sequência imediata do que quer que se chame o que fizemos, e embora eu não imaginasse a possibilidade de voltar a procurá-la, o súbito vazio da minha vida tornou imperioso esse telefonema. Cheguei a pensar, não pela primeira vez, se eu não teria me apaixonado por ela sem saber.

— Por acaso me encontro sozinho — falei. — Acho que não há chance de você pegar um avião para cá, há?

— Estou em Auckland.

— Sei disso. Lindo nome, Auckland. Venha. Pegue um avião.

— Acho que não, Guy. Há quanto tempo você está sozinho?

Tentei me lembrar.

— Umas três ou quatro horas.

Na verdade, fazia umas duas, três horas, mas Philippa não era minha esposa: eu não lhe devia honestidade.

— E durante quanto tempo você vai estar sozinho?

Mais uma vez achei que bastava lhe dar um cálculo aproximado.

— Três, quatro, dias. Pode ser mais.

— E você quer que eu vá até aí para lhe fazer companhia só por esse período?

— Ora, tivemos apenas uma noite em Adelaide.

— Sim, mas estávamos os dois lá. Olha só, eu acho que não estou a fim.

— A fim?

— De ajudar você a enfrentar o seu tédio.

— Você não se importou em Adelaide.

— Não me dei conta de que fosse tédio. Achei que estávamos falando de luiteratura.

— Podíamos fazer mais que isso.

Ela se calou. Então disse:

— Isso deve estar lhe custando uma fortuna.

Eu sabia identificar uma dispensada. De repente me dei conta de que *estivera* apaixonado por ela.

— Eu podia ir até aí ver você — falei.

Houve mais uma longa pausa.

— Não acho uma boa ideia — disse ela, finalmente.

— Por quê? Existe outra pessoa?

— Tenho um parceiro, você sabe.

— E eu, uma esposa. Eu quis dizer outra pessoa além de outra pessoa.

— Já que perguntou... Sim.

— Outro escritor?

Foi uma pergunta tola. Claro que era outro escritor. Como muitas mulheres que assombravam o circuito dos festivais com sacolas de livros penduradas nos ombros, ela só transava com escritores.

Philippa continuou calada.

— Entendo isso como um sim — falei.

— Sim.

— Alguém que eu conheça?

— Você não o *conhece*.

Registrei a ênfase.

— Alguém de quem *ouvi falar*, então?

— É Maarten.

— Maarten Noort?

Maarten Noort era o holandês mudo e dono de um barrigão, ganhador do Prêmio Nobel.

— É, esse Maarten.

— Nossa, Philippa! Ele tem o dobro da sua idade e do seu tamanho.

— E daí?

— Ele escreve romances que terminam na página dois.

— Não se mede linguagem em metros e centímetros, Guy.

— Ele também não fala.

— Comigo, sim.

— Está dizendo que ele é melhor no telefone?

— Não nos falamos por telefone...

Ah! Foi a minha vez de ficar calado. Ah!

Então, ele estava lá, talvez desabotoando a roupa dela enquanto falávamos. Agucei o ouvido, imaginando ser capaz de ouvir a respiração holandesa pesada que havia hipnotizado os *literati* de Adelaide durante uma hora.

Esse circuito era velho conhecido dos romancistas internacionalmente famosos: Adelaide, Melbourne, Sydney, Auckland, a cama de Philippa — entenda-se Philippa metaforicamente. Adelaide, Auckland, tiete de escritores de prosa.

Conformei-me com o fato de não poder ter tudo. Não me cabia lamentar a morte da leitura e depois criticar os que liam. Ao menos as tietes de escritores de prosa eram fanáticas por prosa. Aceitar o fato de não poder ter tudo não me impediu de desejar tudo.

— Ele nunca voltou à pátria mãe, então?

— Não sei o que você quer dizer com isso. Ele é um romancista internacional. Viaja pelo mundo todo. Mas, sim, ele está aqui comigo, se é o que quer saber.

Com ela. Santo Deus! Considerando quão recentemente ela estivera *comigo*, senti como se estivéssemos nos fundindo nela, Maarten e eu.

— E por onde anda o seu parceiro enquanto Maarten está *com você*?

— Aqui. Ele é um grande admirador da obra de Maarten. Eu disse a você que temos um relacionamento aberto.

Eu quis indagar sobre a sra. Noort e quão receptiva quanto ao próprio relacionamento era ela, mas, tendo em vista tudo o mais, não me considerei em posição suficientemente sólida para tomar o partido das esposas.

— Bom, espero que vocês todos sejam muito felizes, Philippa — falei.

— Você também, Guy.

Foi a despedida mais definitiva de que já participei como receptor.

Assim, três mulheres haviam me abandonado no espaço de três horas.

Não posso passar mais de um dia sem a companhia de uma mulher. Eu teria ligado para Mishnah Grunewald se não tivesse ouvido dizer que ela saíra do zoológico, se casara com um rabino e partira com ele para ajudar a presidir uma nova sinagoga na Cracóvia onde a vida judaica, dizia-se, parecia aos poucos estar voltando.

Todos estavam se divertindo mais que eu.

··· ·

Poppy e Vanessa encontraram um hotel bacana em Moreton-in-Marsh onde se hospedaram durante uma semana antes que Poppy se mudasse para uma casa de tijolinhos vermelhos com o jardinzinho que ela queria em Shipton-under-Wychwood.

— Ela conseguiu seus hifens, então — comentei com Vanessa, em sua volta.

— Deixe minha mãe em paz — retrucou ela. — Se você tivesse sido mais gentil, talvez ela não fosse embora.

— Você ouviu isso dela?

— Não, deduzi.

— Como eu não fui gentil com ela?

— Do jeito como você não é gentil com ninguém.

— E como é isso?

— Sendo mal educado. Ignorando os outros. Trancando-se dentro da própria cabeça.

— Isso se chama escrever, Vee.

— Não. Chama-se contemplação do próprio umbigo.

Desde Broome, não vínhamos propriamente nos dando mal, era mais como sempre havíamos nos dado, só que menos.

Agora, de volta, ela me culpava por não lhe permitir ficar.

— *Permitir*!

— Estimular. Facilitar. Não banque o engraçadinho comigo, Guido.

E agora, de volta de Cotswolds, ela me acusava de obrigar a mãe a nos deixar e ir morar em Wychwood-Over-Sabe-se lá o Quê.

Eu não deveria ter fingido ignorar o lugar. Duas semanas depois de Poppy se mudar para lá, fui a um simpósio em Oxford e lá pela metade do evento entrei num táxi para ir até sua casa, cujo endereço não me havia sido dado, mas que encontrei em meio aos papéis de Vanessa. A cidadezinha fazia jus ao nome. Bonitinha. Gramado de cidadezinha, igreja de cidadezinha, pub de cidadezinha, idiotas de cidadezinha. Pude imaginar Poppy sendo muito feliz ali.

Comigo.

Ela estava no jardim da frente quando apareci, sentada num banco de madeira, lendo lixo debaixo de um enorme chapéu de palha enfeitado com flores. Vestia bermudas de batik de seda, que, tanto sob o ponto de vista de um estilista quanto de um homem, considerei um equívoco, mas também eu não avisara que ia aparecer. Ela entrefechou os olhos quando me viu, mas não fechou o livro. Resolvi não mandar o táxi embora de imediato.

— Eu estava passando — falei.

— Que coincidência. Por acaso me reconheceu de dentro do táxi?

— Mais ou menos isso.

— Estava passando vindo de onde?

— Oxford.

— E indo para onde?

— Notting Hill Gate.

— Este não é o caminho.

— Sei disso. Você poderia explicar o caminho ao motorista?

— Diga a ele para voltar a Oxford e começar do zero.

— Ganho um copo de vinho antes?

— Não.

— Uma xícara de chá?

— Não.

— Será que não precisa que eu mate alguma aranha para você? Eu imagino que aqui no campo não faltem aranhas.

— Definitivamente não. Prefiro deixar que morem no meu armário.

— Então, já vou.

— Por favor.

Tentei ler de esguelha o título do seu livro. Escritores fazem isso. São hipnotizados por livros. Não podem ver uma pessoa lendo sem se perguntarem que livro é aquele.

— Está olhando o quê?

— Eu só queria ver que lixo você está lendo.

— Por quê?

— Só curiosidade.

— Duvido. Se estivesse curioso, você não chamaria o livro de lixo.

— Estou curioso para saber que lixo.

— Ora, então vai continuar curioso.

Ela apertou o livro contra o peito, como se fosse um bebê. *Meu bebê, meu bebê — querem levar meu bebê!*

— Será que não posso simplesmente ficar, ponto final?

— Não, você não pode nem simplesmente ficar, vírgula.

— Eu podia virar as páginas para você.

— Não preciso. Este livro é tão interessante que as páginas viram sozinhas.

— Quem é o autor?

— Alguém que você considera um lixo. Vanessa me disse que você acha que todo escritor é um lixo.

— Isso não é verdade. Só os vivos são um lixo.

— Você está vivo.

— Não durante muito tempo.

— Bem, este aqui está vivo e não é um lixo.

— *Ele*! Você só está tentando me magoar.

— Tem razão. Agora, tchau.

— Se é isso que você realmente, realmente, quer...

— Por favor.

— Realmente, realmente, realmente...

— Estou implorando.

Ela foi firme, mas optei por ver o lado bom. Ela não me disse para nunca mais voltar.

Em algum lugar de mim mesmo — não, em alguns lugares de mim mesmo — fiquei aliviado. O romancista em mim precisava disso para seguir em frente indefinidamente. Uma conquista fácil ia de encontro aos interesses de uma boa história. Eu não era doido por trama, mas conhecia o valor do suspense. O moralista em mim, se é que havia um, precisava seguir em frente indefinidamente também. Broome era uma coisa: Broome estava fora do mapa moral. Mas se Poppy me convidasse a entrar e despisse sua bermuda idiota em Shipton-under-Whichwood eu entraria em crise. Será que realmente seria capaz de fazer isso com a própria filha? Ali, no coração da Inglaterra? Será que ela sabia a diferença entre o certo e o errado?

Por que não dissera ainda a Vanessa que o genro era um patife constituía uma preocupação para mim. Não é essa no mínimo a obrigação de alguém que é mãe com quem nasceu das suas entranhas? Livre-se dele, Vanessa, ele é podre, sempre foi, sempre será, só não me pergunte como sei disso.

Mas o genro em mim, o amante e a criança ao mesmo tempo, ansiava por consumação. Broome talvez estivesse fora do mapa moral, mas eu ainda esperava ansiosamente me ver novamente com o pé em cima da aranha tendo Poppy em meus braços. E se ela nada dissera a Vanessa, será que isso não significava que ela também ansiava por uma volta ao habitat dos macacos?

CAPÍTULO 32

Rapa, Rapa

O tema do simpósio em Oxford do qual eu escapulira era o papel da literatura infantil.

Em quê?

Na instrução infantil?

Não *havia* instrução infantil. Se havia instrução infantil — se *houvesse* instrução infantil — veríamos prova disso em adultos instruídos.

Mas, por outro lado, quem era eu para dizer? Tinham me convidado apenas para me humilharem publicamente — um sacrifício de adulto no altar do parágrafo adolescente. Eu concordara em participar — meio que antecipando o que acabou acontecendo — apenas a fim de ter uma desculpa para checar como a minha sogra estava se adaptando logo ali na esquina. Oxfordshire de repente se tornara excitante para mim.

Por sua vez, os organizadores queriam me expor ao ridículo porque eu dissera algo em um daqueles programas de arte de final da noite na Rádio 3 — que sabidamente ninguém ouve, porque nem a gente estaria ouvindo se não fizesse parte dele — mais ou menos do tipo *"seria de esperar que crianças instruídas se transformassem em adultos instruídos, e como não existem esses adultos, a coisa toda não faz sentido algum"*. Onde estão elas agora, eu indagara, aquelas crianças ávidas por literatura que faziam fila noite adentro para pôr as mãos no menino mágico? Ou continuavam lendo sobre o menino mágico ou nada liam.

Era demeritório para nossas crianças, argumentei — desafiando a que me desafiassem quanto à hipocrisia do possessivo "nossas" na boca de alguém que era, salvo em atos, um assassino de criancinhas —, supor que elas necessitassem de livros infantis a fim de depois passar aos livros adultos. O que elas precisavam era de literatura adulta desde o início, com umas poucas concessões quanto a áreas para as quais não estivessem ainda amadurecidas. Assim, não lhes daríamos *Trópico de Câncer*, mas as faríamos saber que *Trópico de Câncer* as aguardava assim que terminassem a porra de *Ventos Uivantes*.

Eu não podia fingir saber sobre o que estava falando. Não tinha filhos e não queria me misturar com quem tinha. Habitávamos um mundo impermeável às crianças, Vee e eu, e supúnhamos que as crianças fossem, no sentido abstrato, iguais a nós, só que menores e mais bagunceiras. "Nem *tão* menores assim", ouço Vanessa dizer, me olhando de cima a baixo.

Mas por que eu precisava saber sobre o que estava falando? Havia um consenso universal de que a literatura infantil nunca fora mais forte, e havia um consenso universal de que qualquer um com menos de quarenta anos lutava para ler algo mais demandante que um tweet. *Ergo...*

Eu também disse, numa entrevista que abordou minha própria iniciação à leitura — assunto sobre o qual eu mentira durante anos, fingindo que lera Henry James e Henry Miller no jardim de infância —: "O lixo é o lugar de qualquer coisa que se destina à criança na condição de criança".

Uma das minhas, barra, nossas, expressões prediletas. Não, não criança. "Na condição de".

A ideia de jogar no lixo qualquer coisa destinada à criança na condição de criança soara aos organizadores como um ponto de partida incrivelmente útil para discussão. Daí o convite feito a mim.

— Como você sugere fazer isso? — o mediador da sessão matutina me perguntou, esfregando as mãos. — Banindo? Queimando?

Queimando as crianças?

— Ficamos curiosos para saber se você iria tão longe.

(*"Por que o senhor odeia crianças, Sr. Ableman?"*).

Ele era o dono da livraria infantil na qual nos amontoávamos — cerca de quarenta ou cinquenta leitores infantis adultos, sentados em cadeiras dobráveis de metal no almoxarifado (para mim foi uma surpresa não encontrar cadeirões) —, além dos três membros do painel, dos quais um era eu, em torno de uma pequena mesa de jogo. Nas paredes havia fotos ampliadas de escritores famosos de literatura infantil do passado, assim como reproduções da capa da contribuição mais recente para o gênero de autoria do próprio mediador, um livro ilustrado sobre um cachorro chamado Rapa. *Rapa, Rapa* era o título.

Respondi a essas ultrajantes perguntas iniciais calmamente, me pareceu, com os costumeiros rosnados de escritor relativos a ser contra banir ou queimar alguma coisa — cheguei mesmo a invocar os nazistas —, embora no fundo houvesse muita coisa que me agradaria ver banida ou queimada, inclusive, com o passar do dia, aquela livraria, o evento e todos os seus participantes.

— Permitam-me um pequeno floreio retórico — falei, enunciando as palavras claramente para o caso de os proponentes de literatura infantil serem incapazes de registrar o que eu, como escritor de livros para adultos, queria dizer. — Sou, naturalmente, contra qualquer tipo de censura. Mas podemos levar nossas crianças a se interessarem pela leitura sem sermos condescendentes com elas. John Stuart Mill, aos três anos, lia autores clássicos em seus originais em grego e latim. Arrisco-me a afirmar que isso não teria acontecido caso seu pai lhe desse, na tenra idade, *Charlie e a Droga da Fábrica de Chocolate*, ou o que quer fosse que as crianças estejam lendo agora.

Não posso dizer que estivesse tendo um bom desempenho no sentido de fazer a plateia gostar de mim. Mesmo Rapa, olhando com ternura para seu dono de todas as paredes — esperando sua dica "Rapa, Rapa" — pareceu agora arreganhar os dentes para mim.

Um membro do painel deu a impressão de que iria sair, ao pegar sua mochila no chão, onde a pousara entre as pernas — uma pequena mochila de ciclista urbano com chaveiros do Ursinho Paddington dependurados —, mas no final descobriu-se que estava apenas procurando um lenço.

— Se esse é um exemplo do seu senso de humor, não espanta que você não seja lido por crianças — comentou o sujeito, assoando o nariz.

Não fui capaz de dizer se ele ia se inclinar e me dar um soco ou desandar a chorar. Lágrimas, achei, estavam na moda. Todos choravam agora. O mundo estava ensopado de lágrimas, o deserto literário mais ensopado do que qualquer outro lugar.

Não espanta que nada crescesse.

No final, ele apenas assoou o nariz mais algumas vezes. Heston, era seu nome. Heston Duffy.

— Como você sabe que não sou lido por crianças? — perguntei. Eu jamais quis ser lido por crianças, mas de repente a ideia de não ser me deixou profundamente perturbado.

— Bom, pelos meus filhos não é lido.

— Nem pelos meus! — gritou alguém na plateia.

Heston Duffy propôs uma rápida enquete. Levantem a mão aqueles cujos filhos já leram alguma coisa escrita por Guy Ableman. Ninguém levantou a mão. Então, ele teve uma ideia melhor. Quantas pessoas já haviam lido alguma coisa escrita por Guy Ableman? Mais uma vez, ninguém levantou a mão. Ele se recostou na cadeira — um homem inadequadamente pomposo para um escritor infantil, pensei: mais parecido com um promotor público ou leiloeiro — e deu um risinho. O risinho não lhe caiu bem. Seu rosto já era por demais cheio de dobras — nem de longe um rosto que eu houvesse de querer próximo a um filho meu, caso eu tivesse algum —, e o risinho apenas exacerbou sua aparência desagradável. Ele usava uma camiseta preta amarfanhada, ligeiramente salpicada de tinta aquarela ou massinha de modelar. Sua expressão petulante me fez lembrar Victor Mature no papel de Sansão, embora fosse eu quem estivesse tentando enterrar os filisteus nas ruínas do Templo.

— O que se lê ou não lê é problema de cada um — falei, me dirigindo diretamente à plateia —, mas acho divertida a ideia de vocês acharem que sabem o que seus filhos leem. Por acaso checam debaixo das cobertas toda noite? Eu escondia dos meus pais o que lia — *Ulisses*, *Os Cento e Vinte Dias de Sodoma*. Essa era a graça da coisa toda. Ou será que a graça da leitura se foi agora, juntamente com tudo mais?

Fulminei a plateia com o olhar. Ela me fulminou de volta. Graça? Eles iam me mostrar onde estava a graça!

A outra debatedora tinha o cabelo grisalho preso num rabo de cavalo como um garotinha muito antiga. Usava três argolas de prata em cada narina e duas mais em cada orelha. A voz era aguda e flauteada, como se não pertencesse a ela. Estaria possuída por uma criança?, perguntei-me. A mulher ergueu uma das mãos num gesto conciliador como se quisesse aplacar uma turba enfurecida. Não sei por que eu disse "como se". Tratava-se, *com efeito*, de uma turba enfurecida e ela *estava* tentando aplacá-la.

— Meu nome é Sally Comfort — disse ela, embora já tivesse sido apresentada.

Todos a aplaudiram pela segunda vez. Eu também aplaudi uma segunda vez. Então, aquela era Sally Comfort! Havia outra reação disponível a mim: quem era essa Sally Comfort, porra?

Mas era inegável que ali estava uma deusa entre os mortais da literatura infantil.

— Acho que entendo aonde quer chegar o sr. Ableman — prosseguiu a mulher, sorrindo para mim de um jeito que teria me feito correr para me esconder atrás da saia da minha mãe caso eu fosse uma criança (e caso minha mãe não fosse uma puta que não usava saias). — Acho que ele está tentando nos dizer, e eu, aliás, não me importo de ouvir, pois sou uma grande admiradora da sua obra, com certeza, que as crianças não devem ser infantilizadas pelos escritores. Garanto que não preciso lembrá-lo de que John Stuart Mill sofreu um colapso nervoso quando jovem, o que talvez nos leve a pensar duas vezes sobre o estilo de instrução que recebeu, mas isso não invalida o argumento básico que me parece defender o sr. Ableman, ou seja, o fato de que às vezes exigimos pouco demais da inteligência e da imaginação de nossas crianças.

— Aleluia! Aleluia! — exclamei, satisfeito comigo mesmo por não morder a isca do colapso nervoso e dizer "É bem provável que metade dos filhos de vocês estejam loucos de pedra na mesma idade. E não contarão com a vantagem de uma instrução decente e do conhecimento da poesia de Wordsworth para ajudá-los a sair dessa situação". Em vez disso, aplaudi Sally Comfort com as pontas dos dedos, como um chinês de comédia espantando uma mosca.

Me imaginei soprando em seu ouvido um agradecimento por ser bacana comigo.

— Ora, decerto ninguém — interveio o mediador, um homem animado com cara de bêbado e volumosas bolsas sob os olhos — acusaria algum de nossos palestrantes de exigir pouco demais da inteligência e da imaginação de nossas crianças.

Mais aplausos. Dessa vez, porém, não da minha parte.

"Rapa, Rapa", pensei.

Heston inclinou sua bela cabeça pesada. Sally sorriu e rearrumou as argolas em suas narinas.

Imaginei-me soprando em seu nariz.

Houve então um momento de silêncio durante o qual ficou claro que se esperava que eu pegasse o fio da meada deixado por Sally Comfort e corresse para algum lugar com ele. Wychwood-Over-Shipton, cogitei, olhando de esguelha para o meu relógio.

Teria ajudado eu saber alguma coisa sobre os livros escritos por Heston Duffy e Sally Comfort, mas depois que se resolve que há vantagens em argumentar sobre o que se ignora a gente tem de ser coerente.

— Creio que é preciso perguntar — comecei, escavando as profundezas do manual dos blefes dos escritores — se tantos magos, demônios e outras criaturas míticas com nomes pseudo-groelândios são necessários para estimular a imaginação dos jovens. Será que não nos precipitamos, quando se trata de crianças — prossegui, sem indagar de mim mesmo como é que eu sabia disso —, ao supor que imaginação seja sinônimo de fantasia, que...

— Não no meu caso — interrompeu Heston. — Meu herói, Jacko, não é um mago, mas um garoto comum nascido em Sussex que se torna um mercenário lutando nas zonas de guerra mais terríveis do mundo. Não há nada de fantasioso nisso.

— Calma aí — pedi. — Você diz que ele é um *menino* mercenário. Quantos anos ele tem, exatamente?

— Bem, ele envelhece a cada livro. Mas tem nove quando pega em armas pela primeira vez.

— Nove? Isso não faz dele um personagem de fantasia?

Heston fez uma expressão de quem não consegue decidir se desfere um murro no agressor ou volta a chorar.

— Em algumas partes do mundo, até crianças mais novas que isso são recrutadas.

— Sei disso. Mas Jacko é um mercenário nascido em Sussex, você disse, onde, pelo que sei, não existe recrutamento. Se isso não é fantasia, sem dúvida é um exagero de imaginação.

— Ninguém pode dizer isso de seus romances, Sally — retrucou o mediador com cara de bêbado.

— Não mesmo. O livro em que estou trabalhando no momento, por exemplo, é o último do que chamo de minha Série Clamídia — concordou Sally, rindo. — Nessa série ensina-se às adolescentes os perigos do sexo casual. É motivo de grande preocupação para mim que tantas jovens achem que o sexo é seguro desde que não cheguem à consumação. Se ficarem apenas no sexo oral, por exemplo.

Ela assentia enquanto falava, como se em total acordo consigo mesma, ainda que surpresa.

Novamente Sally riu, dessa vez em um registro mais agudo do que eu imaginava que a voz humana fosse capaz de atingir.

— A última coisa que pretendo é ser didática — solfejou ela. — Perguntem às crianças que devoram meus livros.

Eu quis perguntar se devorar seus livros não acarretaria tantos perigos para uma adolescente quanto devorar sêmen, mas me abstive.

— O importante — disse Heston, voltando à própria pessoa — não é onde se passa a sua história. Não importa a mínima se o cenário é uma escola de segundo grau em Banbury ou um campo de batalha na Bósnia. O que importa é que as crianças sejam capazes de se reconhecer.

— De se *identificar*, você quis dizer — intervim.

Não se leva ironia — nem mesmo ironia escrachada — a um simpósio sobre o papel da literatura infantil. Leva-se inocência, ou se é um homem morto.

— Sim — concordou Heston. — Elas aprendem a se ver em situações desconhecidas.

— Ou a se ver de forma diferente em situações muito conhecidas — acrescentou Sally.

— Mas o objetivo principal da leitura não é levar o leitor para bem longe do que ele já conhece sobre si mesmo, levar a mente a fazer uma viagem maravilhosa de descoberta? — indaguei. — Não deveria a imaginação de uma criança ser alimentada por tudo que nos é desconhecido?

(Suruba com os pais em Wilmslow, por exemplo).

— Fantasia, você quer dizer — observou Heston, rindo de forma horrível. — Exatamente a qualidade que você despreza.

— Acho que ele pegou você aí — disse o autor de *Rapa, Rapa*.

E é quando a gente descobre ser, definitivamente, um homem morto — quando alguém diz "ele pegou você aí", por mais que o sacaninha não tenha pego a gente aí, ali ou acolá.

Os presentes aplaudiram esse golpe de misericórdia e eclodiram em gargalhadas rancorosas, mostrando a mim suas gargantas escarlates. Um outro inimigo das crianças que é expulso com o nariz sangrando. Se eu tivesse caído do estrado, a turba se reuniria à minha volta e me chutaria os miolos.

E os deixaria para Rapa rapar.

CAPÍTULO 33

Me Leia, Me Leia, Me Foda, Me Foda

— Então, você é Poppy Eisenhower — disse Francis, apertando-lhe a mão.

— Qual é a desse *então*? — perguntou Vanessa.

Qual é a desse *você*?, perguntei-me.

Os dois se beijaram. Quero dizer, Francis e Vanessa. Os dois sempre se deram bem. Para Francis, Vanessa era um meio para ele se relacionar comigo sem o estresse de ter de se relacionar comigo, e para Vanessa, Francis era a oportunidade de fazer algo similar. Davam-se um ao outro uma folga da pessoa sem a qual eles não teriam conhecido, ou precisado conhecer, um ao outro. Flertar é uma outra forma de descrever a forma como conviviam. Assim, Vanessa podia, sem querer dizer muita coisa com isso, acusar Francis de demonstrar um interesse demasiado por sua mãe. Mesmo assim, me assustei. Eu não queria que Francis, em sua excitação, demonstrasse o quanto sabia.

— *Então* como em *então*, por que não a conheci antes? — esclareceu Francis.

— Porque quero mantê-la só para mim — disse Vanessa.

As duas se juntaram a nós em nossa mesa.

— Juro que eu não fazia ideia de que você estaria aqui — sibilou Vanessa para mim. Ela achou que me encontrar ali a tornava infratora, motivo pelo qual pôs a culpa em mim.

Eu lhe disse que estava tudo bem. Já havíamos terminado de falar de negócios. E era legal vê-la sair com a mãe pela primeira vez em tantos meses. Com efeito, era legal ver a mãe dela depois de tão longo exílio no campo.

Poppy me cumprimentou com afabilidade bastante para não despertar suspeitas. A companhia de Francis parecia deixá-la ébria, o que fez Vanessa lhe recordar, baixando a voz:

— Não, *maman*, você prometeu, lembra? Não no almoço.

— Ora! — exclamou Poppy, dispensando os cuidados da filha e aceitando a sugestão de Francis de pedir um mojito.

As duas haviam feito compras na Abercrombie & Fitch.

— Foram comprar camisetas ou admirar os rapazes de peito raspado? — indaguei.

Francis não entendeu a alusão.

— É uma loja no final da Saville Row, perto da Academia Real — informei a ele, apontando para as sacolas soft-pornô que as mulheres haviam posto sob a mesa. — É para os turistas, os ingênuos e mulheres de uma certa idade dispostas a ficar horas na fila para dar uma espiada em garotos bonitos sem camisa.

Jeffrey, pensei.

— Parece bacana — riu Francis.

— O que significa esse "mulheres de uma certa idade?" — quis saber Poppy.

— Não aceite a provocação, *maman* — disse Vanessa. — Ele só está com inveja.

— De garotos bonitos com peito raspado?

Jeffrey.

— Do que eles fazem. Não havia filas do lado de fora da Wilhelmina's, que eu me lembre.

Vi uma fila. Onde? Na minha imaginação, Horacio. Na minha imaginação, vi minha mulher e sua mãe fazendo fila para ganhar as atenções de Jeffrey.

Francis quis ver o que elas haviam comprado. Seguiu-se uma hora do recreio com leggings e diminutos tops e camisetas de malha, enquanto Francis dizia, ora à minha mulher, ora à minha sogra, que não se importaria em vê-las vestindo *aquilo*.

— Segure este na sua frente. Nossa, já entendi por que você comprou isso. Agora você, Poppy.

Olhei para os três atentamente. Francis, eufórico. Vanessa mostrando uma camiseta Henley listrada que fazia conjunto com uma sainha estampada de flores, e Poppy segurando um vestido de verão coberto de rosas com alças cruzadas nas costas, balançando os ombros atrás da roupa como uma garota.

Seriam as duas capazes de paquerar um homem, digamos, em dupla? Seriam capazes de flertar como um time? Pergunta tola. Capacidade nada tinha a ver com aquilo. Flertar como um time era o que ambas faziam. Era a praia delas. Era, agora eu me dava conta, o que haviam feito quando me paqueravam.

Uma ideia abominável me assaltou: e se eu fosse o único homem na terra que *não houvesse* aproveitado as duas como um time?

— Então, como você passa seu tempo? — indagou Francis, olhando nos olhos de Poppy.

Esperei curioso pela resposta. Minha sogra não retornara ao seio da sua família amorosa como originalmente prometera fazer. Permanecera em Shipton-under-Wychwood. Vinha visitar Vanessa com frequência, de modo que as duas pudessem fazer compras de braços dados ou assistir a um concerto, e Vanessa a visitava com frequência, ou *dizia* visitar, mas nosso pequeno e vigente pacto não verbalizado de união se rompera. Eu a via raramente, e, sozinho, apenas em mais duas ocasiões além do dia do simpósio assassino sobre literatura infantil — uma delas merecedora de comentários, outra, não.

Como ela passava o tempo?

— Ah, fazendo uma coisa e outra — respondeu Poppy, já a meio caminho de um porre.

— *O que quer dizer...*

— Jardinagem.

— E a *outra*?

— Mais jardinagem.

— Nada de violoncelo?

Fulminei Francis com os olhos.

Poppy me fulminou com os olhos.

Vanessa fulminou Poppy com os olhos.

Francis sorriu para todos nós.

— A música está fodida — falei.

— Como você concluiu isso? — quis saber Francis.

— Ele acha que tudo está fodido — respondeu Vanessa.

Formulei com a boca a seguinte frase para ela: "Inclusive você e sei por quem".

Vi Poppy tentar ler meus lábios. "E você também", eu teria acrescentado caso tivesse coragem.

— Ele acha que tudo está fodido — prosseguiu Vanessa —, porque o mundo lhe convém dessa forma. Um mundo fodido explica Guido a Guido.

— Quem é Guido? — indagou Francis.

— Esse é o apelido carinhoso que minha esposa me deu — esclareci.

— Que gracinha. Você tem um apelido carinhoso para ela?

"Puta traíra", falei. Mas o que saiu foi:

— Vee.

— E você? — perguntou ele, virando-se para Poppy.

— Se eu tenho um apelido carinhoso para o meu genro?

— Não. Se eles têm um para você.

— Popsicle.

Vanessa e eu jamais fomos tão unidos:

— Nós *não* chamamos você assim.

— Meu segundo marido me chamava de Popsicle.

— O sr. Eisenhower?

— É. E eu o chamava de Toblerone.

— Porque...

— Porque a família dele era suíça.

Vi Francis se preparar para compor algo na linha de não se importar que ela desse uma mordida em sua barra de chocolate.

— Não, Francis — avisei.

— Não o quê?

— Você sabe.

— Eu ia só perguntar à sua encantadora sogra se ela se incomodaria se eu a chamasse de Popsicle.

Poppy abanou o rosto com as mãos, como se todos esses galanteios a tivessem deixado com calor.

— Se você quiser — respondeu ela.

Examinei a expressão de Vanessa para ver se ela estava com ciúmes. Espera-se que as mães cedam espaço e deixem o campo livre para as filhas.

Mas Poppy continuava na ativa. Seria assim agora que as mulheres haviam descoberto como não envelhecer? Estariam as mães e suas filhas fadadas a se engalfinhar até que uma delas finalmente fosse jogada, produzida e de unhas feitas, numa cova desta terra impassível?

E será que isso explicava por que Poppy não pusera a boca no trombone quanto a mim? Porque agora valia tudo entre as gerações?

Vanessa percebeu meu exame.

— Espero que você não pense — disse ela num tom baixo, embora com Francis e Poppy entretidos em segredinhos não houvesse necessidade disso — que vim aqui de propósito para sabotar seu almoço.

— Por que eu pensaria assim?

— Porque em geral você pensa mal de mim.

Senti pena dela de repente, alvo da minha desconfiança, eclipsada pela mãe.

— De forma alguma — falei, afagando sua mão. — Penso sempre bem de você.

Ela abriu a palma da mão para que eu pudesse encaixar a minha.

— Mas penso mal do meu irmão — falei.

Ela não mexeu um músculo.

— Pois não devia. Ele já está mal.

— Será que isso vai piorar seu estado?

— Você conhece a minha teoria sobre doenças.

Eu conhecia. A teoria de Vanessa sobre doenças era que estava tudo na cabeça — na nossa e na dos outros. Você se fazia uma doença se quisesse ficar doente e os outros faziam você adoecer se quisessem que você adoecesse. Assim, éramos todos totalmente inocentes de nossas ações e ao mesmo tempo totalmente culpados.

— E você? — indaguei.

— Eu o quê?

Transformei meu rosto em um ponto de interrogação incandescente.

— Como você se sente?

— Em relação a quê?

— Em relação a tudo. Em relação a mim, a Jeffrey, em relação à vida.

— Como você acha que me sinto? Doente.

— Sua doença sendo especificamente...

Ela não hesitou.

— Erotomania.

Olhei à volta e fiz um gesto sugerindo que ela mantivesse a voz baixa. Não que alguém estivesse ouvindo, sobretudo Francis e Poppy, enredados como coelhinhos recém-nascidos nas teias de seu fascínio ébrio.

— Eu não me dei conta de que chegara tão longe — falei.

— Não se deu conta de que o quê chegara tão longe?

— Você. Não me dei conta de que você chegara tão longe. Você e...

— Não vamos falar de mim. Você é o erotomaníaco.

— Eu? Um eretomaníaco? Mal tenho impulsos sexuais quando estou escrevendo, como você bem sabe.

— Conheço a teoria, Guido. As palavras acabam com o desejo. Mas não no seu caso. No seu caso, as palavras *são* o desejo. Elas se sentam e imploram: me leia, me leia, me foda, me foda.

Dei um tapa na testa, exasperado.

— Como foi que o assunto voltou a mim? Achei que estávamos discutindo a sua doença.

— Você *é* a minha doença.

— *Eu sou* a sua doença? Ora, que conveniente para você, Vee. Conveniente para Jeffrey, também. Então, consequentemente, você é a *minha* doença?

— Como a minha doença poderia não ser a sua doença se, para começar, era a sua doença?

Terá sido porque dei um tapa na testa que meu cérebro pareceu tão cansado? Mas tentei não me desviar.

— Então, foi a minha doença que fez você dormir com Jeffrey?

— Quem disse que dormi com Jeffrey?

— Tudo bem. Entendi. Você deu a ele um de seus famosos boquetes impulsivos.

— Ele disse isso?

— Não.

— O que ele disse?

— Não disse. Apenas me encarou de um jeito específico.

— Um jeito que fez você achar que chupei o pau dele? O que foi que ele fez? Inflou as bochechas?

— Os detalhes não são importantes, Vee.

251

— Então por que estamos tendo esta conversa?

— Santo Deus! Jeffrey é meu irmão.

— Ah, vamos falar de família agora! Desde quando você se importa com esse tipo de coisa? Você é anticonvencional, lembra? É um romancista, um espírito livre. O Depravado de Wilmslow.

— Não se trata daquilo com que me importo. *Você* não se importa com *esse tipo de coisa*?

— Eu? Sou a terceira nessa hierarquia. Tem você, e você não se importa. Tem o Jeffrey, e sem dúvida ele nunca se importou. Tem aquela história de que o sangue fala mais alto e depois venho eu, sem relação consanguínea com você ou com ele.

— Esposa, Vee! Esposa!

— Ah, *esposa!* E que tal marido, Guido, *marido*?

— O que isso quer dizer?

Passamos toda essa parte da conversa de mãos dadas. Só então ela soltou a minha.

— Quer dizer, Guido, o que você quiser que queira dizer.

Uma resposta direta ao que havia sido, por mais condimentada que fosse a minha linguagem, basicamente uma inquisição indireta. Eu a acusara de dormir com Jeffrey, mas por outro lado, não a acusara. É preciso ser óbvio quando se trata de chegar à verdade de uma infidelidade suspeitada. Você fez ou não fez? Quando? Onde? Quantas vezes? Gostou? Quanto? Quando pretende fazer de novo? Menos que isso, e a pessoa acredita ter enganado a gente e se safado. Você fala grosso, mas não consegue as respostas que procura, supondo-se que esteja, de fato, procurando respostas.

Espera-se que o acusado prevarique, mas por que o acusador prevaricaria por ele? Porque ser direto não era próprio da minha natureza nem da minha profissão. Na verdade perguntar à minha esposa quando e onde e com que frequência teria sido demasiado grosseiro. Sugerir suspeita era uma coisa, exigir uma explicação, outra. Eu era um romancista: não queria uma explicação, queria uma narrativa carregada de incerteza, sem qualquer garantia de chegar à verdade, uma história se desenrolando para sempre. Por isso não leio romances policiais. Não me agrada saber quem cometeu o crime. Um mistério passível de ser solucionado não é o que chamo de mistério.

Já Jeffrey e Vanessa, Jeffrey e Poppy, Jeffrey e Poppy *e* Vanessa...

Ah! Ou melhor, Ah?

O ponto de interrogação ganha sempre do de exclamação.

Será que Vanessa dizer que eu podia entender como quisesse era seu jeito de mostrar que sabia sobre mim e Poppy? Teria sido Jeffrey seu *quid pro quo*?

Mas se fosse um *quid pro quo* que pouco parecia lhe importar, será que Poppy e eu também não importávamos?

Ou aquele desempenho todo tinha como finalidade apenas me impedir de farejar o crime real, ou seja, Jeffrey e Poppy? E se assim fosse, por quê? Quem ou o quê ela estaria protegendo? A reputação da mãe? Meus sentimentos?

Uma ideia maluca buscou abrigo temporário em minha mente desordenada. Vee me amava, Vee sabia sobre mim e Poppy, Vee entendia — eu era um escritor: Vee sacava isso — mas também eu era um homem, e Vee não queria magoar esse homem.

Viram a vantagem de não esclarecer coisa alguma jamais? Viram que vastos territórios de especulação descomunal isso nos deixa livres para explorar?

Devo ter voltado a escrever com a boca, porque Vanessa disse:

— Estamos planejando um livro sobre isso?

— Não — menti. — Por que você não escreve esse livro, já que conhece tão melhor que eu os detalhes?

— Quem disse que não estou escrevendo?

Encarei-a. Ela jogou a cabeça para trás, me mostrando sua garganta, rindo como uma prostituta do templo. Sempre funcionava comigo. Se fizesse mais do mesmo, talvez eu pensasse menos em sua mãe.

— O que você quis dizer com *quem disse que não estou escrevendo*?

— Você perguntou por que não escrevo sobre isso, respondo quem disse que não estou escrevendo sobre isso, seja lá o que "isso" seja.

— Ora, você deveria saber o que é o "isso" se estivesse escrevendo sobre isso, não?

— Uma coisa é certa, Guido: meu "isso" não será o seu "isso".

Já havíamos trilhado esse caminho mil vezes. Estou escrevendo, não estou escrevendo. Comecei, não comecei. Estou escrevendo sobre isso, estou escrevendo sobre aquilo, cuide da sua vida, porra, e não do que estou escrevendo. Assim, o que tornava tudo diferente agora? Eu não saberia dizer. Simplesmente soava diferente. Me perguntaram uma vez por que eu não escrevia literatura criminal, já que era o que dava dinheiro. Porque, respondi, eu não me interessava por crimes. Eu me interessava pela punição. Será que era essa a punição que eu vinha esperando, a punição que se podia dizer que eu merecia — Vanessa finalmente na crista da onda, Vanessa victrix?

— Você vem escrevendo um diário? — perguntei. Ofensivo da minha parte, mas meu desejo era de bravata. A bravata de um homem prestes a se afogar, aguardando sua punição. Querendo ser punido, alguém diria, já que todo homem realmente honrado é um masoquista.

— Pense que sim, se lhe agrada.

Me preocupou o fato de ela não me chamar de sacana paternalista. Preocupou-me o fato de ela se mostrar tão doce.

— Vamos lá... De escritor para escritor: o que você está escrevendo?

Ela me olhou diretamente nos olhos, os dela tão fulminantes quanto as estrelas cadentes do céu de Monkey Mia.

— Para monges iguais, hábitos iguais, Guido.

Isso significava apenas uma coisa em nossa casa.

— Um romance? Não me diga que você está escrevendo um romance indecente sobre a nossa família.

— Por que ele seria indecente?

— É só uma sensação minha.

— E por que não deveria ser indecente, afinal? Você vive escrevendo coisas indecentes sobre a minha.

— Não é verdade. Jamais escrevi sobre a sua família, de forma indecente ou não. De todo jeito, você não tem família, afora Poppy.

— É verdade se a pessoa sabe ler você, e eu sei ler você.

Não mordi a isca. Se ela achava indecente o que eu escrevera até então, deveria entrar na minha cabeça. Ou seria esse o seu argumento, o de que ela já estava dentro da minha cabeça? A menos que tivesse dado uma espiada no meu computador. Mas nesse caso não estaria ali, brincando comigo agora.

— O meu não interessa — falei, seguindo em frente rapidamente. — Onde você está com o seu? Tinha escrito uma linha na última vez em que

254

falamos dele. "Gentil leitor, foda-se!". Lembro de ter pedido a você para reconsiderar essa introdução.

Não exagerei. *Vanessa* se chamava o romance. *Vanessa*, de Vanessa. E começava assim: "Gentil leitor, foda-se!". Se era assim que ela começava, não me era difícil ver por que tinha tamanha dificuldade em terminar.

— Não mesmo — contradisse ela. — Começava com "Gentil leitor, vá tomar no...". Sutilmente diferente. Acho eu. É você que vem fodendo os leitores há anos.

— Vee, não existem leitores.

— Porque você fodeu todos eles.

— Então, como você começou desta vez?

— Ah! — disse ela, crispando os lábios. Foi como se eu pedisse à prostituta do templo para recitar pelo mesmo preço de passar uma hora nua em minha companhia. — Logo você vai saber.

Ela queria me amedrontar, e eu estava amedrontado.

— Já progrediu muito?

Nada. Apenas aquele sorriso impenetrável de meretriz sagrada.

— Mostrou alguma coisa dele para alguém?

Novamente, nada. Ela era muita areia para o meu caminhão, me disse sua expressão. Seus serviços eram classudos demais para o meu bico.

Descartei o assunto com um aceno indiferente.

— Vou acreditar quando o vir, Vee. — Mas então me lembrei de que a amava. — Quero acreditar.

Ela continuava rindo. Ambas continuavam rindo — Poppy das piadas de Francis, Vee, de mim.

— Então prepare-se para ficar satisfeito por mim. Tenho até um título.

Minha vez de dizer "Ah!". Eu conhecia os títulos de Vanessa.

— Não me conte: *Por que Meu Marido Guy Ableman é um Sacana Opiniático.*

Ela balançou os cabelos como se libertasse as serpentes ali enroscadas.

— Você, você, você. Existem coisas, Guido, que nada têm a ver com você.

Também não acreditei nisso.

CAPÍTULO 34

A Vida é uma Praia

Uma semana depois, ela pediu que eu saísse de casa. Não para sempre. E não o tempo todo. Só durante o dia.

Já havíamos passado por isso antes.

"Não consigo ouvir meus pensamentos com você batucando nesse teclado" era sua queixa habitual.

Normalmente eu fechava a porta e fingia não tomar conhecimento. Morávamos, afinal, numa casa de três andares com um sótão e um porão. E eu estava no porão. Mas dessa vez ela entrou qual um furacão no meu escritório, com um olhar fulminante e os dedos hirtos como as garras de um animal. Não foi por mim que temi, mas por ela.

— Estou implorando — gritou ela. Achei que fosse se jogar aos meus pés. — Me dê a minha vez.

Me ofereci para instalar um revestimento à prova de som no meu escritório, para acolchoar a porta, para sufocar meu teclado com o travesseiro de plumas mais macio que encontrasse.

— Vou digitar por entre as plumas — prometi.

Mas não bastou.

— Preciso que você fique fora de casa de oito às oito — insistiu Vanessa. — Não é o barulho da porra do seu computador, é a visão de você escrevendo com a boca na cozinha, é a sua presença à minha volta, a *ideia* da sua presença. Com você em casa não consigo funcionar. Você me rouba todo o espaço criativo, polui o campo magnético, glutoniza as ondas eletromagnéticas, Guido.

Não encontrei resposta para isso.

Se Vanessa queria tanto que eu saísse, eu lhe devia esse tanto. Não seria durante muito tempo. Eu a conhecia. No minuto em que obtivesse o silêncio pelo qual ansiava, escreveria uma frase — "Gentil leitor, vá tomar!" ou algo similar — e depois começaria a limpar as pratas ou a se autoflagelar. Calculei que após dois parágrafos, ela se poria à procura de maneiras para me fazer saber que podia eu voltar. Não de forma tão literal, claro — Vanessa não era de concessões. Mas me testaria, indagando se eu podia chamar uma ambulância para ela ou me recordando de um jantar que íamos dar (embora o mencionasse pela primeira vez), cujo cardápio precisávamos nos encontrar para decidir. E na cama à noite, anunciaria que escrever é uma atividade exaustiva e que não atinava com o porquê de eu gostar disso e, portanto, estava pensando em ter aulas de ioga ou de tango.

Talvez até me oferecesse um boquete se isso me levasse a parar de escrever.

Só que entre o tom Vee-*victrix* da nossa conversa no Soho e o novo desespero a la Clitemnestra com que adentrara meu santuário, não havia espaço para dúvidas. Ela havia começado e pretendia terminar.

Pensei em me mudar para a Biblioteca de Londres, antes de concluir que o transe literário que o seu ambiente invariavelmente me causava era incompatível com o romance que eu vinha ruminando. Tal conclusão incluía outra: na Biblioteca de Londres corre-se o risco de esbarrar em um escritor — muito provavelmente um escritor de não ficção imaginativa — para o qual as coisas vão bem. Eu tinha uma grande expectativa para o meu novo romance, porora intitulado *Terminus*, com *Trapaceiro* como alternativa, sendo o trapaceiro em questão meu irmão Jeffrey, um anti-herói sexualmente demente com uma bomba-relógio na cabeça: seu tumor era uma metáfora perfeita para a literatura contemporânea — irresponsável, derrotista, autoenganadora — corroendo o cérebro da cultura. Eu encontrara uma expressão em Georges Bataille que convinha ao meu humor e me explicava o que eu vinha escrevendo. "Perturbação ímpia". Jeffrey era a perturbação ímpia. Ao menos a *mim* ele perturbava. Por isso eu não quis ver a minha confiança abalada por algum encontro desafortunado.

Uma alternativa para a biblioteca era aparecer na casa de Poppy com o laptop debaixo do braço, embora eu não tivesse certeza de como seria recebido. Além disso, Vanessa provavelmente encararia o fato como glutonização de suas ondas eletromagnéticas, de todo jeito. Ademais, eu não me sentia seguro quanto ao estado das coisas entre mim e Poppy, já que não a via ou falava com ela já tinha um tempinho. O encontro no Soho não significara vê-la ou falar com ela. Poppy era aquele tipo de pessoa para ser encontrada sozinha, de modo a dar o melhor de si.

Por isso aluguei um quarto em cima de uma loja que vendia quinquilharias da década de 1950 na Penbridge Road, a dois minutos a pé de casa. Gostei do cenário — um velho almoxarifado que mobiliei com uma mesa e uma cadeira baratas de um empório de móveis de segunda mão da esquina e um abajur de haste dobrável da loja de baixo. Tudo isso convinha ao clima do romance, ou talvez seja mais adequado dizer que convinha à forma como eu me sentia quanto a escrevê-lo — árido e inseguro, tenso, sem outro lugar para onde ir. Isso mesmo. O terminus.

Não era impossível, caso Vanessa me mantivesse longe mais tempo do que eu acreditava que sua paciência permitiria, que eu levasse uma mulher para meu quarto — não para transar, ao menos não para satisfazer alguma necessidade sexual minha (eu não podia falar pela mulher), mas porque levar uma mulher para o quarto de um escritor privado de todas, salvo as mais básicas, amenidades conferiria um grau de futilidade existencial à minha empreitada. Jeffrey era um ímpio vibrante que dirigia um carro rápido demais para qualquer lugar em que pudesse dirigi-lo e usava roupas de grife tão no grito da moda que nem eu jamais ouvira falar do estilista, mas quando o imaginava com Vanessa ou com Poppy fosse em que contexto fosse, eu via um quarto como o meu, despojado e secreto, talvez porque só me fosse possível entender os motivos femininos para coabitar com ele como uma espécie de pendor para a pobreza. Eu dava a elas uma vida de primeira. Por meu intermédio, conheciam jornalistas de cabeça torta, escritores à beira de um ataque de nervos, agentes caminhando céleres para a deterioração, editores suicidas. Eu as levava a festivais literários em iates. Eu lhes mostrava o mundo. Como, senão graças a mim, elas chegariam a Monkey Mia?

Enquanto o Neoplasma Intercranial Jeffrey... O que ele tinha a oferecer?

Nada, salvo o provincianismo esquálido que nenhum suborno por mais chique que fosse — eu o imaginava cobrindo-as de presentes de natureza íntima da Wilhelmina's, acariciando coxas acima das meias que lhes comprava — conseguiria aliviar.

Assim, eu não estaria mentindo se dissesse a Vanessa que as coisas progrediam muito bem no front da minha produção literária, obrigado por perguntar, que meu quarto desprezível condizia exatamente com a atmosfera que eu buscava. Mas eu voltaria feliz se ela sentisse falta de mim. O único problema era que ela não estava sentindo. Dias se passaram, semanas se passaram, e ainda assim Vanessa não exigiu meu retorno, não me mandou mensagens de texto pedindo que eu chamasse uma ambulância, sequer uma vez se referiu à noite na cama ao tédio de escrever, não falou em tango. Bem como não sugeriu nenhum boquete para me distrair. Eu não me encontrava tão envolvido no trabalho de modo a não notar que pela primeira vez desde que nos conhecemos ela se encontrava envolvida no dela. Dormindo como um anjo. Cantando no chuveiro. E sem me culpar por coisa alguma.

Eu escrevia, ela escrevia. Eu não fazia ideia de quão perto de terminar ela estava e não me surpreenderia se tivesse há muito terminado — "Gentil leitor, vá se catar. *Finis*" — sem me contar. Ela escolheria o momento. Me manteria na espera e depois jogaria na minha cara. Talvez no nosso restaurante favorito — embora todos fossem os nossos restaurantes favoritos — tomando uma garrafa de Saint-Estèphe. Talvez na cama. Talvez no exato momento em que a nossa individualidade fracionada se dissolvesse e nos tornássemos um só. Quem poderia dizer — talvez fizéssemos um filho e lhe déssemos o nome do seu romance. *Por que Meu Marido é um Sacana.* Não um dos melhores nomes para um bebê, mas eu não tinha coisa melhor a oferecer. *Terminus* — não, acho que não, como eu ouvira gente dizer na tevê.

Eu escrevia, ela escrevia. Estava se tornando um teste de nervos. Quem seria o primeiro a explodir?

Eu, claro. Mas Vanessa não foi a responsável.

— Não é propriamente leitura de férias, é?

O autor dessa perturbação ímpia foi Flora McBeth. Flora, com seu sexto sentido, sabia à perfeição o melhor momento para atacar. Justo quando a minha fluência começava a falsear diante da confiança inescrutável de

Vanessa em si mesma — não estou dizendo que é impossível numa relação haver dois escritores produtivos, só que a gente demora um pouco para se habituar; nem estou dizendo que eu invejava Vanessa por sua produtividade, mas que ela estava começando a me enervar —, Flora me ligou para dar a notícia de que estava suspendendo a reedição de todos os meus livros.

Vi a ironia disso de imediato. Não haveria dois escritores produtivos no nosso relacionamento. Haveria reedição um só. E não seria eu. Imaginei a longa fila de leitores esperando para conseguir o autógrafo de Vanessa, uma fila a se estender como a dos peregrinos de Jonh Bunyan cruzando o Rio da Morte para entrar na Cidade Celestial.

E eu? Ora, sempre me restariam as aulas de tango.

Embora não tenha sido assim que Flora me vendeu as novas. Segundo seu raciocínio, deixar de ser editado era uma vantagem bem-vinda a todo autor.

— Como assim, Flora?

— Bem, não é como nos velhos tempos — disse ela —, quando a ausência no catálogo significava inexistência. Agora temos edição sob encomenda.

— E qual a vantagem disso?

— Com edição por encomenda, meu querido, qualquer um que queira um livro seu pode entrar na Internet para imprimi-lo e tê-lo, em questão de dias, nas próprias mãozinhas suadas.

— Mas qualquer um que queira um livro meu agora pode entrar numa livraria e tê-lo em suas mãozinhas suadas no mesmo momento.

— Não se eles estiverem esgotados.

— Então edite-os de novo.

Se parecia que eu estava implorando era porque eu estava implorando.

— Mas aí não vamos poder editar você por encomenda.

— Mas aí eu não precisaria ser editado por encomenda.

— Meu querido, não há uma virtude peculiar em ser reeditado. Só significa estar no almoxarifado. Não significa estar *na rua*. Você diz que qualquer um que desejar um de seus livros pode entrar numa livraria e comprá-lo, mas quando foi que você viu pela última vez algum dos seus títulos *numa* livraria?

Dei tratos à bola.

— Exatamente — disse Flora. — Enquanto desse jeito...

— Ninguém jamais entrará de novo numa livraria para procurar. Ao menos quando estamos nas prateleiras alguém pode nos encontrar enquanto procura outro autor.

— Mas ninguém pode encontrar você se você não estiver lá.

Ela fez parecer que a culpa era minha.

Antes que pudesse lhe recordar que era dela, Flora disse:

— Meu querido, vou lhe dizer o que digo a todos os meus autores que não são celebridades: você precisa parar de pensar em termos de *publicado*. *Publicado* é tão antigo!

— O que é atual?

Sua expressão respondeu por ela. "Não você", me disse seu rosto.

Ela estava vestida como alguém com a metade da sua idade, e mesmo numa pessoa assim o figurino pareceria impróprio: uma legging de seda preta e uma blusinha de estampa floral, botas e uma espécie de camiseta regata por cima. O estranho é que a impropriedade a tornava desejável. Será que ajudaria, me perguntei, se tivéssemos dormido juntos? Passou pela minha cabeça perguntar: "Será que ajudaria, Flora, se tivéssemos...".

Lamentei que não tivéssemos. Não só profissionalmente, mas também do ponto de vista pessoal. Embora eu não gostasse dela e soubesse que ela não gostava de mim, senti que perdera uma experiência rara e estranha. Um ato de coabitação baseado totalmente em ódio que se adequaria à minha intrepidez como homem. Ou como outra coisa que não um homem. Quando pensei a respeito — e, gentil leitor, eu não pensava sobre isso com frequência —, vi a mim mesmo possuindo-a como faria um gorila, por trás, com meus dentes em seu pescoço e minhas garras em seu ventre. Rapidamente. Por puro ódio. Dentro, fora, dentro, fim. E depois uma olhada à volta para ver se alguém nos atirara uma banana.

Salvo que os macacos, como me disse Mishnah, não fodem por ódio. Apenas o *homo sapiens* fode por ódio. Apenas o *homo sapiens* tem a consciência desenvolvida que pode transformar o ódio num afrodisíaco tão poderoso a ponto de impossibilitar a volta ao amor, à doçura, às carícias suaves, fumaça de cigarro e música melosa. Os macacos não sabem o que estão perdendo.

Será que Flora, em sua hiperconsciência, sentiu o mesmo? Que o ódio nos levaria a algum lugar tão fantástico que nos estragaria para tudo o mais?

Deve ter sido porque eu andava imaginando isso que lhe contei, como uma espécie de mimo pós-coito, no que vinha trabalhando. Via de regra, não se fala a respeito de um romance até tê-lo terminado. Traz má sorte. Às vezes, porém, por conta de uma superabundância de auto-crença, ou, mais comumente, de uma insuficiência dela, assumimos o risco. Dê uma arejada, veja como a coisa desce e volte ao computador animado com o interesse.

No quesito etiqueta editorial — maior oximoro não há — Flora não era a primeira escala. Para começar, a gente procura — ou melhor, o nosso agente procura — o editor da capa dura, depois ele busca o que se chama, bizarramente, de "apoio para a edição de bolso", antes de fazer sua oferta, sendo "oferta" outra expressão bizarra. O livro passa então à Flora para ser tirado do catálogo apenas depois de ter esquentado as prateleiras durante um ano na edição capa dura, supondo-se que alguém, ou seja Sandy Ferber, esteja preparado para fazer uma "oferta". Àquela altura, nenhum escritor podia ter tal certeza.

Suponho que devo ter pensado que se pudesse entusiasmá-la quanto a Jeffrey e seu tumor metafórico, Jeffrey, o amante da esposa e da sogra do próprio irmão, Jeffrey, o filho de uma mulher e mãe adepta de surubas, Jeffrey, que tomava vodca pelos olhos, ela se lembraria de como eu era bom nisso — meu famoso toque levemente obsceno, conforme diziam na Amazon — e conservaria algumas amostras desse toque no catálogo, por mais que isso estivesse fora de moda.

— Não exatamente uma leitura para as férias, não é? — disse ela, interrompendo o que havia de trama.

— Não exatamente o quê?

— Leitura para a praia.

— Deveria ser?

— Bom, é o único lugar onde as pessoas leem agora.

— Jamais na minha vida li um livro na praia — discordei.

Descobri uma casquinha atrás da orelha e comecei a arrancá-la.

Ela me olhou de cima a baixo. Eu vestia um terno preto. Sempre uso terno preto para encontrar meus editores. Em sinal de respeito, acho. Sempre é possível fazer algum tipo de associação fúnebre também. Mas um terno preto não me impediria de possuí-la como faria um primata. Braguilha aberta. Dentro, fora. Braguilha fechada.

E nós dois estragados para sempre para qualquer outro tipo de felicidade para sempre.

— Bom, posso ver que você não faz o gênero praia — observou ela. — Algum dia você já foi à praia?

— Para caminhar — respondi. — E quando era pequeno para catar conchinhas e fazer castelos de areia. Em New Brighton. Blackpool. Mas, já adulto, nunca me sentei numa praia com um livro.

— Então não sabe o que está perdendo.

Como os macacos.

Ela se alongou na cadeira, flexível e rija, simultaneamente velha e jovem o bastante para ser sua própria neta, como se quisesse me mostrar o que eu estava perdendo. Havia tufos de pelos negros em suas axilas, como aqueles que se vê em ouvidos e narinas de homens mais velhos e morenos, ocupados ou sisudos demais para se dar ao trabalho de removê-los. Mas não era seriedade que Flora McBeth queria me mostrar que eu estava perdendo, era o espírito esportivo.

Perguntei-me o que aconteceria se eu caísse de joelhos e esfregasse meu rosto nesses espaços negros em suas axilas. Será que ela me manteria no catálogo?

Foi, porém, a covardia que me freou, não a repulsa. Eu gostaria de comunicar isso a ela, lhe contar sobre Poppy, deixar claro que eu achava as mulheres mais velhas muito mais atraentes que as mais jovens, mas afirmações desse tipo nunca funcionam como deviam. "Um corpo velho não me mete medo" seria um resumo honesto dos meus princípios eróticos, mas dava para ouvir as palavras sendo interpretadas de forma equivocada.

— Então, qual a qualidade que as pessoas valorizam na leitura de praia, Flora? — optei por indagar. Tive a impressão de ter machucado a pele atrás da orelha e achei que o local estivesse sangrando.

— Legibilidade, meu querido. O que mais poderia ser?

— E o que é isso exatamente?

— Legibilidade?

— Sim.

Ela baixou os braços e espalmou as mãos na mesa. Os tufos de cabelo negro já não estavam visíveis para que eu admirasse. Eu não havia feito por merecer.

— Se não sabe o que é legibilidade, meu querido — disse ela, como se essa pudesse ser a derradeira conversa entre nós —, você é um caso perdido.

Quando saí da sua sala, esbarrei — na verdade, dei um encontrão — em Sandy Ferber, que tinha a expressão de um homem cuja família acabara de ser varrida da face da terra por um tsunami. Ele optou por não me reconhecer. Quando digo "optou" quero dizer que foi mais que tomar uma rápida e instintiva decisão mental. Quero dizer que optou de coração, optou como se seus genes viessem decidindo não tomar conhecimento da minha existência há tantos milhões de anos quantos vinham sendo gestados no útero da humanidade.

Eu não existia para ele. De pessoa para pessoa, eu poderia ter lidado com isso. Às vezes me pergunto se algum dia existi para a minha mãe. E Poppy começava a me fazer saber que também para ela eu não existia. Mas de escritor para editor, essa foi dura de engolir. Sem embarcar em fantasias, ser publicado é difundir ideias, proclamar-se publicamente, obter notoriedade. Flora havia feito a palavra publicar significar o extremo oposto. Ser publicado por Flora era sair de circulação, tornar-se secreto, obliterar-se. Sua suprema realização era obter obscuridade para seus autores, muitos dos quais haviam sido famosos antes que ela se dedicasse a eles. Mas o fato de Sandy Ferber me ignorar ia além: aos olhos de Sandy eu sequer existia para ser obliterado. Eu era o homem "não app". O passado verborrágico.

Também ele envergava um terno preto, mas enquanto o meu era de enlutado, o dele era o do morto. Na verdade, isso não refletia o nosso relacionamento profissional: *ele* havia sido contratado para *me* enterrar. Mas seus ossos chacoalharam quando esbarrei nele, e sobre os meus ainda havia carne.

Naquele momento exato, decidi votar na vida. Deixar a Scylla e Charybdis. Se fosse mais ousado, teria feito isso no dia em que Merton se matou. A gente precisa saber quando a coisa está preta. Me senti eufórico. Livro novo, editora nova. Eu tinha o mundo à minha frente.

Passei no escritório de Merton para me despedir de Margaret.

— Cansei, Margaret — falei.

Para meu espanto, ela entendeu direitinho. Será que todos os autores de Merton estavam fazendo o mesmo?

Ela se levantou, veio até mim, e me abraçou. Estranho dizer, mas senti o cheiro de Merton nela. Não tive dúvidas de que ambos haviam feito isso inúmeras vezes. "Cansei, Margaret", ele dizia, e ela saía do seu lugar e vinha abraçá-lo.

Então seriam amantes?

A pergunta era irrelevante. Eu sabia como ela se sentia. Sentia que falhara com ele. "Cansei, Margaret", Merton havia dito, e ela não entendera a real dimensão, não entendera o grau de desespero a que ele chegara por conta dos que odiavam os homens e os que odiavam as palavras. Assim, ela tentava agora não cometer o mesmo erro comigo.

— Cansei, Margaret — repeti, e em silêncio ela se agarrou a mim com toda a sua força.

CAPÍTULO 35

Tarde demais para o Apocalipse

Novo livro, nova editora.

Falei que eu me sentia eufórico? Otimismo não dura muito na minha profissão. Novo livro, nova editora, tudo bem, mas e se eu demorasse mais do que previa para terminar o livro? E se, quando o terminasse, não houvesse editora para publicá-lo?

Precisando urgentemente falar com Francis e estando o dia ameno, caminhei em direção a seu escritório, comprei um cappuccino desnecessariamente complicado de um Carluccio's próximo, sentei-me do lado de fora com ele, sabendo que Francis não gostava de visitas inesperadas e liguei para seu telefone. A linha estava permanentemente ocupada. O fone podia muito bem ter sido tirado do gancho para que ninguém conseguisse se comunicar com ele. Em minha autoconcentração, não percebi que Ernest Hemingway estava sentado a duas mesas de distância, escrevendo. Um testículo sujo era visível através da calça rasgada. Estava pousado em seu assento como uma fruta exótica caída do prato.

Antonio Carluccio, o rei do cogumelo, há mundo vendera sua cadeia de restaurantes italianos baratos. Como eu sabia disso? Porque chefs e donos de restaurante são o inverso de escritores: são conhecidos e queridos —, o que não significava que seu estabelecimento fosse um porto seguro para vagabundos. A gerência tinha todo o direito de botar o sujeito para fora. Ele não estava comendo nem bebendo coisa alguma. E sua aparência podia, com justiça, ser considerada prejudicial aos negócios. Sem dúvida eu não iria querer comer espaguete e almôndegas numa mesa vizinha. Mesmo assim, porém, ele continuava ali sentado, sem ser perturbado, uma reprovação constante a todos os romancistas covardes, folheando as páginas do bloquinho de repórter como se temesse que seu tempo estivesse no fim.

Será que era invisível para todos com exceção de mim? Seria o fantasma da literatura séria — tudo que agora restava de nós? Seria o próprio Ernest Hemingway, ressuscitado da morte para despertar a consciência de um público que sequer reparava que ele estava ali?

Meu lugar ficava longe demais para me permitir ver o que ele escrevia. E eu não podia, propriamente, perguntar: *Como vai indo o romance? Suas frases aumentaram de tamanho?*

Tentei atrair seu olhar. "Estou vendo você", eu queria que ele soubesse. "E aplaudindo".

Mas ele estava além de um contato cara a cara. As pessoas não o interessavam. O mundo não o interessava. Ele tinha coisas a escrever.

E continuava em frente, escrevendo à velocidade da luz e cofiando seu testículo sujo entre os dedos, como se fosse um rosário.

Tentei Francis novamente. Dessa vez, a ligação caiu na secretária eletrônica.

— Por favor, Francis, atenda — falei. — Finalmente cansei da S&C. Preciso falar com você agora. Estou do outro lado da rua. Se você olhar da janela, vai me ver. Atenda ou vou aparecer aí.

É preciso um lance de sorte se você é um escritor na era da morte da palavra. O meu surgiu na forma de Kate e Ken Querrey, os donos da Slumdog Press, uma nova editora sensacionalista cuja especialidade era o romance de estreia. Os Querreys haviam concluído que se pagassem a escritores jovens e desconhecidos uma pequena fortuna por seu primeiro romance, isso em si seria motivo para os leitores que sonhavam escrever seus próprios romances de estreia comprarem o livro. Como e o quê os estreantes escreviam era irrelevante; ser resgatado da obscuridade era só o que bastava em termos de trama, o tamanho do adiantamento, tudo que bastava em termos de resultado. Que a ascensão do romance de estreia fosse a causa de muita amargura por parte dos escritores cujos romances de estreia eram coisa do passado não carece de explicação, mas a maioria de nós se consolava com a brevidade necessária do éclat do romancista estreante. Eles lembravam a *Latrodectus mactans,* a aranha viúva-negra da América do Norte, uma única foda e depois a morte.

Ao menos eu continuava mancando por aí, em busca de mais uma.

Os Querreys, enquanto isso, podiam praticar o fatalismo e passar para o próximo.

Eu os conhecia vagamente. Cursara a faculdade com Ken Querrey, que se dizia ser o segundo na fila para um baronato, e de vez em quando esbarrava no casal em festivais literários. Kate Querrey chegara mesmo a presidir um evento meu certa vez, no curso do qual me disse que eu era um daqueles escritores que tinham coragem para aprender conforme iam escrevendo, o que interpretei como sinal de que eu ainda não aprendera muito. Ao menos, porém, ela dava conta da minha existência. Por isso, quando os vi saindo do escritório de Francis, obviamente de uma reunião de trabalho — em lugar de arrastar seu corpanzil de editora em editora, quando havia questões que precisava discutir pessoalmente, Francis atraía os editores para seus domínios com comida de primeira linha e um leque dos melhores uísques de malte —, não vi motivo para não lhes acenar e convidá-los a tomar um café comigo. Muito provavelmente, o casal precisava de um café.

Entabulamos uma conversa com o costumeiro teor literário: quem estava na crista da onda, quem não estava, quais dos autores de Francis eles publicavam (jamais ouvi falar deles), como, falando de escritores totalmente desconhecidos, as coisas andavam no terreno do romance de estreia e, finalmente, como andavam as coisas no terreno da minha pessoa.

— Você está na S&C, não é? — indagou Kate Querrey, afastando uma mecha de cabelo do olho.

Digo "olho" intencionalmente. Ela só tinha um. Mas o usava de uma forma que sugeria que esse único trabalhava por três, varrendo o ambiente de forma inquieta para registrar todos os demais clientes sentados no Carluccio's, fitando a pessoa que eu apresentava como sendo eu e olhando mais profundamente para o meu eu verdadeiro.

— Sim — respondi. — Para pagar meus pecados.

Ken Querrey não demorou para me entender.

— Sandy Ferber?

Assenti. O assentimento que dizia, *porém não por muito tempo.*

Kate Querrey estremeceu. Sandy Ferber — eca!

Num mundo ideal, os Querreys teriam agora voado em cima de mim como macacos retirados do catálogo se vingando de Flora. Guy Ableman!

Que baita sorte o põe no nosso caminho no dia exato em que ele resolve deixar sua velha editora? Mas se pensaram alguma coisa nessa linha, os dois mantiveram para si, discretamente, tal pensamento.

Haviam trabalhado em escolas secundárias — como professores, originalmente —, ao menos Kate Querrey: ninguém tinha muita certeza sobre o que o marido andara fazendo, salvo que era o segundo na linha para um baronato — passando à área editorial na esteira de uma antologia de literatura infantil que publicaram privadamente. Não se tratava da escola *Rapa, Rapa* de literatura infantil. As crianças a quem os Querreys ensinavam jamais haviam visto um cachorro — salvo talvez num ensopado. Vício, abuso, gangues, estupro consensual no recreio — essas eram as experiências reais que os Querreys encorajavam seus alunos a porem no papel. Escrevam sobre o que vocês conhecem, crianças.

Ken Querrey usava uma camiseta com o que parecia ser a cara de um rapper e, por cima, uma jaqueta Ralph Lauren de couro. Kate Querrey, uma mulher que sempre dava a impressão de estar a ponto de desmoronar, estava embrulhada, como se para evitar a própria desintegração, em várias camadas de cardigã marrom. Como era capaz de exibir um vasto decote por baixo de tanto tricô não consegui imaginar, mas olhasse eu para onde olhasse não era capaz de evitar seus seios exuberantes e leitosos. Perguntei-me como Francis, um notório apreciador de seios, teria se saído. Talvez mantendo os olhos fixos no único olho dela.

Na ausência de qualquer contribuição deles para a conversa, dirigi o assunto para o meu novo livro.

— Mas a especialidade de vocês é o romance de estreia — falei, rindo —, e duvido muito que eu possa fingir que o que estou escrevendo seja isso.

Os dois trocaram olhares apressados.

— Bom — disse Kate Querrey, mais por orgulho do que à guisa de estímulo —, não fazemos só isso. Sempre estamos de olho em romances de impacto também.

Ken Querrey estampou um ponto de interrogação no rosto. Será que eu já criara impacto?

Lancei para o casal um sorriso quem-sou-eu-pra-saber. O conceito do romance de impacto me perturbava mais ainda que o conceito de romance de estreia, embora ambos fossem, claro, naturalmente incompatíveis.

Impacto sobre o quê? Primark! Já que não dava para ser estreante, sem dúvida impactar era minha última chance. No entanto, eu achava ter causado suficiente impacto quando me tornei escritor, para começar. Era filho de uma varejista de moda. Minha mãe lia a revista Drapers e o tabloide *Sun*. Meu pai, que eu soubesse, jamais abrira um livro. Eles me mandaram para uma escola furreca (embora tivessem condições de me mandar para uma medianamente boa) na esperança de que eu jamais abrisse um livro também. Eu era um judeu — já sei, já sei, mas nunca falei que era contra usar esse fato quando preciso (me chamem de judeu de meia pataca) — morando num país gentio. Quanto mais impacto se pretendia que eu causasse para permanecer no catálogo? Eu sabia, porém, que nada disso iria funcionar com um dupla de ex-professores de escola secundária de Rochdale — os boatos diziam que Ken Querrey dera aulas lá durante uma semana — onde impacto no sentido em que eu estava usando significava lamber paralelepípedos para sobreviver aos cinco anos, comer carne de cachorro, mandar a irmã rodar bolsinha para pagar seus estudos e acabar em Oxford com buracos no sapato.

— A última pessoa a saber o valor do que está escrevendo é o escritor — falei, levemente ruborizado por impor a minha modéstia. — Mas sinto que estou tomando uma direção que nunca tomei antes. Da doença mais séria e do desespero mais profundo. É sobre um homem com um tumor cerebral...

Eu estava prestes a acrescentar que o tumor surgira em consequência do seu hábito de beber vodca pelos olhos, quando me dei conta em cima da hora de que Kate Querrey podia ter perdido o dela fazendo o mesmo.

Estariam os dois me ouvindo?

— Basicamente — prossegui —, ele é um herói ao estilo francês...

— Está dizendo que ele filosofa enquanto transa?

— Precisamente. Sempre me pareceu que a transa não examinada não vale a pena. Mas também no sentido da sua autodestruição. Eu o vejo, em essência, como uma perturbação ímpia.

Olhei para ver se Ernest Hemingway havia registrado a referência, mas ele abandonara sua mesa e estava indo embora, desafiando buzinas e os gritos de ciclistas, no meio da rua.

— O que é que ele perturba? — indagou Ken Querrey.

— O vagabundo?

— Seu herói.

Kate Querrey enrolou-se mais no cardigã, na expectativa da minha resposta.

— A moral e os bons costumes, para começar. Não só tem um caso com a mulher do irmão, como também com a mãe dela.

Era chocante para mim, mas pude imaginar que no lugar de onde vinham os Querreys esse comportamento fosse normal, para não dizer exemplar.

— Por acaso não li uma vez uma crítica de um livro seu dizendo que você não conseguia se decidir entre ser a sra. Gaskell ou Rabelais? — perguntou Kate Querrey.

Ou seja, ela decidira por mim: Rabelais eu não era.

— Acho que era Charlotte Brontë ou Apuleio — corrigi. — E acho que não dizia que eu não conseguia decidir entre os dois, mas que se tratava de uma síntese feliz. Só que este livro é diferente. Desta vez, não há nada feliz nele. Tudo acaba indo pelos ares.

Tudo? Bem, eu não ia mencionar Wilmslow. Nem explicar que com "ir pelos ares" eu queria dizer "tão longe quanto Alderley Edge".

— Tenho a impressão — disse Ken Querrey, batendo no queixo com o indicador — de que você está escrevendo um romance utópico.

— Mais para o apocalíptico — retruquei.

— Ah.

Os dois se calaram de novo.

— Apocalíptico é um problema?

— Não exatamente — respondeu Kate Querrey pelo marido —, só que já temos vários desse tipo no nosso catálogo.

— Então me dei mal com o apocalipse — concluí, rindo.

— Não estamos dizendo que de todo não queremos dar uma olhada nele — prosseguiu Kate Querrey. Lá bem no fundo do vale daqueles seios alvos descansei meu olhar. — Podemos descobrir que os romances apocalípticos são tudo que todo mundo há de querer ler nos próximos anos.

— Supondo-se — intervim tolamente — que nos próximos anos haja alguém disposto a lê-los. — Soltei uma nova gargalhada. — Não que eu queira apressar vocês.

Encerramos o papo por aí. Desculpei-me por tê-los emboscado. Sobretudo na porta do escritório do meu agente. Ele não haveria de apreciar muito tal gesto, falei, rindo. Quantas vezes eu rira naqueles dez últimos minutos? Os dois disseram não terem se sentido emboscados. No máximo, sim, haviam se sentido lisonjeados por um autor tão bem sucedido quanto eu pensar em escolhê-los como editores um dia. Um dia...

Com efeito, numa única tarde eles haviam sido lisonjeados dessa forma por mim duas vezes. Perguntei qual havia sido a outra. Ora, ao falar em mim, eles não se referiam especificamente à minha pessoa, mas Francis lhes tinha dito, embora não fosse para divulgar — e eu podia contar com a discrição de ambos —, que Vanessa era minha esposa.

Minha orelha, já praticamente pendurada por um fio de tanta pele que eu arrancara dela, latejou intensamente.

— Ah, vocês conversaram sobre Vanessa.

Ken Querrey deu uma palmadinha na pasta.

— Está aqui dentro — falou.

Vanessa victrix.

O único olho de Kate Querrey vasculhou minha alma.

Vinte minutos e três cafés fortes depois, tomei o elevador até o sétimo andar e apertei a campainha do escritório de Francis. Fazer isso costumava me excitar, já que eu ficava imaginando que novas ofertas Francis teria para mim dessa vez. Só que tais dias pertenciam ao passado. Agora tudo que imaginava era se eu chegaria a tempo de ver Francis vivo. Se alguém tinha de matá-lo, que fosse eu.

Ninguém atendeu, o que interpretei como sinal de culpa por parte dele, que provavelmente estava rearrumando sua expressão. Ou rearrumando meus livros, de modo a provar como eu ainda era importante para ele. No final, uma recepcionista atendeu o interfone. Uma recepcionista! Desde quando Francis tinha meios para pagar uma recepcionista? Anunciei-me e aguardei. Após uma crise nadinha convincente de tosse — para dar mais tempo a Francis de rearrumar meus livros? — ela destrancou a porta.

Ali, sentada atrás da mesa da recepção, usando fones de ouvido e com o batom borrado (talvez fosse imaginação minha), estava Poppy Eisenhower, minha sogra.

III

As famosas palavras derradeiras

CAPÍTULO 36

Uma porrada de sorte

Algum tempo depois...

Acho que não preciso ser específico. Quem começa a contar os anos, logo estará mensurando as próprias perdas. O tempo passa — vamos parar por aí. A humanidade não aguenta tanta especificidade.

De todo jeito, algum tempo se passou desde que escrevi estas palavras: "Poppy Eisenhower, minha sogra".

Não posso mais escrevê-las de forma equânime. "Vanessa Ableman, minha esposa", idem.

São essas as especificidades da perda que *eu* não consigo aguentar.

No mais, não houve grandes mudanças. As livrarias continuam a falir, a palavra "biblioteca" saiu do vocabulário, opiniões imoderadas continuam a se passar por arte, chefs ainda exercem precedência sobre escritores, menos permanece menos. Eu, porém, espantosamente — desde que não conte os anos —, estou em ótima forma. Na minha profissão é preciso, como já mencionei, uma dose de sorte. E foi isso que veio ao meu encontro: uma porrada de sorte.

O que talvez explique por que minha espera tenha sido tão longa.

No entanto, atribua-se ao que se queira atribuir, ela chegou. Sou, inclusive, endossado por G. G. Freville, o filho de E. E., que um dia simplesmente perdeu o fôlego e se aposentou. "O resto é silêncio", dizem que ele falou — não se sabe quem disse —, sabendo que nenhum autor haveria de querer essas palavras na capa de um de seus livros.

Mas G.G. está provando ser um substituto capaz. "Guido Cretino consegue fazer chorar uma pedra", disse ele a meu respeito com suficiente gentileza.

Sim, Guido Cretino. Tudo às claras. Sou agora *Guy Alderman escrevendo como Guido Cretino*, o que não é incomum quando se quer provar ser possível baixar um registro, mas não se deseja que todos os vestígios da sua personalidade literária anterior e mais pretensiosa desapareçam por completo. Embora, cá entre nós, todos os vestígios tenham, sim, desaparecido por completo.

Se sou, com efeito, na pele de Guido Cretino, capaz de fazer chorar uma pedra, não cabe a mim dizer. Mas as mulheres se aproximam de mim depois de me verem ler para uma plateia com os olhos inchados e vermelhos. "Você penetrou na minha alma", dizem elas. "Eu não conseguia acreditar, enquanto ouvia você, que não se tratava de uma mulher".

Sorrio e concordo de cabeça e digo que em uma outra vida — quem sabe? — talvez eu tenha sido mulher. Às vezes tomo seus pulsos como faria um médico. O pulso é um lugar seguro para se tocar numa mulher desconhecida. Não que essas mulheres me vejam como um desconhecido. Minhas palavras saltam as barreiras existentes entre nós. Eu as conheço melhor que seus maridos, logo elas justificadamente supõem me conhecerem melhor do que minha esposa me conhece.

Esposa? Que esposa?

E não atinjo apenas as mulheres, mas os homens também — os mesmos homens que ontem não se juntariam a mim, de sátiro para sátiro, para dançar a Ronda Grotesca —, hoje assentem conformados e piscam para esconder os olhos úmidos. Meu erro foi tentar acordar o macaco em seus sótãos. Andy Weedon tinha razão: "Papai" é a palavra que excita os homens. Escreva "paternidade" e eles ficam de pau duro. Escreva "direitos de visita" e se desmancham. Fazê-los rir, fazê-los chorar? Nada disso. Faça-os chorar e depois chorar mais ainda. O coração partido, parece, supera o abismo entre homens e mulheres. E, desconfio, também o abismo entre gerações. Salvo engano, meu público está ficando mais jovem. Logo estarei dando às crianças pequenas o que elas querem. Até Sally Comfort me escreve, pedindo para que eu autografe meu último livro para suas sobrinhas. Assim, embora eu ainda não tenha soprado no portal de prata do seu ouvido nem em suas narinas ornadas com argolas, não está fora de questão que eu chegue a isso.

Como consegui me conectar tão bem com todos é algo que não consigo explicar. Mas também não consigo explicar coisa alguma.

Como, por exemplo, tenho leitores quando não existem leitores. É isso que a sorte opera: ela chama preto de branco, transforma numa bobagem a situação real, nos torna uma exceção do comum e só o comum é verdade. Assim, embora não haja motivo para que grupos de leitura, a Oxfam ou as livrarias cujos funcionários no passado eram incapazes de soletrar meu nome me amem — a mim — mais que do que amavam antes, eles amam. A sorte cega, é tudo que se pode dizer.

Viajo pelo mundo, de todo modo, dizendo o que sempre disse, mas agora para salas lotadas e aplausos entusiastas. Não finjo que posso ter a mulher que quiser — porque a mulher específica que quero decididamente não posso ter, e as demais em geral estão chorando ou assoando o nariz quando as encontro —, mas me viro bem para um homem que não está na flor da juventude e que costumava vagar pelas ruas de Londres falando sozinho e arrancando os próprios pelinhos. Ainda invejo o sucesso de outros escritores, mas agora o sucesso que mais invejo é o meu próprio.

E em parte desdenho tal sucesso, por mais que seja meu. Por onde andava antes?, pergunto. Quando eu mais precisava dele e não o merecia menos. Quando se é genuinamente um escritor não se fica animado da noite para o dia simplesmente porque o destino afinal decidiu a seu favor. Experimentar o sucesso quando já se conheceu o fracasso faz a lembrança do fracasso ficar mais amarga a cada novo prêmio ganho. O sucesso é arbitrário e voluntarioso, só o fracasso é a real medida das coisas.

Mas não sou acusado de ingratidão ou azedume. Sorrio e recebo sorrisos em troca. Autógrafo e autógrafo. De repente, estas são as duas palavras de que ninguém cansa: *Guido Cretino*. Nunca erro. Quando protesto quanto ao que me aconteceu e falo da minha vergonhosa capitulação — embora continue a abominar a expostulação tanto quanto sempre abominei —, minhas palavras são aplaudidas. E, claro, ninguém acredita quando tuíto contra os romances criminais, os romances de detetive, os de universo alternativo, o romance infantil, o romance de zumbis, o romance gráfico, o romance lacrimoso, o romance de estreia (com uma exceção), iPads, Primark, Morrisons, Lidl (de propósito não menciono os supermercados meus fornecedores: por que fazer marola?), as promoções três-por-dois e a ficção de Sandy Ferber para leitura na fila do ônibus, que agora vende aos magotes. Senhoras e senhores, digo a eles — senhoras, senhores e crianças —, vocês acabarão por me levar à morte prematura de tanto me aplaudirem.

Eles riem, sabendo que se uma morte prematura fosse a minha sina, eu já teria morrido há muito tempo.

Como Poppy Eisenhower, minha sogra.

CAPÍTULO 37

O Bom Marido

Não me estenderei a respeito do romance de Vanessa. Não porque eu a inveje, mas porque ela não permitiria que eu jamais lhe fizesse justiça. E, definitivamente, ela tem razão.

— Jamais pense em fazer crítica do meu livro — dissera ela.

Uma coisa, porém, posso dizer: a despeito de uma boa receptividade, ele não alcançou grande sucesso até ser transformado em filme. Que o filme tenha sido produzido e dirigido por Dirk de Wolff não surpreenderá pessoa alguma que entenda como funciona uma boa narrativa. Por que eu o poria em cena em Monkey Mia caso não visse nele alguma utilidade futura? Vanessa e eu encontramos muita gente na Austrália de quem eu nada falei. Não digo que inventei de Wolff, mas a sua aparição na Baía dos Tubarões empresta à sua reaparição uma inevitabilidade premonitória. Um leitor astuto — seja de livros ou da vida — deve ter percebido que ele estava lá só porque iria voltar.

Me lembro com nostalgia, de todo jeito — do tipo premonitório —, da euforia com que Vee e eu lemos os cartazes no metrô:

EXISTEM MACACOS EM MONKEY MIA?
DIRIGIDO POR
DIRK DE WOLFF

e em letras menores, mas, ainda assim, grandes o bastante para serem lidas:

BASEADO NO ROMANCE
DE
VANESSA EISENHOWER

— Querida, que maravilha — falei na primeira vez que estivemos na plataforma do metrô em Ladbroke Grove para admirar um cartaz.

Seu olhar cintilou e ela estremeceu como um galeão.

— Obrigada — agradeceu.

Eu estava sendo um marido fantástico. Podíamos ter feito um filho ali mesmo. De preferência uma menina, para que pudéssemos chamá-la de Mia. Mia Ableman. A macaquinha. Ou talvez Mia Eisenhower, agora que Eisenhower era o sobrenome mágico.

"Você não se importa?", me perguntara Vanessa, uma doçura só, já que não havia mais como esconder que seu livro havia sido concluído, que um agente — o meu! — o lera, que logo ele seria publicado e que ela agora usava o sobrenome Eisenhower e não Ableman.

— Claro que não — respondi. — Acho uma tacada esperta. Clinton ou Obama seria ainda melhor, mas Eisenhower é bacana.

Com efeito, desconfio de que foi apenas depois da decisão de mudar o sobrenome que Vanessa conseguiu disparar. Isso significou romper o falso apelo sedutor da factualidade que durante tanto tempo a empatara.

— Só espero que você tenha mudado os nomes de todos os demais, aproveitando o momento — falei. — Inclusive o meu.

— Quantas vezes eu já lhe disse que você não está no livro? — perguntou ela. — Não estou escrevendo sobre nós.

Era exatamente o que eu sempre lhe dissera. Um romance não é um diário íntimo da minha vida, Vee. Não é sobre *nós*. Mas no caso dela — não porque eu a paternalizasse ou achasse que lhe faltava imaginação, mas porque ela sempre argumentara com tamanha veemência a favor de escrever sobre os fatos como eles realmente eram — eu acreditava que sim.

— Claro que não estou no seu livro — falei. — Então, como você me chamou? Guido Cretino?

Macaco, como o chamávamos — e não, a ironia não passou despercebida a nenhum de nós dois —, virou filme quase antes de ser esquecido como romance. A única maneira de explicar tanta rapidez, a meu ver, foi que Dirk de Wolff fizera uma aparição antes que Vanessa me desse uma dica, muito antes que ele "tropeçasse" no livro, "se lembrasse" da autora, e, sendo alguém que conhecia muito bem as locações, acreditasse ser o "único homem" capaz de fazer o filme. Minha teoria foi que Vanessa me tirara de casa porque de Wolff estava lá. Não digo que tenha me arrancado pela raiz na condição de marido, mas decerto me arrancou pela raiz na condição de mentor e influência literária. Ele a fez escrever o romance, supus — daí a celeridade incomum —, de olho, desde o início, no que desejava num roteiro cinematográfico. Presumi que a partir de um sinal já combinado — "Venha! O trabalho está pronto e eu, pronta para você!" —, ele a seguira até a Inglaterra, conforme ficou combinado durante conversas de natureza criativa em seu iate vulgar em Monkey Mia, quer na primeira visita com mamãe trôpega ou quando ela voltara ao barco sozinha enquanto eu pisava na aranha da mãezinha — isto é, se de fato ela fez isso lá, embora fosse irrelevante agora saber ao certo.

Digo que fui um marido fantástico — companheiro, altruísta, cândido e acima de tudo não competitivo —, mas houve um breve período, logo depois da deserção de Poppy e da primeira pista que recebi dos Querreys de que a vida de Vanessa estava prestes a mudar, em que titubeei. O período anterior à publicação do romance de Vanessa deveria ter sido de grande excitação, mas passei a maior parte dele na cama. O que ninguém conta a respeito de um colapso nervoso é quão tranquilizante ele pode ser.

— Isso — disse Vanessa — é porque você não está tendo um colapso nervoso. Eu já tive um colapso nervoso e posso lhe dizer que não tem nada a ver com o que você está tendo. Isso é um surto de mau humor.

— *Mau humor*? Você chama isto de *mau humor*? Vee, com o canto de cada olho eu vejo linhas paralelas e flashes de luz. Minha família está se desintegrando. Meu editor morreu. Só sou editado por encomenda. Não tem nada a ver com *mau humor*.

E nem ao menos mencionei Poppy ou meu agente.

Ela não discutiu comigo. As coisas estavam diferentes. Ela não discutiu comigo porque não precisava discutir comigo. Qualquer discussão importante ela ganharia.

— E aliás, quando foi que *você* teve um colapso nervoso? — indaguei.

— A partir do dia em que me casei com você até bem recentemente — respondeu Vanessa e até isso soou elogioso.

— Fico feliz em saber que você está boa agora.

— Eu estaria, se você saísse da cama.

Ela não aguentava me ver deitado ali o dia todo, passando a língua nos dentes, tirando pele das cutículas, tomando Gatorade e ouvindo a Radio 4, embora no passado ela já tivesse rezado por uma situação assim. No passado, o fato de eu passar o dia deitado na cama significaria a possibilidade de ela continuar seu romance sem ser dispersa pelos ruídos que eu fazia continuando o meu. Mas as coisas não eram mais como antes. Eu não estava escrevendo e ela não precisava escrever. Já escrevera.

— É uma sensação maravilhosa — disse Vanessa. — A de ter concluído um livro.

— Nunca se "conclui", Vee. Nunca terminamos. Você devia estar escrevendo outro. Por via das dúvidas.

Eu não fazia ideia de que um roteiro de cinema estava em andamento, de que, de alguma forma, ela mantinha contato com de Wolff.

— Como assim, por via das dúvidas?

— Por via das dúvidas porque, e falo por experiência própria e com amor, suas expectativas podem não se concretizar. O segundo romance é uma apólice de seguro contra o fracasso do primeiro, o terceiro é uma apólice de seguro...

— Entendi o espírito da coisa, Guido. Mas não quero ser como você, jamais satisfeito, sempre correndo atrás da sombra. Agora saia da cama.

Havia uma nova disposição nela, como acontece com alguém que realizou uma empreitada longa e demandante — escalou uma montanha, salvou um país — e agora quer viver um pouco. No caso de Vanessa, viver muito.

— Vamos fazer compras — sugeriu ela de repente. — Vamos comprar um tapete novo. Vamos dar um pulo em Roma.

Puxei o edredom para cobrir a cabeça.

— Estou doente demais — falei.

— Pelo amor de Deus, Guido, levanta!

— Não posso.

— Eu termino e você desmorona. Agora você sabe como tem sido para mim.

— O meu desmoronamento, e na verdade não estou desmoronando, ao contrário, estou tranquilamente me recompondo, não tem nadinha a ver com você ter terminado. Por isso eu lhe peço, como seu amado marido, para começar outro livro. Eu ficaria encantado de ver você começar e terminar todos os dias da minha vida. Significaria que posso ficar deitado aqui e me recuperar.

— Se recuperar de quê? O que foi que provocou sua doença?

Revirei os olhos. O que provocara a minha doença?

— Não posso ficar doente em paz? — indaguei. — Não posso ficar *indisposto*?

— Você nunca fica indisposto. É a pessoa mais saudável que já conheci. Fisicamente. Doente é a sua cabeça.

Nós dois nos calamos, pensando em Jeffrey. Seriam os tumores cerebrais genéticos?

Vanessa leu meu pensamento:

— Não, não são.

Pedi um chá. Ela me convidou para tomar chá no Claridge's. Recordei a ela que é preciso reservar lugar no Claridge's com um ano de antecedência. Quanta gente sabe com tal antecedência quando terá vontade de tomar chá sempre foi um mistério para mim. O mesmo acontece com o Ritz. Tem gente na área rural de Hampshire que faz reserva para um chá de aniversário no Ritz com 20 anos de antecedência. É como pôr o nome do filho na fila para a Universidade de Eton antes de conhecer a mulher com quem irá concebê-lo. Vanessa, o dobro da esposa que havia sido no passado, me ouviu listar minhas objeções. Paris, então. Madri, Casablanca. Vamos voar até Casablanca.

Credite-se a ela não ter dito "Então, fique onde está enquanto eu vou para Casablanca com Dirk".

— Esse adiantamento que você recebeu deve ser polpudo — observei com uma ausência proposital de irritação. — Alguém sem dúvida fechou um excelente acordo para você. Foi Francis, não?

Por milhões de motivos, todos eles sólidos, os detalhes não haviam sido discutidos. Nem o título, nem o conteúdo, nem o contrato, nem o papel que Francis teve ou não nisso tudo. Se não ele, então quem? Quando precisava atender um telefonema acerca do livro, ela fechava a porta. Uma delicadeza da sua parte. Mas quanto mais eu era poupado de sofrer, mais tempo eu queria passar na cama.

Ela arrancou minhas cobertas. Constrangedor. Eu estava de pau duro. Eu sempre ficava de pau duro quando batia a depressão. Viroses e depressão invariavelmente me deixavam excitado.

— O que é isso? — perguntou ela.

— Prova de que estou feliz por você.

— Como é que vai ser quando eu começar a trazer prêmios para casa?

— Já dá para imaginar, Vee.

— Diz que vai fazer compras comigo que eu chupo você.

— Vou fazer compras com você.

— Tem de ser sincero.

— Estou sendo sincero.

Para provar, abri os braços e cantei "I'm in the mood for love", totalmente no clima do amor.

Aí está a medida do tamanho da mudança: no passado ela diria "Está nada" e sairia do quarto; agora baixou a cabeça na direção da minha ereção febril e entrou no ritmo. Estávamos ambos, embora me doa recordar isso agora, no clima do amor.

Por nossos padrões, e dando o desconto do meu colapso nervoso, foi uma época idílica. Eu jamais vira Vanessa mais feliz nem mais bonita. Assoviava durante os afazeres domésticos. Preparava pratos especiais para mim, às vezes um no almoço e outro no jantar. Mais que isso, me servia as refeições usando salto alto e blusas transparentes. Lia para mim nos jornais matérias que a interessavam. Me contava histórias, piadas. A única coisa sobre a qual jamais falou foi o tema do seu livro. E isso considerei uma prova de que um choque terrível me aguardava. Mas não fazia mal. Eu já estava chocado. Que fizesse o que havia de pior, se isso a deixava feliz, e não havia dúvida de que ela estava feliz.

Compreensivelmente, um fator que contribuiu para o meu colapso nervoso foi a culpa: eu vi como havia sido cruel com ela ao longo do nosso casamento, o prazer que lhe negara ao me pôr em primeiro lugar, ao permitir que ficasse claro que eu era o centro de todas as operações conjugais, que a minha carreira é que contava, minha chama a que precisava ser alimentada e mantida acesa o tempo todo. Quando vemos a pessoa que amamos feliz pela primeira vez, temos de nos perguntar que papel tivemos em todo o sofrimento anterior.

Mas eu me preocupava com o que aconteceria quando esse período de expectativa animada chegasse ao fim e ela tivesse de encarar o anticlímax inevitável: zero leitores, zero vendas, nenhum livro visível em uma livraria

284

sequer, nada de Richard e July, críticas estúpidas, nada de catálogo principal, nem catálogo secundário, o buraco negro... Tentei prepará-la para isso, mas com a sua natureza volátil, ela não registrava alerta algum. Trá-lá-lá, a vida de escritor é o máximo! Em parte, claro, ela me mostrava como fazê-lo. *Você e suas queixas intermináveis. Você e a sua "a literatura acabou". Veja como pode ser fácil. Veja como a gente podia ter aproveitado a vida — nós dois. Em vez de você sozinho e sua cara fechada.* Esquecendo-se de que também eu havia sido assim no início e de que dançamos na sala quando recebi meu primeiro cheque de direitos autorais, e depois gastamos tudo numas férias em Taormina, onde encontramos placas dedicadas a D.H. Lawrence.

— Um dia há de ser você, meu bem — ela dissera e também dançamos em Taormina.

Tudo acabaria dando errado, mas enquanto isso, sim — e embora eu estivesse passando por um leve colapso nervoso —, a vida era doce. Qualquer um que entrasse na casa teria farejado imediatamente: o aroma grudento, como o de lírios pouco antes de murchar, de um homem e sua esposa apaixonados — o homem, talvez, apenas um tantinho mais que a esposa.

Quanto a Poppy não houve menção. Tudo que eu soube foi que as duas haviam brigado. E não — não ostensivamente — por minha causa. Se tivessem brigado por minha causa eu saberia. Fui obrigado a presumir que haviam brigado por causa de Francis. Que Vanessa, que podia ser puritana quando lhe convinha, desaprovava o que quer que estivesse acontecendo entre os dois. E, mais que isso, achava que o fato de Poppy se atirar em cima de Francis em causa própria, assim como ela mesma estava fazendo, cheirava um tantinho demais a concorrência. Nem bem Vanessa arrumara um agente a mãe precisava dar em cima da mesma pessoa... Indecente. Vanessa não me explicou dessa maneira; com efeito não me explicou de maneira alguma, mas com meu faro para indecência e como os outros a encaravam, eu simplesmente concluí ser isso.

O que não entendi plenamente até ler o romance de Vanessa foi que o abismo já se abrira em sua cabeça. O livro cristalizaria esse abismo, mas também era a história dele. Mães e filhas — uma rivalidade que excedia até mesmo a de romancistas e romancistas.

CAPÍTULO 38

Prostituta

Com Poppy na esbórnia com Francis, a cama era o lugar mais seguro para mim. Se estavam realmente *na esbórnia* ou apenas um *com* o outro — sob que condições ela se tornara sua funcionária e/ou namorada — eu não fazia ideia, mas a expressão descreve a tonalidade dos meus temores. Eu conhecia a minha natureza ciumenta e sabia que se não me desarmasse eu esmurraria a porta da sala de Francis, exigindo uma explicação. Entre outras, para acolher minha esposa como cliente.

Como você pôde fazer isso comigo, Francis? Sou seu cliente, porra. Eu era seu amigo, porra!

Ele, é claro, supondo-se que eu conseguisse me aproximar, fingiria não saber do que eu estava falando. Não havia lei alguma proibindo um agente de representar marido e mulher. Sim, a decência comum se opunha — limites, Francis! —, e no mínimo minimorum pergunta-se ao cliente, barra, à cliente, pré-existente como ele, barra, ela, se sentiria nesse caso. Mas eu sabia que Francis haveria de dizer "Olha, nem por um minuto achei que você se importaria. As pessoas têm o médico de família, o mesmo advogado — pense em mim como o agente de família de vocês". Quanto ao porquê de ele não haver mencionado — tinha jurado segredo... Vanessa queria fazer uma surpresa.

Também foi para me surpreender, tendo tomado conhecimento dos meus desejos, que você empregou a minha sogra — com que atribuições? Sem falar na decência, Francis! Você devia saber que até os céus proíbem isso.

Mas essa também era uma pergunta para Poppy.

Como você pôde fazer isso comigo, Poppy? Sou seu... Sou seu... Eu era o quê? Sou seu genro, porra!

Eu a chamaria de prostituta? Provavelmente. Gostei da palavra. Gostei da sensação dela em minha língua, a vibração nas minhas papilas que sua emissão causava. *Prostituta*. É uma palavra que aquece a boca. Mas saiu de moda quase ao mesmo tempo que decoro. As prostitutas sodomitas do Marquês de Sade passariam hoje simplesmente por garotas que saem para farrear. Um homem se sente tolo hoje em dia quando chama uma mulher de prostituta. A palavra precisa ser rereivindicada. Existem lugares no mundo em que as matronas mais sisudas pintam o rostos, levantam as saias e saem para fazer "trottoir", embora caso seja chamada para transar por dinheiro qualquer delas volte, imediatamente, a ser uma matrona ofendida. A prostituição não deve ser encarada levianamente. Não pelos covardes, qualquer que seja sua política sexual. Eu estava preparado para aplicar o termo a Poppy, mas o que eu diria se ela me perguntasse o que havia de prostituição no emprego de recepcionista?

E seria só isso mesmo? Eu achava que não. Caso tivesse se estabelecido como secretária em expediente integral de Francis ou como qualquer outra coisa em expediente integral, Poppy não podia continuar morando em Shipton-by-Wychwood. Seria uma viagem demasiado longa para fazer diariamente. Assim, onde ela estaria morando?

Vanessa com certeza sabia. Mas como abordar o assunto com ela? *Onde, exatamente, a prostituta da sua mãe está indo pra cama com Francis, Vee?*

Por motivos que já enumerei, tal pergunta estava fora de cogitação.

Nesse ínterim, lá estava eu deitado com uma ereção, em parte em homenagem a Poppy, em parte em homenagem à sua filha, e podia muito bem ter permanecido assim se não tivesse recebido um telefonema de Jeffrey.

— Papai — foi tudo que ele disse.

— Não sou seu pai.

— Você não, ele. Você precisa vir para cá.

— Ele está doente?

— Estamos todos.

— Gravemente doente?

— Precisa ser grave? Ele é seu pai — disse ele, antes de bater o telefone na minha cara.

Uma hora depois, ele tornou a ligar para se desculpar pela grosseria. Uma desculpa era um acontecimento extraordinário na nossa família e bastou para que eu me desse conta de que a situação era séria. Minha mãe uma vez bateu no carro de um vizinho, quase com certeza de propósito, e essa foi a única vez que ouvi qualquer de nós se desculpar. "Oops, desculpe", disse ela.

— Estou indo — garanti a Jeffrey. — Chego daqui a algumas horas.

Mas fiquei intrigado com um punhado de coisas que achei terem sido ditas por Jeffrey. "Irmãos nascem para a adversidade" — teria ele realmente pronunciado tais palavras ou foi imaginação minha? E, salvo engano, ele me chamara de Gershom.

Peguei um taxi na estação e pedi para dar uma voltinha pela cidade. Às vezes o lugar em que a gente cresce pode ser a resposta ao porquê de não termos nos saído como devíamos. Fiz o motorista passar pela escola e depois pelo clube de escoteiros e depois pela biblioteca em que eu pegava mais livros do que conseguia ler, ficava meses com eles e pagava multas enormes. Passamos lentamente pela Wilhelmina's, que estava com as persianas baixadas. Eu amava e odiava aquela butique e me lembrei que conhecera Vanessa e Poppy ali. Eu decidira sair, mas fiquei perturbado de vê-la fechada e aparentemente abandonada.

A porta para o luxuoso sanatório para indivíduos senis onde viviam meus pais estava aberta e entrei direto no quarto de ambos, esperando ver meu pai jazendo na cama. Ele estava sentado nela, atrelado a um simples frasco de soro, atendido por um rabino. Quando me viu, me fez um sardônico sinal de "tudo bem" — meu pai, não o rabino. Ele jamais me fizera esse gesto e considerei-o estranhamente tocante. Será que seríamos amigões finalmente?

— Então você é o Gershom, o mais velho, hein? — disse o rabino, me estendendo a mão.

— O mais velho, ponto — corrigi. — Somos apenas dois. Primeiramente as prioridades: — E meu nome não é Gershom.

Ele apertou meus dedos.

— Ora, sei que você não é o Yafet — disse ele. — Seu irmão Yafet e eu nos conhecemos bem.

— Yafet! Tenho um irmão chamado Yafet? — A pergunta soou mal. Eu não conhecia meu próprio irmão!

E pensava conhecer suficientemente bem o meu irmão, um pervertido sexual chamado Jeffrey que carregava uma bomba no cérebro. A bomba *era* o seu cérebro. Quando explodisse poluiria metade de Cheshire. Até Jeffrey era um nome bom demais para o meu irmão. Agora Yafet? O que estava havendo comigo? Será que meu colapso nervoso durara mais do que eu supunha? Achei que dormira esperando Vanessa tomar uma providência sobre a minha ereção e acordara dois mil anos antes na Terra Santa.

O rabino, um americano pesadão de óculos com cerca de metade da minha idade e altura, que podia muito bem arrancar alguns pelos do bigode e da barba, aparentemente entendeu o motivo da minha confusão.

— Seus pais me explicaram que você nunca deu muita importância à fé religiosa — disse ele, tocando a aba do chapéu coco à menção da palavra "fé".

— Meu pai está tendo uma conversão no leito de morte? — indaguei sem saber se podia perguntar ao velho diretamente, sem saber se ele podia ouvir ou entender. Ele jamais entendera muita coisa.

— Não se pode chamar de conversão — respondeu o rabino com o canto da boca. Ele tinha um maravilhoso jeito sacana de cuspir as palavras, mais ao estilo de um gângster do que de um rabino, o que destoava do seu desalinho. Para fazer justiça a uma voz como aquela, ele deveria estar usando um terno Brioni listrado, com arremate de couro nas lapelas e sapatos bicolores de crocodilo.

— O que é, então? — indaguei. — Os Lubavitchers o fizeram refém?

O rabino pareceu impressionado por eu saber que ele era um Lubavitcher. Na verdade, eu não sabia. Foi um mero palpite. Os Lubavitchers são os únicos judeus que, ao que eu saiba, se vestem assim e convertem judeus ao judaísmo.

— A palavra para isso é *bal-chuva* — me disse ele, enunciando a palavra com enorme cuidado. Talvez pretendesse que eu a repetisse. *Bal-chu-va.*

— E que significa?

— O retorno à retidão.

Deixando de lado o sentimento, a última vez que eu ouvira alguém desenrolar palavras daquele jeito havia sido num filme da década de 1930 sobre um rufião de Chicago. "Feliz aniversário, Louis", dissera ele, disparando balas de metralhadora por todo lado. Feliz *bal-chuva*, seu sabichão safado.

Para um escritor de perturbações ímpias, eu era e sempre tinha sido incrivelmente respeitoso, subserviente até, na presença de homens de Deus. De um jeito estranho eu sentia estarmos no mesmo negócio: reverência e irreverência, construção e destruição de ícones — nem um nem outro funcionando sem a sua contraparte. Mas não gostei de um rabino do Bronx espreitando, àquela hora tardia, o espírito de um homem que não se podia em sã consciência dizer que havia retornado à retidão, jamais tendo empreendido um feito ou entretido um pensamento dessa natureza em toda a vida.

Meu pai podia ter sido indigno, mas a indignidade era sua. E agora estavam lhe tirando a derradeira dignidade.

— O que está havendo, pai? — perguntei.

Ele me fez outro sinal de "tudo bem" com o polegar.

— Ele está descansando — esclareceu o rabino, como se eu precisasse que me dissessem o que meu pai vinha fazendo desde que eu me entendia por gente.

Faltou-me coragem para perguntar ao rabino como ele tinha ido parar ali. Para administrar a extrema-unção? Judeus têm extrema-unção? Será que o pobre infeliz chamara um rabino porque sentira medo? Será que acaso estava a par da existência desse tal *bal-chuva* e achou que chegara a hora?

Perguntei pela minha mãe. Ela estava na cozinha montando um quebra-cabeça, achava o rabino. O que me deu a entender que a morte do meu pai não era iminente, ao menos. Por outro lado, um quebra-cabeça é um quebra-cabeça.

— Ouça, de quem foi esta ideia? — perguntei, afinal, reunindo coragem.

— *Esta*?

— O senhor.

— Ora, em princípio, meu caro, a ideia é do Todo-Poderoso, louvado seja Ele. Mas eu tive uma pequena participação.

A gente começa uma conversa desse teor com um rabino por nossa conta e risco. E eu não era "seu caro". Mas entendi que ele era novo no pedaço e procurava fazer jus à sua condição de provedor de assistência pastoral. Por acaso eu conhecia a palavra *rachmamim*? Não, não conhecia. Primeiro *bal-chuva*, agora *rachmamim*. Quanto tempo demoraria para eu começar a falar hebraico fluentemente? Bom, *rachmamim* era algo como compaixão. E no devido espírito de *rachmamim*, que nenhum judeu, muito menos um rabino, podia ignorar, ele visitava os judeus enfermos e idosos. Me perguntei como teria sabido que éramos uma família judia. Sempre nos mantivemos à parte, não nos associávamos a coisa alguma, jamais pisamos numa sinagoga. Não figurávamos em lista alguma, que eu soubesse. Ele deu de ombros, querendo implicar "Deus, louvado seja, opera de forma misteriosa". Ou seja, se existe um judeu necessitado em algum lugar, Ele o encontrará. Sim, senhor, eu já ouvira essa antes. E quão interessado estaria o rabino em meu pai, quão interessado estaria Deus, trocando em miúdos, em que ele recuperasse suficientemente o juízo para lhes oferecer uma quota de mamãe?

— Vou procurá-la — disse eu ao rabino. — Minha mãe.

Ele assentiu.

— Vá, meu caro.

Ela estava, com efeito, na cozinha, montando o quebra-cabeça de Chester. A surpresa ficou por conta do fato de que Jeffrey a acompanhava. Mas houve algo ainda mais surpreendente. Meu irmão, visto pela última vez vestindo um paletó Alexander McQueen com lapelas metálicas, deixara agora crescer uma barba, usava um chapéu coco e sua camisa tinha franjas penduradas. Ele se levantou para me cumprimentar.

— *T'zohora'im tovim* — disse ele, me abraçando e me dando um beijo no pescoço.

Mamãe, vestida como sempre como quem aguarda sinais de um outro mundo enquanto flerta com o comandante do navio, não ergueu os olhos do quebra-cabeça. Cinzas imaginárias pendiam perigosamente da ponta do cigarro eletrônico.

— Que porra é essa, Jeffrey? — perguntei.

Mas eu sabia que porra era aquela. A família perdera, finalmente, seu juízo coletivo.

Embora não fosse um tema do seu interesse, Poppy aludiu certa vez a essa coisa judaica.

Estávamos no jardim da sua casinha de Oxfordshire. Na minha segunda e derradeira visita. Sem qualquer sugestão de malícia. Eu havia sido convidado a fazer uma palestra para uma sociedade de universitários em Oxford, e Vanessa me pedira, já que eu não estaria longe, para dar uma passadinha na casa da mãe para deixar um vestido que comprara para si mesma, mas depois concluíra que cairia melhor em Poppy. Concordei.

— Experimente o vestido — falei ao chegar. — Eu olho para o outro lado — garanti, o que suponho tenha sido um tantinho malicioso, mas que ela fingiu não ouvir.

— Seja um amor e corte uns raminhos de menta para mim — pediu Poppy, me entregando uma tesoura de jardinagem. — Vou fazer chá para nós.

— Qual destes é menta? — indaguei.

— Ah, sim. Esqueci que você é judeu.

— Judeu!

— Me enganei?

— Não, apenas foi curta e grossa. Mas o que é que ser *judeu*, já que você insiste nessa tecla, tem a ver com menta?

— Nadinha. Foi precisamente o que eu quis dizer.

— Não estou ciente de que os judeus tenham um ponto cego quando se trata de ervas. Provavelmente inventamos o chá de menta. *Eu* não sei que cara tem a menta fora do chá porque *eu* cresci na cidade e nunca tive um jardim.

Ela riu:

— Dificilmente se pode chamar Wilmslow de cidade, Guy.

— Mas *era*, no sentido do estilo de vida que levávamos lá. Quando saíamos da butique, era para viajar a Milão e Paris para comprar roupas. Assisti a uma centena de desfiles de moda antes mesmo de fazer doze anos. As passarelas eram minhas conhecidas, trilhas campestres, não. Quanto à menta... Não houve uma modelo com esse nome, Menta? Desconfio que cheguei a sair com ela. Tinha olhos verdes e gosto de...

Poppy ergueu uma das mãos. Há coisas, relembrou calada, que não se conversa com a própria sogra.

— Por falar na butique — indagou ela —, por que eu perdi o contato com sua mãe?

— Você se mudou.

— Antes disso.

— Ela pirou.

— Não teve a ver com você e Vanessa?

— Acho que ela não gostou de Vanessa. Mas, também, acho que ela não gostou de nenhuma mulher que levei lá em casa. Não porque não achasse que fossem boas para mim, mas porque ela não gostava de mim.

— Não é fácil gostar de Vanessa — disse ela, me atropelando.

— Poppy! — exclamei. Estávamos sentados em espreguiçadeiras. Quase caí da minha.

— É verdade.

— *Eu* gosto dela — falei.

— Você a ama. É diferente.

— E você é a mãe dela, também é diferente. A própria mãe não pode dizer que acha difícil gostarem da filha.

— Por que não?

Porque não. Reclinei-me na cadeira e deixei o sol aquecer meu rosto.

— Por causa disto — respondi, com os olhos fechados, fazendo um gesto para indicar o jardim, as árvores, a grama, os passarinhos, a menta. Meu tema. — A natureza.

— Ah, a natureza!

— E nem é verdade, afinal — prossegui. — Já vi vocês duas juntas. Já ouvi vocês tocarem juntas. Parecem duas irmãs.

— E você acha que todas as irmãs se gostam?

Eu não tinha irmã, mas tinha Jeffrey.

— Não — respondi.

— E quando se trata de irmãs, as pessoas *esperam* que haja rivalidade. No caso de mãe e filha, espera-se que a mãe ceda.

Dei de ombros, querendo dizer que me parecia justo. Embora não pudessem jamais me acusar de esperar que Poppy cedesse. Se deitasse, talvez.

— Há espaço para vocês duas — falei.

Ela balançou a cabeça.

— Num abrir e fechar de olhos a gente se vê com uma filha bonita — disse ela. — Ainda somos quase meninas e, de repente, viramos mães. Não fui garota por tempo suficiente, nem me saía muito bem nisso.

— Acho que me lembro de alguma coisa sobre uma foto de você nua em Washington.

— Ah, aquilo. Cinco minutos da minha vida e depois paguei caro. Vanessa perdeu mais um pai e eu enfrentei outros dez anos tentando compensá-la. E mesmo assim, não sei se fui perdoada.

Formulei uma teoria ali e então. Os filhos não têm de perdoar os pais. E os pais não têm de esperar serem perdoados. Cada qual segue seu caminho. Adeus. Adeus, mãe; obrigado por nada, pai. Setenta anos depois a gente se beija e faz as pazes, mas ao menos nesse ínterim evitamos um tormento mútuo. Será que tormento é uma palavra forte demais? Censura, então. Vee e Poppy haviam passado tempo demais juntas. Essa era a parte antinatural. Não espanta que não conseguissem gostar muito uma da outra.

— Não ouvi Vanessa dizer que não pode perdoar você. Seja pelo que for — falei.

O que era verdade. Eu ouvira Vanessa chamar Poppy de piranha e de escrota, mas essa já era outra história.

Ou não? Na medida em que chamar a própria mãe de piranha apontava para uma das formas como a mãe não se comportava como mãe convencional — ou seja, agir de acordo com a própria idade e ceder —, ora, suponho existir censura aí. Com efeito, considerando-se os pensamentos que Poppy fizera brotar em mim, para não mencionar Jeffrey Cabeça Oca... Vanessa tinha razão.

Será, então, que as duas se odiavam? Seria isso o que aquele andar de braços dados calçando idênticas sandálias de cortiça na verdade traduzia — ódio?

E teria eu, do meu jeito tolo, sido um instrumento desse ódio? Um coadjuvante no psicodrama das duas? Uma mera ferramenta?

— Não me entenda mal — prosseguiu Poppy. — Acho Vanessa maravilhosa, formidável. Acho que ela é ótima para você. Nasceu para ser esposa de um escritor...

— Eu não a deixaria ouvir isso, já que ela acha que eu nasci para ser marido de uma escritora.

— Viu? É precisamente isso. Ela não é fácil.

— E precisa ser?

— Seria bacana se ela tivesse mais paciência. Não sinto que posso contar com ela. Uma filha judia teria mais consideração com a mãe. — Poppy deu a impressão de ter escolhido mal. De estar arrependida por não escolher a filha judia quando teve a chance.

— Ela lhe mandou o vestido que eu trouxe. Tem certeza de que não quer experimentar? Eu olho para o outro lado.

Uma vez ferramenta, sempre ferramenta.

— Pare com isso — disse ela, antes de acrescentar. — Viu? Você tem consideração, acho, porque é judeu.

Um pensamento terrível me assaltou. Seria isso que Poppy supôs o tempo todo que eu estivesse sendo? Solícito? Solícito na noite das estrelas cadentes sobre o Oceano Índico, a noite em que deslizei meus dedos fumegantes por entre suas coxas de violoncelista? Solícito quando fiquei em pé, enlaçando-a com meus braços, em cima da tarântula? Solícito quando meus olhos encontraram os dela num reconhecimento chocante no mais alto degrau da Escada para a Lua de Broome? *Solícito*!

— Não sou solícito com a *minha* mãe — afirmei.

— Provavelmente é, sim — contestou Poppy —, mas mesmo que não seja, você tem um irmão para partilhar a responsabilidade.

Meu irmão Jeffrey. Teria ela achado que também ele estava sendo solícito na noite em que a beijou, ou qualquer outra coisa que tenha feito, de modo a solenizar meu casamento com Vanessa?

— Então o problema com Vanessa é ela ser filha única? Meio pesado para ela.

— E meio pesado para mim.

— Mais pesado para ela.

— Não, mais pesado para mim.

Fiquei pensando se podíamos transformar isso num jogo. Mais pesado para ela, não, para mim, não, para ela, e acabarmos rolando juntos no canteiro de menta, onde quer que estivesse ele.

Mas a conversa não tomara a direção do sexo ilícito. E para minha decepção me dei conta de me sentir aliviado por isso. Não digo que não a desejasse mais, mas ela deixara de ser tão irresistível quanto antes. Seria a roupa? Jeans, sandálias de dedo, suéter folgado. Sempre a preferi "embonecada", para usar uma das expressões favoritas de mamãe. Altiva e maquiada, a fenda entre os seios começando logo abaixo do queixo. Ela me pareceu meio cansada, também. Com o rosto um pouco afogueado e o pescoço vermelho. Ela forçou o rosto para frente, percebi, como se pretendesse mostrar domínio sobre o queixo. A cabeça dava a impressão de pesada para o corpo. Dava a impressão de se esforçar para manter o corpo ereto.

— Estou ficando velha — disse Poppy, como se lesse meus pensamentos.

— Não parece.

— Estou ficando velha.

— E?

— Falta paciência a Vanessa. Quem há de cuidar de mim?

— Você precisa de um bom garoto judeu para cuidar de você? É isso que está dizendo?

Foi a primeira vez que usei tal expressão. Mas ela trouxera o assunto à tona e achei adequado seu uso.

Uma vez no passado ela afagara minha bochecha e me chamara de macaco. Agora apenas dispensou com um aceno as minhas palavras como se elas fossem moscas de verão. Eu continuava a fazer o mesmo jogo. Senti que tivera meu tempo com ela e ele acabara. E nem esse tempo havia sido o que eu pensara.

Será que, afinal, não existira transgressão alguma?

Me senti quase tentado a apertar sua mão. Sem ressentimentos, Poppy. Foi um bocado divertido o que quase tivemos.

Pela segunda vez naquela tarde, ela leu minha mente.

— Ora, você *é* um bom garoto judeu — disse ela, levantando-se da sua espreguiçadeira —, fale o que falar a seu próprio respeito.

Então ela me beijou em cheio na boca.

CAPÍTULO 39

O Indomável

Passei a noite em Wilmslow. Vee me mandou uma mensagem de texto à meia-noite para saber como havia sido meu primeiro dia fora da cama. Se eu me lembrara de como se anda. Respondi que estava bem, mas a família tinha se convertido. Ela replicou dizendo que se a religião era a única forma pela qual eu podia lidar como o fato de ela ter escrito um romance, tudo bem. Qualquer coisa que funcionasse servia. Embora estivesse surpresa por toda a família precisar se converter. PS: converter a quê?

judaísmo, respondi.

certo, mas vocês não foram sempre judeus?

você sabia?

você sabe que eu sabia. seu nariz, lembra?

Fui dormir rememorando. Noites quentes com toque nasal com a minha esposa. Para isso servem os hotéis. Para recordar. Sentir saudades.

Vanessa era estranha quanto à religião. Eu a tomei por pagã quando a conheci. Dizia palavrões, blasfêmias, fazia boquetes em vielas ermas. Era difícil imaginar alguém menos pior; ainda assim, ela tolerava os extremos religiosos em outras pessoas e às vezes chegava a estimulá-los. Eu não sabia se ela havia visitado meu irmão depois de saber da sua doença e não estava ciente ainda de que surrupiara seu tumor para usar como metáfora para o estado da mãe; mas se escapulira para Wilmslow pelas minhas costas, era bem possível que houvesse sido tão instrumental quanto o rabino na transformação de Jeffrey em Yafet. Eu sequer a isentaria de sugerir o *bal-chuva*. Era o tipo de coisa que ela gostava de fazer — mostrar que conhecia o verdadeiro eu de alguém e instruir essa pessoa a trilhar o caminho específico da retidão que melhor conviesse às suas necessidades. Além de me pedir para lhe prover orgasmos com meu nariz, ela raramente aludia ao fato de eu ser judeu. Deus sabe o que ela pedira a Jeffrey para fazer com o dele, mas dava para imaginá-la levando-o a recorrer a Javé como forma de lidar com o próprio tumor.

Tomei café da manhã no hotel e depois peguei um táxi para visitar os Dementievas. Jeffrey concordara em se encontrar comigo lá, embora não achasse mais graça no apelido. O engraçado sobre a graça é que a fé recuperada sempre tem problemas para lidar com ela. Encontramos nossa velha religião e perdemos o velho senso de ridículo.

— Eu sempre soube que havia algo aqui — me disse meu irmão. Nessa manhã ele trocara o chapéu coco por um gorro de tricô.

— Aqui onde, Yafet?

Ele não atendia mais quando chamado de Jeffrey. Era Yafet ou nada.

Me perguntei se ele tocaria na cabeça e diria que aquilo nunca tinha sido um tumor, apenas sua judeuisse mal cuidada, tentando escapar, inchando e crescendo até que ele pusesse um gorro e deixasse crescer cachinhos para que a dor sumisse. Talvez chegasse mesmo a receitar o ritual de renascimento como judeu para curar todos os tipos de câncer, não só o cerebral.

Mas com "aqui" ele tinha querido dizer no coração.

— Você nunca sentiu? — indagou, batendo no peito.

— Olha só, já senti um bocado de coisas no coração. Na verdade, eu diria que já senti tudo no coração, mas o que você está descrevendo, não. E não venha me dizer que é negação.

— Nunca sentiu falta de nada?

— Não, Yafet.

— Nunca sentiu que existe sempre uma pergunta esperando resposta?

— Não, Yafet.

Inverdade. Sempre tinha havido alguma pergunta à espera de resposta, mas não era essa a ideia do meu maninho judeu zero quilômetro sobre pergunta ou resposta. A pergunta era "Onde foi parar a noção do livro como objeto de prestígio, fonte de sabedoria e perturbação ímpia? E a resposta estava na prateleira das promoções cinco-por-quatro da Primark.

Jeffrey sorriu para mim. Achei estranho observar a diferença que um gorro e uma barba fizera em seu rosto. Os olhos pareciam mais pretos e brilhantes, a boca, mais doce, a expressão, mais espiritual. Até os dedos pareciam mais longos, como os de um curandeiro.

Junto a seus pés, no chão, havia uma pilha de livros com lombadas ornamentadas. A mesa estava ocupada com o quebra-cabeça. Dos outros cômodos vinham os ruídos dos Dementievas — ou será que agora haviam virado os Dementiovskies —, profundamente adormecidos.

— Podíamos estudar juntos — sugeriu meu irmão.

"Por que será que a expressão 'estudar juntos', Jeffrey", tive vontade de perguntar, "sempre sugere livros cuja leitura nos soa mais assustadora do que sermos comidos vivos por ratos?"

Mas isso seria mais cruel do que eu acreditava precisar ser, embora eu acreditasse que devia ser cruel. Assim, falei simplesmente:

— Só se pudéssemos estudar um assunto da minha escolha depois.

— E qual seria?

— Os romances de Henry Miller.

Ele fechou os olhos, as pálpebras mais pesadas e escuras, mais mediterrâneas, do que antes. Me perguntei se estaria usando maquiagem.

— Você já leu algo dele? — indaguei.

— Não.

— Então por que fechou os olhos?

— Estou perguntando a mim mesmo se os livros dele têm algo a ver com os seus...

— Antes tivessem — falei. — Mas não sei por que está se perguntando isso. Você também não leu os meus.

— Sabe, nunca fui um leitor.

— Eu sei, o que me faz pensar em por que você está lendo o que está lendo agora.

— É diferente.

— Nisso você está com a razão.

Peguei um dos livros no chão. Coberto de texto da capa à contracapa, escrita antiga, pesada e lúgubre, carecendo da música visível das vogais. As palavras chocantes, implacáveis, irrefutáveis, de Leopold Bloom, com relação à Terra Santa, martelaram em meus ouvidos — *A vagina cinza e murcha do mundo*. Éramos judeus similares, Bloom e eu. Suscetíveis, à espreita do insulto, ambíguos — uma *vagina*, afinal, não é algo negligenciável, é numa vagina que tudo tem início — mas, de resto, só isso.

Embora aparentemente não.

— Você já escreveu um livro sobre nós? — indagou Yafet, me surpreendendo.

— Nós?

Para ilustrar o que queria dizer, enroscou no dedo uma mecha de cabelo que desconfiei estivesse treinando para transformar em cachinho. Se eu tivesse cachinhos, pensei, jamais seria capaz de manter as mãos longe deles. Naquele exato momento, por exemplo, eu os estaria arrancando, fio por fio.

— Não há nós, Jeffrey. Yafet. E não, nunca escrevi.

— Por que não? O que há de errado conosco?

— Não tive interesse do mesmo jeito como você não tinha. Só porque você passou por uma seja-lá-o-que-for, não significa que eu também tenha de fazer o mesmo. Você tem um tumor. Eu, não. Se lhe serve de ajuda, ótimo. Me alegro por você. — Incrível por quanta gente eu de repente precisava me alegrar! —, mas não me insulte com isso.

— Talvez você perdeu uma boa oportunidade.

— *Tenha perdido* uma boa oportunidade. Que tipo de oportunidade?

— O rabino Orlovsky me disse que os melhores escritores americanos são judeus. Me disse que nunca ouviu falar de você. Se você escrevesse sobre judeus, ele teria ouvido falar de você.

— Isso acontece nos Estados Unidos.

— Ele também não ouviu falar de você aqui.

— Gentil da sua parte me dizer isso, Yafet.

— Vi uma entrevista que você deu uma vez para o *Wilmslow Reporter*. Você disse que gostava de escrever sobre indomáveis.

— Você já me contou isso. No mesmo dia em que me contou que tem um tumor.

— Bom, estou contando de novo. Você gosta de escrever sobre indomáveis? Ora, quem é mais indomável que um judeu?

Olhei-o de alto a baixo. Não havia muito de indomável nos cachinhos de bebê e nas franjas. Quem é mais indomável que um judeu? Quem não é? Mas eu podia estar errado. Eu errara sobre todo o resto. Concluíra que

Jeffrey se transformara em Yafet para baixar a bola, para silenciar o tumulto em sua cabeça. E se Jeffrey, a perturbação ímpia, não só continuasse ali, mas também estivesse mais ímpio que nunca? Não uma fraude ou um impostor. Não, eu não o acusaria disso, mas ainda funcionando nos dois sentidos. Os religiosos podiam fazer isto: podiam zombar de uma crença, vilipendiar o Próprio Deus, bem do meio da sua fé. Nisso eram diferentes do humanista consciencioso comum, incapaz de se livrar da racionalidade de mão única, literal. Não, dizia ele. E fim de papo. Jeffrey-Yafet, por outro lado, sorrindo com aquela boca úmida e vermelha, podia simplesmente tanto estar zombando de si mesmo como zombando de mim. A crença contém sua própria paródia; a descrença, não. Por questão de princípio, a descrença elimina a incerteza e a ambivalência, enquanto a crença, sobretudo a crença judaica, pelo que dela eu conhecia dos romances de judeus americanos indomáveis que admirava, prega mais peças em si mesma do que qualquer outra. Mesmo o mais solene religioso judeu é, no fundo, um trapaceiro.

Eu não pensava assim até pensar no assunto então. Pelo que lhe agradeço, Yafet.

Será que isso, então, significava que ele estava certo? Que eu perdera uma boa oportunidade?

Ora, eu perdera tudo o mais.

— E como é que o seu novo sistema de crença se compatibiliza com o que você fez de errado comigo? — indaguei.

— Ele não é novo. Foi recuperado. Sempre existiu em mim, Gershom, sempre. Em você também. — Dessa vez, ele se inclinou para tocar meu coração. Mas, de resto, fingiu não saber do que eu estava falando. *Errado*? Como assim?

— Minha mulher? A mãe dela?

— Ah, isso de novo? Já falei que estava provocando você.

Seria imaginação minha ou ele estava adquirindo um sotaque?

— E como é que o tal de *bul-chava*...

— *Bal-chuva*.

Eu não iria me deixar perturbar.

— Como isso se compatibiliza com o fato de você me provocar, a mim, seu irmão?

— Eu estava doente. Sim, tudo bem. Na noite do seu casamento, com a sua sogra. Um tantinho de bolinagem. Um tantinho de nada. O amor estava no ar, Gershom.

— Você era padrinho.

— Padrinho, sogra... Era um matrimônio.

— E quanto a Vanessa?

— Bem, a família nunca gostou de Vanessa, mas eu gosto. Jamais disse uma palavra contra ela.

— Disse, sim. Você disse a mim uma palavra contra ela.

Ele ajeitou o gorro.

— Você disse ao *Wilmslow Reporter* que gostava de sujeitos indomáveis.

— Então deveria gostar de você?

— Não, de gostar dela. Ela é o verdadeiro sujeito indomável no casamento.

— Você também já me disse isso.

— Mas você não registrou.

— Como você sabe disso?

— Falo com Vanessa às vezes. Ela me telefona. Me telefonou quando soube do meu tumor.

— E disse a você que eu não estava dando o meu melhor ao seu lado indomável? Como se trata um sujeito indomável com que se é casado?

— Sei lá. Nunca me casei.

— Então, do que ela se queixou?

— Não se queixou. Deu para perceber na voz dela.

— Perceber o quê? Indomabilidade reprimida? Ela lhe disse que eu a impedi de ser judia?

— A gente vê quando alguém não está feliz, Gershom.

— Pare com esse Gershom, porra. Aliás, quem é que está feliz?

Pergunta estúpida.

— Eu estou — disse ele, sorrindo para mim com sua boca úmida.

Foi o mais longe que chegamos. Minha mãe nos chamou do quarto. Abraçou Yafet, ajeitando seu gorro e lhe beliscando a bochecha.

— Um bom menino — falou, olhando para mim, mas pensando nele.

Comigo ela trocou um aperto de mão. O escritor. A decepção da família.

Meu pai estava sentado na cama, sem os tubos, descascando uma laranja. Não sabia quem era quem, mas parecia bastante alegre. Achei tê-lo visto avaliando as pernas de pardal de mamãe.

— Olhem só para ele — disse minha mãe, com uma ternura até então disfarçada, afastando do rosto sem expressão o cabelo que restava ao velho. — *Kayn ahora.*

CAPÍTULO 40

Cafetão

Então, teria eu perdido uma boa oportunidade?

Teria me dado melhor como Gershom? *A Anne Frank que Nunca Conheci*, de Gershom Ablestein. *A Escolha de Mishnah Grunewald*, de Gershom Ablewurt, *O Menino no Pijama Listrado Dolce e Gabbana*, de Gershom Ablekunst?

Teria aberto mão da minha indomabilidade ao abrir mão de ser judeu?

Praticamente assim que voltei a Londres, Francis ligou. Ou melhor, Poppy ligou.

— Falo com Guy Ableman? O sr. Fowles está na linha.

— Me poupe, Poppy — respondi.

Mas no minuto seguinte, ouvi a voz de Francis.

— Meu querido! Eu soube que você andou adoentado.

— Fui golpeado, Francis, não andei adoentado.

— Lamento saber. Está bem agora? Que tal um almoço? Abriu uma nova brasserie aqui perto.

— Novas brasseries foram abertas perto de todo mundo — falei.

— Prefere outra coisa?

Sugeri o restaurante caixa-de-fósforo onde me encontrara com Merton, pela última vez.

— Nossa, Guy, não dá para se mexer naquele lugar e fica cheio de editores.

— É disso que eu gosto — falei.

Eu sabia por quê. Apenas um mês depois do suicídio de Merton o comprador de livros destinados ao público de treze-a-quinze anos para um dos

304

supermercados menos conhecidos do país caíra duro no meio da sobremesa. Houve também, no banheiro, uma briga super divulgada, entre o marido de uma assistente editorial para títulos estrangeiros e um romancista italiano que todos supunham ser amante da mulher. E um editor veterano, descrevendo o que vira para uma mesa de colegas, deslocou o ombro imitando o marido socando o rival. Dizia-se que pairava uma maldição sobre o lugar. Mas tudo que o boato conseguiu foi aumentar a frequência. A sedução da coisa não me passou despercebida. Todos queríamos ver a indústria dos livros implodir diante dos nossos olhos.

A outra razão, digamos inconsciente, pela qual escolhi comer ali me ocorreu quando vi Francis tentando espremer seu corpanzil entre uma mesa feita de uma velha máquina de costura Singer e um banco de igreja infestado de cupins. Me agradou infinitamente vê-lo tão desconfortável.

— Sua cara é a de que quem está se sentindo como eu — falei, sem esperar pelos cardápios para implicar com ele.

Reparei que ele formalizara um bocado seu figurino — nada de camisa justinha para fora da calça. E usava gravata. A gravata, em especial, me doeu. Dava a impressão de ter sido um presente.

— Santo Deus — exclamou ele, fingindo escudar o rosto. — Não vamos ter uma briga também, vamos?

— Você é quem sabe — respondi.

— Bom, em primeiro lugar, nunca pensei que você fosse se incomodar.

— Eu sabia que você diria isso. De que ofensa estamos falando?

— Existem duas?

— Pelo que sei podem ser mais de duas.

— Vanessa me implorou para ler o romance dela, segundo ela, por sugestão sua. Li e gostei.

— Francis, existem pessoas de norte a sul do país esperando anos para conseguir um veredicto seu quanto aos seus manuscritos. Muitos hão de morrer antes que você lhes dê notícias. E muitos mais hão de morrer quando as receberem. Como foi que Vanessa conseguiu furar a fila?

— Ela é sua esposa, Guy. Fiz um favor a você. O que você diria se eu a recusasse?

— Obrigado.

— Não está falando sério.

— Não, não estou falando sério.

— É um bom romance.

— Acredito em você.

— Você não leu?

— Não. Ela não permitiu até que seja publicado. E Poppy?

— Também não permitiu a Poppy. Nem agora nem nunca.

— Não foi o que eu perguntei. Com *E Poppy* eu quis dizer o que você tem a dizer quanto a Poppy?

— Que eu a amo.

— Você a ama! Ela tem sessenta e seis anos. Quantos anos você tem? Cinquenta e dois? Além disso, ela é mãe de um de seus clientes e sogra de outro. Além disso, *além disso*, eu disse a você que *eu* a amo.

— Não, não disse. Você me disse que queria transar com ela e escrever um romance a respeito. Eu reprovei com veemência essa ideia.

— Reprovou com veemência a ideia do romance. Me encorajou com veemência a transar com ela.

Nossa conversa, por falar em veemência, vinha sendo seguida atentamente por outros clientes do restaurante, que me incitavam em silêncio quando cruzávamos nossos olhares. Bata nele. Ande, jogue o cara escada abaixo. Sem dúvida, também incitavam Francis. Não lhes importava quem fizesse o que a quem. Só queriam ver sangue. Editor e autor, marido de editora assistente de títulos estrangeiros e amante, agente e cliente — tudo acrescentava tempero aos derradeiros dias de uma profissão falecida. Eu devia ter levado Vanessa para jantar ali. Esposa romancista versus marido romancista — teria sido uma beleza.

— Você me induziu ao erro — disse Francis, depois de nossa altercação ter sido interrompida pela chegada do polvo grelhado.

Eu odiava polvo grelhado, mas pedia o prato em todos os restaurantes de Londres. O mesmo acontecia com robalo. Alguma coisa simplesmente me fazia dizer as palavras — eu supunha que a compulsão fosse geral, dada a quantidade de vezes que ouvia as pessoas pedirem —, quando o que eu realmente queria, o que realmente queríamos todos, era uma costeleta de alguma coisa.

Me distraí.

— Você pode repetir, Francis? — pedi. — Por acaso ouvi que "eu induzi você ao erro"?

— Foi exatamente o que você ouviu e exatamente o que você fez. Você me induziu ao erro.

— Erro de acreditar o quê?

— De acreditar que estava tendo um caso. E não estava. Nunca esteve.

— Poppy me renegou, foi? Ao cantar do galo, foi? Não seja tão melodramático, porra. Jamais afirmei que estava tendo um caso. Eu disse que andava pensando nisso.

Ele deu um murro na mesa.

— Mas ela não, Guy. Ponha isso na sua cabeça. Ela não.

Será que valia a pena insistir nesse tema? O que acontecera era uma história tão antiga que me envergonhava fazer parte dela. Francis se joga para ela — um homem sem esposa e apenas um punhado de anos, tudo bem, dois punhados de anos, mais moço, um homem com o qual ela podia sonhar ter um futuro, algo que certamente não podia fazer comigo (na verdade o que eu podia ser para Poppy, eu, o marido da filha, salvo uma companhia capaz de matar aranhas?) —, e ela, sem conseguir acreditar na sorte, limpa todas as prateleiras pertencentes ao passado de modo a não estragar a imagem que ele idealizara dela. *Guy! Guy disse isso? O macaco abusado? Não me faça rir.* E agora o malvado era eu, por falar mal em retrospecto da mulher que ele amava. *Esqueça de ter pensado em levá-la para a cama, Guy.* Por mais que uma vez tivesse me estimulado a isso por conta da própria lascívia de espectador.

— Certo. Ela não estava. Espero que vocês sejam muito felizes.

— Não precisa ser sarcástico.

— Não estou sendo. Acho que ela dará uma excelente recepcionista. A menos que a esta altura tenha sido promovida por você a leitora de manuscritos.

— Bom, tenho uma outra coisa para lhe dizer.

— Que está entregando os meus a Poppy? Você conhece o gosto literário dela?

— Não, não estou entregando seus manuscritos a Poppy, embora não duvide de que você fosse gostar se eu fizesse isso. Poppy vai embora. Como

307

eu. Já cansei. Estou ficando velho demais para isto. Não é mais o que já foi. A diversão acabou. O ânimo acabou. As palavras idem.

— E quanto a Billy Funhouser, que tem diversão até no nome?

— Perdeu a graça, Guy.

Não acreditei em seus motivos. Metade do que ele dizia era para os meus ouvidos. Mas não duvidei da decisão. Vi o que o esperava. Cortar menta para Poppy em Whichever-over-Shitheap pelo resto da vida. Sacana sortudo.

— Amor numa cabana, não é? — indaguei. Não falei que conhecia a cabana em questão. Não disse que na última vez em que visitara minha sogra lá ela me beijara em cheio na boca. *Em cheio na boca, Francis.*

Por que estragar as coisas para ele só porque ele estragara as coisas para mim?

Além disso, eu tinha outras coisas com que me preocupar. Estava órfão de agente.

— Você fala como se eu fosse viver confinado — disse ele —, mas lá serei dono de um espaço infinito depois da maldita Londres.

Ele fez menção de mexer os braços para cortar seu polvo. Impossível. Só conseguiu balançar os cotovelos.

— E eu?

— O que tem você?

— O que eu faço?

— Bom, você não vai para o campo conosco, se é o que deseja saber. Embora sua visita seja, é claro, bem-vinda.

Em cheio na boca, Francis.

Mas o que eu disse foi:

— O que faço quanto a um agente? O que faço com *Terminus*?

Ele respirou fundo.

— Quer realmente que eu responda?

— Não, mas é melhor responder.

— Rasgue.

— Rasgar? Não há nada para rasgar.

Era uma mentira, mas eu precisava me proteger, aos meus próprios olhos, contra esse convite ao vandalismo.

— Rasgue a ideia toda. Queime as anotações. Destrua tudo que me mostrou.

— Não lhe mostrei coisa alguma.

— Não dificulte as coisas para mim. Já ouvi você falar dele o suficiente. Um herói anátema com uma porra de tumor se aventurando com mulheres que são, elas próprias, aventureiras, aterrorizando exclusivamente a sua cabeça de escritor. Esse tipo de livro acabou, Guy. Se Henry Miller aparecesse amanhã no meu escritório eu o poria na rua.

— Isso porque você não haveria de querer que ele encostasse um dedo em Poppy.

Uma derradeira e desesperada nostalgia libidinosa me assaltou. Fechei os olhos me lembrando da minha boca na de Poppy.

E me lembrando do que não acontecera e jamais aconteceria. Nunca, jamais...

Squish-squish.

Quando tornei a abrir os olhos, vi Francis namorando a ideia de ficar furioso.

— Deixe Poppy fora disso. Isso tem a ver com você. *Terminus!* Guy, esse seria o seu término, não há dúvida. Nenhum editor iria tocar nele. A quem se destina? Qual é o mercado? Eu deveria ter sido mais duro com você. Deveria ter lhe pedido para explicar em duas páginas quem pensa que são seus leitores, quantos anos têm, a que sexo pertencem, quantos são. Isso é o que outros agentes lhe exigiriam antes de ler uma única palavra.

— Sou um escritor publicado, Francis, não se esqueça. Os leitores sabem o que estão comprando.

— Têm pena, isso sim.

Antes que eu pudesse me levantar, ele se levantou para ir ao banheiro. Sempre me surpreendeu o fato de haver banheiro naquele lugar. Demorou-se quinze minutos. Quer dizer que Poppy havia curado sua prisão de ventre? Ou a teria piorado?

— O que você quis dizer com aquilo? — perguntei depois que ele voltou a se sentar. — *Têm é pena.* Explique.

— Guy, você tem encarar o que mudou. As coisas estão diferentes. Os livros não causam mais tremores. Você vive num mundo onde chocar não faz mais sentido.

309

— Onde as palavras não fazem mais sentido, você quis dizer.

— Certo. Isso também.

— Então o que *faz* sentido?

— Ah, agora sim estamos conversando. Sei lá. Por isso estou saindo fora. Se você ficar na empresa, talvez Heidi Corrigan lhe diga.

— Heidi Corrigan?

Heidi Corrigan foi a garotinha a quem Flora infamemente sugeriu que eu pedisse um aval.

Francis pareceu muito levemente encabulado.

— Psssiu! — exclamou ele, mantendo a voz baixa. — Ainda não é um fato consumado. Ela ainda está pensando no assunto.

— Que assunto?

— Assumir.

— O mundo?

— A agência.

— Para fazer o que com ela? Transformar em brasserie?

— Administrá-la, Guy.

— *Administrá-la!* Francis, ela tem dez anos.

— Ela tem vinte e quatro.

— Vinte e quatro! Tudo isso já? Fico surpreso por você não ter procurado alguém mais jovem.

— É muito inteligente. É a rainha dos JA.

Transformei meu rosto num ponto de interrogação.

— Jovens Adultos. Não é pouca coisa.

— Rainha no sentido do que ela escreve ou do que ela acha?

— Ambas as coisas. Mais: escreve, acha, encaixa.

— E qual a vantagem disso para mim?

— Nenhuma. Mas você gostaria dela.

— Francis, eu a conheço. Ela costumava se sentar no meu colo.

— Ora, então. Você podia tentar isso de novo.

— O que preciso é sentar no colo dela. Estou com problemas, Francis. Preciso de orientação. Você acabou de rasgar meu romance.

— Vai me agradecer por isso um dia.

— Será? Veremos. Nesse ínterim, estou sem agente.

— Talvez Heidi fique com você.

— *Talvez!*

— Ela é quente, Guy.

— E eu sou frio?

Ele olhou pela janela e fingiu assoviar. Precisamente naquele momento o autor de *O Velho e o Mar* passou lá fora em um de seus passeios pela cidade, cego à humanidade, escrevendo em seu bloco de notas, saindo da calçada e indo parar no meio da rua, indiferente a buzinas e berros. Um ou outro transeunte lançava um olhar furtivo para dentro do restaurante, atraído pelo barulho, e talvez pelo cheiro, da literatura à beira da morte. Só Hemingway parecia não sentir curiosidade.

Francis me olhou atentamente.

— O que significa essa expressão? — indaguei.

— Que expressão?

— Você sabe. *Podia estar acontecendo comigo...* É o que você está sugerindo?

Ele tamborilou com os dedos roliços o tampo da mesa. As unhas, notei, haviam sido cuidadas por uma manicure. Eu não daria um prêmio para quem acertasse o nome do responsável por essa novidade.

— Aceitar mudanças é sempre a parte mais difícil — disse ele, finalmente lendo meus pensamentos.

— Está se referindo a quem? A Poppy? Vanessa? Heidi Corrigan?

Ele sequer fingiu hesitar.

— Todas as três.

— Você é um canalha, Francis.

E, basicamente, ponto final.

Continuei a me encontrar com ele. Ninguém se separa do próprio agente. Havia a questão dos direitos autorais — pequenos — a abordar. Havia a questão de quem me assumiria quando Francis finalmente deixasse a agência — apresentações a serem feitas, mãos a apertar, ois e tchaus. E porque ninguém jamais abandona, de verdade, a vida literária a menos que faça o que Merton fez, sem dúvida haveria encontros em terrenos enlameados de festivais literários, jantares de entregas de prêmios, festas de lançamento de livros para o verão, festas de lançamento de livros para o inverno, enterros.

Numa tarde ensolarada esbarrei nele no pátio que abrigava uma tenda em Witherenden Hill, que, como todas as outras cidadezinhas do país, agora tinha seu próprio festival literário. Poppy, vestindo uma saia longa de leitora de livros, estava a seu lado. Os dois, reclinados em espreguiçadeiras, esperavam para entrar no auditório a fim de ouvir três ateus eminentes debaterem a não-existência de um Deus no qual ninguém acreditava. Eles não me viram, embora eu estivesse suficientemente perto para notar que os dois liam em Kindles similares. Me agradou pensar que estivessem lendo páginas idênticas de romances idênticos, mas não pude ter certeza. Não desfrutava de familiaridade suficiente com a tecnologia para saber se os dois conversavam um com o outro pelos Kindles enquanto liam, comentavam as passagens favoritas, rindo ou chorando juntos. Mas me deram a impressão de muito próximos. O fato de Poppy ter se tornado, pelo visto, uma leitora séria e, ainda por cima, uma frequentadora de festivais me deixou perturbado. Será que estivera à minha espera para despertá-la para a vida intelectual como fizera Francis? Será que podíamos ter sido nós dois ali, "kindleando" juntos sob o sol, se eu lidasse com as coisas de um jeito diferente? Eu não havia lhe dito, por exemplo, que todos os livros de todos os escritores vivos eram lixo?

Esgueirei-me sem ser visto, fiz uma palestra, generosamente patrocinada pelo Instituto Feminino de Witherenden, sobre Frank Harris e o Falso Romance Confessional Masculino para um casal de professores aposentados e uma bibliotecária de Etchingham e peguei uma carona de volta a Londres com a jovem que gerenciava o departamento online da S&C que ainda detinha os direitos de edição por encomenda dos meus livros. Ela insistiu para eu fazer um Facebook.

— Tenho o poder de promover você — disse ela quando eu recusei.

No passado isso talvez tivesse me excitado.

Vi Poppy e Francis juntos uma vez mais. Foi na estreia do filme de Vanessa. A editora não deu uma festa de lançamento do romance de Vanessa — poucas davam festas agora até mesmo para seus escritores mais bem sucedidos; não podiam se arriscar a atrair a ira de seus escritores menos bem sucedidos — e quando me ofereci para organizar algo, ela recusou com o argumento de que teria de convidar a mãe e não queria fazer isso. Havia coisas no livro que a aborreceriam — a saber, tudo —, e uma festa seria falta de tato. Ela não sabia se Poppy lera o livro. Achava que não. Francis, claro, por ser um agente da velha escola, lera, mas Vanessa acreditava que ele encontraria um jeito de convencer Poppy a se manter ao largo.

Achei difícil crer que minha sogra não ficasse curiosa, que não devorasse cada palavra de uma vez só, mas quando disse isso a Vanessa, ela me respondeu que eu era um cretino e não entendia porra nenhuma — suas palavras literais — da dinâmica do relacionamento mãe/filha. Ou de qualquer relacionamento familiar, aliás.

— Quem na sua família leu uma palavra escrita por você, Guido? — indagou. E esse foi o fim da conversa.

Fosse qual fosse a dinâmica que eu não entendia, Poppy não pôde ser mantida ao largo da estreia do filme. Embora sem receber o tratamento tapete-vermelho completo — tratava-se apenas de um filme de orçamento modesto, afinal, feito quase como se fosse uma peça, a câmera permitindo que a beleza de cada mulher se metamorfoseasse na da outra —, a sessão para a imprensa não careceu de glamour embora carecesse de imprensa. Francis apareceu de smoking, levando pelo braço Poppy em traje completo para arrasar. Esfuziantes, os dois. Poppy orgulhosa da filha, Francis, orgulhoso de Poppy. Poppy tentou não olhar para mim. Eu tentei não olhar para ela. Mas vi o suficiente para ver que ela voltara a ser desejável. Um tailleur preto com uma gola de pele, a pele mergulhando no vertiginoso decote. Botas curtas, altas, mas não muito. Lábios vermelhos. Uma certa confusão com os lugares fez com que ela passasse bem junto de mim. Suas coxas tocaram Brahms. O Concerto para Dois Violoncelos. As minhas, Bach. Cristo na cruz.

O casal não se demorou muito. Com dez minutos de filme, Poppy, arfante, levantou-se para ir embora. Mais uma vez, suas coxas roçaram meus joelhos. Nessa ocasião, ela foi o arco, eu, as cordas. Haydn. *As Sete Últimas Palavras.* Francis, um homem sem ouvido para música, deu de ombros projetou o queixo na minha direção, seguindo-a obedientemente.

Fiquei feliz por Vanessa ter optado por sentar-se com de Wolff na última fila, tomando notas, embora eu desconheça com que intenção. Eu não queria que sua grande noite fosse estragada. Mais tarde, porém, quando ocupamos nossos lugares num restaurante próximo, especializado em peixes — mais polvo e robalo —, ela procurou com os olhos a mãe e pude ver que ficou alarmada por não encontrá-la. Perguntou se eu sabia de algo. Falei que desconfiava de que Poppy tivesse tido uma enxaqueca.

— Minha mãe não tem enxaqueca. Ela ficou até o final?

— Não o finalzinho.

— Quanto tempo?

— Ah, uma hora, meia hora.

— Diga a verdade.

— Vinte minutos.

— Então perdeu a cena do iate.

— Não tenho certeza.

— Você também não estava acompanhando?

— Eu estava acompanhando o filme, Vee, cada segundo. Não estava era acompanhando sua mãe.

Mentiroso.

Tomamos champanhe. Dirk fez um brinde.

— A Vanessa!

Bebemos a isso.

Vanessa propôs um brinde às duas atrizes inglesas desconhecidas. Bebemos a elas. Não estavam à altura, achei, das mulheres que ambas representavam, nem como beldades nem como atrizes, mas também eu tinha conhecimento de coisas que os outros desconheciam, estivera na mesma viagem, por mais que houvesse sido excluído da história. Vai ver não mencionei isso. Não havia homens no filme, assim como não havia homens no romance. Nem eu, nem Dirk nem Tim. Até o pelicano guardião da praia era fêmea.

— Você gostou mesmo do roteiro? — perguntou Vanessa, num tom que era só para mim.

— Achei maravilhoso.

— De verdade?

— De verdade.

— Surpreendi você?

Uma pergunta capciosa.

— Eu sempre soube que você seria muito boa quando desse a largada. Mas tão boa, não.

— Do que você gostou mais?

— Da beleza.

— Bem, isso é obra de Dirk.

— A concentração da coisa toda.

— Dirk também.

— Mas a espirituosidade é sua.

— Sim. Obrigada. E o sentimento?

— Ah, sim, o sentimento. A fileira toda chorou.

— E aquela vaca não pôde assistir mais de cinco minutos.

— Dez.

— Vaca!

— Você não tem certeza de que ela não estivesse com enxaqueca. Pode ter sido de tanto chorar.

— Ela não tem enxaqueca. Sempre se gabou de nunca ter tido uma dor de cabeça. Por isso achei justo dar a ela um tumor cerebral na história. Assim ela não cometeria o erro de achar que escrevi sobre ela.

— Ela foi embora antes que o tumor fosse revelado.

— Mais vaca ainda.

— Ela foi embora, Vee, quando ficou claro que você a fez ter demência.

— Mas ela não teve demência na vida real. Quer dizer, não totalmente. Afora os macacos. Por que ela pensaria que a mulher com demência era ela?

Eu quis dizer *pela mesma razão que você sempre achou que toda mulher sobre quem eu escrevia era você*. Mas nessa noite o trabalho em pauta era o dela, não o meu, por maior que fosse a ironia de a mãe lhe fazer o que ela sempre fizera comigo. "Nós não significa *nós*", eu costumava insistir com ela para entender. "Eu não significa *eu*". Você não significa *você*. É ficção, pelo amor de Deus, porra!"

"Mesmo quando *ela* diz palavra por palavra o que *eu* digo?"

"Sim, Vee, mesmo quando isso acontece".

Pessoalmente, achei a coisa toda muito perturbadora. Não só a briga das duas, mas o motivo da briga. O romance, o roteiro, o filme, a obra — chamem como quiserem. A imaginação...

Filha e mãe louca sozinhas no interior australiano, na esperança de ver os macacos em Monkey Mia. Nenhum Guido Cretino à vista. Apenas as duas mulheres, discutindo e se afagando, numa paisagem sem homens e sem macacos. Não espanta que o filme fizesse um sucesso modesto com as plateias de mães e filhas, que viam ali a própria psicologia. E psicologia é psicologia, não importa se estamos sentados num cinema em Notting Hill ou no West End ou, finalmente, na Austrália Ocidental, onde Vanessa tempos depois fez uma aparição surpresa em um festival cinematográfico. Surpreendente para mim, quero dizer.

A forma como Vanessa lidou com a lenta percepção da plateia de que a mãe não sofria de Alzheimer, mas, sim, tinha um tumor cerebral (pelo qual sem dúvida meu irmão Jeffrey merece o crédito) foi incrível. Pouco a pouco percebe-se que a atribuição de demência não passa de uma delicadeza inventada pela filha. Vamos fingir que você está lelé, mãe, porque assim nenhuma de nós precisa encarar o horror que, na verdade, está ocorrendo dentro do seu cérebro.

Digo "como Vanessa lidou" porque senti que podia separar o toque dela do de Wolff. A mão dele era mais estabanada, mais alusivamente fílmica, como quando a esperança frustrada de ver o que não estava disponível à vista invoca a lembrança da ânsia frustrada de Rizzo de chegar até Miami em *Perdidos na Noite*, de John Schlesinger. Ou quando o refrão ensandecido "Há macacos em Monkey Mia?" ecoa, em parte, o insuportável "Me fala dos coelhos, George" do retardado Lennie em *Ratos e Homens*, de Lewis Milestone.

O filme transpirava tristeza, de todo jeito, fosse de quem fosse o talento. Mas não se pode agradar a todo mundo, e *Há Macacos em Monkey Mia?* não agradou a Poppy.

CAPÍTULO 41

Conta para mim

Tive meu próprio momento de constrangimento. Foi mais ou menos a esta altura do roteiro:

Externa. Noite
Um estacionamento de vans na Baía dos Tubarões

FILHA: *Maman,* olhe! Viu isso?
MÃE: Não, o que você queria me mostrar?
FILHA: Uma estrela cadente.
MÃE: Perdi. Será que haverá outra?
FILHA: É provável. Foi lindo. Estranho pensar que ela caiu há milhões de anos.
MÃE: Como você sabe?
FILHA: Ora, simplesmente sabendo.
MÃE: Se ela caiu há milhões de anos, como pode estar caindo agora? Uma estrela não pode cair mais de uma vez.
FILHA: Não, mas o que estamos vendo agora foi antes.
MÃE: Como assim? O que significa antes?
FILHA: Estamos assistindo ao que aconteceu há milhões de anos.
MÃE: Essa é a teoria do Big Bang?
FILHA: Não, acho que é outra coisa. Tem a ver com a velocidade da luz.
MÃE: Vamos ver os macacos amanhã?
FILHA: Vou perguntar. Não tenho certeza. Mas podemos remar com os golfinhos.

MÃE: Vou tomar mais um drinque.

FILHA: Você precisa tomar outro? *Realmente*? Veja como o céu está lindo. Quase dá para sentir que ninguém, salvo a gente, olhou para esse céu. Alguma vez você viu tantas estrelas?

MÃE: Já. Quando conheci seu pai na Ilha de Wight. Quando eu era menina. E havia mais estrelas naquela época.

FILHA: Não é possível, *Maman*. Talvez o céu fosse mais claro.

MÃE: Como assim, impossível? Se as estrelas continuam caindo do céu, deve haver menos do que havia antes. Por que você não para de me contradizer?

FILHA: Olha! Mais uma!

MÃE: Isso mesmo. Menos uma.

FILHA: Acho que alguém está acenando para você.

MÃE: Onde? Outra das suas estrelas cadentes?

FILHA: Lá. Daquele barco. Olha, ele está balançando os braços.

MÃE: Eu sei o que você está fazendo. Está tentando me distrair. Vamos tomar uns drinquinhos.

FILHA: Espere um pouquinho. Até a hora do jantar.

MÃE: Ele parece estar acenando para mim. Me empreste o seu batom.

FILHA: Seu batom está ótimo. Você está linda. Tão linda que ele se apaixonou por você lá de longe.

MÃE: Como sabemos que isso está acontecendo agora e não há cem milhões de anos-luz? Talvez ele tenha acenado antes da Idade do Gelo.

FILHA: Talvez. Mas não caiu no mar. Ainda continua acenando.

MÃE: Como você sabe que não é para você?

FILHA: Eu sei. É por você que ele está de quatro. É sempre por você que eles ficam de quatro. Já se esqueceu?

MÃE: Quando foi a última vez que um homem ficou de quatro por mim?

FILHA: Você *esqueceu*. Na semana passada, em Perth. Um joalheiro pediu você em casamento.

MÃE: Invenção sua.

FILHA: Por que eu inventaria isso?

MÃE: Para me fazer acreditar que estou perdendo o juízo.

FILHA: Por que eu faria isso?

MÃE: Para me mandar para um asilo. A vida seria melhor para você se eu deixasse o caminho livre.

FILHA: Se eu quisesse você fora do meu caminho eu podia ter dado você para os golfinhos comerem hoje de manhã.

MÃE: Você não se safaria dessa. Quer que eu seja declarada senil para conseguir aquela procuração que há tanto tempo quer.

FILHA: Só mencionei isso na semana passada.

MÃE: Só o fato de ter mencionado já me deixa chocada.

FILHA: É para o seu bem. Quero estar em condições de cuidar de você.

MÃE: Não preciso que cuidem de mim. Por que precisaria que cuidassem de mim?

FILHA: Porque você anda esquecida. Esqueceu do joalheiro em Perth. Esqueceu que não há macacos em Monkey Mia. Um dia você vai acabar esquecendo o próprio nome.

MÃE: Você está com medo de que eu gaste a sua herança.

FILHA: Pronto, isso é outra coisa que você esqueceu. Não tenho herança.

MÃE: Culpe seu pai por isso.

FILHA: *Maman*, eu não culpo ninguém. Estou feliz. Não podia estar mais feliz. Admire a noite.

MÃE: Meu bem, você sabia que às vezes quando vejo tanto de mim em você tenho vontade de chorar? É como se fôssemos irmãs.

FILHA: Aí está! O erro é esse. Não somos irmãs. Você é minha mãe.

MÃE: "Aja como tal". É o que você está querendo dizer? Se quer que eu aja mais como sua mãe não acha que deveria agir mais como uma filha e parar de bancar a minha cafetina?

FILHA: Cafetina? Quando foi que eu precisei bancar a cafetina para você? Você faz isso em causa própria desde que me entendo por gente. Não houve um homem que eu levasse lá em casa e você não desse em cima...

Aí... Bem aí.

Embora soubesse pelo romance que eu nada tinha a temer, que não tive nada a ver com isso, que as generalidades da terrível rivalidade entre mães e filhas me deixavam de fora e a salvo — que onde tais opostos tão poderosos entravam em embate um contra o outro minha pecaminosidade mesquinha e não consumada não merecia sequer um papel de figurante —, prendi a respiração no cinema com medo de que ela pudesse dessa vez contar a história de forma diferente e finalmente me expor.

Mas ela não fez isso e não fui exposto.

Então, Vanessa não desconfiava nadinha de mim? Não tinha adivinhado? Será que realmente não sabia de coisa alguma? Estaria sendo, por seus próprios motivos, discreta? Ou a coisa toda, no esquema mais amplo da vida, não lhe importava a mínima?

Uma leitura alternativa se apresentou. Será que nada havia a saber?

CAPÍTULO 42

Lenço

Três semanas após a estreia do filme, ela me deixou.

— Facilite as coisas para mim, Guy — implorou ela. — Me dê a minha chance.

O que é facilitar as coisas? Fazer uma cena, mostrar que nos importamos, que o nosso coração está partido ou nada fazer?

Eu nada fiz, a menos que se considere um jorro de lágrimas uma cena.

Acho que chorei tanto por conta da natureza do seu apelo quanto pela sua partida. Homem algum gosta de pensar que ficou no caminho de outra pessoa — qualquer pessoa —, muito menos de alguém que ele ama.

— Ela é toda sua — falei. E depois chorei mais um pouco por ter dito essas palavras. Elas continham um quê de estoicismo.

Fiz um último pedido. Será que ela podia calçar seu sapato mais alto enquanto eu ficava sentado na cama e admirava? Não há nada mais excitante do que uma mulher com pernas bonitas levemente inclinada, retesando os músculos da panturrilha, projetando os dedos dos pés em direção ao sapato e depois acomodando o pé dentro dele. A altura que ela então alcança quando se empertiga também pode ser excitante, mas nada supera a tensão metatársica naquela fração de segundo antes de ser calçado o sapato, sobretudo se este for ligeiramente apertado.

Ela concordou.

— Só mais uma vez — falei. E ela não me se aborreceu com isso também.

Não perguntei sobre de Wolff. Não podia levá-lo a sério como ameaça, embora sem dúvida ele fosse isso. A competição sexual quase sempre não assume uma forma melodramática; libertinos, depravados, sedutores, mulheres fatais, *belles dames sans merci* — o que são todos eles senão figuras que povoam o palco dos nossos terrores horripilantes? Francamente, sinto vergonha de ter apresentado um personagem tão óbvio. Mas fazer o quê? A vida envergonha todos os escritores e quando se começa a deixar a vida de fora o resultado é realismo mágico. Se de Wolff não existisse, eu precisaria inventá-lo — a verdade é essa. Gosto de pensar que em algum lugar também povoei o palco das inadequações de um outro homem. Que fiz outros homens suarem frio. Andy Weedon, talvez, sem ir tão longe a ponto de lhe dar a ideia para um livro. Aqui se faz, aqui se paga. Se Vanessa escolhera arriscar a sorte com de Wolff durante cinco minutos (com certeza eu não lhes daria mais que isso), isso só provava que toda a vida humana era uma farsa. "Dá pra ver o pinto dele", me dissera Poppy com os lábios, rindo — palavra que não me agradava, mas não havia outra —, enquanto era levada a seu barco e as estrelas noturnas caíam do céu. Ela sabia o quanto aquilo tudo era ridículo. Portanto eu não me rebaixaria mencionando o nome dele para Vee na hora solene da nossa despedida. Baixei a cabeça ante o absurdo inevitável da situação e me ofereci para sair de casa. Que de Wolff ficasse com a minha cama. Ele não passava de um fruto da imaginação, com ou sem pinto. Quando eu voltasse não haveria sequer sinal de que ele se deitara sob os meus lençóis. Vanessa me agradeceu, mas disse que não seria necessário. Quem sairia era ela.

Isso me chocou mais que o seu anúncio inicial.

— Estou tão sozinho que tenho vontade de morrer — falei, no dia em que ela se foi.

— Nada disso — disse ela, me beijando no rosto.

Eu a prendi nos braços durante dez minutos inteiros.

Um mês depois recebi um curto e-mail dela vindo de Broome. Estava escrevendo outro livro com vistas a fazer dele outro filme. Sobre os aborígenes. Um tema, me recordou ela, pelo qual sempre tivera um intenso interesse e que teria abordado bem antes, não fosse pelas minhas objeções. Esperava que eu estivesse ocupado e feliz, escrevendo sobre o que quer que estivesse escrevendo embora não lhe restasse a mínima dúvida de que seria a meu próprio respeito. Agradeceu-me de novo por facilitar tudo. A vida se encerrara pacificamente, achava, e era como se "nós" jamais tivéssemos existido. Será que também eu sentia isso?, perguntava-se.

Foi só então que me dei conta de estar tudo acabado entre nós.

• • •

Assim, entre mim e quem não estava tudo acabado?

Uma coisa era não ter esposa nem sogra, mas eu também não tinha editor nem agente. Minha queixa anterior — de que não tinha leitores — encolheu ante tais privações. Mas também não é possível reclamar de não ter leitores quando não se está escrevendo coisa alguma para eles lerem.

Quanto ao agente, Francis me apresentara a seu substituto que não era — isso já representava um bocado — Heidi Corrigan, de doze anos, ou Heidi outra coisa, aliás. Carter era o nome dele. Carter Stroma. Um homenzarrão apaixonado que olhava a gente diretamente nos olhos e usava como um sudário ternos Ozwald Boateng apertados com debruns escarlates e todos os botões fechados. A gravata tinha o nó justo na garganta como a corda de um enforcado, como para conter o que, de outro jeito, sairia voando — não só carne, mas também entusiasmo, já que o seu amor pela literatura e pelos escritores de tal maneira excedia as barreiras razoáveis que não era possível saber onde iria parar caso fosse liberado. Eu deveria agradecer por tê-lo como agente. Eu *estava* grato. Todos nós que o herdamos como agente estávamos gratos. Mas a exuberância do seu orgulho por nos ter como clientes neutralizava qualquer sensação de ser especial. Se todos éramos tão bons, será que algum de nós prestava?

Por manter à rédea curta também a linguagem, ele era difícil de entender. A primeira vez que se apresentou, achei que tivesse dito "A arte de Roma não era só para o lazer", e me perguntei como responder. "Sim, a arte de Roma, com efeito, não era só para o lazer", tentei, "a menos que se possa dizer que a arte de Atenas não lhe ficava atrás".

Ele me olhou ainda mais intensamente nos olhos e depois soltou uma sonora gargalhada. Apresentou-se de novo, para o caso de ter havido algum equívoco — "Carter Stroma, muito prazer" —, mas sustentou a gargalhada, que ressoou em seu peito, a fim de mostrar que se eu estivesse brincando, ele entendera a piada e continuaria a entendê-la até o final dos tempos.

Ele me entendia por inteiro, foi o que quis demonstrar. Sempre me entendera. Chegou mesmo a recitar uma frase de cada um dos meus dois primeiros romances.

— Que contos os seus! — falou.

Encarei-o.

— Contos? Nunca escrevi contos.

Ele tornou a rir, um riso profundo e grave, vindo das profundezas mais íntimas. Nitidamente me achou um palhaço.

— *Tempos*. Bons tempos aqueles.

Vi o que me esperava. Bons tempos aqueles, mas os tempos agora eram outros. As coisas haviam mudado e nós também teríamos de mudar para acompanhá-las. Precisamente quanta informação de natureza pessoal, sem falar das de natureza profissional, Francis lhe passara eu não sabia, mas ele estava ciente de que *Terminus* não tinha ido para frente e de que eu me encontrava numa espécie de atoleiro.

Estávamos no antigo escritório de Francis, que Carter ainda não tivera tempo de redecorar, motivo pelo qual, supus, não vi nenhum dos meus livros exposto.

— Nunca foi a minha filosofia dizer a um escritor o que escrever — disse Carter.

— Não — concordei, na esperança de que ele não tivesse dito que jamais havia sido sua filosofia dizer aos escritores com quem se meter.

— Mas Francis me falou que você andava repensando sua *oeuvre*.

Nem tentei entender dessa. Sorri, ao invés.

— Assim, deixe-me mencionar o que acho que você poderia abordar melhor do que qualquer romancista que conheço... — começou, inclinando-se em seguida para ficar muito próximo, como se supondo que eu escutasse com os olhos, e com voz trovejante pronunciou a palavra "Laço".

— Laço?

— Lenço.

— Lenço?

— Choro, *perda*.

— Ah, perda.

— Você parece desanimado. Por acaso o ofendi?

— Se me ofendeu? Não. Só que esse não é o meu tema.

— É, sim. Você escreve sobre perdas maravilhosamente. É que você aborda tantas outras coisas que os leitores nem sabem que isso está lá.

— Não só os leitores — corrigi. — Eu *mesmo* sequer sei que está lá.

Ele soltou novamente uma gargalhada estrondosa — não apenas eu era mais perdido do que sabia, como também mais engraçado — antes de olhar, surpreso, para o próprio terno, encontrando ali outro botão para fechar e o fechando.

— Alguns escritores simplesmente partem o coração dos leitores — prosseguiu. — Para mim você é um desses escritores.

Agradeci.

— Mas perda não tem a ver comigo — insisti, esperando provocar nova gargalhada.

Ele levou a mão à garganta. Era, concluí, uma metáfora física para levar sua mão à minha.

— Claro que tem. Aquele macaco. Beadle. Um sofrimento só. Sinto que o conheço. Sinto que sou ele.

— Beagle.

— É, Beagle. De cortar o coração.

— O que Beagle tem que corta o coração?

— O que não corta o coração nele? Quando bate no peito no final e urra... Nossa!

— Perda, dor, sofrimento... Não sou eu. Minha praia é excesso e acréscimo. Minha praia é pilhagem, lilases arrancados da terra morta, os despojos da guerra sexual. Minha praia é a crueza, Carter. Chafurdar na imundície. Minha praia é o zoológico.

Pude imaginar o que ele estaria pensando. Eu não passava tal excesso naquele exato momento, um homem sem esposa, sem sogra, sem livro, editor e leitores. Também não passava essa imundície toda. De todo jeito, imundície já era.

Mas Carter rejeitava a ideia de que tinha de ser uma coisa ou outra. É possível ser ganancioso e cortar corações. Ofereceu-se para me mostrar um romance ao mesmo tempo pesaroso e amplo. Acabara de vendê-lo por uma quantia inconfessável. Romance de estreia. Mil e duzentas páginas, um romance-criança impulsivo e indomável, sobre a morte dolorosa de todos os membros de uma família quinhentos anos atrás. Inovador no sentido estético, de impressão, fonte dos caracteres, um livro que não se parecia com nenhum outro, com páginas diagramadas como lápides, diagnósticos médicos, manchas genuínas de sangue, atestados de óbito, plantas baixas de cemitérios e sepulturas, com as páginas finais impregnadas do cheiro da morte, etc., mas a emoção, Guy, a tristeza, a porra do sofrimento... Levando a mão ao peito, como Beagle, Carter golpeou a si próprio. Quando afastasse a mão, me perguntei, será que haveria dois profundos cortes em seu paletó, profundos a ponto de chegarem ao coração?

— Qual é o título? — indaguei, tomando nota mentalmente para jamais lê-lo.

— *O Grande Livro das Perdas* — respondeu ele.

— No sentido de ser um livro grande ou de grandes perdas?

— Em ambos, em ambos!

Esse era um autor estreante que pensara em tudo.

— Os leitores jovens vão adorar — afirmou Carter.

— Os jovens gostam de perda?

— E como! Perda, coração partido... Não cansam disso. Mas com um tantinho de inovação estética. Gostam de um livro que pareça diferente em suas mãos.

— E narinas...

— Isso mesmo. Deixe-me mostrar a você...

Agradeci a recomendação, mas recusei o exemplar.

— É grande demais para eu guardar e pesado demais para carregar comigo — esclareci.

Ele deu de ombros. O escritor era eu.

Ganhei um beijo de despedida, além de um abraço apertado. Agora eu sabia como era ser uma daquelas coisas que ele não ousava libertar, tantas partículas de matéria apreciativa com a potencialidade de destruição por atacado.

Mas foi bacana ganhar um beijo de alguém.

Voltei para casa e pensei em pôr fogo em mim mesmo na cama. Coração partido! Perda! O que diria Archie Clayburgh? *Visceral, garotos, pensem em visceral.* Perda não era visceral.

E então, do nada, um telefonema perturbador de Francis.

— É Poppy — disse ele, a voz reverberando como se viesse do espaço longínquo.

Achei que o fone fosse derreter na minha mão. Por favor, que ela não esteja com um tumor cerebral, rezei. Melhor um ataque cardíaco — súbito, rápido, indolor — durante um banho de sol no jardim, com Francis a seu lado, lendo em seu Kindle.

Não se tratava de uma coisa nem de outra, que pena. A boa notícia era que ela continuava viva. A má notícia, que ela continuava viva.

Ao imaginar a ironia menor de que ela sucumbisse ao tumor cerebral que lhe dera Vanessa, passou-me despercebida a ironia maior de ser a demência que Vanessa lhe dera. A maldição de uma filha.

Achei que jamais ouvira falar que a demência se apossasse de alguém na casa dos sessenta anos. Era mais comum do que eu pensava, me disse Francis, sobretudo em se tratando de mulheres. E de todo jeito, Poppy tinha um pouco mais de idade do que supúnhamos.

Sério?

Mas era tarde demais agora para puni-la por nos enganar.

Ele não estava dando conta, por isso me ligou. Não dava conta de coisa alguma, nem da tristeza nem do aspecto prático. E simplesmente precisava ouvir a si mesmo dizer: "Não dou conta", depois do que talvez fosse capaz de dar.

Ela vinha se deteriorando há algum tempo, mas a doença se acelerara e ele já não era capaz de cuidar dela. Por um momento terrível, achei que ele quisesse que eu a assumisse. Com tantas ironias, por que não mais essa? Mas não se tratava disso. Também não queria entregá-la a Vanessa, embora sem dúvida cuidar da mãe fosse o dever da filha.

— Você ligou para ela? — perguntei.

Ainda não. Queria que eu ligasse? Não, não. Vanessa, temia ele, iria piorar mais a situação.

— Você sabe como eram as duas. Brigavam como cão e gato.

— Poppy lhe disse isso?

— Disse.

— Bem, não é verdade. Elas não brigavam.

— Bem, Poppy achava que sim.

Me perguntei se isso se devia à doença. A demência piora tudo, certo? A demência exclui as partes boas.

Continuamos a conversa três dias depois, no clube do Soho onde ninguém gostava de ir, mas onde ele e Poppy se conheceram. Ideia dele, não minha. Quis desafiar o sentimentalismo a fazer o maior estrago possível. Motivo pelo qual, supostamente, começou me atacando.

— Então, que partes boas eram essas? — quis saber.

— Entre Poppy e Vanessa? Por onde devo começar? Elas eram como irmãs, Francis.

— Você já se esqueceu do livro de Vanessa? Ser como irmãs é que foi o erro, para ela.

— Claro, no livro.

— Na vida, Guy.

Espantei a palavra como se fosse uma mosca:

— Vida!

— Bom, na vida é que dói.

— Mas foi apenas o filme de Vee que magoou Poppy. Na "vida", como você diz, elas se apoiavam, se exibiam juntas, eram uma força só, não sei dizer qual das duas energizava a outra.

De repente, Francis se enfureceu comigo.

— Você simplesmente ficou enfeitiçado com a ideia de ambas — disse. — Estava tão ocupado fazendo das duas a porra da sua literatura que não viu o que tinha diante do nariz. Deixe-me dizer uma coisa a seu respeito, Guy: você finge que é cascudo e cínico, mas na verdade é um bebê. Idealizou aquelas mulheres, idealizou-as sobrenaturalmente.

O que eu podia responder? Que a culpa não era minha se Vanessa optara por se agachar na terra com os aborígenes e se Poppy estava demente?

Baixei a cabeça.

— Sinto muito por ela — falei, sem fitá-lo. — Sinto muitíssimo, estou de coração partido. Você acha que devo visitá-la?

Me imaginei sentado ao lado da sua cama afagando-lhe a mão. "Claro que há macacos", eu lhe diria. "Sempre há macacos quando se sabe onde procurar".

Francis dispensou minha oferta.

— Você não iria aguentar. Não é homem suficiente.

Mais uma vez baixei a cabeça. Talvez devesse ter caído de joelhos e baixado a cabeça até tocar com ela os pés de Francis. Não tinha certeza do que fizera de errado, mas às vezes não é preciso ter certeza.

Após um longo silêncio, Francis me perguntou como eu vinha me dando com Carter Stroma, mas não ouviu minha resposta. Seus olhos se encheram

328

de lágrimas. Seus poucos anos com Poppy, confidenciou-me, haviam sido os melhores da sua vida. Os piores da minha, confidenciei em resposta. Coincidentemente, eu quis dizer. Nada, especificamente, a ver com ele e Poppy. Não inteiramente verdade, mas verdade, mesmo assim.

Ele me contou um segredo. Poppy lera tudo que escrevi.

— Com seu estímulo e orientação, aposto.

— Não. Antes mesmo de nos conhecermos. Leu cada palavra. Devorou você.

Enxuguei uma gota de suor da minha testa.

— E tem mais uma coisa — prosseguiu. — Ela fez uma resenha sua na Amazon.

— Poppy?

— Poppy.

— Foi Poppy quem me comparou favoravelmente a Apuleio?

— Isso eu não sei. Acho mais provável ter sido Vanessa.

— Vanessa também falou de mim na Amazon?

— As duas. As duas bolaram em conjunto as críticas. Durante anos, aparentemente.

Devo ter ficado boquiaberto. Ao menos deveria, permanecendo assim por toda a eternidade. Vanessa e Poppy, unindo suas mentes por minha causa! Sem jamais dizerem uma palavra. Sem jamais buscarem um agradecimento e agora sem chance alguma de obtê-lo.

Pronto, viu?, tive vontade de dizer quando recuperei o controle do meu rosto e achei poder confiar na minha boca para falar de novo, elas *eram* como irmãs. Mas pude ver que isso não seria menos capaz que o resto de provocar a acusação de idealizá-las — idealizá-las e sentimentalizá-las no processo de sentimentalizar a mim mesmo.

Nunca se sabe o que tem o poder de acabar com a gente. Eu precisava ir embora do restaurante. Eu, eu, eu? Sim, certo. Mas só comigo mesmo eu podia me abrir.

— Então, você vai fazer o quê? — indaguei antes de sair.

Ele deu de ombros. Eu nunca vira um homem mais impotente.

— O que quer que eu faça provavelmente será irrelevante. Não acho que haja muito tempo...

Não fui feito para ouvir frases assim. Francis tinha razão — eu não era homem suficiente.

Pus a mão em seu ombro:

— Se eu puder...

— Você não pode — disse ele, desviando o olhar.

Vi o que ele estava pensando. *Você! Ajudar! Como? Escrevendo mais um dos seus livros de merda? Vá em frente e espere para ver o bem que isso fará.*

Se eu não tivesse sofrido um leve colapso nervoso alguns anos antes, decerto sofreria um naquela tarde. Sem mulher eu não sabia viver. No passado, uma só não havia bastado. Mesmo sem saber o que sabia agora, eu precisava da abundância que ambas proviam. Agora... Bem, agora era agora.

E também não tinha livro algum em andamento, nenhuma frase em que me perder. Juntas, Vanessa e Poppy me haviam feito começar. Em obediência a uma delas e em oposição à outra, continuei a escrever. Sem uma e outra para maquinar, louvar, enfurecer ou simplesmente travar batalhas verbais, eu não tinha motivos para escrever nem temas sobre os quais escrever.

Eu vagava pelas ruas, vez por outra esbarrando em Ernest Hemingway, que, como sempre, jamais me notava. Eu poderia ter sentido que estávamos entrelaçados em nossas empreitadas, os últimos de uma cepa moribunda, mas ele não registrava semelhança alguma. Sejamos justos, porém: ele estava escrevendo, eu, não.

Quantos bloquinhos ele gastava por dia? Eu não conseguia me imaginar virando mais uma página.

Idem quanto a achar outra mulher.

Idem quanto a encontrar outro lugar para viver.

Idem, depois que desisti das ruas por medo de ser envergonhado pelo andarilho, quanto a sair da cama.

Tudo que prometia um futuro, prometia apenas acabar comigo. Eu não conseguia me ver lá. O futuro existia tão somente como uma promessa de esquecimento. Eu pertencia ao passado. Existia apenas no passado. Atravessava a vida de frente para trás. Se continuasse andando, acabaria chegando aos leitores do meu primeiro romance, depois à fase em que o escrevi, depois à Vanessa entrando na loja e perguntando — fazendo com os braços uma espécie de pérgola — se eu vira sua mãe, uma mulher tão animada quanto um pomar de maçãs num furacão. Sendo a própria Vanessa o furacão. Duas sarças ardentes...

Pode-se ficar deitado na própria cama um bom tempo, recordando os dias em que se era feliz. Com o tempo, a cama se torna o local da felicidade. Nessa cama se foi feliz ontem mesmo, recordando de bom grado a véspera, quando se estava recordando os dias em que se era feliz...

Então, quanto tempo fiquei na cama? Sei lá. A pergunta mais interessante é quanto tempo eu *teria* ficado na cama. Embora, por outro lado, eu não saiba a resposta. Para sempre? No entanto, quis o destino que a minha família me socorresse. Não é para isso que existem as famílias? Meu pai morreu.

Todos os hassidins de chapéu preto do país, e muitos mais, desconfiei, vindos de outros lugares, compareceram ao enterro. Como souberam que deveriam vir? Algum instinto fúnebre, talvez? Ou teria sido Jeffrey quem espalhou a notícia?

Eles se reuniram no frio cemitério de mármore, de todo jeito, balançando o corpo e entoando lamentações, como uma floresta murmurante com um corvo em cada árvore. Salvo pelo cigarro eletrônico que ela fumava e que no lusco-fusco do final de tarde era o único ponto de luz, teria sido difícil localizar minha mãe, vestida como se fosse a um encontro, e não estou falando de um encontro com a morte. Um único chapéu de feltro hasídico haveria de bastar para confeccionar o vestidinho preto de luto que ela usava e ainda sobraria para um par de luvas.

Já havíamos trocado os beijos perfunctórios considerados necessários no início da tarde, à vista do discreto caixão do meu pai. Mmm, mmm, a uma distância suficiente um do outro de modo que eu não ficasse preso em seus brincos negros.

— E agora? — indagou ela, depois que o enterramos com toda a deferência ao judeu que jamais soubemos que ele fosse.

— Agora o quê?

— O que se espera que eu faça comigo mesma?

Prepare-se para conhecer seu criador, tive vontade de responder, embora, pela quantidade de perna que ela exibia, ou ao menos a quantidade de meias quase vazias em exposição, eu duvidasse que o criador fosse recebê-la em Sua presença. Misteriosamente, embora o cigarro não fosse real, ela parecia estar expirando fumaça. Será que entrara em combustão interna? Por conta da impaciência de dar início ao restante da própria vida?

Uma voz que não reconheci de imediato se solidarizou comigo às minhas costas.

— Vida longa para você, mariquinhas — disse a voz.

Virei-me e vi um sujeito desconhecido. Ele pôs o dedo onde deveria haver um bigode.

— Ah — exclamei.

Era Michael Ezra, o crupiê de Vanessa. Embora sem o bigode não se parecesse com pessoa alguma em especial. Com pessoa alguma perigosamente atraente. Raspado, o negrume remanescente meramente o fazia parecer um morto-a-fome de raízes mediterrâneas — um colhedor de maçãs siciliano, um pastor de ovelhas da Líbia. No cenário em que estávamos, salvo pelo terno respeitoso, ele daria, achei, um coveiro conveniente.

Depois da quantidade de tempo que passei na cama, provavelmente minha aparência não era melhor.

Não entendi o que ele fazia no cemitério. Nunca fora um amigo íntimo da família. Mas se tratava de um enterro aberto a todos — a maior parte dos moradores de Cheshire compareceu —, incrível para um homem que não tinha amigos. Supus que Jeffrey fosse o motivo: um telefonema seu e todos os crupiês de Manchester, além de todos os hassidins do Brooklyn, apareceram para atender ao chamado da sua dor.

— Então o que você anda fazendo? — indaguei.

— Limpei minha imagem — respondeu ele, rindo. — Obra do seu irmão.

— Jeffrey fez você raspar o bigode?

— Yafet. Sim. Ele vem tentando fazer de mim um bom judeu.

— Ah, não! Você também? O que havia de errado com o judeu que você era? De todo jeito, achei que ser um bom judeu, segundo Jeffrey, era deixar crescer mais cabelo, não perder o que se tem.

— Com o tempo. Mas é um cabelo diferente. Primeiro, eu precisava deixar de parecer um crupiê.

332

— Mas você *é* um crupiê.

— Não mais.

— E o que está fazendo agora?

— Procurando por aí — disse ele, soando sinistramente espiritual. Procurando por aí por Deus. Atento à palavra de Yafet.

Balancei a cabeça:

— Meu Jesus!

Ele baixou os olhos.

Passado um minuto ou dois de silêncio constrangido, ele perguntou pela minha esposa e minha enteada. Não consegui me lembrar se eu lhe dissera, ou se ele adivinhara, qual era o quê.

— Não estamos mais juntos — respondi, por garantia.

Ele me encarou com compaixão.

— Lamento saber.

Agradeci.

— Agora que tudo ficou no passado para todos nós — falei, surpreendendo a mim mesmo —, você pode me contar.

— Contar o quê?

— Se você... Você sabe. Se você foi com ela naquela noite. — Tendo começado, foi difícil para mim parar. — Se continuaram a se encontrar.

— Está me perguntando se tive um caso com sua esposa?

Precisei pensar a respeito. Eu não era bom em subterfúgios. Qual *era* mesmo a minha esposa? — Não, com a filha, Vanessa.

— Por que você acha isso?

— Ela deu a impressão de ter uma queda por você.

Ele balançou a cabeça.

— Vocês... Escritores — falou, policiando a linguagem por causa do lugar em que nos encontrávamos. — Vocês pensam o pior de todo mundo. Acham que tudo é mesquinho e impróprio.

— Não estou acusando você, só fazendo uma pergunta.

— Mas por que está perguntando? Por que eu haveria de ter um caso com sua filha ou com sua esposa? Encontrei as duas uma vez só. E por acaso sou casado.

Refreei o impulso de encará-lo de forma inquiridora, de homem para homem, como a perguntar se o fato de ser casado alterava alguma coisa. Olhar este que concluí não seria encarado com boa vontade.

— Foi você — recordei-lhe — quem disse que a semelhança com Omar Shariff atraía as garotas.

— Era uma piada. Não se pode fazer uma piada com você?

Não quando o assunto é sexo, pensei em dizer, mas em seguida optei por:

— Claro que sim. Piadas são a minha especialidade.

— Sério? Bom, dá para ver que não está fazendo piada agora.

— Estamos no enterro do meu pai — falei.

— Então trate a ocasião com respeito.

— *Touché*, mariquinhas — concedi.

Mas ele não se deu por satisfeito.

— Não é tudo do jeito que você mostra em seus romances — observou, baixando o tom porque Jeffrey vinha em nossa direção, cabeludo e radiante, segurando um livro sagrado. — As pessoas copulando como macacos, urinando na boca umas das outras... De onde você tira essas coisas? Seu pai acabou de ser enterrado. Não está na hora de você agir com seriedade?

— Urinar na boca uns dos outros é coisa séria — falei. — Não se embarca nisso levianamente.

— Doentio!

— Doentio, sadio, quem pode dizer?

— Você acha sadio me perguntar, num dia como hoje, se eu fiz sexo com membros da sua família? Se é sobre isso que você gosta de escrever, problema seu, e se consegue encontrar quem leia, parabéns, mas acredite em mim, é tudo fantasia. Nem todo mundo trepam o tempo todo.

(*Trepa* o tempo todo).

— E aí, Michael, o que andam todos fazendo?

A menos que agora seu nome fosse Mordechai.

Ele sequer hesitou. Por outro lado, havia sido crupiê, habituado, enquanto a roleta girava, a separar apostas e sanar discussões rapidamente.

— O bem — respondeu ele. — Todos andam fazendo o bem.

Descobri mais tarde que Michael Ezra praticava o que dizia. Fazia o bem. Seu filho mais velho tinha uma grave deficiência e vivia numa instituição. Todo dia, Michael viajava 50 quilômetros de ida e outros tantos de volta para visitá-lo. Por isso tinha trabalhado como crupiê — para ter os dias livres para visitar o filho doente.

Francamente, eu preferia não ter descoberto. Assim como teria preferido não saber que meu pai, voltando rapidamente ao pó, empreendera atos notáveis de caridade e tolerância em sua vida de resto desprezível. Não que ele tivesse feito isso, mas *caso* tivesse, esse conhecimento teria perturbado o equilíbrio da imagem que eu guardava dele. É possível saber-se demais sobre os outros. Quando se descobre tudo que existe para saber a respeito até do mais chato ou sacana dos semelhantes, acabamos por encontrar milhares de motivos para respeitá-los. E aí? Onde ficamos? De repente o mundo se torna uma vasta e melancólica caixa de ressonância que vibra ao som triste e monótono da música da humanidade.

Nesse instante as palavras deixam de dançar lascivamente diante dos nossos olhos.

E num abrir e fechar de olhos começamos a escrever romances de assistência social.

CAPÍTULO 43

Perdendo a cabeça

É tedioso admitir, mas acreditei no que ele me disse sobre as minhas mulheres. Vanessa não havia escapulido até Cheshire a fim de cofiar seu bigode espesso. Nem Poppy. Acreditei no meu irmão também. Vanessa não trepara com ele causando ou curando um tumor cerebral.

O que quer que a atraísse com tamanha frequência ao norte do país, me abandonando aos meus exercícios literários na capital, não era Ezra nem Yafet. O que permitia múltiplas outras leituras, claro; essas não eram as únicas tentações que o norte da Inglaterra tinha a oferecer. Uma sugestão inédita, porém, se me apresentou: Vanessa não havia me enganado. Não no sentido sexual, ao menos. Nem todo mundo, conforme observara delicadamente Ezra, trepa o tempo todo. E não existe novidade maior que essa.

Então, o que ela *andara fazendo*?

O bem. Concluí que ela andara fazendo o bem.

Seria possível?

Seria possível que Vanessa e a mãe fossem boas mulheres? Bolar críticas formidáveis para os meus romances na Amazon e nada me contar a respeito parecia obra de mulheres boas, leais, altruístas, certo? As duas não podiam saber que essas críticas iriam foder com as vendas. Quando se trata de aquilatar a bondade, é preciso levar em conta somente a intenção. Vanessa estava agora trabalhando com os aborígenes — o que traduzia o espírito de uma boa mulher. Poppy resistira aos meus avanços e dera ao coitado do Francis os dois melhores anos da sua vida — também isso era a bondade em ação, certo? Tornar feliz um homem complicado (ou, no meu caso, tornar complicado um homem feliz).

Mas e se houvesse mais ainda?

Como romancista nunca tive muito interesse por segredos. Segredos representam trama e só um retardado se interessa por trama. Como leitor, quando percebia um segredo sendo montado, eu fechava o livro. Quem haveria de querer passar os três dias seguintes se perguntando qual era o segredo só para descobrir que ele sequer merecia ser guardado, para começar? Como homem, eu era diferente. Como homem eu via um segredo toda vez que a minha mulher, ou, com efeito, a mãe dela, saía de casa. Como homem eu me banqueteava com segredos. Mas eles eram sempre segredos do mesmo tipo. Segredos de traição. Uma consciência da traição mantém a criatividade ativa. A vida era chata até que a imaginação descobrisse alguma traição para ruminar. Eu começava a me dar conta de que talvez pudesse ter mandado a minha imaginação na direção errada. Seria resultado da idade? Ou isso acontecia com um homem que agora vivia sozinho sem mulheres entrando e saindo e, consequentemente, sem alguém para traí-lo? Sexo se alimenta de sexo, logo o oposto deve ser verdade. Gente de mente limpa é simplesmente gente que jamais galgou um único degrau da escada da luxúria. E eu não galgava esses degraus havia tempo suficiente para pensar de forma imaculada, à luz alva e fantasmagórica sob a qual Vanessa e a mãe começavam agora a se parecer com anjos.

E se a bondade delas, me perguntei, agora que uma estava morrendo e a outra tão distante quanto possível, se estendesse muito além da preocupação comigo e com Francis? E se, por exemplo, elas revisitassem Knutsford com tanta frequência quanto faziam, e sem me convidarem a acompanhá-las, porque... bem, porque Poppy, como Michael Ezra, tinha um filho, o que é uma outra forma de dizer que Vanessa tinha um irmão, internado numa instituição... ora, para deficientes mentais? E se a bondade amorosa explicasse as ausências de ambas (assim como o fato de as duas morarem em Cheshire, para começar), e uma profunda tristeza coadjuvante explicasse as dificuldades que ultimamente maculavam o relacionamento de mãe e filha, sem falar no delas comigo? Será que ele ficava lá, ano após ano, com a língua pendendo para fora da boca, perguntando-se onde estariam os macacos, em uma prévia terrível da demência da mãe? Teria sido esse o motivo da incapacidade de Poppy de perdoar o que viu no filme de Vanessa? Não a acusação de concorrente sexual nem coisa alguma a ver comigo, afinal, mas a culpa implícita?

Agora que me via no carrossel dos "se" eu não podia, ou não queria, descer. E se, após uma longa doença difícil, o filho e irmão tivesse morrido, talvez nos braços da mãe ou da irmã, e as mulheres se vissem obrigadas a lastimar uma vida que jamais fora devidamente vivida, passível de ser ligeiramente melhorada caso houvessem dado mais amor, uma vida, sobretudo, que questionava a própria saúde genética das duas? Teria Poppy castigado a si mesma pelo destino de Robert — vamos chamá-lo de Robert? Acaso se perguntava que problema em si mesma detonara essa terrível anomalia familiar? Teria sido Robert a verdadeira razão, e deixemos de lado sua foto nua com o violoncelo, para a ruptura do seu casamento com o sr. Eisenhower? E se Vanessa fosse incapaz de se perdoar pela vergonha de ter um irmão imperfeito? Jamais as duas haviam mencionado Robert. Ahaa! Sem dúvida isso denotava vergonha. E talvez medo de que eu fugisse caso soubesse como era maculado o sangue que corria nas veias das mulheres que eu adorava. Seria esse o motivo por que Vanessa me permitia fazer a corte à mãe — supondo-se que algum dia tivesse percebido alguma coisa? Porque não conseguia invejar a mãe por uma atenção que, por um breve período, aliviava os temores que ela tinha a seu próprio respeito? Seria eu — em nada melhor que uma gorda aranha negra confortavelmente acomodada nessa complicada teia de solicitude; em nada melhor que Beagle satisfeito em sua jaula, permitindo que hordas de gorilas fêmeas catassem moscas em seu pelo enquanto admirava a própria ereção ardente —, seria eu a única pessoa em nosso pequeno clã a pensar unicamente em si mesma?

Assim brotou meu tema. *A boa mulher.*

Nos bons tempos (empregando "bom" em um sentido totalmente diverso), quando Francis e eu costumávamos sair juntos para beber, antes que os poucos últimos leitores minguassem para leitor nenhum, passávamos horas bolando títulos de livros que se tornariam imediatos best-sellers graças a uma única palavra.

— Qualquer coisa com a palavra esposa ou filha — sugeriu Francis certa vez.

Exaurimos todas as possiblidades e depois trocamos o jogo para títulos que jamais venderiam livros mesmo *contendo* as palavras esposa ou filha. A vitória foi minha com *A Filha do Boiola.*

Mas eu estava cansado de vitórias de Pirro. E quando fui ver Carter Stroma e lhe ofereci, como se fosse um tributo floral ao seu bom desempenho profissional, o título *A Boa Mulher*, vi, pelo jeito como ele me abrigou em seu terno Ozwald Boateng, que eu era um vencedor.

Eu tinha alternativas na algibeira, por via das dúvidas, mas Carter ficou tão satisfeito com *A Boa Mulher* que — com um certo arrependimento nostálgico, devo dizer — deixei *O Macaco e a Sogra* e *A Esposa do Macaco-Aranha* onde estavam. Eu já estava farto de macaquices.

Achei que Carter esfregaria seu nariz no meu quando eu lhe desse em seguida ao título um breve esboço da obra. Ou, no mínimo minimorum, me dissesse que me amava. Ele me segurou pelas orelhas:

— Era por esse que eu estava esperando — falou, embora eu desconhecesse que ele esperava alguma coisa. — Já estou chorando e ainda nem li o manuscrito.

Eu lhe disse que estava chorando e ainda nem o tinha escrito.

Mas essa foi a parte fácil. A gente começa no começo e prossegue até o fim. Anteriormente eu fizera o contrário, entregando o que iria acontecer no início de modo que os leitores não fossem distraídos pelo suspense. O que eu lhes dizia, na verdade, era: agora que vocês sabem aonde vamos podem se esquecer disso e se concentrar nas frases. Me experimentem com a língua. Me saboreiem. Ler deveria ser como fazer sexo. O fim é escrito no começo, por isso a ordem é relaxar e gozar. Quem sabe essa não fosse uma estratégia melhor que a de Vanessa: "Gentil leitor, foda-se!". De todo jeito, eu me cansara dela. O passado era passado. Sozinho, angustiado e emotivo, vendi minha alma à história.

Precisei trapacear um pouco para encaixar nela o Holocausto, mas sequências de sonhos sempre ajudam com a cronologia. Do contrário, seria Sierra Leone, os Bálcãs, o Afeganistão, eu mesmo fico sem saber para onde mandei as duas, disfarçadas de irmãs, fugindo de um buraco infernal para o outro, em meio a uma trama tão inconsistente — mas, por outro lado, que trama não é inconsistente? — que enrubesci de vergonha ao bolá-la. Como elas sobreviveram ao que viram e ao que ficaram sujeitas; como fizeram aquelas escolhas altruístas, cada uma se sacrificando para garantir a segurança da outra enquanto passavam de um horror para outro em busca do menino doce, mas deficiente (o filho ilegítimo de Pauline, que Valerie fazia passar por seu, depois de as duas terem sido violentadas no memso dia pelo mesmo soldado de Biafra); como asssistiram, impotentes e aterrorizadas, os piratas somalis o roubarem em um navio de cruzeiro ancorado na Baía dos Tubarões e juraram, ali e então, que iriam vasculhar o universo em busca dele são coisas que só posso atribuir à coragem. Não delas, mas minha. Porque é preciso uma tremenda coragem — muito mais do que jamais levamos o crédito por ter — para escrever o que escrevi.

A bondade, é claro, as sustentava. A bondade intrínseca da dedicação de uma pela outra, a bondade intrínseca do amor pelo menino e a bondade que elas demonstravam pelas pessoas com problemas com as quais viajavam. O fato de nem sempre ser possível ao leitor saber quem era quem — quem era a Boa Mulher do título — atribuo a um gesto magistral da minha parte, embora tenha tirado a ideia originalmente de Dirk de Wolff que as fundira cinematograficamente. Tal bondade transcende a individualidade — esse era o meu ponto. Não pertence a uma determinada mulher, jovem ou velha —, mas é um aspecto característico da *mulher*.

Com efeito, sempre acreditei nisso, aliás. Simplesmente nunca achei necessário verbalizar. De onde tirei esse idealismo não tenho certeza; decerto não veio no leite da minha mãe. Talvez eu o tenha aprendido com as mulheres que compravam na butique, se vestindo e se despindo, olhando suas imagens no espelho, sem ter certeza do que lhes caía bem, preocupadas com suas aparências, precisando pensar duas vezes sobre a despesa. Isso me fazia ter pena delas. Não é fácil, eu pensava. Em consequência, eu via suas vidas como uma longa provação, conciliando beleza e elegância com todas as outras demandas feitas à sua noção de dever. Mesmo na mais fútil das clientes, eu achava possível detectar uma ponta de sofrimento heroico, vislumbrar a luta de continuar sendo uma boa esposa quando anseios mais impróprios as tentavam, de esticar o orçamento doméstico, de encontrar tempo para o tedioso convívio com os filhos ou com parentes que há muito perderam a utilidade ou o sentido.

Nada de anseios impróprios dessa vez. Nada de sexo, salvo por inferência — *squish-squish* nem sob pena de morte — e nada de piadas. Os escritores de pornografia obedecem a uma única regra de ouro quando se trata de riso: não pode haver nenhum. Um único riso e o transe é quebrado. Bem, *A Boa Mulher* era a pornografia dos emotivos, e a mesma regra se aplicava.

Assim, também nada de seriedade. A era do sexo sério estava encerrada.

Digo que foi preciso uma tremenda coragem para escrever o livro, mas se trata de um exagero. São palavras de um covarde e tenho vergonha de dizer que me ocorreram com facilidade. Abri a torneira das lágrimas e as lágrimas jorraram. Quando a gente deixa a idealização correr solta, não é possível tornar a prendê-la. Existem aqueles, é claro, que consideram tal idealização, quando usada indiscriminadamente com mulheres específicas, a ofensa mais grave do mundo à mulher em geral — misoginia em sua forma mais mesquinha e sorrateiramente destrutiva —, mas esses jamais haveriam de ser meus leitores. Quanto ao contexto histórico, é moleza. Basta passar o pente fino num punhado de livros escritos por acadêmicos dos quais ninguém ouviu falar e inventar o resto. O mesmo se aplica à topografia. Quem descreve uma montanha árida descreveu todas. Idem com o deserto. Eu vira o deserto se encher de flores selvagens a caminho de Broome com Poppy e Vanessa. E enquanto elas se maravilhavam, eu me maravilhava. De vez em quando, desafiando seus algozes, uma delas descia de um camelo ou de um elefante ou de um jipe respingado de sangue para arrancar uma ervilha do deserto (naturalmente eu checava o gênero apropriado ao terreno) e murmurar embevecida: "Olha que coisa linda" para o pirata somali — que havia sido um pescador antes que dejetos tóxicos fossem despejados nas águas que antes proviam seu sustento —, sabendo que ele via o mesmo. A beleza fala todas as línguas. Ela se deitaria com ele antes que finalmente fosse entregue a um navio de guerra pertencente à marinha indiana.

Política internacional para os homens, encantamento para as mulheres.

Quanto aos pobres e desvalidos cujas vidas minhas duas mulheres tocaram ao longo de suas viagens, havia os pobres e desvalidos sem iPads de Wilmslow e Ladbroke Grove. Não existia nada, descobri, que eu já não soubesse. Os membros das tribos afegãs se pareciam com Michael Ezra antes de raspar o bigode, os bem intencionados, mas bisonhos, diplomatas ingleses eram Quinton e Francis, os idealistas, Merton Flak, os muçulmanos fanáticos, Jeffrey (cadê a diferença?), e o pirata somali sensível à beleza era eu. Tudo isso não passava, ademais, de pano de fundo em aquarela. Guardei a pujança da tinta a óleo para o pequeno Robert, moldado em parte à semelhança do romancista deficiente que eu conhecia, mas com referências específicas a Andy Weedon, o que não tinha cílios, e, naturalmente, para Valerie e Pauline, usei a técnica do empasto impregnado de amizade e a intensa luminosidade da admiração e devoção, que ninguém, salvo eu mesmo, detinha.

— Como você nos conhece tão bem? — me perguntavam as integrantes dos grupos femininos de leitura de Chipping Norton, Chipping Camden e Chipping Sodbury.

Parecia-lhes sobrenatural eu entender as mulheres como entendia. Como resposta, eu despia meu rosto da sua masculinidade. Pensava em Vanessa e na mãe e meus olhos marejavam. Era assim que eu entendia — derrubando tudo que me separava de uma mulher, que, para ser sincero, não era muito. Secretamente eu me maravilhava com o fato de elas pensarem ser tão diferentes. Será que existia, com efeito, uma entidade chamada "mulher" para entender? Pertenceria a mulher, realmente, a uma espécie diferente da do homem? Antes de Archie Clayburgh surgir, antes de eu chegar a Olympia Press, me apetecia ler sobre Jane Eyre, a Pequena Dorrit e Maggie Tulliver. Agora me dou conta de que tudo que eu lia era sobre mulheres. Que elas fossem garotas e eu um rapaz jamais me ocorreu na época, nem faria diferença se ocorresse. Nós nos identificávamos na merda, só isso. Eu virava as páginas e mergulhava em versões levemente mais bonitas de mim mesmo. Nem tão mais bonitas assim, no caso de Jane Eyre. E certamente não mais emocionalmente estressadas. Os romances contavam a história da nossa dor comum, de garotas e rapazes, homens e mulheres. À primeira vista, os infatigáveis sodomitas ricos de Sade, bem como os pervertidos sem tostão de Henry Miller podem parecer a mundos de distância das meninas carentes e fáceis de magoar do Orfanato Lowood — onde o canalha do sr. Brocklehurst injustamente rotula Jane de mentirosa —, mas se olharmos com atenção veremos que não. De uma forma ou de outra, todos acham a vida dura de roer. Eu não ficaria surpreso se os sodomitas a achassem ainda mais dura que as órfãs carentes.

Se o público feminino não se sentia capaz ou disposto a entrar nas almas danificadas dos homens de forma tão entusiasta quanto eu entrava nas almas danificadas das mulheres não era problema meu, mas do ponto de vista da imaginação, pior para elas. Quanto à compreensão que acreditavam ter descoberto em mim agora que eu era Guido Cretino, tudo não passava de um proposital ajuste da linguagem em prol de uma farta distribuição de ternura por todos. Não subestimo essa qualidade. Ternura é uma coisa boa. Mas não é compreensão — é possível a alguém ser terno e tolo, pode-se ser terno e não entender patavina —, embora na era da morte da palavra a compaixão seja vista como compreensão. Mais que isso, preferível à compreensão, que, quase sempre, é demasiado cruel para ser suportada.

"Ande, vá", disse o pássaro de Eliot, "a espécie humana não pode suportar muita realidade". Não precisava ser um pássaro a dizer essas palavras. Eu optaria por algo mais peludo. Mas tinha de ser um ser não humano. É preciso pertencer a uma outra espécie para nos ver como somos.

Então era só disso que elas precisavam, aquelas que no passado se identificavam apenas com meus personagens mortos — um reformista levemente mais sentimentaloide? Por acaso liam para poupar-se de ver o que era verdadeiro? Liam para serem enganadas?

Homem comum, irei contigo e cegarei teus olhos.

O que estou escrevendo agora um macaco com tempo suficiente nas mãos poderia escrever. Não estou desrespeitando meus novos leitores seriais fanáticos. Sem eles não há como saber o que teria sido feito de mim. Eles me salvaram de perdas demasiado agudas para suportar. Eles me escoraram. É possível que mintam para mim tanto quanto minto para eles. Não faz mal. Beijo os pés de cada um deles. Mas a verdade é a verdade: o que estou escrevendo agora um macaco *sem* tempo nas mãos poderia escrever.

E sabem do que desconfio? Bem lá no fundo daqueles leitores aos quais serei eternamente grato, em um lugar demasiado remoto e inacessível para suas mentes conscientes penetrarem, vive a semi-crença de que *foi* um macaco que escreveu. Ou, se não uma semi-crença, um semi-desejo. Uma veleidade por parte dos símios. Não o meu tipo de semi-desejo símio, não um anseio de libidinagem séria e primitiva com a qual Beagle admirava seu pau ardente — embora restasse agora em mim pouca inveja de um pau ardente —, mas uma desconfiança secreta, subjacente, do artista que sabe o que está fazendo e dedica sua vida a fazê-lo, que não é um seletor de palavras aleatórias que vez por outra se juntam para compor uma frase terrível, que atropela a linguagem de propósito e com propósito e não desiste até lhe extrair significado — significado para ele, barra, ela.

Autoconhecimento e propósito em demasia estragaram tudo para os que transformaram em passatempo adquirir cultura, que se alternavam entre a Tate Modern e o National Theatre e depois frequentavam três ou quatro grupos de leitura aos quais pertenciam e que, no fundo de seus corações, acreditavam que também tinham uma história a contar e a teriam contado desde que tivessem tempo (o que poderiam facilmente conseguir caso não fossem com tanta frequência a museus e teatros), desde que não tivessem famílias para sustentar, desde que as coisas tivessem sido diferentes, desde que gozassem de facilidades ou de instrução, desde que o macaco neles batesse nas teclas certas e acertasse as letras certas.

Eu não tinha maiores ilusões quanto à afeição dos meus estimados leitores por mim do que quanto à minha própria autoestima, e não gostava nadinha de mim. Eles liam o mingau que eu lhes dava não porque me amavam, mas porque odiavam Proust no extremo da sua inércia, Henry James em sua impenetrabilidade mais sublime, Lawrence quando se mostrava mais meticuloso, erótico e profético e Céline quanto mais odioso. Na minha nova encarnação como escritor do que é "legível", eu era o antídoto à arte.

Poppy morreu antes da publicação de *A Boa Mulher*. Francis, no final, cuidara dela e agora estava acabado.

— Deviam me enterrar com ela — falou. — Ou ao menos enterrar meu coração.

Afora "Oh, Francis", não encontrei resposta. No meu próprio coração, achei certo enterrarem o dele. Invejei-o. Não pelos seus curtos anos com Poppy, mas pela exuberância da sua dor, que denotava uma lealdade que eu temia não possuir, e, é claro, uma bondade que eu sabia não possuir.

Vanessa pegou um avião para comparecer ao enterro e tremeu como uma folha ao vento ao longo de toda a cerimônia. Parecia muito bem, dourada pelo sol da Austrália Ocidental, embora menos régia do que eu me lembrava dela no enterro de Merton. Ostentava rugas que eu nunca vira, mais profundas, achei, do que esse novo sofrimento poderia explicar. Era como se o ofício de escritora a tivesse tornado séria, mas no processo houvesse roubado sua vivacidade. Não escrever combinava com ela. Em sua fúria e frustração, ela florescera. Não escrever fizera dela um prodígio de não realização. Agora, não passava de mais uma praticante. Uma em mil, em milhões talvez. Cale-se e você poderá escutá-los; aguce a audição numa noite calma em qualquer lugar do planeta, e você há de ouvir o ruído de suas penas no papel ou o martelar morto dos seus teclados, em quantidade tão incalculável quanto os grãos de areia à beira do mar.

Mas eu não podia lhe dizer isso. Que ela descobrisse sozinha.

Nós nos abraçamos, como velhos amigos que se desentenderam, sem paixão.

— Você está bem, basicamente? — me perguntou ela.

— Estou — respondi. — Posso ver que você está, basicamente.

Ela assentiu:

— É bom ficar ocupada.

— É, sim — concordei.

Quis perguntar se ela estava gostando da vida no interior primitivo que, para meu espanto, eu a ouvira dizer em Broome que sempre quisera ter. Mas Vanessa consideraria uma ironia da minha parte.

Da mesma forma, imaginei, ela evitou perguntar se eu continuava a escrever sobre mim mesmo e a conjeturar por que ninguém lia meus livros.

— Trabalhando em alguma coisa? — perguntou ela.

— Estou. E você?

— Também.

Não há nada a dizer depois que decidimos encerrar uma relação, a discussão já não tem impacto. E não se consegue lembrar por que um dia ela crepitou e ferveu daquele jeito.

Eu adoraria que ela me dissesse para parar de roubar suas ondas eletromagnéticas, para sair da porra do cemitério de modo que ela pudesse pensar seus pensamentos. Teria me agradado vê-la zonza de frustração outra vez. Não porque eu quisesse vê-la infeliz, mas porque eu queria vê-la imponente.

Evitamos falar de Poppy até estarmos prestes a nos afastar.

— Sei que deve ter sido duro para você às vezes — disse Vanessa — ter nós duas para carregar a tiracolo. Quero lhe agradecer por fazer isso com tão boa vontade.

— Não era duro — falei.

Então foi a minha vez de tremer como uma folha ao vento.

345

CAPÍTULO 44

Escrito nas Folhas da Sibila

O romance que escrevi em seguida a *A Boa Mulher* foi *A Boa Filha*. Não havia mais como me frear. Eu já estava com *A Boa Mãe* pronto para decolar. E mesmo antes de começar a escrevê-lo já matutava sobre *O Bom Genro*, embora não soubesse como ia conseguir deixar o sexo fora dele.

Foi quando estava voltando da festa de lançamento de *A Boa Filha* que vi o andarilho que Vanessa chamara de Ernest Hemingway se dobrar ao meio, como um urso que levou um tiro, no meio da rua. Não deu para saber se ele havia sido atingido por um veículo ou meramente perdera o equilíbrio. A essa hora da noite no Soho, não era possível dizer o que causara o quê. Minitáxis e limusines e riquixás estacionavam em fila dupla, pegando e deixando passageiros. Noitadas só de mulheres, noitadas só de homens, noitadas de macaquice. As pessoas jaziam em poças do próprio vômito, aguardando os paramédicos. Não dava para dizer, a partir do figurino que usavam, em que estação se estava. No Soho agora era sempre final de verão, com as camisas abertas até o umbigo, as pernas desnudas do fêmur para baixo, independentemente da temperatura. Os restaurantes viviam cheios, lotados, embora ninguém comesse no restaurante em que realmente desejava comer.

(Em que realmente *desejasse* comer? Deixa pra lá).

Fumantes se sentavam do lado de fora, rindo e tossindo, examinando seus celulares com aquela expressão de encantamento urgente que levaria um marciano a supor que jamais haviam visto um objeto assim até essa noite. Todos tinham uma mensagem a aguardá-los e quem não tinha enviava uma para si mesmo. Nas filas dos restaurantes, o último lançamento de Sandy Ferber para Nãolivros de dois minutos ajudava na espera.

Ninguém notava mais coisa alguma, não havia testemunhas para crime algum, porque as pessoas não erguiam o rosto de suas telas. Como ainda conseguiam se apaixonar era um fenômeno para mim. Antigamente cruzavam-se olhares cheios de admiração ávida e sem pressa. Mas quem tinha tempo para erguer os olhos ou ficar encantado? Talvez se apaixonassem, à distância, por meio de seus artefatos eletrônicos. Achoqueteamo.com. Me senti constrangido por levar comigo um livro de verdade. Era uma primeira edição de *A Boa Filha*, recém-saída do prelo, assinada por todos na minha editora, até Flora, embora eu talvez não tenha mencionado que jamais saí da S&C — não consegui, não consegui perpetrar tal afronta à memória de Merton nem a Margaret Travers, sua não menos fiel secretária, que achei precisar de que eu permanecesse em prol da continuidade, e, na qual, dentro daquela capa com o cinto desafivelado, eu já não suportava enfiar meus braços. De todo jeito, com livros tão ingênuos e pouco apocalípticos como os que eu vinha escrevendo, não me restava lugar algum aonde ir. Para a Slumdog Press? Eu era popular demais.

Ingênuos ou não, será que eu era a única pessoa no Soho, perguntei-me, carregando um livro na condição de livro? Deveria tê-lo escondido debaixo do paletó? Eu também era a única pessoa no Soho a usar um paletó. Ou dentro da calça?

Foi quando eu pensava onde e se deveria escondê-lo que vi Ernest Hemingway cair. Deve ter sido uma queda e tanto, fosse qual fosse a causa, porque seu bloquinho se desfez e folhas dele foram espalhadas pelos pés desatentos dos pedestres. Era só papel. As ruas do Soho estavam cheia de papéis.

As pessoas são boas, sejam elas leitores que respeitam as folhas ou não. Minha nova filosofia humanitária: manter os indivíduos longe da arte e do criticismo, onde eles se comportam como almas penadas e são, do ponto de vista comportamental, maravilhosamente bons. Seria esse mais um título para mim? *As Pessoas são Boas* — e assim que o andarilho caiu, os transeuntes correram para ver como ele estava e ajudá-lo a se levantar.

— Eu entendo de primeiros socorros — ouvi uma mulher falar. — Me diga onde está doendo.

Pena ela não ter me perguntado. Mas no caso de Hemingway foi uma delicadeza desperdiçada, desagradecida; ele não ergueu os olhos cegos para ela nem para ninguém. Francamente não teria sido agradável ter contato físico com ele, afinal.

Somos todos bons, à nossa própria maneira. Alguns cuidaram do homem, eu fui catar seus papéis. Supondo que aquele fosse o mesmo livro em que ele trabalhava desde quando Vanessa e eu primeiro o vimos, e possivelmente então já há vários anos, tratava-se de uma obra magna, o trabalho de muitas centenas de semanas. Nesse caso, cada página era preciosa. E quem mais, senão eu, haveria de se importar com elas? Persegui tantas quantas pude, pondo o pé sobre cada uma antes de me abaixar para pegá-la, conforme imaginei que os acólitos do oráculo da Sibila teriam corrido atrás das folhas de sua profecia quando as mesmas voavam pela boca da caverna. A Sibila de Cumas "cantava os destinos" em folhas de carvalho e quando essas se espalhavam, se espalhavam. O que ela profetizara se perdia. Ela pouco se importava.

Ernest Hemingway também parecia não se importar. Que suas folhas voassem para onde quisessem.

Mas *eu* me importava.

Era minha intenção devolver as que recuperei, quer ele as quisesse ou não, mas eu era obcecado por palavras — um homem que não podia passar por um maço de cigarros descartado sem parar para ler o que estava ali escrito — e não consegui resistir a lançar um olhar para o que o sujeito passara tantos anos escrevendo. Não por uma curiosidade vulgar de concorrente, assim espero, nem a de um ladrão ou sacana, mas, sim, com o interesse respeitoso de um colega artesão de palavras. Quão bom seria ele? O que será que sabia que o restante de nós desconhecia? Nós, que levávamos vidas tão mais responsáveis e confortáveis, que preferíamos não deixar nossos testículos pendurados para fora de buracos em nossas calças e que não tínhamos sua dedicação austera e inamistosa? O que entendia ele que nós não entendíamos?

Rapidamente vi que apesar de toda a densidade nenhuma das folhas espalhadas do bloquinho era diferente das outras. O que tinha a dizer ele continuava dizendo, página após página. E o que ele tinha a dizer era potente, incontestável, para não dizer belo, em sua clarividência.

Impresso no Brasil pelo
Sistema Cameron da Divisão Gráfica da
DISTRIBUIDORA RECORD DE SERVIÇOS DE IMPRENSA S.A.
Rua Argentina 171 – Rio de Janeiro, RJ – 20921-380 – Tel.: 2585-2000